디스펠

DEISUPERU

by IMAMURA Masahiro
Copyright ⓒ 2023 IMAMURA Masahiro
All rights reserved.
Original Japanese edition published by Bungeishunju Ltd., in 2023.
Korean translation rights in Korea reserved by Friendly Books under the license granted by IMAMURA Masahiro, Japan arranged with Bungeishunju Ltd., Japan through JM Contents Agency Co., Korea.

이 책의 한국어판 저작권은 JMCA를 통한 저작권사와의 독점 계약으로
내 친구의 서재에 있습니다.
저작권법에 의해 한국 내에서 보호를 받는 저작물이므로 무단전재와 복제를 금합니다.

디스펠
でいすぺる

이마무라 마사히로 장편소설
구수영 옮김

목차

1장 그녀가 남긴 7대 불가사의 … 5

2장 조우 … 79

3장 수상쩍은 추리를 위해 … 155

4장 나즈테의 모임 … 235

5장 디스펠 … 371

• 1장 •

그녀가 남긴 7대 불가사의

9					September	
sun	mon	tue	wed	thu	fri	sat
27	㉘ 개강식	29	30	31	1	2
3	4	5	6	7	8	⑨ 소문 터널 조사
10	11	12	13	14	15	16
17	18	19	20	21	22	23
24	25	26	27	28	29	30

치사해.

8월은 너무 더워서 놀고 싶다는 생각조차 안 들잖아.

몸을 익히는 듯한 뜨거운 볕이 드디어 누그러지나 했더니 어느새 여름방학이 끝나버렸다.

미국에선 여름방학이 두 달이 넘는다는데. 불공평하다.

게다가 우리 지역에서는 9월도 되기 전, 그러니까 8월 마지막에 2학기가 시작된다. 왠지 방학이 줄어든 느낌이라 억울하다.

그렇게 매년 우울하게 맞이하는 2학기의 첫날이지만, 올해는 조금 다르다.

내게 엄청난 이야기가 있기 때문이다! 학교와 공원, 주택가의 익숙한 일상에서 벗어난, 오직 여름에만 가능한 특별한 경험. 그 일을 떠올릴 때마다 가슴이 두근거린다.

방학 내내 말하고 싶어 입이 근질거렸지만 꾹 참고 매일 아침 라디오 체조에 참석했고, 친구들과도 아무렇지 않은 듯 어울려 놀았다.

그렇게 혼자 가슴을 졸이는 것도 슬슬 한계에 다다른 8월 28일. 평소보다 15분 일찍 집을 나선 나는 쨍쨍 내리쬐는 뙤약볕 아래 학교에 도착했다.

내가 다니는 고도마 초등학교는 미사사 산을 등지고 언덕을 조금 올라간 곳에 세워져 있다. 우리 아빠도 다닌 학교로, 무려 80년이 넘는 역사를 자랑한다. 그런 거 우리와는 아무 상관이 없지만, 이 마을 출신 유명 건축가가 학교 건물을 설계했다며 선생님들은 기회가 있을 때마다 자랑스럽게 말하곤 한다.

실내에 들어왔지만 여전히 정면으로 쏟아지는 햇살에 얼굴을 찌푸렸다. 유명하다는 그 건축가는 밝고 개방적인 배움터를 지향했던 걸까. 계단 남쪽 면에 커다란 유리창이 달려 있다. 이런 구조 때문에 여름에는 그야말로 최악이다. 나는 서둘러 교실로 가려고 계단을 뛰어 올라갔다.

시간이 조금 이른 탓인지 학교 안은 조용했다. 하지만 6학년 층에 도착하자 교실의 웅성거림이 복도로 새어 나와 우리 반을 알아볼 수 있었다.

나는 약간의 그리움과 설렘을 품고 교실 세 개 중 가운데 교실에 들어섰다.

"안녕!"

인사하자마자 몇 명의 답인사가 돌아왔다. 이미 일고여덟 명이 등교해서 친한 애들끼리 무리를 지어 이야기 중이었다.

교실 안은 에어컨이 켜져 있어 기분이 좋아졌다. 여름방학 동안 왁스를 새로 칠한 듯, 윤이 나는 진갈색 바닥 위에 다소 넓은 간격으로 책상이 줄지어 놓여 있었다.

한 반에 스물네 명, 6학년은 세 반이니 총 일흔두 명이다. 학생 수가 조금만 적어도 두 반이 될 뻔했다며 선생님이 안도하는 표정으로 말한 적이 있다.

'기지마 유스케'라는 내 이름 스티커가 붙은 책상도 그 자리 그대로였다.

"오랜만이야!"

"유스케, 엄청 탔네?"

자주 함께 하교할 정도로 친한 다카쓰지와 히노우에가 다가왔다. 주변에서 '방학 때 뭐 했냐?', '어디 다녀왔어?' 같은 대화가 들려와서 벌써부터 마음이 간질간질했다.

사실 더 많은 사람이 모인 자리에서 말하고 싶었지만 더는 참을 수 없었다.

나는 둘에게 인사를 하는 둥 마는 둥 책가방에서 사진을 꺼내며 "야, 너희 이것 좀 봐봐!" 하고 말을 꺼냈다. 우리 학교는 스마트폰 반입 금지라 사진관까지 가서 인화해왔다. 같은 반 친구인 기도의 부모님이 운영하는 가게라 절대 아무에게도 이야기하지 말라고 신신당부해두었다.

사진이 전체적으로 어두워서 가운데에 서 있는 나 말고 뭐가 찍혔는지 언뜻 보아서는 알아보기 힘들 것이다.

예상대로 사진을 본 두 친구는 의아한 표정을 지었다.

"이게 뭔데?"

"후타미 고개에 있는 유령의 절이야. 여름방학 때 담력 테스트하러 다녀왔어."

순간 두 사람의 눈이 반짝반짝 빛났다.

"유령의 절이라면 유튜버 '고브라'가 갔던 곳이잖아? 진짜야?"

"이쪽은 소몬 터널. 그리고 UFO 단지에도 갔지."

"우와, 대단해! 그래서? 뭔가 나왔어?"

연이어 쏟아지는 질문에 기분이 좋아졌다.

"유령은 못 봤지만, 소몬 터널에서는 뒤에서 발소리 같은 게 들렸어. 같이 간 히로 형도 동시에 들었으니 틀림없어. 유령의 절은 동영상도 찍었는데, 창문에 하얀빛 같은 게 비치더니……."

이야기를 시작하자 사진으로 찍어둔 현장의 풍경이 하나둘씩 떠오른다.

축축하게 달라붙는 밤공기.

인적 없는 외딴곳의 깊고 깊은 어둠.

방향 감각을 잃을 정도로 사방에서 울어대는 벌레 소리.

발밑에서 스멀스멀 올라오는 공포, 간신히 쥐어짠 용기가 바닥을 드러낼 때의 감각.

보고 싶어? 보기 싫어?

보고 싶냐는 질문에 고개를 끄덕이면 일상의 얇은 껍질이 벗어지면서 무언가가 얼굴을 내밀 것만 같은 느낌.

정해진 대본도 없고 스피치 연습도 해본 적 없지만 여름밤의 경험담을 단 한 번의 막힘 없이 열중해서 늘어놓았다. 듣는 두 사람의 반응을 살피며 즉흥적으로 말투를 조절하며 이야기를 이어나간다.

오늘은 컨디션이 좋다.

어느새 책상을 둘러싼 친구들의 수가 일곱 명으로 늘어났다.

뒤늦게 교실에 들어온 아이들도 책상에 책가방을 올려놓기가 무섭게 호기심 가득한 표정으로 대열에 합류했다. 남학생 중 가장 똑똑한 쇼야도, 축구를 잘하고 인기가 많은 렌도 있었다.

엔진이 돌아가듯 머릿속이 뜨겁게 달아올랐다.

그래, 바로 이거야. 기다리고 기다리던 순간. 얼굴도 보통이고, 공부도 운동도 평범한 내가 사람들을 즐겁게 만들고 있어! 세상이 움직인다. 이 두근거림이 모두를 더 멋진 곳으로 데려가줄 것만 같은, 그런 느낌.

하지만 즐거운 시간은 영원하지 않다.

"얘들아, 다들 운동장에 나가지 않으면 개학식에 늦을지도 몰라."

 교실 앞쪽에서 들려오는 발랄한 여자아이의 목소리가 내 마법을 깨뜨려버렸다.

 주변에 모인 아이들이 그 말에 고개를 돌리자 '8시 40분, 운동장 집합!'이라고 적힌 칠판 앞에 우뚝 버티고 선 여자아이가 있었다.

 하타노 사쓰키다.

 "헉, 벌써 시간이 이렇게 됐나?"

 "역시 회장이라니까."

 모두 싫은 기색 없이 하타노의 말에 따라 교실을 빠져나간다.

 나는 원망스러운 눈빛으로 하타노를 바라보았다. 6학년쯤 되면 아이들의 학급 내 위치도 대충 정해져 있기 마련이다. 나는 올해 처음으로 하타노와 같은 반이 되었지만, 그녀가 학교 행사에서 곧잘 대표를 맡는 모범생이라는 건 알고 있었다. 하타노는 1학기 때도 학급회장을 맡았다.

 사실 그녀가 유명해진 건 작년에 있었던 다른 사건 때문이지만, 어쨌든 나와는 다른 특별한 존재임에는 변함이 없다.

 "유스케, 나중에 또 사진 보여줘."

 처음 이야기를 들어준 다카쓰지와 히노우에의 말에도 별로 기쁘지 않았다.

 사람들은 이런 것에 처음 한 번만 관심을 보인다. 내 심령

사진은 이미 과거의 화제가 되어버렸고, 아까와 같은 흥분은 다시 이끌어낼 수 없다는 걸 알고 있었다. 여름 내내 기다렸던 내 차례가 이제 끝났다는 말이다.

공허함을 사진과 함께 가방에 쑤셔 넣고 교실을 나서자마자 찌는 듯한 열기가 달라붙어서 한숨이 절로 나왔다.

이제 상관없어. 이 여름이 끝나버려도.

딱히 기억에 남지 않는 개학식이 끝나고, 뜨거운 햇볕이 내리쬐던 운동장에서 교실로 돌아온 아이들의 입에서 환호성이 터져나왔다.

나도 책상에 엎드려 서늘한 감촉을 느끼며 칠판 위의 시계를 바라보았다.

조금만 있으면 집에 갈 수 있다. 오늘은 수업이 없으니 자리 바꾸기와 학급 내 담당만 정하면 끝이다.

"다들 조용! 먼저 각 담당에 따른 지원자를 순서대로 받을게."

1학기 학급회장이었던 하타노 사쓰키가 앞으로 나와 진행을 시작했다.

담당에는 반을 대표하는 회장과 부회장을 비롯해 꽃과 수조를 관리하는 생물 담당, 이동 수업 전날에 준비물을 확인해야 하는 미술 담당, 음악 담당 등이 있다. 담당은 기본적으로 남학생과 여학생 한 명씩이고, 누구나 반드시 한 가지는 담당을 맡아야 한다. 지원자가 여러 명일 경우 제비뽑기로 정하고, 지원자가 없는 담당은 추천을 받는다. 그래도 결정되지 않으면 역시 제비뽑기를 한다.

지난 5년간의 경험에 비추어볼 때 이게 의외로 쉽지 않다.

지원한다고 손을 드는 건 조금 부끄럽지만, 무엇을 담당할지 빠르게 정하지 않으면 나중에 귀찮은 역할을 떠맡을 수도 있기에 생각보다 진지하게 임해야 한다. 교실 여기저기서 상의하는 목소리가 들렸다.

내가 노리는 담당은 따로 있었다. 이것도 여름방학 때부터 생각해둔 것이었다.

예상대로 적극적으로 손을 드는 경우는 적었고, 칠판에 이름이 채워지지 않은 채 다음 차례로 진행되었다.

"다음, 게시판 담당."

"내가 할게!"

내가 손을 들자 반 친구들 사이에서 오오, 하고 감탄하는 목소리가 살짝 터져나왔다.

하타노도 흥미로운 듯 나를 쳐다보며 칠판에 '기지마 유스케'라고 적었다.

게시판 담당은 학교 안내문을 교실 뒤에 붙이거나 게시물을 꾸미는 일을 맡는다. 사실 담당에게는 또 하나의 큰 임무가 있다.

최소 한 달에 한 번, 전지에 쓴 벽신문을 복도에 붙이는 것. 다른 반 학생들도 보는 만큼 주목받기 쉽고, 쉬는 시간이나 방과 후에 작업해야 해서 특히 남학생들에게 인기가 없는 담당이다.

"다른 지원자는 없어?"

하타노가 주변을 둘러보았지만 아무도 손을 들지 않았고, 나는 다행히 게시판 남학생 담당으로 결정되었다.

좋았어! 하고 속으로 외쳤다.

게시판 담당이 되면 자유롭게 벽신문을 만들 수 있다. 물론 다른 여학생과 협력해야 하지만, 단순하게 생각해도 지면 절반은 마음대로 할 수 있다.

나는 그것을 도시 전설이나 심령 현상을 주제로 한 오컬트 코너로 만들 작정이었다.

아침에 이야기할 때의 반응에서 알 수 있듯, 남자든 여자든, 공부나 운동을 잘하든 못하든 모두 오컬트 이야기에 관심이 많다. 유령과 외계인, 저주와 음모론……. 오컬트를 부정하는 사람일지라도 반론을 위해 이야기에 끼어들고 싶어 한다.

그런 화제를 벽신문으로 다룬다면? 오늘 아침처럼 한순간에 잊히는 수다와는 달리 오래도록 사람들을 즐겁게 할 수 있다. 분명 내 특기를 더 멋지게 활용할 수 있으리라.

그런데 예상치 못한 일이 벌어졌다.

"그럼 나도 게시판 담당에 지원할게. 괜찮지?"

앞에서 각 담당을 칠판에 적고 있던 하타노의 발언에 교실이 조용해졌다. 나도 귀를 의심했다.

다들 그녀가 2학기에도 회장을 맡으리라 예상했을 것이다. 아직 회장 자리가 비어 있었고, 그 자리만큼은 제비뽑기로 밀어붙일 수도 없기에 결국 선생님이 하타노에게 부탁하고 모두 박수 치는 식으로 결정될 줄 알았는데.

모두 말을 잃은 사이 하타노가 분필을 움직였다. '기지마 유스케' 아래에 '하타노 사쓰키'라는 글자가 적히는 걸 나는 이상한 기분으로 바라보았다.

다들 무언가 하고 싶은 말이 있는 듯했지만, 결국 하타노와 내가 게시판 담당으로 결정되었다.

"……회장은 어쩌고?"

"큰일 났네. 나 아직 뭐 할지 결정 못 했는데!"

갑자기 뜨거워지는 교실 분위기 속, 앞에 선 하타노와 시선이 마주쳤다. 드센 성격이 드러나는 당당한 표정. 나는 부끄러워져서 바로 시선을 돌렸지만, 그 직전에 왠지 모르게 그녀가 나를 노려본 것 같은 기분이 들었다.

학교가 끝나고 정문에서 쏟아져나오는 학생들은 미사사 산기슭에 펼쳐진 마을을 향해 언덕을 내려가다가 갈림길마다 뿔뿔이 흩어진다.

같은 방향에 사는 다카쓰지와 히노우에에게 아침의 심령

사진을 보여주며 돌아가던 중, 학급 담당 정하기 이야기가 나왔다. 역시 하타노가 게시판 담당이 된 것이 다들 신경 쓰인 모양이다.

선생님과 반 친구들에 대한 하타노의 반항이 아니겠냐고 말을 꺼낸 건 히노우에였다.

"다들 귀찮은 일이 생기면 하타노에게 맡겨버리잖아. 나는 4학년 때 걔랑 같은 반이었는데, 그때부터 그런 분위기였어."

그 말을 들은 다카쓰지도 어딘가 찔리는 듯한 표정이었다.

"하타노는 거절을 안 하니까. 모범생처럼 행동하는 걸 비웃는 건 아니지만, 걔만 괜찮다면 그냥 다 맡겨도 되지 않을까 생각했어."

한심하게도 나 또한 그렇게 생각했다.

저학년 때는 수업 시간에 손을 드는 걸 아무렇지 않게 생각했다. 이름이 불렸을 때 큰 소리로 대답하는 것도 당연했는데, 학년이 오를수록 '착한 아이'로 보이는 게 점점 더 부끄러워졌다.

어쩌면 하타노도 모범생 역할에 질렸을지도 모른다. 컵에 방울방울 떨어지던 물이 언젠가는 넘치듯 인내심의 한계에 다다랐을지도 모른다.

그리고 오늘, 담당 결정에 임하는 모두의 태도를 보고 하타노는 드디어 폭발한 걸까. 그래서 2학기 회장을 피하고자 게시판 담당을 선택한 거라면, 선생님을 포함한 우리 반응도 그녀의 계산에 들어 있었을 것이다.

그때 히노우에가 새로운 걱정을 하기 시작했다.

"유스케는 이 심령사진 같은 오컬트 기사를 벽신문에 실으려고 게시판 담당에 지원한 거잖아? 근데 하타노가 그걸 허락할까?"

"……아니."

문제는 바로 거기에 있었다.

그녀는 타고난 모범생이다. "많은 학생이 보는 벽신문이니 공부에 도움이 되는 내용이어야 해"라고 말할지도 모른다.

"모처럼 유스케도 하고 싶은 일을 찾았는데 말이야."

그런 말을 꺼낸 히노우에는 5학년 때부터 텔레비전의 퀴즈 방송에 빠져 책과 동영상으로 지식을 쌓고 있다. 여름방학 때는 오사카에서 열린 초등학생 부문에 출전해 예선 통과 직전까지 갔다고 뿌듯해하며 말하기도 했다. 다카쓰지는 원체 차분한 성격인데, 결성 초기부터 응원하던 아이돌 그룹이 드디어 텔레비전에도 출연하게 되었다며 기뻐했다. 나로서는 잘 이해가 안 되지만, 1년에 한 번씩 돈을 모아 그 그룹의 라이브 공연을 보러 가는 열정은 솔직히 부러웠다.

늘 함께 놀던 친구들이 나를 두고 성장하는 것 같아서 어쩐지 조바심이 났다.

"그러고 보니 아침에 유스케가 애들 앞에서 심령 스폿 이야기를 할 때 하타노가 엄청 무서운 눈빛으로 쳐다보더라."

다카쓰지가 불길한 말을 꺼냈다.

"지……진짜?"

담당자를 정할 때 나를 노려보았다고 느낀 것도 기분 탓이 아니었나?

큰일이다. 하타노는 내일 당장이라도 벽신문 주제에 관해 이야기하려 들 것이다. 오컬트가 단순한 장난이 아니라 미지의 존재에 관한 진지한 탐구라고 설득할 방법을 찾아야 한다.

"기지마, 잠깐 시간 괜찮아? 벽신문에 관해 이야기 좀 하고 싶은데."

다음 날 방과 후, 예상대로 하타노는 책가방을 메던 나를 불러 세웠다. 아니, 정확히는 책가방 손잡이를 잡고는 놓아주지 않았다.

"……물론이야."

아무렇지도 않은 척하려 애쓰는 내 시야 끝에서 다카쓰지와 히노우에가 경건한 표정으로 합장하며 교실을 나갔다. 그 뒤를 이어 교실을 나가려는 여학생 한 명을 하타노가 불러 세웠다.

"잠깐, 하타도 게시판 담당이잖아."

발걸음을 멈추고 이쪽을 돌아본 하타가 만화처럼 고개를

갸우뚱했다.

그렇다. 실은 함께 벽신문을 만드는 멤버가 한 명 더 늘어났다.

세 번째 게시판 담당인 하타 미나는 개학식 날 제사 때문에 학교를 쉬었기에 담당 정하기에 참여하지 못했다. 게다가 담임선생님까지 그 사실을 잊었다. 하타가 지난 4월에 전학 온 지 얼마 되지 않아 잊은 것인지, 아니면 하타노의 회장 사퇴 소동의 충격이 그만큼 컸던 것인지. 어쨌든 그런 까닭에 하타를 게시판 담당에 추가하라고 점심시간에 선생님이 급히 지시한 모양이었다.

"따라와. 밖에서 이야기하자."

하타노는 어째선지 우리에게 책가방을 가지고 교실에서 나가자고 말하고는 먼저 교실을 나갔다. 다른 애들에게 들키고 싶지 않은 이야기라도 있는 걸까?

3층에서 2층으로 내려와 연결 복도로 향했다. 아무래도 1, 2학년 교실이 있는 작은 건물로 가는 듯했다. 나는 하타노의 오른쪽 뒤에서 걷고, 하타는 얌전히 내 왼쪽 뒤에서 따라왔다.

대화는 없었다. 서로 딱히 친한 사이도 아니고, 오히려 인연이 없는 그룹에 속한 세 사람이다.

선두에 선 하타노의 옆모습을 바라보았다. 강인해 보이는 뚜렷한 눈매와 오뚝한 콧날, 꽉 다문 입술. 키도 나보다 훨씬 큰 그녀는 여학생들의 리더 격이기도 한 데다, 사소한 다툼으로 남자 대 여자의 구도가 되면 반드시 선두에 서는 전사다.

복도 끝 교실 앞에서 하타노는 마침내 걸음을 멈췄다. 아무리 그래도 벽신문 회의 정도로 너무 남의 시선을 신경 쓰는 게 아닌가 싶었다.

"어제 애들한테 심령사진 보여주던데, 그런 거 잘 알아?"

갑작스러운 질문에 나는 당황했다.

"딱히 영적인 감이 뛰어난 건 아니지만, 오컬트를 좋아해서 심령 스폿 탐방 동영상을 자주 봐. 동네에 그런 곳이 있는지 찾아보기도 하고."

"심령사진?"

처음 듣는 하타가 반응했다.

"아, 응. 내가 찍은 거."

"나도 보고 싶어."

책가방에서 꺼내 건네주었지만, 하타는 몇 장을 훑어보더니 눈살을 찌푸렸다.

"유령은 어디 있어?"

"이 하얀 빛."

"……빛." 하타는 사진에 눈을 더욱 가까이 가져다댔다.

"두 번째 사진은 벽에 있는 얼룩이 꼭 사람 얼굴처럼 보여."

하타는 나를 비웃는 것도 아니고, 진심으로 신기하다는 듯 사진을 들여다보며 무슨 말을 해야 할지 난감해하는 듯했다. 오히려 내가 미안해질 지경이었다.

이 하타 미나라는 아이도 잘 모르겠는 존재다. 이런 시골에 누가 전학 오는 일은 드물기에 4월에 전학생이 왔다는 소식을 듣고 깜짝 놀랐다. 그로부터 5개월이 지났지만 이 아이는 튀지 않는 단발머리, 초식동물처럼 온화한 눈빛으로 항상 어딘가를 멍하니 쳐다볼 뿐, 딱히 어느 그룹에 속해 있다는 느낌이 들지 않았다. 작은 체구까지 더해져 수업 시간에 선생님에게 이름이 불리면 비로소 존재를 알아차릴 정도로 이상한 녀석이다. 그러면서도 소외되거나 따돌림을 당하지 않고 반에 잘 녹아든 것이 하타의 특징이라면 특징일지도 모른다.

"심령 스폿 말고는 관심 없어? 괴담이라든가."

하타노가 다시 입을 열었다.

"괴담 동영상도 자주 봐. 요즘은 괴담 붐이라 괴담을 무섭게 들려주는 '괴담사師'라는 직업까지 생겼대. 심령 스폿에는 괴담이 항상 따라붙는 법이니까."

"그럼." 망설임을 떨치듯 하타노가 숨을 들이마셨다. "7대 불가사의는 알아?"

물론 잘 알지만, 하타노가 말하는 건 내가 아는 그것이 아닌 듯했다.

"……뭐에 관한 7대 불가사의?"

"이 오쿠사토 정町(일본의 기초자치단체를 구성하는 행정구역—옮긴이)에 관한."

그렇게 말하며 하타노가 내민 손에 반으로 접힌 쪽지 한 장이 들려 있었다. 펼쳐 보니 그녀의 글씨체인 듯 꼼꼼한 필체로 '오쿠사토 정의 7대 불가사의'라는 제목에 이어 건물 이름이며 괴담 제목으로 추정되는 사항들이 나열되어 있었다.

S터널의 동승자, 영원한 생명 연구소, 미사사 고개의 목이 달린 지장보살, 자살 댐의 아이, 산할머니 마을, 우물이 있는 집.

쑥 훑어보고 안도의 한숨을 내쉬었다. 전부 인터넷에 검색만 해도 금방 나오는, 이 지역에서는 유명한 괴담이기 때문이다. 오컬트 애호가로서 체면을 구길 일은 없을 듯했다.

"근데……." 잘못 본 건가 싶어 다시 한번 조심스럽게 눈으로 헤아렸다. "이거, 여섯 개밖에 없는데?"

하타노가 고개를 끄덕였다.

"맞아."

"왜?"

"일곱 번째를 알면 죽는다나. 말도 안 되는 소리지? 하지만 기지마라면 일곱 번째를 알고 있을 것 같아서."

"기지마는 절대 몰라."

갑자기 하타가 끼어들어서 나도 하타노도 놀라서 그녀를 바라보았다.

"왜 그렇게 확신하지?"

"왜냐면 살아 있잖아. 일곱 번째를 알면 죽는다고 방금 하타노가 말했어."

논리적으로는 맞지만, 그런 건 흔한 클리셰잖아.

역시 이상한 녀석이다.

나는 마음을 가다듬고 하타노에게 말했다.

"여기에 적힌 건 모두 유명한 이야기인데, 이것 말고도 '13일의 유령 택시'나 '비 오는 날의 사사키 씨', '마녀의 집' 같은 이야기가 널리 알려져 있어. 하지만 '7대 불가사의'로 묶인 건 처음 봤고, 하나를 더 고르라고 해도 뭘 기준으로 고르면 좋을지 모르겠네."

학교 같은 단일 장소에 얽힌 7대 불가사의라면 또 모를까, 오쿠사토 정 한정이라니 좀 어정쩡하다.

하타노는 내 대답을 듣고 조금 고민하듯 종이를 내려다보다가 이내 말했다.

"그럼 일곱 번째 불가사의가 뭔지 조사해보는 건 어때? 어차피 기지마는 그런 기사를 벽신문에 쓰고 싶은 거잖아."

예상치 못한 제안이었다. 반대할 줄 알았는데.

"그래도 괜찮아?"

"물론 지면 전체를 괴담 기사로 채워서는 안 되겠지만, 절반은 기지마에게 맡길게. 나머지 절반은 나와 하타가 담당하면 되니까. 물론 우리도 7대 불가사의에 대한 조사를 도울 거고."

"하타도 괜찮겠어?"

표정을 바꾸지 않은 채 하타는 어느 쪽으로든 해석 가능한, 고개를 살짝 갸웃하는 제스처를 취했다.

어쨌든 첫 목표였던 오컬트 기사 연재를 인정받아 한시름 놓았다.

"알았어. 다만 7대 불가사의를 조사한다고 해도 어디서부터 시작해야 할지 모르겠네."

"일단은 괴담 현장을 답사하는 게 좋지 않을까? 심령 현상이 일어나지 않더라도 그 장소의 분위기를 살핀다거나 이웃에 사는 사람에게 이야기를 듣는다거나 하는 식의 기삿거리는 있을 테니까. 매번 하나의 괴담을 조사해서 2학기 안에 정리하려면 한 달에 한 번으로는 시간이 부족해. 당장 취재에 착수해야겠어."

미리 생각한 것인지 하타노는 재빠르게 제안했다.

한 달에 기사 하나. 얼마나 힘들지는 모르겠지만, 사람들의 관심을 끌기 위해서라면 뭐든지 할 수 있다. 나는 의욕으로 가득 차 있었다.

이렇게 해서 6학년 2학기가 시작되기 전까지 별다른 접점이 없던 우리 셋은 오쿠사토 정 7대 불가사의의 수수께끼에 도전하게 되었다.

9월 둘째 주 토요일.

평소 휴일처럼 느긋하게 늦잠을 자던 나는 9시에 맞춰둔 알람 소리에 벌떡 일어나 허겁지겁 우유를 부은 콘플레이크를 입에 넣었다. 디지털카메라를 대신할 아빠에게 물려받은 오래된 스마트폰과 지갑, 자료만 배낭에 넣고 약속 장소인 공원으로 급히 향했다.

9월이 되었지만 여름의 더위는 끈질기게 남아 있어서 반팔 티셔츠 사이로 드러난 목과 팔에 금세 땀이 맺혔다.

세 사람의 7대 불가사의 조사. 첫 번째 목적지로 선택한 건 소몬 터널이었다.

하타노의 메모 중 첫 번째 괴담으로 나오는 S터널이 소몬 터널이라는 건 이 지역 주민이라면 누구나 아는 사실이다. 그곳은 내가 여름방학 때 담력 테스트를 하러 가서 심령사진을 찍은 곳이기도 하다. 게시판 담당으로서 하는 첫 조사이기에 익숙한 장소가 좋겠다고 판단했다.

공원 입구에서 리드줄 없는 목걸이를 한 시바견이 달려들었다.

"좋은 아침이다, 유스케."

뒤늦게 온 견주 시바타 할아버지가 인사를 건넸다. 시바타 할아버지는 우리 주류판매점의 단골손님으로, 자주 이렇게 강아지 폰타와 함께 강변이나 공원을 산책한다. 이야기를 나눌 때마다 옛날이야기를 늘어놓아서 귀찮을 때도 있지만,

폰타는 다른 초등학생들에게도 귀여움을 받는 인기 많은 강아지였다.

"여기서 뭐 하니. 오늘은 혼자인 게야?"

"약속이 있어서요."

시바타 할아버지가 히죽 웃으며 말했다.

"그러고 보니 방금 여자애를 봤다. 데이트냐?"

"그런 거 아니라고요!"

웃음소리를 뒤로한 채 공원 안으로 들어가니 옥외 소화전 앞에 두 사람의 모습이 보였다.

하타노는 티셔츠 위에 하늘색 상의를 걸치고 무릎까지 오는 바지를 입은 반면, 하타는 지금 당장 마라톤 대회에 나가도 될 것 같은 심플한 반팔, 반바지 차림이었다.

평소와 별반 다르지 않은 옷차림인데도, 휴일에 만나는 것만으로 설레는 걸 보면 혹시 나…… 지금 들뜬 건가?

"좋은 아침."

"……굿모닝."

"응."

각자 다른 인사를 나눈 후, 곧 침묵이 시작될 것 같아서 내가 먼저 "그럼 가볼까?"라고 말을 꺼냈다.

소몬 터널은 마을 북서쪽, 히라가 산 중턱에 있다. 전에 갔을 때는 근처에 사는 히로 형의 오토바이를 타고 갔지만, 세 명이니 그렇게 할 수는 없고, 부모님께 차로 심령 터널까지 데려다달라고 부탁해도 들어주지 않으리라. 자전거로 갈 수도 있지만, 대로를 한 시간 이상 달려 올라가야 한다. 그곳에서 로드바이크 연습을 하는 사람도 있을 정도로 험한 길이라 초등학생에겐 버거울 터였다.

히라가 산에는 하이킹 코스가 있고 중간중간 연결되는 버스 정류장이 있기에 가까운 곳까지 버스를 타고 이동한 후 걸어서 가기로 했다.

솔직히 심령 스폿에 갈 거라면 밤에 행동하는 편이 낫다. 하지만 밤중에 초등학생들만 단독 행동하는 걸 부모님이 허락할 리 없고, 여학생인 둘은 더욱 어려울 것이다.

지금 생각해보면 다행이라는 생각마저 들었다. 솔직히 어른 없이 우리끼리 가는 곳으로는 지금까지 중 가장 먼 곳이고, 남자는 나 혼자라는 사실에 어떤 책임감을 느꼈기 때문이다.

"버스 시간 괜찮아?"

사전에 시간을 확인하고 또 확인했지만, 긴장을 풀고자 하타노에게 물어보았다.

"천천히 걸어도 여유 있어."

"보조 배터리는 있어?"

"챙겼어."

"충전은?"

"기지마, 왜 자꾸 그런 걸 묻는 건데?"

하타노가 귀찮다는 표정으로 노려보았다.

세 사람 중 통화 가능한 스마트폰을 가진 건 그녀뿐이다. 나는 와이파이만 되는, 아빠에게 물려받은 스마트폰만 있고, 하타는 집에 컴퓨터가 있을 뿐이다. 친구들과 SNS로 연락하기 불편하지 않냐고 물었지만, 하타는 신경 쓰지 않는 모양이었다. 아무튼 무언가 알아보거나 연락할 일이 있으면 하타노에게 의지할 수밖에 없었다.

목적지인 히라가 산으로 향하는 버스가 교차로 끝 승차장에 덩그러니 서 있었다. 버스에 오르자 에어컨의 온도 조절 장치가 고장 났는지 조금 과하게 냉방이 되어 있었다. 먼저 탄 하타가 1인석에 앉는 바람에 우리도 그 뒤를 따라 세 사람이 세로로 늘어선 형태가 되었다. 게시판 담당일 뿐이라는 우리 관계가 고스란히 드러나는 듯했다.

출발 시간이 되자 버스는 어영차, 라는 소리라도 내는 듯한 움직임으로 교차로를 빠져나갔다.

토요일인데도 거리는 한산했다. 자동차만은 쉴 새 없이 달리는 걸 보면 다들 옆 마을에 있는 대형 쇼핑몰로 향하는 중일까.

아빠는 늘 "여기는 시골이니까"라고 투덜댄다. 도시는 역 주변에 빌딩이 빼곡히 들어서 있어서 식사부터 옷, 가전제품 쇼핑까지 전부 해결할 수 있다면서.

반면 우리가 사는 곳은 근처 역까지 버스로 15분 정도 걸리고, 역과 바로 연결된 빌딩도 없다. 시내로 나가려면 사철私鐵로 30분, JR로 갈아타고 40분 정도 더 가야 한다. 그래서 교통수단은 자동차가 기본이고, 이렇게 버스를 타는 것도 오랜만이었다.

앞쪽 요금 표시기의 숫자가 바뀌는 걸 바라보고 있자니 뒷좌석에서 하타노가 종이 뭉치를 내밀었다.

"이거, 일단 프린트해왔어."

전에 학교에서 보여준 여섯 가지 괴담의 내용을 정리한 듯했다. 4월에 전학 온 하타는 괴담의 내용조차 모를 테니. 역시 준비성이 좋다.

종이로 시선을 떨구자 첫 번째는 지금 향하는 소몬 터널 이야기였다.

〈S터널의 동승자〉

마이(가명)가 전문학교 학생이었을 무렵의 이야기다. 여름방학 때 동아리 친구들과 담력 테스트를 하러 가기로 했다. 산 중턱의 S터널에서 예전에 부모와 갓난아기를 태운 차가 사고를 당해 엄마 품에 있던 아기만 차 밖으로 튕겨나가 사망했다고 한다. 지금도 터널을 지날 때 아기 울음소리가 들리거나 아기 같은 것이 보닛에 떨어진다는 소문이 있었다.

마이 일행 네 명이 S터널을 방문했는데, 도착하자마자 운전자의 몸 상태가 나빠졌다. 그냥 겁먹은 거 아니냐고 놀리는 친구도 있었지만, 안색이 확연히 좋지 않았다. 마이는 걱정했지만, 운전자는 자신은 차에서 대기하고 있을 테니 셋이서 다녀오라고 했다. 도로가 한 차선밖에 없는 데다, 갓길에 세워둔다고 해도 아무도 없으면 혹시 다른 차가 왔을 때 문제가 생길 수 있기 때문이다. 세 사람은 그 말에 따라 운전자를 차에 남겨두고 터널로 들어갔다.

한밤중이라 으스스했지만 터널 내부는 조명이 환하게 밝혀져 있어 마이를 포함한 세 사람은 서로 장난을 치며 반대쪽 끝까지 나아갔다.

출구에서 사진을 찍고 돌아서려는데, 마이 귀에 고양이 울음소리 같은 것이 들렸다. 다른 두 사람도 들었는지 놀란 눈치였다. 소리는 그들이 돌아가려는 터널 안쪽에서 들려왔다. 마이에게는 그것이 동물이 아닌 아기 울음소리처럼 들렸다.

그때 입구 쪽에 주차된 차에서 요란한 경적이 울려 퍼졌다. 마이 일행이 눈을 부릅뜨고 바라보니 차 안에서 무언가 난동을 부리는 듯 차체가 흔들리는 것이 보였다. 무슨 일인지 걱정된 마이 일행은 서둘러 되돌아갔다.

차에 도착했을 때는 이미 경적 소리도 멈추고 차내도 조용해진 상태였다. 안을 들여다본 세 사람은 운전자가 공포에 얼어붙은 표정으로 숨져 있는 것을 발견했다.

세 사람은 경찰에 신고했지만, 운선사의 사인은 심부전으로 결론이 났다. 하지만 차량에 설치된 블랙박스에는 이해할 수 없는 영상이 남아 있었다. 차 안에서 일행을 기다리던 운전자의 좌석 뒤쪽에 검고 작은 그림자가 나타났고, 그 기척을 느낀 운전자가 뒤돌아보려던 순간 녹화가 종료된 것이다.

그림자의 정체가 무엇인지는 지금도 모른다.

복사지 한 장에 빼곡히 적힌 괴담을 다 읽고 고개를 들자 버스는 이미 마을을 떠나 산을 오르기 시작했다.

이 괴담은 어떤 책에서 인용했는지 꽤 긴 데다 내가 아는 내용과 조금 달랐다. 내가 기억하고 있는 건 운전자가 마치 충돌사고를 당한 것처럼 앞유리창을 뚫고 나와 온몸이 너덜너덜해져 죽었다는 더 비참한 내용이었다.

원래 심령 스폿에는 여러 체험담이 전해지는 게 보통이다. 소몬 터널도 아기 유령뿐만 아니라 차를 추월하는 할머니나 빨간 옷을 입은 여인 귀신 같은 목격담이 전해진다. 그러니 아기 유령 이야기만 대표작처럼 자세히 다룬 건 오히려 희귀한 케이스였다.

다른 7대 불가사의, 정확히는 여섯 개뿐인 괴담 내용도 대충 훑어보았지만, 역시 내가 알고 있는 것과는 미묘하게 다르거나 묘하게 상세했다. 인터넷에서 쉽게 찾을 수 있는 내용 같지는 않았다.

하타노는 이걸 어디서 발견했을까. 아무리 책임감이 강하다고 해도 고작 벽신문의 심령 코너 취재를 위해 이렇게까지 자세히 조사할 수 있을까?

심령 현상을 부정하는 건 모범생으로서 요구되는 태도일 뿐, 사실은 하타노도 오컬트를 좋아하는 건 아닐까? 그런 거라면 내게 기사를 맡기는 것도 이해가 된다.

목적지인 버스 정류장 이름이 나오자 하타노가 하차 버튼을 눌렀다. 우리가 내리자 운전기사가 의아한 눈빛을 남기며 떠났다.

"다음 버스는 두 시간 후야."

하타노는 버스 정류장의 시간표를 보고 일정을 확인했다.

차도로 벗어나지 않도록 조심하며 길을 따라 올라가니 5분도 채 지나지 않아 목적지인 소몬 터널이 보였다. 소몬僧門이라는 이름은 예전에 근처에 큰 절이 있어 수행승들이 이 부근의 산길을 힘들게 지나다닌 것에서 유래했다고 한다.

"확실히 음침하네."

하타가 그렇게 중얼거린 것도 이해가 갔다.

낡은 소몬 터널은 대낮에도 다른 세상으로 통하는 듯한 묵직한 존재감을 뿜어냈다. 터널이 통과하는 산비탈에서 수많은 덩굴이며 나무뿌리가 마구 자라난 탓에 터널 이름이 적힌 표지판도 거의 가려진 채였다. 표지판을 자세히 보니 터널의 총 길이가 250미터라고 표시되어 있었다. 안쪽에서 밀려오는 축축한 산바람과 함께 '우우웅' 하는 낮은 울림이 귓전을 때렸다.

두 번째 방문임에도 오싹한 흥분이 느껴졌다.

"밤에 왔을 땐 훨씬 무서웠어. 괴담을 확인하려면 그쪽이 더 좋았을 텐데."

"밤에는 버스도 안 다니는데 어떻게 오겠어. 부모님도 허락해주지 않을 테고."

그 말이 맞다. 초등학생은 불편한 게 한두가지가 아니다. 한정된 마을 안에서 한정된 시간 동안, 어른들이 허락하는 범위 내에서만 움직일 수 있다.

"그래서 뭘 조사할 거야?"

하타노는 하타의 질문에 몸 앞으로 팔짱을 꼈다.

"일단 괴담처럼 우리도 터널을 통과해보자. 그리고 아기 유령 소문이 난 원인을 추리하는 거야."

말투로 보아 하타노는 심령 현상을 믿지 않는 듯했다. 무언가 과학적인 원인을 찾아 담력 테스트를 하러 온 사람들이 유령으로 착각했다는 스토리를 만들고 싶은 것 같았다.

화가 나면서도 동시에 승부욕이 생겼다.

네가 심령 현상에 대해 과학적인 설명을 찾고 싶다면, 나는 반대로 그 설명을 부정해주겠어.

터널 벽을 따라 단차가 있는 보도가 뻗어 있었다. 그 위를 한 줄로 걸으며 하타노가 말했다.

"여기서 사망사고가 일어난 건 사실인 것 같아. 7년 전의 일이야."

"의외로 최근이네?"

"응. 괴담에 블랙박스가 나오는 걸로 보아 이상하지 않은 것 같지만."

분명 우리 아빠도 2년 전쯤 블랙박스를 설치했다.

"괴담에 나온 대로 그 사고로 아기가 죽었어?"

"응, 신문 기사로 확인했으니 틀림없어. 하지만 차 밖으로 튕겼는지까지는 알 수 없었어."

차가 거의 다니지 않는 터널에 나와 하타노의 목소리만 메아리쳤다.

"그건 딱히 상관없지 않아? 어쨌든 아기가 죽었으니 그 유령이 나타나게 된 거잖아."

"유령이 왜 나타나야 하는데?"

하타노의 차가운 물음에 나는 무심코 발걸음을 멈췄다.

"자기가 죽었다는 사실을 모르고 있거나 미련이 남아서 그런 거 아닐까?"

그러자 하타노도 발끈한 듯 홱 몸을 돌리며 빠르게 말을 쏟아냈다.

"그냥 나와서 울기만 하면 모를까, 괴담에서는 마치 아기 영혼이 운전자를 죽인 것 같잖아. 그럴 이유가 있어? 아니면 담력 테스트를 하러 온 사람들에게 화라도 났다고 말하고 싶은 거야? 상당히 똑똑한 아기네. 설마 죽으면서 지능이 높아진 거야?"

"유령이 무슨 생각을 하는지는 나도 몰라. 근데 달리 어떻게 설명할 수 있겠어? 아기의 모습을 보거나 울음소리를 듣거나 위에서 보닛에 떨어지는 등 수많은 체험담이 있는데, 이 모든 걸 우연이나 착각으로 치부할 수는 없지 않아?"

"그 반대야. 수많은 체험담이 모인 게 아니라 하나의 소문에서 많은 이야기가 생겨난 거지."

"그게 무슨 뜻이야?"

하타는 흥미로운 듯 물었고, 하타노는 당당하게 어깨에 걸린 머리카락을 쓸어 넘겼다.

"아기 유령이 나온다는 소문이 머릿속에 있으면, 눈에 뭐가 보이든 귀에 뭐가 들리든 그 기억을 떠올리며 해석하게 되는 거야. 동물 그림자를 아기로 보고 바람 소리를 울음소리로 듣게 되는 거지. 그런 몇 명, 몇십 명의 해석이 모여서 더 복잡하고 비현실적인 괴담이 만들어지는 거야. '나는 이런 걸 봤어', '그럼 내가 들은 건 그 영혼의 목소리였구나'라는 식으로 말이지."

한 대의 차가 마치 결투 신호처럼 옆을 지나 달려갔다.

여기서 물러서면 향후 벽신문 제작의 주도권을 하타노에게 빼앗길 수 있다.

나는 흐름을 바꾸기 위해 평소에 생각해두었던 심령 현상 부정파에 대한 반론을 제기했다.

"사람이 믿는 걸 착각이라고 한다면, 하타노의 주장 역시 마찬가지 아니야? 동물이나 바람 소리라고 생각했던 게 유령일 가능성도 있다는 말이니까."

상대방의 논리를 그대로 되돌려주는 '논법 장벽'이다. 이론을 바탕으로 공격하는 상대에게는 이것이 가장 효과적이다. 하지만······.

"이 터널의 괴담 자체가 지어낸 이야기라는 근거가 있어."

예상 못 한 반응이 돌아왔다.

"괴담에서는 사고로 아기가 차 밖으로 튕겨나왔다고 해. 하지만 이건 이상해. 보통은 아기를 카시트에 앉히므로 사고가 나도 차 밖으로 튀어나오지 않거든. 부모가 안고 있는 편이 더 안전하다고 믿었던 시절이라면 모를까, 일본에서는 2000년에 카시트 사용이 법으로 의무화되었어. 신문에 따르면, 아기가 사망한 사고가 발생한 건 불과 7년 전이니 그런 일은 있을 수 없어."

카시트라니. 참 멋대가리 없는 말을 하는 녀석이다.

물론 나도 괴담이 하나부터 열까지 사실이라고 믿는 건 아니다. 하지만 사실임에도 간과된 진실도 분명 있을 것이다. 그래서 나처럼 오컬트를 좋아하는 사람이 발로 뛰며 증거를 찾으려고 하는 게 아닐까.

"그런 식으로 따지면 여기 온 의미가 없어지잖아. 안 그래?"

하타에게 동의를 구하려 했지만 그녀의 모습이 어디에도 보이지 않았다.

1장 그녀가 남긴 7대 불가사의

'설마 심령 현상?'이라고 생각했지만 그럴 리 없었다. 하타는 우리의 말다툼을 무시한 채 성큼성큼 나아가 터널의 커브 너머로 사라지려는 참이었다.

역시나 존재감이 희미한 녀석이다.

"잠깐 기다려, 하타!"

둘이 달려가서 따라잡자 그녀는 감정이 읽히지 않는 눈빛으로 물었다.

"이야기는 끝났어?"

우리 토론에는 관심 없는 모양이었다.

"하타는 어느 쪽이라고 생각해?"

"어느 쪽이라니?"

"여기서 일어난 심령 현상은 진짜인가, 거짓인가."

"잘 모르겠지만, 정말 여기에 무언가 있다면 보고 싶어."

오오, 하타는 내 쪽인 모양이다. 나는 기꺼이 동의했다.

"그렇지! 나도 여름방학에 왔을 때 여기서 아기 울음소리를 들었어."

"그것도 착각이라니까. 밤에는 어둡고 조용해서 낮에는 안 들리는 사소한 소리에도 민감하게 반응하게 되거든."

말다툼을 계속하다 보니 터널 반대쪽에 다다랐다.

하타노는 출구 위쪽을 가볍게 둘러보며 한 곳을 가리켰다.

"봐봐. 관리가 안 되는 건지, 나뭇가지와 나뭇잎이 제멋대로 자라나 바로 위까지 덮고 있어. 이 상태라면 부러진 나뭇

가지나 작은 동물이 보닛 위로 떨어져도 이상하지 않아."

"담력 테스트를 하러 온 사람에게 그런 일이 자주 일어나서 다들 착각했다는 말이야? 그게 더 이상하지 않아?"

"아무리 불가능해 보여도 이론상으로는 그렇게 될 수 있잖아. 오히려 미지의 존재가 이상한 일을 일으켰다고 하는 게 더 말이 안 돼."

진절머리가 났다.

하타노는 내가 제시하는 증언과 증거를 모두 오해로 치부하며 아무리 희박한 확률이라도 과학적 현상을 믿는다.

'유령 따윈 없으니까'라는 이유만으로.

마치 오컬트 동영상을 보면 상식이 없어진다고 눈살을 찌푸리는 엄마와 똑같지 않은가. 눈에 보이지 않는 건 유령이나 상식이나 마찬가지인데, 왜 상식만 특별대우를 받는 거지?

……왠지 피곤해졌다. 애초에 이런 녀석에게 심령 현상을 믿게 하려고 안간힘을 쓴 내가 바보였다. 믿기 싫으면 네 마음대로 해. 나도 내 마음대로 할 테니까.

그런 생각 끝에 불쑥 중얼거렸다.

"이론이 어떻고 상식이 어떻고 해도 결국 하타노는 7대 불가사의 따위 아무래도 좋은 거잖아."

"아무래도 좋은 건 아니야!"

하타노가 화를 내며 소리쳤다. 아니, 화를 낸다기보다 어딘지 모르게 슬픔이 묻어나는 목소리였다. 나와 하타는 깜짝 놀라 하타노의 얼굴을 쳐다보았다.

"나는 괴담을 믿지 않아. 하지만 어떻게든 일곱 번째 불가사의를 알아야만 해."

괴담도 믿지 않으면서 일곱 번째 불가사의를 알고 싶다고?

설마 '일곱 번째를 알면 죽는다'는 말이 거짓임을 몸소 증명하고 싶은 건 아니겠지.

하지만 하타노의 표정은 진지하기 그지없어서 바보 취급하면 안 될 것 같았다.

"……잘은 모르겠지만, 심령을 믿지 않으면서 내게 의지해 봤자 내가 도와줄 수 있는 건 없어. 7대 불가사의에 집착하는 이유가 뭐야?"

내 말에 하타도 여섯 가지 괴담이 적힌 복사지를 꺼내며 끼어들었다.

"나도 궁금했어. 이거 인터넷에서 가져온 이야기야? 그렇다면 괴담 현장에 직접 가보는 것보다 세 사람이 함께 인터넷에 있는 정보를 뒤지는 게 낫지 않아?"

하타노는 감정을 가라앉히려는 듯 숨을 가다듬으며 고개를 저었다.

"어디에서 발췌한 건지는 몰라. 하지만 이 여섯 가지 이야기가 단서인 건 분명해."

이상한 말이었다. 구체적으로 어떤 단서인지는 하타노 자신도 모르는 듯했다.

다만 하타노는 진심으로 일곱 번째 괴담을 알고 싶어한다. 오컬트를 싫어하는 이 녀석이 심령 스폿에 대해 조사하겠다고 나설 정도로. 그녀 자신의 이성과 상식으로는 풀 수 없는 수수께끼이기에 나처럼 친하지도 않은 오컬트 마니아에게 미약한 기대를 걸고 있는 것인지도 모른다.

어느새 짜증이 사라진 나는 한숨을 내쉬었다.

"사정은 모르겠지만 최대한 협조할게. 그 대신 심령이나 괴담에 대해 무턱대고 부정하지는 말아줘. 옳고 그름을 떠나서 말이야. ……그럼 나도 기분이 좋지 않으니까."

그러자 하타노는 고개를 푹 숙이고 "미안"이라고 말했다.

순순히 사과하는 모습에 당황했지만, 문득 깨달았다. 어쩌면 진심으로 일곱 번째 괴담을 찾고 있다는 사실이 알려지면 놀림당하리라 생각했을지도 모른다. 모두가 모범생 역할을 기대하는 하타노니까.

5년간 같은 학교를 다녔지만, 그런 것도 모를 정도로 지금까지 우리는 인연이 없었다.

고개를 든 하타노의 눈가가 약간 붉어져 있었고, 나는 무슨 일인가 싶어 어리둥절했다. 그때 눈치 없는 하타가 "슬슬 배고프네"라고 말했기에, 아직 정오도 되지 않았지만 점심을 먹기로 했다.

도로변에 조금 트인 그늘을 찾아 나란히 앉았다. 모두 함께 먹을 도시락을 자신이 준비하겠다고 말한 하타노가 배낭에서 알루미늄 포일로 감싼 주먹밥과 반찬 통을 꺼냈다. 뚜껑을 열자 문어 모양으로 칼집을 낸 비엔나소시지 볶음과 햄으로 오이와 치즈를 감싸 이쑤시개를 꽂은 반찬이 들어 있고 네 귀퉁이에는 방울토마토까지 채워져 있었다. 여러 번 해본 솜씨였다.

한편 하나씩 건네받은 주먹밥은 꽤 세게 쥐었는지 표면의 쌀알이 뭉개져 있어서 새벽부터 일어나 어색하게 밥을 쥔 하타노의 모습이 머릿속에 떠올랐다.

하타노가 직접 만든 거야?

그렇게 물어보고 대답을 들으면 감사 인사도 쉽게 할 수 있을 텐데, 모른 척 "잘 먹을게"라고 중얼거리고 마는 내 소심함이 짜증 났다. 오컬트 이야기라면 얼마든지 떠들 수 있는데…….

결국 하타노가 7대 불가사의를 쫓는 까닭은 알 수 없지만, 어쩌면 미안한 마음에 보상 차원에서 도시락을 준비했는지도 모르겠다. 물론 숨기는 게 없으면 좋겠지만, 하타노에게도 말 못 할 사정은 있을 수 있으니까.

주먹밥은 소금기가 강해서 약간 짭짤했지만, 나는 모르는 척하며 그녀에게 간신히 들릴 정도의 작은 목소리로 "맛있네" 하고 중얼거렸다.

바람이 불어와 머리 위로 늘어진 나뭇잎이 흔들렸다. 눈앞에 펼쳐진 산의 짙은 녹색이 왠지 모르게 정겨웠고 밥을

다 먹은 우리는 터널을 조사할 의욕을 잃은 채 잠시 하이킹 코스를 거닐었다. 사진 찍기 좋은 풍경을 찾거나 마을을 내려다보며 자기 집은 저기라고 서로에게 알려주기도 했다. 하타노의 집은 마을을 동서로 가로지르는 대로변의 교차로 옆. 반면 하타가 가리킨 곳은 마을 동쪽, 좁은 골목이 밀집한 오래된 상점가가 있는 지역이었다.

위에서 바라보니 산기슭에서 이어지는 주택가 곳곳에 낡은 공장 굴뚝이 삐죽삐죽 튀어나와 있고, 건물이 철거된 채 사람의 모습이 보이지 않는 공터도 있었다. 예전에는 이곳보다 더 깊은 산속에 광산이 있어 마을도 굉장히 번성했다고 한다. 우리 집은 할아버지 대부터 주류판매점을 하고 있는데, 광산이 있을 때는 손님도 세 배 이상 많았고 돈도 많이 벌었다고 했다.

"광산이 문을 닫아 생계 수단이 없어졌지만, 그렇다고 주민이 바뀐 건 아니란다. 이 마을은 낡은 건물과 사람만 나이를 먹어가는 곳이지."

아빠는 그렇게 말했다.

하타는 여전히 멍하니 허공을 응시하고 있어 무슨 생각을 하는지 알 수 없지만, 하타노는 의외로 많은 이야기를 들려주었다. 할아버지와 아버지가 모두 변호사이며, 특별히 엄하지는 않지만 자신도 명문 사립 중학교를 목표로 삼는 것이 당연시된다는 것, 부모님은 조만간 마을을 떠나 도시에서 살기를 원하고 있다는 것.

우리 집에서는 느낄 수 없는, 무언가 강한 힘에 이끌려 사는 것 같아 하타노도 여러모로 힘들겠구나 싶었다.

다음 버스를 놓치면 다시 두 시간을 기다려야 하기에 여유를 가지고 15분 전에 버스 정류장에 줄을 섰다.

"잠깐 생각해봤는데."

오랫동안 입을 다물고 있던 하타가 입을 열었다.

"하타노는 이 여섯 가지 괴담이 단서라고 했지?"

그녀 손에는 괴담을 적은 복사지가 들려 있었다.

"그건 이야기의 내용이 아니라 여섯 가지 괴담의 배열이 중요하다는 뜻 아닐까?"

"무슨 의미야?"

하타노가 묻자 하타는 괴담이 적힌 복사지 여러 장을 겹친 다음 각 이야기의 시작 부분이 보이도록 부채처럼 펼쳐 이쪽으로 향했다.

〈S터널의 동승자〉

마이(가명)가 전문학교 학생이었던······まいさん(仮名)が專門學校の學生だった

〈영원한 생명 연구소〉

십 년쯤 전, 다카시(가명)······十年ほど前、たかしさん(仮名)

〈미사사 고개의 목이 달린 지장보살〉

세상에는 믿을 수 없는……世の中には、信じられないような

〈자살 댐의 아이〉

농사를 짓는 F는……農家をやっているFさんは

〈산할머니 마을〉

지금은 이미 돌아가신 할머니가……今はもう亡くなった祖母が

〈우물이 있는 집〉

역 앞 도로를 따라 곧장 나아가면……駅前の道をまっすぐ進むと

하타가 말했다.

"각 이야기의 머리글자를 히라가나로 바꿔 한 글자씩 이어서 읽어봐."

ま, じ, よ, の, い, え.

마녀의 집.

하타노와 동시에 앗, 하고 외쳤다.

이 동네 아이라면 누구나 아는 낡고 으스스한 양옥집.

마을 괴담으로도 전해지는 그 집의 이름은 '마녀의 집'이다.

과연 이것은 우연일까?

"우연의 일치일 수도 있지만." 하타노는 신중하게 단어를 고르며 말했다. "여섯 가지 괴담을 읽을 때 느낀 위화감도 이걸로 설명할 수 있을 것 같아."

"왜 이 여섯 가지가 선택된 건가 하는 위화감 말이야?"

"응. 딱히 공통점이 없어서 어떻게 일곱 번째 괴담을 찾아내야 할지 알 수 없었어. 하지만 머리글자의 배열이 중요하다면 이야기의 내용은 중요하지 않은 거잖아."

때마침 버스가 왔다. 이곳에 올 때 탄 버스와 달리 차 안에는 두어 명의 승객이 있었다.

우리는 맨 뒷좌석에 어깨를 나란히 하고 앉았다.

"마녀의 집에 가본 적 있어?"

하타노의 물음에 나는 말끝을 흐렸다.

"2년 전쯤에 잠깐 본 적이 있을 뿐이야. 오래된 양옥집이었지만 특별한 건 없었어."

주택가에서 유독 그 집만 으스스한 기운이 감돌았고, 집 안에서 누군가가 지켜보는 것 같은 기분이 들어 1분도 채 지나지 않아 자리를 떴다는 사실은 말하지 않았다.

히로 형에 따르면, 형이 초등학교 시절부터 마녀의 집은 이미 낡은 상태였고, 거주자는 이미 오래전에 사망했다거나 결국 건물이 철거될 거라는 소문만 무성했다고 한다.

시계를 보니 아직 오후 2시가 채 되지 않았다.

"중간에 내리면 걸어서 갈 수 있을 것 같은데…… 어떻게 할래?"

물어본 시점에는 이미 하타노가 스마트폰으로 최단 경로를 검색하고 있었다.

'마녀의 집'은 마치 시간이 멈춘 것 같았다.

우리 초등학교가 속한 학군 끝자락에 있는 이 동네는 마을 내에서도 일찍이 주택지로 개발된 지역이라고 아빠에게 들은 적이 있다. 줄지어 늘어선 집들은 무거워 보이는 기와지붕을 얹고, 낡은 돌담과 정원수로 둘러싸인 외벽도 곰팡이와 오염으로 까맣게 변색되어 있었다. 현관이나 정원에서 심심찮게 눈에 띄는 도자기 화분도 주민이 기르는 것인지 스스로 자란 것인지 알 수 없는 상태로 방치된 것이 많았다.

이런 걸 아빠라면 '쇼와풍'(일본 연호 중 하나로, 쇼와시대는 1926년부터 1989년까지이다—옮긴이)이라고 표현하겠지.

"이 근처에 사는 친구도 없지?"

"우리 부모님 세대가 자란 지역이라 아이들은 별로 없는 것 같아."

히티노는 처음 온 모양인지 마녀의 집을 흥미롭게 바라보고 있었다.

오래된 영화에 나올 법한 목조 2층 양옥은 벽의 하얀 페인트가 벗어지고 금속 창틀도 녹슬어 지진이 나면 금방이라도 무너질 것 같은 모습이었다. 넓은 정원은 아직 9월인데도 푸르름을 잃고 생기가 없었다. 앙상한 노인의 팔을 닮은 고목이 2층 창문을 향해 툭 튀어나와 있고, 그 가지에 앉은 까마귀 한 마리가 가만히 아래를 내려다보고 있었다.

2년 전 이곳에 왔을 때 느꼈던 섬뜩함을 몸이 금방 떠올렸다.

"어째 터널보다 여기가 더 무섭네."

괴담을 비웃던 하타노의 목소리조차 딱딱했다.

"여긴 누가 살아? 마녀라는 걸 보니 할머니?"

"빈집 아닐까? 명패도 없잖아."

집에는 차를 세울 차고조차 없어 거주한다면 불편할 것이 분명했다.

무슨 문양처럼 생긴 검고 무거워 보이는 대문은 상단에 창 같은 돌기가 솟아 있어 방문객을 거부하는 듯했다.

우리는 일단 부지를 한 바퀴 돌았다. 이 일대는 다섯 채 정도의 주택이 앞뒤 두 줄로 늘어서서 하나의 블록을 이루고 있었다. 마녀의 집은 블록 끝자락에 있는데, 저택 자체는 그리 크지 않지만 정원이 유난히 넓어서 두 채만큼의 부지를 차지하고 있었다.

저택 옆을 지나 뒤편으로 돌아가니 부지를 둘러싼 낮은 담장 중간에 금속으로 된 작은 문이 있었고, 저택 쪽문도 보였다. 뒷마당으로 들어가는 후문인 모양이었다. 대문과 달리 위압감이 느껴지지 않고 쪽문까지의 거리도 가까웠다.

저택 창문은 모두 불이 꺼져 있어서 역시 폐가 같았다.

그때 하타가 엄청난 말을 꺼냈다.

"우리, 들어가볼까?"

"어떻게? 유리창이라도 깰 거야?"

"그건 절대 안 돼. 들키면 신고당해……."

하타노의 말은 도중에 기세를 잃었다.

주변에 인기척이 없다는 건 이 녀석도 알고 있다.

하타가 후문 손잡이에 손을 얹었다. 문은 아무 저항 없이 열렸다.

부지 안으로 한 걸음 들어섰다.

"잠겼는지 확인만 해볼게."

혼잣말처럼 중얼거리며 하타가 쪽문에 손을 뻗었다.

나도 하타노도 숨을 죽이고 그 모습을 지켜보았다.

그리고……

끼이익.

열렸다.

이쪽을 돌아본 하타의 얼굴에 '어쩌지'라는 글자가 떠 있는 것처럼 보였다.

그 직후, 우리가 취한 행동의 이유는 뭐라 설명해야 할지 모르겠다.

나와 하타노가 동시에 하타에게 달려가 그녀를 밀어 넣듯 쪽문 안으로 뛰어든 것이다.

순간, 귀 안쪽이 윙윙거리며 아무 소리도 들리지 않았다.

아니, 그보다는 전기에 감전된 것처럼 온몸이 찌릿찌릿해 반사적으로 허리를 곧추세우고 말았다.

"지금 그거 뭐야?"

"정전기? 모르겠어……."

두 사람도 같은 느낌이었을 것이다. 서로 이해할 수 없다는 표정으로 얼굴을 마주 보았다.

저택 안은 쥐 죽은 듯 고요했다.

놀이공원의 유령의 집처럼 어두울 줄 알았는데, 창문을 통해 외부의 빛이 들어와서 내부가 선명히 보였다. 작은 현관을 지나 신발을 신은 채 집 안으로 올라섰다.

그곳은 좁은 주방으로, 벽에는 오래된 영화에서나 볼 법한 나무 찬장이 있고 카운터 너머로는 작은 테이블 세트가 보였다. 방도 문도 일반적인 일본 주택보다 크게 만들어진 것 같지만 호화주택이라 부르기엔 거리가 멀었고, 외국의 분위기를 압축해서 가두어놓은 느낌이었다.

뚝.

싱크대에 물방울 떨어지는 소리에 세 사람 모두 깜짝 놀라 몸을 움츠렸다.

"뭐야……. 아직 수도가 연결되어 있는 거야?"

"게다가 식기도 있고……."

테이블 위에는 신문도 놓여 있었다. 무엇보다 폐허 특유의 먼지 냄새가 전혀 나지 않았다.

누가 살고 있거나 적어도 꾸준히 관리하는 듯했다. 그렇다면 당장 나가야 하는데, 우리는 바로 앞에 있는 거실의 광경에 넋을 잃고 "우와"라는 감탄사만 연발했다.

책, 책, 책…….

벽지조차 보이지 않을 정도로 방 구석구석까지 책장으로 빼곡했다.

그 힘에 압도당한 내 어깨를 하타노가 툭툭 건드렸다.

"봐봐, 복도도……."

거실에서 이어지는 복도 벽에도 책장이 가득했다. 그 모습은 약간 병적으로 느껴지기도 했다. 게다가 도서관과 달리 책 배열이 체계적이지 않아 사전처럼 두꺼운 것부터 문고본에 이르기까지 되는대로 쑤셔 넣은 느낌이었다.

"일단 사진을……."

아무도 본 적 없는 마녀의 집 내부 모습이다. 벽신문에 실을 수는 없지만 매우 귀중한 자료가 될 것이다.

나는 엉덩이 주머니에 꽂아둔 스마트폰을 꺼내 거실과 안쪽 방까지 렌즈에 담았다. 하지만

화면 속에 무언가가 있었다.

안쪽 방으로 이어지는 입구에서 휠체어를 탄 노파가 이쪽을 가만히 바라보고 있…….

내 입에서 들어본 적 없는 비명이 터져 나왔다.

덩달아 두 소녀도 비명을 질렀고, 내 시선이 향한 곳을 보고 더 크게 비명을 질렀다.

세 사람이 서로 뒤엉켜서 넘어진 순간 끼익, 하고 바퀴 돌아가는 소리가 들렸다.

"무단으로 들어와서 바닥을 더럽히고는 사람을 보고 비명

을 지르다니. 너희, 악마인 게냐?"

마녀의 집은 폐허가 아니었다.
휠체어를 탄 할머니가 홀로 살고 있었다.
물론 할머니는 온몸에 검은 옷을 입은 데다 커다란 매부리코에 새하얀 머리를 뒤로 땋아 올려서 그 모습만 보면 마녀라고 불러도 될 것 같지만 말이다.
"정말이지, 뭐 하는 녀석들인가 했더니 어린이 탐정단이라니. 조금이라도 방을 어지럽혔다면 이걸로 치어 죽일 뻔했다."
우리가 이곳에 오게 된 경위를 말하자 할머니는 그렇게 독설을 퍼부었다.
할머니는 가구가 늘어선 좁은 실내를 패럴림픽 휠체어 농구팀 선수라 해도 믿을 만큼 능숙하게 휠체어로 누비면서 차를 내주었다. 테이블 세트에 의자가 부족해서 우리는 모두 선 채로 각기 다른 모양의 컵을 받았다.
"너희, 이름은 뭐냐?"
"하타노 사쓰키입니다."
"기지마 유스케요."
"하타 미나예요."
그 말을 들은 할머니의 눈썹이 살짝 올라간 것 같았지만 금방 원래대로 돌아왔다.

학교에 신고하지는 않을까 반쯤은 각오했지만, 아이들 사이에서 이곳이 마녀의 집이라고 불린다는 말을 들은 할머니는 손뼉을 치며 웃음을 터뜨렸다.

"도대체 몇십 년째 그렇게 불리는지 모르겠네. 아이들은 시대가 변해도 괴담을 좋아하는군."

하타노가 조심스레 말을 꺼냈다.

"저기…… 할머니."

"마녀라고 불러."

할머니는 의외로 신이 나 보였다.

"마녀님은 계속 혼자 사시는 건가요? 휠체어를 타고?"

마녀의 말에 따르면 가족도 없고 자동차도 없지만, 일주일에 두 번 아는 도우미가 찾아온다고 했다. 그래서 외부에서 모습이 목격되는 일이 거의 없었고, 이 집도 유령의 집 취급을 받아온 것이다.

"너희, 요즘 애들치고는 자기 발로 정보를 알아내려는 기개가 있다는 건 내 인정하마. 무단침입은 용납할 수 없지만, 어렸을 때는 그 정도의 배짱이 필요한 법이니까. 하지만 마녀를 보고 놀라 주저앉은 건 감점이야."

자신들의 꼴사나운 모습이 떠올라 얼굴이 붉어진 우리는 서로 얼굴을 마주 보며 '이 사실은 절대 입 밖에 내지 말자'며 고개를 끄덕였다.

"7대 불가사의 각 이야기의 머리글자를 연결한 아이디어도 흥미롭다. 하지만 그건 '하나의 해석'일 뿐이야. 다른 조건과 교차 비교한 뒤 그 아이디어가 타당한지 검토해봐야지."

교차 비교, 타당한지 검토?

무슨 뜻인지 몰라 고개를 갸웃거리자 마녀는 말하는 속도를 조금 늦췄다.

"내가 보기에 여기 실린 여섯 가지 괴담은 모두 소문으로 퍼뜨리기에는 너무 길어. 기억하기 어려울 정도야."

"저도 그렇게 생각했어요. 소몬 터널에 아기 유령이 나온다는 건 많이 알려졌지만, 이렇게 상세하게 쓰인 건 처음 봤거든요."

"그래, 유스케." 내 이름을 입에 담은 마녀의 눈이 조금 부드럽게 가늘어졌다. "부자연스러운 것에는 반드시 이유가 있는 법이지. 처음으로 돌아가보자. 각 이야기의 머리글자를 따기 위해서라면 굳이 이야기를 길게 만들 필요가 있을까?"

"듣고 보니 그렇네요."

하타노도 수긍하는 듯했다.

"글의 시작 부분 같은 건 얼마든지 바꿀 수 있다. 머리글자에 주목하길 원한다면 차라리 본문이 아니라 심령 스폿 이름이나 괴담 제목을 맞추는 게 낫겠지."

마녀의 말뜻은 나도 이해했다. 하나의 힌트에서 생각을 도출해도 다른 힌트와 맞지 않으면 의미가 없다는 뜻이다.

7대 불가사의에 대한 조사는 원점으로 돌아갔다.

하타가 '마녀의 집'이라는 조합을 알아차렸을 때의 흥분이 사그라들었다.

하타가 입을 열었다.

"저기, 하타노."

"응?"

"이 괴담을 알려준 사람은 죽었어?"

하타노가 놀라 멈칫했다.

"왜 그런 말을······."

"오컬트를 좋아하는 기지마도 몰랐던 여섯 가지 괴담. 그것을 하타노에게 알려준 사람이 있다면 일곱 번째 불가사의가 뭔지도 그 사람에게 물어보면 될 테니까."

그런가. 소몬 터널에서 말다툼이 벌어졌을 때 이상하다고 생각했다. 왜 이 여섯 가지 괴담이 선택되었는지 모르면서 어째서 여기에 단서가 있다고 믿는 걸까. 만약 그 사실을 알려준 사람이 이미 세상을 떠났다면?

안색을 살피며 나도 물었다.

"그렇게 말하기 싫어? 내 가장 큰 목적은 벽신문이지만, 내가 도울 수 있는 일이라면 도울 거고, 무슨 말을 들어도 바보 취급 안 해. 그건 오늘 함께 시간을 보내면서 알았을 거 아냐."

두 사람의 시선을 받으면서도 하타노는 잠시 침묵을 지켰지만, 이내 포기한 듯 어깨를 으쓱했다.

"맞아, 미안해. 벽신문 제작을 핑계로 오컬트에 밝은 기지마의 지식을 빌릴 생각이었어. 하지만 터널에도 동행했고, 이 집에 몰래 들어온 게 들통나서 큰일 날 뻔했지. 나, 너무 이기적이었네."

그렇게 말하면서 우리를 향해 고개를 푹 숙였다. 너무 진지한 나머지 우리가 더 당황스러울 정도였다. 그러고 나서 하타노가 말을 꺼냈다.

"작년 가을, 우리 사촌 언니가 죽었어. 기지마는 알지?"

"그건……."

망설이다가 고개를 끄덕였다.

옆에 있는 하타의 얼굴에는 의문이 가득했다. 이 녀석은 4월에 전학 왔으니 모르더라도 무리는 아니다.

지난해, 불행한 사건 때문에 하타노가 사람들 입에 오르내리던 시기가 있었다.

마을 체육공원 운동장에서 20대 여성의 시신이 발견된 사건.

여성의 이름은 하타노 마리코. 아침에 뉴스가 흘러나오고 얼마 지나지 않아 하타노 사쓰키의 친척이라는 사실이 알려졌다. 게다가 여러 정황상 타살 의혹이 짙어 마을은 그 이야기로 떠들썩했다.

물론 하타노는 아무 잘못이 없다. 하지만 작은 마을에서 갑자기 일어난 흉악 범죄였기에 친인척의 소행이 아니냐는 소문도 돌았다.

학교 선생님들은 하타노 앞에서 그 사건에 관해 이야기하지 말라고 했지만, 오히려 다들 어떻게 행동해야 좋을지 몰랐던 것 같다. 당시 하타노와 같은 반이었던 친구에게 들은 바에 따르면, 하타노가 한동안 반에서 고립된 상태였다고 한다.

그래도 사건이 언젠가는 해결되리라 생각했는데…….

"아직 범인이 잡히지 않았지?"

내 말에 하타노가 고개를 끄덕였다.

"아빠도 엄마도 자세한 상황을 알려주지 않았고, 나는 아무것도 할 수 없어 답답했어. 그런데 여름방학 때 마리코 언니 집에 갔더니 경찰이 수사를 위해 가져갔던 언니의 소지품 몇 개가 반환되었더라고. 그중에 노트북 컴퓨터가 있었어."

업무용과는 별개로 인터넷 검색 정도로만 사용하던 컴퓨터였던 듯 간단한 비밀번호로 열린 그 컴퓨터는 경찰이 조사했지만 단서를 찾지 못해 반환했다고 한다. 하타노는 지푸라기라도 잡는 심정으로 내부를 들여다보았다. 저장된 데이터는 거의 없었지만, 바탕화면에 이상하게 신경 쓰이는 텍스트 파일이 하나 있었다.

"그게 바로 이 '오쿠사토 정의 7대 불가사의'라는 텍스트였어. 그 안에는 여섯 가지 괴담과 '일곱 번째 불가사의를 알면 죽는다'라고 적혀 있었지."

"하지만 사건과 관련이 있다고는……."

하타노는 강한 어조로 내 의문을 막았다.

"나는 마리코 언니를 잘 알아. 상냥하지만 진지하고 이성적인 마리코 언니를 평소 동경했어. 분명 괴담을 모으는 취미 같은 건 없었어. 그런데 그 텍스트 파일만 유독 눈에 잘 띄는 곳에 저장해둔 건 분명 의미가 있다는 거야."

살해당한 사촌 언니가 남긴 7대 불가사의. 게다가 알면 죽는다는, 자신의 죽음을 예견한 듯한 한마디.

어느새 하타노의 목소리는 떨리고 있었다.

"부모님께도, 형사에게도 말했어. 하지만 다들 어린애라는 이유로 상대해주지 않았어. 물론 나도 마리코 언니의 죽음을 괴담으로 해결할 수 있다고 생각하고 싶지는 않아! 하지만 어쩔 수 없잖아. 어른들은 아무것도 알려주지 않으니까……."

이제야 하타노의 갈등을 이해할 수 있을 것 같았다.

이런 상식 덩어리 같은 녀석이 괴담 말고는 의지할 곳이 없었던 거다. 모래알만 한 가능성을 믿고 7대 불가사의를 조사할 수밖에 없었겠지. 그래서 나를 끌어들였다.

다만 어디까지나 오컬트 지식을 이용하기 위해서일 뿐, 결코 그것을 인정하고 싶다는 뜻은 아니었다.

이것이 하타노의 태도에서 느낀 모순의 이유였다. 나는 왠지 가슴에 박혀 있던 가시가 뽑힌 기분이었다.
　"유스케, 휴지 좀 건네줘라."
　마녀의 말을 듣고 황급히 테이블에 놓인 티슈 상자에 손을 뻗어 눈도 마주치지 않고 하타노에게 건넸다. 마녀는 등받이에 몸을 기대고 차분하게 말했다.
　"뭐, 괜찮지 않을까. 어른들에게 맡길 수 없다면 납득할 수 있을 때까지 잘 알아보고 잘 생각해보거라. 너희 이야기를 듣는 것도 좋은 시간 때우기가 될 것 같구나. 다만 사람이 한 명 죽었잖아. 혹시라도 위험한 일이 생길 것 같으면 바로 나한테 알려주렴. 이 집도 마음대로 써도 좋아. 책밖에 없지만 아이들이 비밀기지로 쓰기엔 충분하겠지?"
　"이거 다 외국책이에요?"
　신기하다는 듯 물어본 사람은 하타였다.
　"번역된 책도 있단다. 미스터리가 많지만."
　"미스터리라는 건 무서운 책인가요?"
　나도 내심 같은 의문을 품고 있었다. 오컬트 잡지에도 미스터리라는 제목이 붙어 있는 것이 꽤 많으니까.
　"쉽게 말해 추리소설이야. 형사나 탐정이 등장하지 않는 것도 있고 호러나 범죄 소설도 있지만 말이야. 그런 것도 모르는 걸 보니 소설은 잘 읽지 않는 것 같긴 한데, 미나도 읽을 만한 책이라면……."

마녀는 휠체어를 타고 책장 하나에 다가가 망설임 없이 문고본 한 권을 집어 들었다. 책이 이렇게 흩어져 있는데 어떤 책이 어디에 있는지 다 기억하고 있는 걸까. 그리고 휠체어가 닿지 않는 높이에는 책을 어떻게 꽂아두었을까. 도우미에게 부탁한 걸까.

책을 받은 하타가 고개를 푹 숙이며 인사했다.

"소중히 여길게요."

"아니, 제대로 돌려주러 오라고."

마녀가 재빨리 덧붙였고, 우리는 함께 웃었다.

집으로 돌아가는 길에 하타노가 내게 말했다.

"역시 오컬트 관련 기사는 네게 맡겨도 될까?"

"뭐야, 갑자기?"

"7대 불가사의에 대해서는 계속 알아볼 거야. 하지만 벽신문 기사로 쓰는 건 그만두려고. 아, 물론 네가 7대 불가사의를 기사로 쓰고 싶다면 그렇게 해도 괜찮아."

"그럼 같이 하면 되잖아?"

모처럼 서로의 주장을 이해하고 타협점을 찾을 수 있을 거라 생각했는데.

하타노는 조용히 고개를 저었다.

"오늘 경험해보고 깨달았어. 나는 언니를 죽인 범인을 찾는 데 정신이 팔려서 너처럼 오컬트를 즐길 수 없어. 오해하지는 마. 바보 취급하는 게 아니야. 하지만 너는 좋아하는 것에 관해 기사를 쓰려고 애쓰는데, 나는 어떻게 해도 부정적인 말밖에 할 수 없잖아? 그건 역시 좋지 않은 것 같아."

벽신문은 학생들이 자유롭게 주제를 정해서 모두에게 소개하거나 기사를 통해 자신을 표현하는 행위가 중요한 것이리라. 그래서 하타노가 오컬트 부정파라고 해도 내가 기사를 쓰는 걸 부정할 수는 없는 것이다. 하타노의 이런 성실한 면은 앞서 말한 마리코 언니의 영향을 받은 걸지도 모른다.

이 제안을 받아들인다면, 세 사람이 7대 불가사의를 조사하는 건 오늘로 끝이다.

어느새 나는 이렇게 말하고 있었다.

"적어도 오늘 조사한 소몬 터널에 대해서는 같이 쓰는 게 어때? 셋이 함께 조사했는데 나 혼자만 기사로 쓰면 독자에게 거짓말하는 것 같아서 싫어. 다음 기사부터는 나 혼자 할 테니까."

하타노를 설득하기 위해 정론과 제안을 섞었다.

"……알았어."

하타노는 마지못해 동의했다.

안도감과 동시에 이렇게 끝난다는 게 영 아쉬웠다. 오늘의 조사 활동은 기대했던 것과는 달랐지만 많은 걸 발견한 것 같았는데.

하타노도 같은 심정이지 않을까?

그런 마음을 솔직하게 털어놓을 만큼 성장하지 못한 나는 두 사람과 서먹서먹하게 인사를 나누고 헤어질 수밖에 없었다.

한낮의 무더위에 더해 익숙하지 않은 여자아이 둘과의 활동, 소문으로만 듣던 마녀의 집 침입까지. 지친 나는 집에 돌아오자마자 침대에 쓰러졌고, 엄마가 저녁을 먹으라고 부를 때까지 잠을 자고 말았다.

밤 8시, 퇴근 시간을 기다려 전화를 걸었다. 예상대로 상대는 바로 전화를 받았다.

"여보세요."

"나 유스케인데, 지금 통화 괜찮아?"

"오, 무슨 일이야. 또 담력 테스트하러 가고 싶은 곳이라도 있어?"

상대는 히로 형이다.

"이번엔 아니야. 아니, 조금은 관련이 있지만……. 그게, 하타노 마리코 씨가 살해당한 사건에 대해 알고 싶어서. 히로 형, 그 사람이랑 동급생이라고 했었지?"

"뭐야, 갑자기. 초, 중학교 시절뿐이었어. 딱히 친한 사이도 아니었고."

7대 불가사의에 대해서는 숨기고, 하타노 마리코의 사촌 동생과 같은 담당이 된 점, 아직 범인이 잡히지 않아 걱정한다는 점을 말하자 히로 형은 이해하는 듯했다.

"나는 수사과도 아니고, 딱히 특별한 진전도 없어서 대략적인 개요 정도밖에 몰라."

사실 히로 형은 나이 차이가 많이 나는 소꿉친구이자 오쿠사토 경찰서의 경찰관이다.

히로 형의 설명에 따르면 이렇다.

시신이 발견된 건 지난해 11월 말 토요일이었다. 오전 5시 30분경, 체육공원 운동장에 여성이 쓰러져 있는 걸 지인인 남성이 발견했다. 여성은 이미 숨을 거둔 상태였고, 신고를 받고 출동한 경찰관에 의해 사망이 확인되었다. 남성의 증언과 소지품을 통해 사망한 사람이 하타노 마리코라는 사실이 바로 밝혀졌다.

"사인은 복부 자상에 의한 실혈사. 사망 추정 시각은 분명…… 밤 10시에서 자정 사이였던가? 현장에 나갔던 동료에게 들었는데, 작은 마을이라 금방 소문이 퍼져서 운동장 밖에 구경꾼이 엄청 많았다고 하더라."

나도 확실히 기억한다. 왜냐하면 그날 저녁부터 바로 그 운동장에서 오쿠가미 축제가 열릴 예정이었기에 이 사건은 적지 않은 사람에게 영향을 끼쳤다.

오쿠가미 축제는 오쿠사토 정의 역사에 등장하는 오래된 토지신을 모시는 이 마을의 몇 안 되는 행사다. 이 고장 출신인 열정적인 의원이 마을 부흥을 위해 명물로 만들려고 애쓰

1장 그녀가 남긴 7대 불가사의

고 있다고 들었지만, 늦가을이라는 특이한 시기를 제외하면 작은 가마가 마을을 행진하고 추운 날씨에 상의를 벗은 남자들을 중심으로 참가자들이 망루를 둘러싸고 춤을 추는 모습이 지역 뉴스에 흘러나올 뿐인 평범한 축제다.

"운동장에는 축제 준비로 망루의 골조와 포장마차가 설치되어 있었는데, 시신은 거기에서 10미터 이상 떨어진 땅에 누워 있었어. 야간에는 운동장의 조명이 꺼지는 데다 포장마차 때문에 누가 근처를 지나갔더라도 시신을 보진 못 했을 거야."

시신에는 치명적인 자상 외에 별다른 이상이 없었다고 한다. 폭행 흔적도 없고, 소지품도 온전했다.

경찰은 피해자가 사망한 것으로 추정되는 시간대에 대해 주변 주민을 상대로 탐문수사를 벌였지만, 수상한 인물은커녕 피해자의 모습을 봤다는 증언조차 얻지 못했다.

"자살 가능성은 없어?"

"당연히 경찰도 그렇게 생각했지. 하지만 자살이라면 한 가지 큰 문제가 있었어. 자상은 큰 칼에 의한 것으로 판명됐지만, 현장에는 그런 흉기가 남아 있지 않았거든. 중요한 사실은 사망 당일 밤 오쿠사토 정에 첫눈이 내렸다는 점이야. 운동장 일대에 2센디미터 정도의 눈이 쌓여 있었는데 최초 발견자의 발자국만 있었다고 경찰관이 증언했어. 즉, 피해자를 찌른 범인이 눈이 쌓이기 전에 흉기를 가져갔다고 보는 게 가장 자연스러워."

나는 히로 형에게 고맙다는 인사를 하고 전화를 끊었다.

방으로 돌아가려는데 거실에서 엄마의 "밤에 전화기를 왜 그리 오래 잡고 있는 거야!"라는 꾸지람이 날아왔다.

마음대로 외출도 할 수 없고 밤에는 전화도 할 수 없다.

정말이지 아이란 참 불편하다.

월요일, 나는 마녀의 집에 들어간 경험을 반 친구들에게 자랑하고 싶어 몸이 근질거렸지만, 간신히 참으며 수업을 들었다.

이야기하면 분명 다들 관심을 보일 것이다. 하지만 그곳은 모두가 접근하기 어려운 곳, 우리 세 사람만의 비밀 장소로 남았으면 좋겠다는 생각이 들었다.

방과 후, 하타노와 하타를 전처럼 학교의 작은 건물로 데리고 가서 소몬 터널 기사에 관해 상의했다.

"터널 조사에서 이렇다 할 수확도 없었고, 어쩌지? 이대로는 별다른 기사가 되지 않을 거야."

"그러게. 특히 우리 반 애들은 네가 여름방학 때 찍은 사진도 봤으니 새로울 게 없을지도 모르겠네."

한때 소몬 터널 기사에서 한발 물러나려던 하타노도 진지한 표정으로 의견을 제시했다.

"괴담의 모티프가 된 교통사고에 관해 좀 더 자세히 알아볼까?"

그 말을 듣던 하타가 갑자기 메고 있던 책가방을 내려놓고 그 안에서 문고본을 꺼냈다. 토요일에 마녀에게 빌린 책이다.

"이거 다 읽었어."

"벌써?"

오늘이 월요일이니 하루 만에 다 읽은 셈이다. 하타에게 건네받은 책을 팔락팔락 넘기자 페이지마다 작은 글씨가 빼곡했다.

하타노라면 글을 읽는 게 익숙할지 모르지만, 내겐 무리다.

"하타, 책 읽는 거 좋아했어?"

하타가 고개를 저으며 부정했다.

"이 정도 두께의 책은 처음이야. 근데 읽어보니 금방 읽히더라."

"그래서 책이 뭐 어쨌는데?"

"미스터리는 처음이었는데 재미있었어. 무심코 지나간 부분이 나중에 엄청난 전개로 이어지기도 하고."

"복선 말이네." 하타노가 덧붙였다.

"그래서 책을 다 읽고 나서 한동안 붕 뜬 기분이었는데, 문득 S터널 괴담을 다시 읽다가 이상한 부분을 발견했어."

그렇게 말하며 괴담이 적힌 복사지를 펼치기에 우리도 얼굴을 맞대고 들여다보았다. 그녀가 가리킨 건 담력 테스트를 하러 간 멤버들이 아기 울음소리 같은 걸 듣는 장면이었다.

"여기에 자동차 경적이 울려서 눈을 부릅뜨고 보니 차체가 흔들리는 게 보였다고 적혀 있어."

"그게 뭐?"

"우리가 갔던 소몬 터널은 출구에서 입구가 보이지 않아."

무심코 하타노와 얼굴을 마주 보았다.

그렇다. 터널 안에서 나와 하타노가 말다툼할 때였다. 앞서가던 하타의 모습은 커브 너머로 사라져 반쯤 보이지 않았다.

괴담대로라면 터널 입구 갓길에 차를 세웠을 것이다. 그곳은 소몬 터널 출구에서는 보이지 않는다.

"확실히 이상하긴 한데…… 지어낸 이야기라서 그런 거 아니야?"

하타노가 조심스레 말을 꺼냈지만, 하타는 단호하게 반대했다.

"부자연스러운 것에는 이유가 있다고 마녀님도 말했잖아."

"이 오류에 다른 이유가 있단 말이야?"

"S터널은 소몬 터널이 아닐 수 있어."

너무 놀란 나머지 나는 할 말을 잃었다.

아기의 영혼이 나오는 마을의 심령 스폿이라고 하면 소몬 터널. 그것이 오컬트계의 상식이었다. 그래서 나도 오쿠사토정의 S터널은 당연히 소몬 터널이라고 생각했다.

만약 하타의 말대로 이 괴담이 다른 터널을 가리키는 것이라면?

"컴퓨터실에서 알아보자!"

하타노가 말했다.

우리 학교는 방과 후 하교 시간인 오후 5시까지 컴퓨터실을 개방한다. 할 수 있는 거라곤 타자 연습이나 오피스 프로그램 이용, 인터넷 정도이기에 이용하는 학생은 거의 없다. 하지만 하타노는 학교에 스마트폰을 가지고 오지 않기에 한시라도 빨리 알아내기 위해 우리는 컴퓨터실로 달려갔다.

컴퓨터를 켠 하타노는 오쿠사토 정에서 발생한 터널 교통사고에 대한 정보를 수집하기 시작했다. 소몬 터널이 아닌 다른 곳에서 괴담이 될 만한 끔찍한 사고가 있었는지 알아보기 위해서였다. 하지만 터널에서 발생한 사망사고에 대한 정보는 좀처럼 찾을 수 없었다. 간신히 10년 전에 발생한 오토바이 사고 기사를 찾았지만, 그 터널의 이름은 무코야마 제1터널이었다. S가 아니다.

"일부러 괴담 제목으로 삼은 걸 보면 이니셜은 S가 맞을 텐데……."

"그럼 S로 시작하는 다른 터널이 있는지 알아볼까?"

말이 끝나기 무섭게 하타노의 양손이 피아니스트처럼 움직였고 정보가 차례로 화면에 표시되었다. 조사 결과, 우리 마을에 소몬 터널 외에 머리글자가 S로 시작하는 터널은 사쿠라즈카 터널 하나뿐임이 밝혀졌다. 이어서 하타노는 지도 사이트를 열어 '사쿠라즈카 터널'이라고 입력했다.

"봐봐, 이 형태."

지도에 표시된 사쿠라즈카 터널은 긴 직선으로, 끝에서 끝이 훤히 보일 것 같았다. 그야말로 괴담에 나오는 터널의 조건에 딱 들어맞는 모습이었다.

나도 모르게 흥분을 감추지 못한 목소리로 말했다.

"괴담이 가리킨 건 사쿠라즈카 터널이라고 봐야겠네. 그럼 여기서도 사람이 죽었을까?"

"그런 기사는 없었잖아."

사쿠라즈카 터널 사진을 보니 소몬 터널과는 달리 관리가 잘된 깔끔한 터널이었다. 근처에 묘지나 화장터가 있는 것도 아니고, 이유 없이 괴담의 무대가 될 것 같지는 않았다.

혹시 괴담의 근거가 될 만한 사고가 있었을까 싶어 사쿠라즈카 터널에 '사건', '사고'라는 키워드를 넣어 검색해보았지만, 그럴듯한 기사는 좀처럼 찾을 수 없었다.

그때 아이디어가 하나 떠올랐다.

"그래, 다른 차야. 만약 터널에서 무슨 일이 벌어졌다면, 이를 목격한 운전자나 동승자가 SNS에 글을 올리지 않았을까?"

"그럴싸하네. 한번 찾아보자."

하타노는 눈을 반짝이며 SNS 게시물을 검색했다. 그러자 정체나 통행금지 등 도로 상황에 관한 게시물이 몇 개 발견되었다.

그중 눈에 띈 건 세 번째로 표시된, 사진과 함께 올라온 게시물이었다. 사진에는 터널 벽에 차량 옆구리를 스치고 지나간 형태로 승용차가 정차해 있고, 뒤에는 빨간불이 켜진 경찰차와 교통 정리를 하는 경찰관이 찍혀 있었다. 후방에서 바라본 모습이지만 승용차에 심한 손상은 보이지 않았다. 글의 내용은······.

'아이를 데리러 가는 길. 사쿠라즈카 터널에서 사고?'

이런 간단한 내용뿐 자세한 정보는 없었다.

"고장인지 뭔지 모르겠네."

고개를 갸웃거리는데 하타가 몸을 숙이며 손가락을 내밀었다.

"봐봐, 이 날짜."

글의 작성일은 작년 11월 마지막 목요일. 그것을 본 하타노가 숨을 죽였다.

"언니가 살해당하기 전날이야."

이니셜이 S인 터널에서 사건 전날에 사고?

등줄기에 소름이 돋았다.

7대 불가사의와 살인사건이 정말로 연결되는 건가.

문제는 이 사고의 자세한 내막을 알 수 없다는 점이었다.

"어떡하지. 모처럼 단서가 될 만한 정보인데."

하타노가 아쉬운 듯 키보드를 두드렸다.

"괜찮아."

나는 모니터 속 사진을 바라보며 뜻밖의 우연에 흥분하며 말했다.

"여기 찍힌 경찰관, 내가 아는 사람 같아."

히로 형은 교통과 소속이다.

기대감으로 가득 찬 두 사람의 눈이 이쪽으로 향하자 몸이 근질거렸다. '제발 뭐라도 좀 알고 있기를!' 하고 히로 형을 향해 기도했다.

히로 형은 일이 바쁜지 다음 날에야 연락이 닿았고, 우리는 비번인 날에 집을 방문하기로 했다. 형은 지금도 부모님 집에 살고 있다.

"이거, 별거 아니지만 다들 같이 드세요."

빈손으로 온 나와 하타와는 달리, 하타노는 과자로 보이는 선물을 제대로 가져왔다.

"같은 반 친구, 하타노와 하타야."

히로 형은 하타노라는 이름을 듣고 살짝 눈을 동그랗게 떴지만, 이내 웃으며 "어서 들어와"라고 안내했다.

일본식 거실에서 우리가 방석에 앉자, 히로 형이 각자의 컵에 보리차를 따라주었다.

"그래서 사쿠라즈카 터널 사고가 궁금하다고? 용케 그런

1장 그녀가 남긴 7대 불가사의

걸 알고 있네."

"SNS에서 찾았어요."

하타노가 스마트폰으로 그 게시물을 보여주자 형은 "요즘은 뭐든 다 인터넷에 돌아다니네"라며 어이없어했다.

"하지만 이 사건엔 유스케가 좋아할 만한 오컬트적인 요소가 전혀 없어. 그날 터널 안에 멈춘 차가 있다는 신고를 받고 달려갔더니 운전석에 있던 사람이 사망한 상태였지. 현장 확인을 했지만 차에 눈에 띄는 흔적도 없고 다른 차와 사고가 난 것도 아닌 듯해. 아마 운전 중에 몸에 이상이 생겨 어떻게든 차를 세우고 나서 죽은 거겠지. 드물지만 그런 경우도 있긴 하니까."

혹시 교통사고가 아니기에 인터넷에 기사로 올라오지 않은 건가.

"그 사람, 지병이 있었나요?"

"아니." 히로 형은 선물로 받은 만주 포장을 뜯으며 대답했다. "40대였고, 그렇다 할 병력도 없었어. 결국 심부전 진단을 받았지."

그 말을 들으니 가슴이 쿵쾅거렸다.

심부전. 분명 S터널 괴담에 나오는 운전자의 사인이었다.

"심부전이란 건 심장병 아니야?"

"병의 이름이 아니라 쉽게 말해 심장이 제대로 작동하지 않는 상태를 말하는 거야. 원인이 되는 질병은 여러 가지가 있고, 아주 드물지만 건강하게 살던 사람이 갑자기 사망했을 때 원인을 찾지 못해 심부전이라고 하는 경우도 있어."

사쿠라즈카 터널에서 죽은 사람은 사망 원인을 알 수 없었다는 뜻인가?

"그 사람, 진케이 대학의 교수였던가. 아직 젊고 분명 뛰어난 사람이었을 텐데 참 안됐어."

히로 형이 그렇게 말하자, 옆에서 "엇" 하는 소리가 들렸다.

"진케이 대학요?"

놀란 말투로 입을 연 건 하타노였다.

무슨 일이냐고 물으려 시선을 돌리자 그녀는 마음이 여기에 없는 듯한 목소리로 중얼거렸다.

"……마리코 언니가 졸업한 대학이야."

히로 형의 집을 나온 뒤에도 우리는 곧바로 해산하지 않고 목적지도 없이 무작정 걷기 시작했다.

주위를 둘러봐도 평범한 일상 풍경뿐이었다.

어디서나 볼 수 있는 집들. 평소와 다름없는 하늘.

여름의 끈적끈적함이 피부에 달라붙는다.

평범하고 지루하다며 지겨워하던 일상 속에 이런 수수께끼가 무심한 얼굴로 숨어 있었을 줄이야.

"역시 하타의 추리가 맞았어."

앞서가는 하타노의 목소리가 바람을 타고 전해졌다.

"S터널 괴담은 심령 스폿인 소몬 터널이 아니라 사쿠라즈카 터널을 가리키는 거였어. 사쿠라즈카 터널에서는 마리코 언니가 살해당하기 전날 심부전으로 사망한 사람이 있었고, 괴담 속 죽은 사람이 피투성이가 아니라 심부전으로 바뀐 것도 그것을 보여주기 위한 게 아니었을까? 게다가 그 사람은 마리코 언니의 모교인 진케이 대학의 교수였어. 어쩌면 마리코 언니와 친분이 있었을지도 몰라."

이러한 연결고리가 단순한 우연이라고는 생각되지 않는다. 그냥 넘어갈 수 없었다.

"하지만 한 가지 모르겠는 게 있어." 하타가 말했다. "정말 마리코 언니가 그 사고를 보여주기 위해 S터널 괴담을 남겼다면, 교수가 죽고 마리코 언니가 살해당하기까지 불과 하루 사이에 이 괴담이 만들어졌다는 말이 돼. 왜 그렇게까지 했을까?"

하타노가 어깨 너머로 이쪽을 바라보았다.

"중요한 건 '일곱 번째 불가사의를 알면 죽는다'라는 메시지인 것 같아. 이건 여섯 가지 괴담의 수수께끼를 풀면 어떤 중대한 비밀을 알게 된다고 말하고 싶은 게 아닐까? 교수가 죽은 건 우연이었을지도 몰라. 하지만 마리코 언니는 그 원인에 대해 남들에게 대놓고 말할 수는 없는 비밀을 알고 있었던 거야. 그래서 서둘러 여섯 가지 괴담을 지어내 단서를 숨긴 거지."

우리 손에는 하타노 마리코가 남긴 괴담이 아직 다섯 개나 남아 있다. 이 모든 것에 S터널의 그것과 같은 어떤 트릭이 숨겨져 있다면?

"어쨌든 첫 번째 벽신문에는 S터널의 괴담 조사 내용을 쓰기로 하자. 여러 사람이 읽으면 지금까지 알려지지 않은 사건에 관한 정보도 나올지 몰라."

왠지 대단한 기사가 될 것 같은 예감이 들었다. 실제 살인 사건과 7대 불가사의를 이런 식으로 연결하는 건 경찰이나 다른 어른들도 하지 않았던 일이다.

하지만 한편으로는 이런 생각도 들었다.

마리코 누나는 '일곱 번째 불가사의를 알면 죽는다'라는 말을 남겼다.

어쩌면 그 일이 진짜로 벌어진 건 아닐까?

교수와 마리코 누나는 7대 불가사의를 전부 알게 되었다. 그 때문에 죽음이라는 운명을 맞이했다…….

적어도 나는 그런 식으로 추리를 전개하고 싶었다.

"역시 S터널 기사뿐만 아니라 다른 기사도 협력해서 진행하지 않을래?"

내 제안에 하타노가 의아해했다.

"전에도 말했지만, 나는 마리코 언니 사건의 진실을 찾고 있을 뿐이야. 오컬트를 기사화하는 건 꺼려지는 데다, 네 의견을 거듭 부정하고 싶지는……."

"그걸로 충분해."

하타노의 말을 가로막고 단숨에 말을 꺼냈다.

"어느 한쪽의 의견에 맞출 필요는 없어. 7대 불가사의의 괴담에 대해 나는 오컬트 찬성파, 하타노는 오컬트 부정파의 관점에서 기사를 쓰는 거야. 요즘 인터넷에서도 가짜 뉴스가 큰 문제가 되고 있잖아. 하나의 사안에 대해 여러 방향에서 생각하는 기사라면 선생님도 인정해주지 않을까? 게다가 나와 하타노가 토론하는 형식을 취하면 다들 분명 관심을 보일 거야."

잠시 생각에 잠긴 듯 고개를 숙인 후에 하타노는 내 옆에 서 있는 하타를 바라보았다.

"하타는?"

"하타는 어느 한쪽의 편을 들지 않고 객관적으로 분석해주면 돼. 어느 쪽이 더 설득력이 있는지 또는 설명에 구멍은 없는지. 공정한 토론을 하려면 의장 역할이 필요하니까. 괜찮지?"

하타가 고개를 끄덕이는 걸 보고 하타노가 말했다.

"난 살살 봐주면서 하지는 못할 것 같은데."

으아, 만만치 않을 것 같다.

하지만 최선을 다해 허세를 부렸다.

"바라던 바야. 답이 없는 걸 찾고 있는 건 서로 마찬가지니까."

그렇다. 오컬트를 믿고 심령 현상을 증명하고 싶은 나처럼, 하타노는 경찰조차 답을 찾지 못한 사건의 진실을 알고 싶어한다. 힘든 건 서로 마찬가지다.

"라이벌이자 협력 관계라는 뜻이네."

하타노의 얼굴에 다시금 환한 미소가 돌아왔다. 첫 번째 괴담의 수수께끼는 풀었다. 남은 다섯 개도 기다리라는 듯한 미소였다.

"알았어. 기지마는 기지마의 기사를 써. 대신 내가 더 설득력 있는 기사를 쓸 테니까. ……그리고."

불쑥 목소리를 낮추더니 시선을 다른 곳으로 돌렸다.

"전부터 생각했는데, 나 부를 때 성이 아닌 이름으로 불러줄래? 하타노랑 하타여서 헷갈리니까. 그냥 사쓰키라고 불러줘."

뜻밖의 제안에 놀라면서 그 말에 동의했다.

"좋아. 그럼 난 유스케라고 불러."

둘이 뒤돌아보니 뒤에 있던 하타가 조금 부끄러운 듯 "그럼, 나도 미나라고……" 하며 말했다.

"좋았어. 유스케, 미나. 우리가 7대 불가사의의 비밀을 밝혀내는 거야!"

◆ 2장 ◆

조우

9						September
sun	mon	tue	wed	thu	fri	sat
27	28	29	30	31	1	2
3	4	5	6	7	8	9
10	11	12	13	14	15	⑯ 체육공원에서 축제
17	18	⑲ 백신문 제보 받기!	20	21	22	㉓ 영원한 생명 연구소에 가는 날
24	25	26	27	28	29	30

복도에 누가 있다. 여기서는 보이지 않지만, 기척이 느껴진다.

나는 급히 손전등을 열린 방문 쪽으로 향했다.

절대로 사쓰키와 미나가 아니라고 직감이 경고했다.

"누구야?"

대답은 없다. 나는 서둘러 오른손으로 스마트폰을 들었다.

손 떨림이 멈추지 않는다. 지금 일어나고 있는 일이 그 괴담대로라면…….

나…… 죽는 건가?

그때였다.

문틀 가장자리에서 까만 덩어리가 삐죽 얼굴을 내밀었다.

가녀린 몸에 비정상적으로 큰 머리.

바로 이름이 떠오른다.

그림자 유령.

역시 그 괴담은 그림자 유령에 관한 거였구나.

혹시 마리코 누나가 죽은 것도…….

나는 비명조차 지를 수 없는 공포 속에서 기도하는 마음으로 카메라 앱 셔터를 눌렀다.

다음 괴담의 무대인 '영원한 생명 연구소'는 오쿠사토 정과 이웃 도시의 경계에 면해 있는, 지도를 보면 온통 초록색뿐인 외딴 숲속의 3층짜리 폐허로, 나는 아직 가본 적이 없었다.

참고로 이 괴담을 다음 조사 대상으로 고른 이유는 단순히 마리코 누나가 남긴 파일에서 두 번째로 실려 있기 때문이다.

나는 조사하기 쉬워 보이는 괴담부터 시작해도 괜찮지 않겠냐고 말했지만, 괴담 속에 단서가 있다면, 그 순서에도 마리코 누나의 의도가 담겨 있지 않겠냐는 게 사쓰키의 의견이었다.

'영원한 생명 연구소'는 당연히 버스 정류장이 있는 곳이 아니기에 차로만 갈 수 있다. 그렇기에 더더욱 임팩트 있는 영상을 선호하는 스트리머들에게 인기 있는 장소다. 영상에 담긴 폐허의 모습은 한때 사람이 살았던 장소가 말 그대로 무너져 내리는 것 같은, 가슴을 조이는 섬뜩함을 담고 있어 오싹한 매력을 주었다.

우리 세 사람은 어떻게든 그곳에 가야만 한다.

"그래서 말인데, 우리 차 좀 태워줘."

나는 퇴근길에 가게에 들른 히로 형을 붙잡고 부탁했다.

"안 돼, 거기는."

하지만 단칼에 거절당했다. 나는 계산대에서 외쳤다.

"맥주 한 캔 공짜로 줄 테니까!"

"너, 그러다 아저씨한테 혼난다. 게다가 한 팩도 아니고 한 캔이라니. 짠돌이 같으니."

히로 형은 냉장고 속 추하이 캔을 살피며 말했다.

여름방학에는 나를 이런저런 곳에 데려가줬으면서 이번엔 왜 안 되냐고 묻자, 목적지인 영원한 생명 연구소가 폐허이긴 하지만 사유지이기 때문이라고 한다.

"그 연구소 터의 현재 주인이 누구인지는 모르지만, 무단으로 들어가면 불법침입이야. 경찰관이 나서서 아이를 데리고 법을 어기면 안 되잖아."

"순찰이라고 하면 안 돼?"

히로 형은 황당한 표정으로 "이 멍청이야"라고 독설을 퍼부었다.

"나한테 얼마나 모험을 시키고 싶은 거야. 비번일 때 거짓말을 할 수도 없고, 근무 중에 너희를 데리고 갈 수도 없어. 포기해. 네 벽신문 때문에 해고까지 감수할 용기는 없거든."

아무리 그래도 해고라니, 과장 아닌가 싶었지만, 뒤에서 전화를 받던 아빠가 와서 대화에 끼어들었다.

"유스케, 히로 좀 그만 괴롭혀라. 여름방학에도 엄청 귀찮게 해놓고선."

"괜찮아요, 아저씨."

이 말에는 나도 반박하지 않을 수 없었다.

"아빠가 데려가주지 않으니까 히로 형에게 부탁하는 거잖아!"

"우리 같은 주류판매점은 연중무휴라서 살아남을 수 있는 거야. 애초에 심령 스폿이라든가 폐허 같은 게 무슨 재미가 있는데? 우리가 굳이 찾아가지 않아도 10년 뒤에는 마을 전체가 폐허로 변해 있을 텐데."

"아저씨, 10년 뒤는 너무 이르지 않나요?"라고 히로 형이 말했다.

"그렇지 않아. 눈에 띄지 않을 뿐 이 동네도 빈집이 점점 늘어나고 있잖아. 여기로 이사오는 젊은 사람은 없고, 주택 공사도 노후를 대비한 리모델링뿐이지. 가끔 예쁜 건물이 생겼다 싶으면 양로원이나 요양원이잖아. 사람은 죽을 때까지 술을 마시니 우리 집은 마을과 함께 서서히 죽어갈 수 있겠지만, 다른 곳은 그렇지 않아. 히로, 넌 좋은 직업을 선택했어."

"머리가 나빠서 이렇게 된 거예요."

가게 안에 히로 형의 건조한 웃음소리가 울려 퍼졌다.

"뭐, 마을 행정부에서도 여러 가지로 궁리하는 것 같아요. 11월 말에는 고히나타 시즈오가 설계한 문화홀에서 유명인을 불러 예술제를 기획하고 있다던데요."

"다카쓰지가 티켓을 구하려고 했는데 경쟁이 치열해서 실패했대. 좋아하는 아이돌이 나온다면서."

그 밖에도 구독자 수가 200만 명에 달하는 인기 유튜버가 처음으로 연극에 출연해서인지 마을 곳곳에 예술제 포스터가 나붙었다. 인터넷 생중계도 하는 것 같고, 이 마을에서는 보기 드문 큰 행사라고 나는 감탄했지만, 아빠는 달랐다.

"문제가 생기면 고히나타 시즈오만 찾잖아, 이 마을은. 이미 이 세상에 없는 건축가를 끌어내는 것 자체가 이 마을에 매력이 없다는 사실을 인정하는 것이나 다름없는데 말이야."

아빠의 자조 섞인 말을 듣는 것도 이제 지긋지긋했다.

'한계에 선 지방, 소멸까지 10년'은 아빠의 유일한 사회적 발언이라며, 엄마는 가끔 뒷말을 했다. 작은 마을에서 태어나 여기서만 자랐기에 다른 세상을 모른다고. 그런 엄마는 예전에 몇 년이나마 마을을 떠나 회사 생활을 한 적이 있다고 들었다. 동급생이던 아빠와의 결혼을 계기로 돌아왔다고 한다.

이 가게를 연 사람은 할아버지다. 원래는 주류판매점과 작은 여관을 함께 운영했고, 옆집과 건물 뒤쪽의 임내 주차장까지 우리 집 땅이었다고 한다. 광산 시절에는 꽤 번성했지만, 폐광과 함께 숙박객이 점점 줄어들어 아버지가 대를 이을 때 여관을 접고 주류판매점 경영에 집중하기로 했다고 들었다.

평생을 통해 그 과정을 지켜본 아빠이기에 오쿠사토 정의 쇠퇴는 당연하고, 앞으로 번성할 것이라는 말은 해가 서쪽에서 떠오르는 것만큼이나 상상할 수 없는 일인 것이다.

어쨌든 이번만큼은 히로 형에게 데려가달라고 하기 어려울 것 같다. 나는 말을 꾹꾹 눌러 참으며 추하이 캔 두 개를 가져온 히로 형에게 거스름돈을 건넸다.

"현직 경찰관이니 당연히 그렇겠지."

방과 후 벽신문을 만들던 중 하타노……가 아니라 사쓰키와 미나에게 그 이야기를 했더니 의외로 침착한 대답이 돌아왔다.

다른 아이들이 하교한 빈 교실에 우리 셋만 남아 작업 중이다. 게다가 2학기가 되기 전까지 제대로 대화해본 적도 없는 여자애들과. 그 사실을 의식하는 것만으로 목적지도 모르는 채 걷는 듯한 불안한 기분이 들었다. 두 사람에게 들키지 않으려고 나는 목소리를 약간 높였다.

"'당연히 그렇겠지'라니. 이대로는 영원한 생명 연구소에 갈 방법이 없잖아?"

"알아. 일단은 이번 주 안에 이 제1호를 완성하는 데 집중하자. 그리고 기사를 계속 이어가려면 괴담에 나오는 심령 스폿뿐만 아니라 실제로 일어난 사건도 조사해야 할 것 같아."

"실제 사건이라면 사쿠라즈카 터널에서 사망한 대학교수를 말하는 거야? 누군지 알아냈어?"

사쓰키는 내 질문에 난감한 표정으로 머리를 쓸어올리며 고개를 저었다.

"마리코 언니의 대학 시절 지인에게 이야기를 들을 수 있는지 문자를 보내놓고 답장을 기다리는 중이야. 마리코 언니의 살인사건 용의자에 대해서도 다시 한번 알아보고 싶고."

솔직히 말해 마리코 누나가 살해된 사건에 대해서는 지난 1년간 경찰이 수없이 조사했을 것이고, 초등학생인 우리가 움직여봤자 소용없다고 생각한다. 하지만 S터널 괴담에서 드러난 대학교수의 죽음과 살인사건 사이에 연관성이 있다고 의심하는 건 분명 우리뿐이다. 그 사실을 바탕으로 사건 관계자들을 다시 조사하는 일도 중요할지 모른다.

"유스케, 언제까지 쉬고 있을 거야?"

미나의 목소리에 다시 종이로 눈을 돌렸다. 내가 맡은 지면만 한참 늦었음을 깨닫고 서둘러 손을 움직였다.

우리는 의논한 끝에 오쿠사토 정의 7대 불가사의의 출처가 마리코 누나의 노트북이라는 사실은 숨기고, '어떤 인물로부터 조사를 의뢰받은 7대 불가사의'를 벽신문의 메인 기사로 쓰기로 했다.

지금 만드는 제1호에서는 먼저 오컬트 찬성파인 내가 S터널 괴담과 소몬 터널에서 실제로 일어난 사고에 관해 설명한 후, 여름방학 때 찍은 사진과 실제 체험을 소개한다.

이에 대해 사쓰키가 소몬 터널에서 내게 반기를 들었던 것처럼 오컬트 부정파로서의 반론과 괴담의 성립에 대한 의견을 써서 기사의 균형을 맞춘다. 그리고 마지막에 미나의 'S터널은 사쿠라즈카 터널이 아닐까' 하는 추리와 대학교수의 죽음이라는 새로운 발견을 선보이는 식이다.

나누어 작업하다 보니 두 사람이 맡은 지면 대부분이 매직펜으로 채워진 것에 비해 나는 아직 절반 가까이가 백지 상태였다. 이미 쓴 기사도 글씨가 지저분하고 줄이 구불구불하거나 글자 크기가 제각각인 등 어설프기 짝이 없다.

사쓰키가 옆에서 어이없다는 듯 입을 열었다.

"그래서 연필로 밑 글씨를 쓰는 게 좋을 것 같다고 했잖아."

"……글씨야 어떻든 기사 내용은 똑같잖아."

"기사 내용이고 뭐고, 애초에 아무도 못 읽을 것 같은데?"

내 억지 반론에 미나가 날카로운 일침을 날렸다.

제길, 너 역시 글씨가 엉망이라 사쓰키에게 밑 글씨를 부탁한 주제에.

"유스케는 얼른 끝내기나 해. 앞으로의 방침을 정리하자면, 영원한 생명 연구소에 갈 방법을 계속 찾아야 해. 난 사쿠라즈카 터널에서 사망한 대학교수에 관해 마리코 언니의 지인에게 탐문해볼게. 그리고 우리는 일단 마리코 언니가 살해당한 현장 주변에서 정보를 수집하는 거야."

마침 잘됐다.

나도 체육공원에서 알아보고 싶은 게 있었다.

돌아온 토요일.

우리가 자전거로 20여 분을 달려 도착한 곳은 체육공원 운동장이었다.

1년 전, 하타노 마리코가 살해당한 현장이다.

오늘은 지역 야구팀의 연습이 있는 듯, 흰 유니폼을 입은 중학생으로 보이는 선수들이 "좋았어!", "나이스!" 하고 소리치며 연습 중이었다. 송구 거리가 부족해서 공이 땅에 튕기고 공을 잡지 못해 글러브에서 놓치는 등 초등학생인 내가 봐도 그리 능숙하지 못하다는 걸 알 수 있었다.

그래도 진흙투성이가 되는 것에도 아랑곳없이 연습에 몰두하는 모습을 보니 내 가슴속에 차가운 바람 한 줄기가 불어왔다. 딱히 야구를 하고 싶은 건 아니지만, 그들에게는 당연히 존재하는 등번호와 포지션이 내게는 없다.

지금까지는 친한 친구들과 어울려 놀기만 하면 충분했지

만, 6학년이 되고 중학생이라는 길이 보이기 시작하면서 갑자기 불안해졌다.

이대로 아무것도 아닌 존재로 레일에 실려 어른이 되어버릴 것 같은 느낌.

모두에게 인정받는 나만의 강점을 갖고 싶다. 그러기 위해 벽신문은 반드시 성공시켜야 한다.

"아마 저 근처였던 것 같아."

울타리에 다가선 사쓰키가 2루 조금 뒤쪽을 가리켰다. 마리코 누나의 시신이 발견된 현장이다.

사건 이후 한동안은 헌화대가 설치되어 연일 조문객이 찾아와 손을 모으는 모습이 뉴스에 나왔지만 지금은 그런 모습도 찾아볼 수 없다.

사쓰키의 뒷모습을 바라보니 오는 길에 슈퍼에서 산 작은 공양용 꽃다발을 든 손에 약간의 힘이 들어간 걸 알 수 있었다. 그 뒷모습이 평소보다 쓸쓸해 보였다.

그런 걸까. 사람들에게 불쾌한 기억으로 남는 것도 물론 싫겠지만, 깨끗하게 잊히는 것도 사쓰키로서는 복잡한 기분일지도 모른다.

무슨 말이든 해야겠다는 생각이 들었지만, 괜히 멋부리는 것 같아서 조금 부끄러웠다.

그렇게 고민하는데 놀랍게도 미나가 먼저 말을 꺼냈다.

"사쓰키, 괜찮아?"

이에 사쓰키도 고개를 돌리며 눈을 동그랗게 떴다.

"고민하는 것보다 몸을 움직이는 게 나아."

"……괜찮아, 고마워."

사쓰키에게 미소가 돌아왔다.

반면 미나의 표정에서는 수줍음은 하나도 찾아볼 수 없었고, 맑은 표정 그대로였다.

나는 심하게 패배감을 느꼈다. 멋부리다니, 그게 다 뭐냐, 이 멍청이야! 미나도 할 수 있는 일인데.

울타리 주변에 개봉하지 않은 주스 두 개가 놓여 있었다. 아마 사건 이후 헌화 공간이 있던 장소일 것이다. 지금은 쓸쓸해진 공간에 사쓰키는 가져온 꽃다발을 놓고 합장했다. 우리도 따라 했다.

"미나는 여기 처음 왔지?"

사쓰키는 울타리를 따라 운동장 주변을 걸으며 시신 발견 당시의 상황을 설명하기 시작했다. 이미 히로 형에게 들은 내용이었지만, 나도 조용히 귀를 기울였다.

"마리코 언니가 발견된 건 새벽 5시 30분경. 사망 추정 시각은 전날 밤 10시부터 자정 사이. 더 구체적으로는 11시부터 11시 30분 사이에 살해당했을 가능성이 크다고 해."

미나가 "그거 어떻게 추정한 거야?"라고 물었다.

"그날 밤 첫눈이 내렸는데, 이 지역의 기상정보에 따르면 정확히 밤 10시부터 자정까지 내렸다고 하거든. 마리코 언니의 시신 아래의 땅과 그 주변에는 적설량에 차이가 있었고. 즉, 마리코 언니는 눈이 그치기 전에 살해된 거야."

사쓰키는 뉴스에 나오지 않은 비밀이라고 덧붙였다.

사망 추정 시각에 관해서는 꽤 정확하게 밝혀진 모양이다.

"밤에 살해당했는데 아침이 될 때까지 아무도 시신을 발견하지 못했구나."

"운동장에는 다음 날 열리는 오쿠가미 축제를 위한 포장마차가 늘어서 있어서 주변에서 잘 보이지 않았어. 밤에는 조명도 꺼져 있으니 어쩔 수 없었을 거야."

"마리코 언니가 여기 온 이유는?"

"모르겠어. 누가 불러서 여기까지 왔다고 생각하는 게 자연스럽겠지만……."

사쓰키는 어떻게 설명해야 할지 모르겠다는 듯이 말을 골랐다.

"시신의 첫 발견자는 마리코 언니의 지인인 것 같아. 경찰이 말하길, 밤 11시경 마리코 언니가 그 사람에게 전화를 걸었대. 마리코 언니는 이 운동장에 있다고만 말하고 전화를 끊었다더라."

"왠지 수상하지 않아? 왜 전화를 받은 직후가 아니라 새벽 5시 반에 운동장에 왔을까?"

단순하게 생각해보면 그 지인이 마리코 누나를 죽이고 시간이 지난 후에 시신을 발견한 척한 게 아닌가 의심된다. 미나도 같은 생각인 듯, 엉터리 마술이라도 본 것처럼 눈썹을 치켜세웠다.

사쓰키가 당황한 듯 손을 흔들었다.

"잠깐만. 그 사람에게는 완벽한 알리바이가 있었던 것 같아. 사망 추정 시각에 다른 곳에 있었기에 용의자 명단에서 제외됐다고 했거든."

"알리바이 트릭이네."

미스터리에 푹 빠진 미나가 탐정 같은 말을 했다.

"그 사람이 누군지 알아?"

"경찰에 물어봤지만 알려주지 않았어."

"사쓰키의 부모님도 몰라?"

사쓰키의 표정이 조금 흐려졌다.

"어쩌면 알지도 모르지만, 전에 사건 이야기를 꺼냈다가 어른들 일에 참견하지 말라고 야단맞았어. 마리코 언니와 친척이라는 것도 숨기고 싶어하는 눈치야."

"왜? 사쓰키의 아버지, 변호사라며."

드라마에 등장하는 변호사는 항상 피해자의 편이라는 이미지가 있다. 더군다나 조카가 살해당했는데 너무 냉정하지 않은가.

"마리코 언니의 행동에도 설명이 안 되는 부분이 있다는 점 때문이겠지. 우리 집, 체면 같은 걸 꽤 중시하거든."

예를 들어 마리코 누나가 심야에 남자를 만나서 무슨 짓을 하려고 했다든가……. 그런 걸 말하는 걸까.

그렇다고 해도 아이라는 이유만으로 제대로 된 정보조차 알려주지 않다니, 어른들은 우리를 뭐라고 생각하는 걸까.

"그래서 오늘은 사건 후 경찰이 어떤 수사를 했는지 추적해보려고 해."

"추적을 어떻게 해?"

갸웃거리는 미나의 눈앞에 사쓰키가 손가락을 세웠다.

"바로 그거야, 미나 탐정. 사건 현장인 이 운동장 주변에서 경찰은 탐문수사에 특히 힘을 쏟았겠지. 즉, 당시 경찰의 질문을 받은 사람이나 수사에 관한 정보를 들은 사람도 있을 거야. 그때는 주변에 말하지 말라는 이야기를 들었겠지만, 시간이 지난 지금이라면 입을 열 사람이 있을지도 몰라."

"알겠습니다. 사쓰키 형사님."

미나는 의외로 개그를 잘 받아치며 경례를 했다. 탐정과 형사가 함께 행동하는 건가?

그때 미나가 이쪽을 바라보며 말했다.

"자네도 힘을 내야지, 유스케 판사."

"판사가 수사에 투입될 리 없잖아!"

일손이 얼마나 부족하면…….

"미나 탐정, 이 사람은 기자로 충분하지 않겠어?"

사쓰키가 웃으며 말했다.

"그렇구나. 거기, 자네, 멋대로 기사 쓰지 말라고."

아…… 너희 마음대로 해라.

우리는 당시 경찰의 탐문수사를 받았을 법한 사람, 즉 일상적으로 체육공원을 이용할 것 같은 사람에게 말을 걸어보기로 했다.

토요일이라 그런지 체육공원 코스를 조깅하는 사람이나 반려견과 함께 산책하는 사람이 많았다.

사쓰키가 처음 점찍은 건 산책하던 중인지 벤치에 나란히 앉아 있는, 부부로 보이는 두 사람이었다. 나이는 우리 할아버지보다 조금 젊은 60대 정도일까.

"안녕하세요. 지금 시간 괜찮으신가요?"

사쓰키가 고개를 숙이며 예의 바르게 말을 건넸다.

"안녕. 우리에게 무슨 볼일이라도 있니?"

"이 공원에 종종 오시나요?"

부부는 서로를 바라보며 부드럽게 웃었다.

"그래. 정년퇴직 후 날씨가 좋은 날은 아침에 아내와 산책하는 게 습관이 되었단다. 집에 있어도 심심하니까 말이야."

"그럼 한 가지 여쭤보고 싶은 게 있는데요. 1년 전 이 운동장에서 여성의 시신이 발견되었을 때, 경찰 탐문을 받지는 않으셨나요?"

부부의 얼굴에 의심스러운 기색이 살짝 떠오르는 걸 나는 놓치지 않았다. 사쓰키의 질문은 간결하고 깔끔하지만, 모르는 사람의 눈에는 아이가 살인사건에 대해 알고 싶어하는 게 이상해 보일 것이다.

"사회 수업 숙제로 사건이 지역 치안에 미치는 영향을 조사하고 있거든요."

나도 모르게 입을 열었다.

"사건 발생 후 저희 학교 학생들은 한동안 집단 하교를 하게 되었어요. 그렇다면 사건 현장인 체육공원을 이용하는 사람들도 불편을 겪지 않았을까 싶어서요."

내가 생각해도 어이없을 정도로 거짓말이 술술 나왔다.

그다지 자랑할 만한 일은 아니지만, 어쨌든 눈앞의 부부는 금세 의심의 눈빛을 거두고 "아, 그랬었지"라며 기억을 더듬었다.

"우리는 아침 뉴스도 보지 않고 산책하러 왔거든. 운동장 옆을 지나다가 비로소 험악한 분위기를 느꼈단다. 현장은 시트로 둘러싸여 있어서 잘 보이지 않았지만, 구경꾼들에게 시신이 발견되었다는 말을 듣고 소름이 끼쳤지."

할아버지가 말을 마치자 옆에서 고개를 끄덕이던 할머니가 뒤이어 사쓰키의 질문에 답했다.

"경찰관 몇 명이 그곳에 모인 사람들을 조사했고, 우리도 질문을 받았어. 수상한 사람을 본 적 있느냐는 식의 질문이었지. 하지만 사건이 일어난 시간은 심야였던 모양이고, 도움이 될 만한 것도 없었단다."

"우리가 받은 영향이라고 해봐야 어두울 때는 이곳에 얼씬도 하지 않게 된 정도였으니. 그 후에도 몇 번 산책하다가 경찰관에게 질문을 받았지만…… 별다른 진전은 없었던 것 같아."

"맞다. 결국 범인은 잡혔을까?"

두 사람 사이에서 이미 사건은 과거의 일이 된 것인지 목소리에 어두운 울림은 없었다.

나는 마지막으로 확인했다.

"그럼 두 분 모두 이 근처에서 수상한 사람이나 다른 신경 쓰이는 걸 본 적은 없으신가요?"

"응. 도움이 못 돼서 미안하구나."

우리는 감사 인사를 하고 그 자리를 떠났다.

"고마워. 덕분에 살았어."

사쓰키가 고마워하는 모습을 보니, 내 거짓말이 조금은 자랑스럽게 느껴졌다.

"근데 마지막 질문은 뭐였어?"

미나가 눈치를 챈 것 같다.

"뭐가?"

"수상한 인물은 그렇다 치고, 다른 신경 쓰이는 것이라니, 그게 뭐야?"

"그런 식으로 물어봐야 무서운 체험담을 끌어낼 수 있거든. 평범한 사람은 유령을 믿지 않으니 괴담을 들려달라고 하면 저도 모르게 방어적으로 반응한다고 해. 나는 오컬트 담당이니까 그런 정보에도 안테나를 세우고 있어야 하거든."

그렇게 핑계를 댔지만, 사실 두 사람에게 아직 말하지 못한 게 있었다.

오쿠사토 정에는 예로부터 전해 내려오는 요괴 같은 존재가 있다. 요즘으로 치자면 도시 전설 속 괴인 같은 존재다.

이름은 '그림자 유령'. 쉽게 말해 온몸이 새까만 모습으로, 그 녀석이 나타난 곳에서는 누군가가 죽는다는 소문이 도는 사신 같은 존재다.

사실 마리코 누나 사건 당시, 현장 근처에서 그 '그림자 유령'이 출몰했다는 이야기가 몇 건인가 있었고, 나도 인터넷에서 찾아본 적이 있었다. 사실인지 거짓인지 모르겠지만, 마리코 누나 사건 전후로 여러 건의 목격담이 올라온 건 확실했다.

벽신문의 오컬트 담당이 된 내가 그 일을 조사하는 건 당연하지만, 두 사람에게 말해야 할지 며칠째 고민하던 중이었다.

마치 마리코 누나가 그림자 유령 때문에 죽었다고 말하는 것 같고, 아무리 오컬트에 빠져 사는 나라도 사쓰키가 기분 나빠하리라는 것 정도는 알 수 있었다. 좋아하는 일을 계속하는 것과 상대를 배려하는 건 양립시켜야 한다는 사실을 나도 이제는 안다.

하지만 영원히 침묵으로 일관할 수는 없는 노릇이었다. 마리코 누나가 남긴 두 번째 괴담인 〈영원한 생명 연구소〉 이야기에도 이 그림자 유령이 얽혀 있기 때문이다.

이후에도 산책길에서 만난 사람이나 유소년 야구를 응원 중인 부모들에게 당시 상황을 물어봤지만, 모두 비슷비슷한 이야기뿐이었고 그다지 도움이 될 만한 정보는 나오지 않았다.

미나는 한동안 나와 사쓰키의 뒤를 졸졸 따라다니는 상태였고, 내리쬐는 햇볕의 열기에 지쳤는지 안 그래도 구부정한 등을 더욱 웅크리고 있었다.

체육공원을 한 바퀴 돌고 다시 처음 위치로 돌아왔다.

"일단 좀 쉴까?"

나는 그렇게 제안했다. 산책 코스 옆에 자판기가 있던 게 기억났다.

"어라, 저기 좀 봐."

미나가 무언가를 가리켰다. 바로 사쓰키가 꽃다발을 놓아둔 곳이었다. 그 광경이 조금 전과 살짝 달라졌다는 사실을 우리도 알아차렸다.

사쓰키가 놓은 헌화 옆에 낯선 꽃다발이 있었다. 깔끔하게 포장된 조금 큰 꽃다발.

"아직 만나지 못한 사람이 있네."

사쓰키의 말에 나도 고개를 끄덕였다. 지금까지 이야기를 나눈 사람들은 모두 사건의 기억이 희미해진 사람들로, 꽃을 바칠 만큼 애틋한 마음을 가진 사람은 없었다. 서둘러 주위를 둘러본 나는 산책로에서 주차장으로 돌아가는 길 끝에 있는 한 인물을 발견했다.

"저 사람!"

젊은 남성으로 보이는 뒷모습은 검은색 재킷을 입고 있어 체육공원과는 어울리지 않았다.

주차장으로 연결된 계단을 내려가는 남자를 쫓아 백여 미터를 달렸지만, 우리가 주차장에 도착했을 때 그의 모습은 이미 어디에도 없었다.

전속력으로 달려 지친 데다 실망감까지 겹쳐져 우리는 일제히 고개를 떨궜다.

주차장을 나와 도로를 건넌 곳에 카페로 보이는 건물이 있는 걸 발견한 사쓰키가 격려하듯 말했다.

"저기서 좀 쉬자. 사건 현장 근처니까 분명 경찰도 왔을 거고, 무언가 아는 사람이 있을지도 모르니까."

한결같이 동의하며, 무거운 발걸음을 돌렸다.

그곳은 빨간색의 세련된 삼각형 지붕에 '도나우'라는 간판이 걸려 있는 가게로, 가게 앞에는 음료와 가벼운 식사 샘플이 진열된 쇼케이스가 있었다. 작은 창문으로 들여다보니 빈자리가 있는 것 같았다.

초등학생들끼리 카페에 들어가는 건 처음이라 서로 누가 먼저 들어갈지 눈치싸움을 벌였지만, 두 여자아이의 압박을 못 이긴 내가 문을 열고 들어갔다.

매장 안에는 은은한 커피 향이 감돌았다.

"어서 오세……."

말하려다 우리를 알아본 점원 아주머니는 길 잃은 고양이라도 본 듯 고개를 갸웃거렸지만, 우리의 긴장된 모습을 눈치챘는지 환하게 웃으며 맞아주었다.

"아무 데나 편한 곳에 앉으렴."

사쓰키가 시선으로 재촉한 곳은 카운터 앞쪽의 테이블석이었다. 아마 점원과 이야기를 나누기 편해 보였기 때문일 것이다. 우리는 수업에 늦은 것처럼 서둘러 자리에 앉았다.

근처 카운터석에는 체크무늬 셔츠를 입은 할아버지가 앉아 신문을 읽고 있었다. 여유로운 공기가 흐르는 차분한 분위기의 가게였다.

다시 테이블로 시선을 돌린 나는 메뉴판을 앞에 두고 굳어 있는 미나를 깨달았다.

"왜 그래?"

옆에서 들여다보고 금방 알아차렸다. 샌드위치와 카레가 각각 600엔. 필라프가 700엔. 가장 싼 커피와 오렌지 주스도 400엔.

자판기의 캔 주스에 비하면 초등학생의 지갑 사정으로는

부담스러운 가격이었다. 그렇다고 하나만 주문해서 함께 마시는 건 적절치 않다는 것쯤은 나도 안다.

돈, 충분할까······.

굳어 있는 미나와 내게 사쓰키가 작은 목소리로 구원의 말을 건넸다.

"우리 엄마가 점심값으로 용돈을 주셨어."

주문한 오렌지 주스를 아주머니가 가져다주자 사쓰키가 운동장에서와 마찬가지로 사건 당시 상황을 물었다.

아주머니는 수다스러운 성격인지 "참 안타까운 일이지"라며 얼굴을 찡그리면서도 맞장구를 쳐줬다. 하지만 지금까지 대화를 나눈 사람들과 마찬가지로 경찰과의 대화에서 기억에 남을 만한 일은 없었던 것 같았다.

"우리 남편이 축제를 기대했는데 사건 때문에 축제가 취소돼서 아이처럼 기분이 안 좋았던 기억밖에 없어. 가마도 나올 예정이었는데 말이야."

"용의자는 결국 잡히지 않았지?"

끼어든 건 카운터석에서 신문을 읽던 단골손님 같은 할아버지였다.

"용의자라니, 누구를 말하는 거예요?"

"최초 발견자인 의사 청년 말이야."

의사?

예상치 못한 발언에 우리는 얼굴을 마주 보았다.

"도네 씨, 어떻게 그런 걸 알고 있어요?"

도네라고 불린 할아버지는 조금 질린 듯 점원 아주머니를 향해 웃었다.

"당신한테도 말했는데 잊어버렸나 보네. 경찰은 처음에 최초 발견자가 의심스럽다고 조사하고 다녔는데, 알고 보니 그 남자가 밤새 술집에 있었다는 거야. 우리 손자가 우연히 그 술집에서 아르바이트를 했는데, 경찰이 꽤 집요하게 조사했다더군. 그 심문 과정에서 용의자가 의사라는 말을 들었다고 하더라고."

"아, 기억나네요. 그런 이야기도 했었지."

할아버지는 이야기를 할 수 있어서 신바람이 나는지 우리 얼굴을 차례로 바라보면서 목소리를 조금 낮추었다.

"게다가 의사도 예사 의사가 아니야. 무려 반도 병원의 후계자라고."

반도 병원은 나도 아는 이 지역에서 가장 큰 병원이다. 유치원 때 공원 놀이기구에서 떨어져 팔꿈치 뼈에 금이 갔을 때 그곳에서 통원 치료를 받았다.

후계자라는 말은 원장의 아들이라는 뜻인가.

미나가 테이블 한가운데로 얼굴을 들이밀며 속삭였다.

"최초 발견자라면 사건 당일 밤 마리코 언니에게 전화를 받은 사람을 말하는 거겠지?"

사쓰키는 의사라는 말을 처음 듣는지 긴장한 표정으로 고개를 끄덕였다.

마리코 언니와 그 의사는 어떤 관계였을까?

만약 연인처럼 친밀한 사이였다면 당연히 장례식에도 참석했을 것이고, 사쓰키를 포함해 하타노 가문에서 그의 존재를 모르는 게 영 이상하다.

"저…… 할아버지의 손자분이 그 의사의 알리바이를 확실하게 증명했다는 말씀이신가요?"

사쓰키의 질문에 도네 씨는 우습다는 듯 어깨를 들썩였다.

"알리바이라니 재미있는 표현을 쓰네. 아가씨 말대로 우리 손자가 그 의사를 접객했으니 알리바이의 증인이 되겠군. 물론 꾸준히 감시하던 건 아니고, 가게의 CCTV가 주요 증거였다고는 하지만 말이야. 경찰이 의사 사진을 보여주며 정말 맞는지 집요하게 확인했다고 하더라고."

"반도 원장의 아들이라면 내과에 계시던 선생님 아닌가요? 분명 다나카 씨가 신세를 졌다고 들었는데, 갑자기 다른 병원으로 옮겼다고 들었어요."

점원 아주머니도 단골손님으로 짐작되는 다른 사람의 이름을 대며 의사의 정보를 알려주었다.

"그래, 사건 직후에 사라져버린 모양이야. 사건과의 관계를 의심받아 추문이 퍼질까 봐 두려웠을지도 모르지. 아니면 정말 들키고 싶지 않은 일이 있었을지도 모르고."

우리는 선술집에서 아르바이트했다는 손자에 관해 물었

지만, 아쉽게도 지금은 다른 지역에 취직해 직접 이야기를 나누기는 어려울 것 같았다. 다만 그 선술집은 지금도 영업을 하고 있을 거라고 했다. 가게 이름도 제대로 알려주었다.

오렌지 주스를 다 마신 우리는 두 사람에게 감사 인사를 하고 가게를 나섰다. 계산은 사쓰키의 어머니가 준 용돈으로 했다.

"잘 먹었습니다, 사쓰키 형사님."

"음. 수사에 더욱 힘써주게."

사쓰키는 너그럽게 고개를 끄덕였다.

"아까 의사에 관해서는 사쓰키도 몰랐던 거지?"

"응. 반도 병원이라면 이 근방에서 이름난 집안이라 부모님이 일부러 숨겼을지도 모르지만."

사쓰키의 아버지가 변호사이기에 그런 배려를 했을 수도 있다. 무책임한 소문을 퍼뜨리면 본인 업무에 악영향이 있을 수도 있으니까.

사쓰키가 스마트폰으로 재빨리 검색해본 바로는 반도 병원 홈페이지에 나와 있는 반도라는 성씨의 의사는 나이 지긋한 원장뿐이고 젊은 의사는 찾을 수 없었다. 가게에서 들은 대로 다른 지방의 병원으로 옮긴 것이라면 우리끼리 찾기는 어렵다. 이 마을 안에서 이동하는 데도 애를 먹는데, 다른 지역이라면 거의 외국이라고 해도 과언이 아니다.

"미나는 무언가 눈치챈 거 없어?"

"미스터리적으로 보자면 경찰은 이런 식으로 목격 증언자나 단서가 없는 사건일수록 피해자가 누구에게 원한을 사지는 않았는지 동기를 중심으로 수사를 진행해."

"마리코 언니가 원한을 사다니, 상상도 할 수 없는 일이야."

"지금은 사쓰키가 아니라 경찰의 생각에 관해 말하는 거야."

미나의 단호한 말에 사쓰키가 "으으" 하고 할 말을 잃었다. 전부터 생각했지만, 미나는 타인의 반응에 무신경한 성격인 듯하다.

"그 의사와 마리코 언니가 어떤 관계인지는 알 수 없어. 하지만 사망 직전에 전화를 받았으니 무관하다고 보기는 어려운 데다 다른 동기도 찾을 수 없어서 의사가 용의자라고 생각할 수도 있지. 어쨌든 나는 의사의 알리바이에 대해 더 자세히 알고 싶어."

와, 정말 탐정 같다.

사쓰키가 도네 씨가 알려준 선술집을 스마트폰으로 검색해보니, 그 가게는 낮에도 11시부터 14시까지 점심 영업을 하는 것으로 나왔다.

시간은 마침 11시가 막 지났다. 지금 가면 사건 당시 상황을 아는 사람이 있을지도 모른다.

다만…….

스마트폰 화면을 노려보는 사쓰키의 기분을 살피듯 내가

물었다.

"사쓰키 형사."

"뭔데?"

"여기서부터 선술집까지 얼마나 걸려? 자전거로."

"······20분쯤. 여기랑 우리가 사는 곳, 그리고 선술집 위치를 연결하면 정삼각형에 가까운 모양이 돼."

즉, 집으로 돌아가려면 다시 같은 거리를 달려야 한다는 뜻이다.

어두운 표정을 짓는 우리 둘을 뒤로하고, 유일하게 밝은 표정인 미나가 말했다.

"어물거리지 마. 형사도 기자도 발로 뛰면서 정보를 얻는 직업이잖아."

마리코 누나가 살해당한 밤, 그 의사가 있었다는 선술집은 이 마을의 유일한 역인 오쿠사토 역 바로 옆, 큰길에서 한 블록 들어간 골목길에 있었다. 대로변에는 마치 마을의 중진 같은 존재감을 내뿜는 낡은 콘크리트 건물인 정町사무소도 있다. 우리 부모님이 어렸을 때부터 있었던 것 같고, 아직도 재건축이 진행되지 않는 이유는 마을의 위인인 건축가 고히나타 시즈오가 설계했기 때문이라고 들었다.

목적지인 선술집 앞에 가자 '만게쓰'라고 적힌 포럼이 걸린 입구 앞에 메뉴판이 놓여 있고, 가게 안은 금연인지 입구 옆에 은색 스탠드 재떨이가 있었다. 메뉴판을 보니 사쓰키의 말대로 점심 영업도 하고 있었다.

하지만 여기서부터는 세 사람 모두 발이 떨어지지 않았다.

"우리 같은 애들끼리 들어가서 이야기를 들을 수 있을까?"

내 약한 마음이 전염됐는지, 미나도 확연히 주저하는 모습을 보였다.

"……뭐라도 주문하지 않으면 화낼지도 몰라."

아까 카페에서 오렌지 주스를 주문하는 것에도 망설인 우리였다. 맥도날드라면 또 몰라도, 선술집에서 밥을 먹는다니 너무 부담스럽다.

그러던 중 사쓰키가 마음을 정한 듯 말했다.

"여기까지 왔는데 물어보지 않고 돌아갈 수는 없잖아. 가게에서 뭐라고 하면 그때 가서 다른 방법을 생각해보지 뭐!"

사쓰키는 힘차게 나무 문을 열고 한 걸음 내딛더니, 다시 돌아와서 양손으로 나와 미나를 단단히 잡고 가게 안으로 성큼성큼 들어갔다.

입구 바로 앞에 계산대가 있고, 마루가 깔린 복도 양옆으로 4인용 테이블 좌석이 칸막이로 간단하게 나뉘어 있었다. 안쪽에는 넓은 좌식 자리도 보였다.

가게 안은 붐빈다고 할 정도는 아니지만, 나름대로 활기찬 대화 소리가 들려왔다.

벨이 울리는 소리를 듣고 점원이 "어서 오세요"라고 인사를 건네며 나타났다. 히로 형보다 조금 어린, 머리를 살짝 밝게 염색한 아르바이트생으로 보이는 남자 점원은 아이 셋을 앞에 두고 당황한 기색이 역력해서는 "세 분……인가요?"라고 어색한 존댓말로 말했다.

"아니요, 갑자기 죄송하지만……."

카페에서의 대화로 익숙해졌는지 사쓰키가 빠른 말투로 식사하러 온 것이 아니라 1년 전 일어난 살인사건에 관한 이야기를 듣고 싶고, 당시 상황을 아는 사람이 있다면 이야기를 들려줬으면 좋겠다고 설명하자 점원은 눈에 띄게 귀찮아하는 표정을 지었다.

"그런 건 잘 모르겠는데요."

그는 다른 점원에게 묻지도 않고 대답했다.

카페 아주머니와는 그야말로 다른 태도였다.

아이라서 얕보이고 있다는 생각이 드는 순간, 신기하게도 긴장이 스르르 풀리더니 어느새 입을 열고 있었다.

"여기는 체인점인가요?"

"아니요, 아닙니다."

"그럼 1년 만에 직원이 모두 바뀌는 일은 없겠죠. 점장님이라든가 그 당시 상황을 알고 있는 사람이 있을 겁니다."

"저기 말이야." 목소리에 약간의 짜증이 섞이며 존댓말이 사라졌다. "너희랑 놀아줄 시간 없어. 지금은 식사하러 온 손님들 상대하느라 바쁘거든."

"그럼 시간 날 때 다시 오겠습니다. 언제가 좋을까요?"

끈질기게 달라붙는 나를 사쓰키와 미나가 놀란 눈빛으로 쳐다보았다.

어쩔 수 없다. 아이라는 이유로 바보 취급을 당하고 무시당하는 건 익숙하니까. 하지만 불평은 좀 하고 싶다. 어른이라면 이 세상이 부조리하다는 걸 이미 알 텐데?

역시나 참을 수 없었는지 점원의 눈빛이 날카로워졌다.

"저기, 적당히 좀 하……."

"손님이라면 상관없죠?"

우리 뒤에서 목소리가 들렸다. 열려 있던 입구에 어느새 한 남자가 서 있었다.

"그럼 저와 이 아이들 셋을 자리로 안내해주세요. 대신 지금 이야기한 내용에 대해 다른 분들에게 확인해주실 수 있을까요?"

갑자기 끼어든 남자는 낯선 얼굴이었다. 하지만 검은 재킷을 보고 나는 속으로 소리를 질렀다.

아까 체육공원에서 놓친 사람이다!

사쓰키도 눈치챈 듯 미나에게 조용히 귓속말을 건넸다.

도대체 어떻게 될지 상황을 지켜보는데, 무슨 일이 생긴 걸 눈치챘는지 가게 안쪽에서 베테랑 같은 여자 점원이 다가왔다.

"무슨 일이시죠?"

제대로 답하지 못하고 말끝을 흐리는 남자 점원에게 짜증이 난 사쓰키가 다시 설명하자 베테랑 점원은 얼빠질 정도로 쉽게 답했다.

"아, 그때 일 말인가요?"

무언가 떠오른 듯한 태도였다. 그녀는 남자 점원에게 "이제 됐으니까 가봐"라고 손을 흔들어 쫓아내고는 말을 이었다.

"경찰 조사를 받은 아르바이트생이라면, 분명 기타모리를 말하는 거겠네요. 그날 저도 함께 가게에 있었으니 저도 대략적인 건 말씀드릴 수 있습니다만."

"꼭 좀 부탁합니다. 너희도 그걸로 괜찮겠니?"

검은 재킷을 입은 남자는 우리의 얼굴을 둘러보았다. 물론 우리는 그 제안을 받아들였다.

우리는 4인석으로 안내받았고, 남자는 내 옆에 앉았다.

메뉴에 햄버그스테이크나 오므라이스 같은 양식 메뉴는 없었고, 남자는 생선회 정식, 우리는 다들 미리 약속이라도 한 것처럼 돼지고기 생강구이 정식을 주문했다.

음식을 기다리는 동안 아까 안내해준 다치바나라는 여자 직원이 사건 당시의 상황을 들려주기로 했다. 아무래도 그녀는 우리가 처음부터 넷이 함께 온 것으로 착각한 것 같지만, 이제 와서 사실을 말하기는 어려운 데다 운동장에 꽃을 바친 것으로 보아 분명 나쁜 사람은 아닐 것이다.

이 가게는 다치바나 씨 부부가 운영한다는 듯, 남편이 점장이자 주방장이라고 했다. 자세한 이야기를 듣고 싶던 우리로서는 그야말로 바라던 바였다. 다치바나 씨는 당시 경찰의 탐문수사 상황을 똑똑히 기억하고 있다고 했다.

"명확히 용의자라고 말하지는 않았지만, 경찰이 어떤 손님에 대해 굉장히 집요하게 물어보더군요. 저희도 잘못 대답하면 큰일 날 것 같아서 점원들끼리 여러 번 확인했기에 기억에 남아 있어요."

"그 손님은 반도라는 의사 맞죠?"

사쓰키의 말에 다치바나 씨는 고개를 끄덕였다.

"이름과 직업은 나중에 듣고 알았지만요. 경찰이 물어본 건 그가 사건 당일 밤 몇 시에 왔고 몇 시에 가게를 나갔는지였어요. 알리바이 같은 거죠."

다치바나 씨에 따르면 그날 반도는 오후 8시쯤 두 사람이 방문한다고 예약했고, 정시에 도착했다고 한다.

"동행하신 분은 또래 친구인 것 같았어요. 남자분이셨죠. 앉은 자리는 저기, 주방에 가까운 자리였어요."

다른 자리로 음식을 나를 때 옆을 지나가야 해서 점원들은 반도의 움직임을 제대로 파악하고 있었다고 한다.

"밤 11시쯤 마리…… 피해자가 반도 씨에게 전화를 걸었다고 하던데, 그때 상황을 알고 계신가요?"

"네. 친구를 자리에 남겨두고 혼자 가게를 나가는 모습을 아르바이트생인 기타모리가 봤다고 했어요. 하지만 그때는 불과 1, 2분 만에 다시 돌아왔어요."

'그때는?'

다치바나 씨의 말을 듣고 무언가가 마음에 걸렸다.

"다른 때도 자리를 비우셨나요?"

"돌아오고 몇 분 후였어요. 이번에는 조금 더 오래 자리를 비웠고, 15분 정도 자리를 떠나 있었어요."

나는 머릿속으로 계산했다. 체육공원에서 이 가게까지 우리는 자전거로 20분 정도 걸렸다. 자동차라면 그 절반도 안 되는 시간에 이동할 수 있다.

다만 왕복하는 데 15분이라면 아슬아슬하다. 차에서 내려 운동장에 있는 마리코 누나를 죽이는 수고를 생각하면 더더욱 힘들어진다.

내 생각을 눈치챘는지 다치바나 씨가 서둘러 덧붙였다.

"자리를 비웠다고 해도 가게 바로 근처에 계셨어요. 자리를 떠난 지 5분 정도 지났을 때, 다른 손님을 배웅하러 밖으로 나간 기타모리가 조금 떨어진 가로등 아래에 서 있는 반도 씨를 보았다고 했으니까요."

"어? 그래요?"

사쓰키의 목소리에 실망감이 묻어났다. 5분이 지나도록 가게 앞에 있었다면, 반도가 마리코 누나를 죽이고 돌아오는 건 절대 불가능하다. 그래서 경찰도 반도를 체포하지 않았을 것이다.

그래도 사쓰키는 끈질기게 물었다.

"반도 씨가 밖에서 뭘 하고 있었는지 아세요?"

"입구의 CCTV에 잡히지 않는 위치에 있었기에 알지 못해요. 목격자인 기타모리의 말에 따르면, 눈이 내리는 가운데 가로등 기둥에 몸을 숨기듯 서서 이쪽을 등지고 무언가를 중얼거리는 소리가 들렸다더군요. 경찰이 '다른 사람이 있었던 것 아니냐'고 집요하게 물었다고 했어요."

이상한 이야기라고 생각하는데, 내 옆에 앉은 남자가 처음으로 입을 열었다.

"이 가게는 밤 몇 시까지 영업하나요?"

"새벽 2시요. 반도 씨도 결국 폐점 직전까지 계셨어요."

마리코 언니의 사망 추정 시간은 밤 10시부터 자정까지였다.

"그럼 알리바이가 성립된 거군요."

하지만 기타모리 씨와 다른 점원들이 입을 모아 말하길, 반도는 자리를 떴다 돌아온 뒤로는 그전까지의 즐거운 분위기와는 달리 겁에 질린 듯 안절부절못했다고 한다.

거기까지 이야기를 들었을 때, 네 사람 몫의 음식이 나왔다.

"도움이 되는 이야기였다면 좋겠네요."

사쓰키는 다치바나 씨에게 감사 인사를 전했고, 앞으로 또 궁금한 것이 있을 때를 대비해 가게 연락처와 자신의 전화번호를 교환했다. 다치바나 씨가 주방으로 돌아간 후, 우리는 눈앞에 닥친 새로운 문제를 해결해야 했다.

내 옆에 앉은 남자 말이다.

"일단은 먹으면서 이야기하자."

남자가 곤란한 미소를 지으며 젓가락을 움직이기에 우리도 따랐다.

"놀라게 해서 미안해. 너희가 하타노 마리코 씨 사건에 관해 이야기하는 걸 듣고는 나도 모르게 끼어들어버렸네. 내 이름은 사쿠마 히로토야. 하타노 씨와는 5년 전부터 알고 지낸 사이고."

다소 마른 체격에 처진 눈을 하고 깔끔하게 정중앙 가르마를 탄 사쿠마 씨는 어딘지 온순한 초식동물 같은 분위기를 풍겼다.

첫인상으로는 히로 형보다 조금 어린 것 같았는데, 어른의 나이는 잘 모르겠다.

"5년 전이라면 우리 사촌 언니는 대학에 다녔을 텐데, 대학 친구였나요?"

그 질문으로 사쓰키가 친척이라는 사실을 알아차린 듯했다. 사쿠마 씨는 젓가락질하던 손을 멈추고 그녀를 똑바로 바라보았다.

"우리 대학에서 오쿠사토 정의 광산 역사에 관한 강연회가 있었을 때 알게 되었어. 나는 산업 유산을 좋아하거든." 그러고는 우리가 이해하기 쉬운 말로 바꾸어 말했다. "그러니까, 근대의 공장이나 시설이 있던 터를 좋아해서 당시 졸업 논문 주제로 오쿠사토 정도 다뤘어. 얼마 전 오랜만에 만난 친구에게 하타노 씨가 살해당했다는 소식을 듣고 정말 믿기지가 않더라."

"그래서 사건을 조사하는 건가요?"

사쓰키의 질문에 사쿠마 씨는 미안해하는 표정으로 부인했다.

"사건 개요 정도만 알고 있었고, 오늘은 그저 현장에 꽃을 바칠 생각밖에 없었어. 이 가게에 온 건 정말 우연이야. 가게 앞에서 너희가 사건에 관해 이야기하는 걸 듣고 깜짝 놀랐어."

처음 등장했을 때는 다소 딱딱한 인상이었지만, 막상 말을 시작한 사쿠마 씨는 거만한 기색 없이 친근하게 우리를 대했다.

"도움이 될까 싶어 끼어들었는데, 아까의 대화를 봐서는 기대했던 정보는 얻지 못한 것 같네."

사쿠마 씨의 말에 그제야 조사 상황이 떠올랐다.

반도의 알리바이를 재조사하겠다는 우리의 목적은 헛수고로 끝이 났다.

하지만 나에게는 신경 쓰이는 점이 하나 있었다.

"아까 기타모리 씨는 반도가 밖에서 무언가 중얼거렸다고 증언했어. 그래서 경찰도 다른 사람이 있는 게 아닌지 의심했지. 왠지 섬뜩하지 않아?"

눈이 내리는 가운데 아무도 없는 공간에 말을 건네는 반도. '누군가'의 존재를 확신하는 듯한 경찰의 모습.

그 광경을 상상하니 체육공원에서 그림자 유령이 목격되었다는 소문이 떠올랐다. 하지만 오컬트적으로 받아들이는 건 나뿐인 듯했다.

"그냥 기타모리 씨한테 보이지 않았을 뿐, 반도는 스마트폰으로 통화하던 거 아닐까?"

사쓰키가 말했다.

"마리코 누나에게 다시 전화를 걸었다는 거야?"

"아니. 마리코 언니의 스마트폰에 기록된 사건 당일 통화 이력은 반도와 통화한 한 번뿐이야. 경찰에서 분석이 끝난 후에 삼촌에게 돌려준 스마트폰은 나도 여러 번 확인했으니 틀림없어."

그렇다면 반도는 누구에게 전화를 걸었을까?

"어쩌면 다른 동료에게 마리코 언니의 위치를 알려주고 마리코 언니를 죽이라고 했을지도 몰라. 일부러 CCTV에 잡히지 않는 위치로 이동한 것도 그 때문이었을 거야."

현실적인 의견이다. 사쓰키의 말이 맞다면 범인이 마리코 누나의 행방을 알고 있었던 것도, 반도가 불안해했던 이유도 설명이 된다.

하지만 사쿠마 씨는 이해할 수 없다는 듯 몸 앞으로 팔짱을 끼고 말했다.

"통화 기록이 남는 건 그 반도라는 사람의 스마트폰도 마찬가지 아니겠어? 그렇다면 경찰이 이미 조사했을 거야. 만일 스마트폰 기록을 지웠더라도 통신사를 통해 금방 알 수 있고."

"아, 그렇네요……."

사쓰키가 아쉬운 듯 목소리를 떨궜지만, 내 안에서 의문의 조각이 딱 소리를 내며 들어맞는 소리가 들렸다.

"그래. 경찰도 사쓰키와 같은 생각을 하지 않았을까?"

"무슨 뜻이야?"

"보통은 반도가 밖에서 전화를 걸었으리라 생각할 거야. 하지만 반도의 스마트폰을 조사해도 통화 기록은 남아 있지 않았어. 그래서 경찰은 실제로는 밖에서 대화한 상대가 있었는데 기타모리 씨가 이를 못 본 건 아닌가 의심한 거야."

그렇다면 경찰의 탐문수사 내용도 이해가 간다.

사쿠마 씨는 감탄한 듯 탄성을 내뱉었다.

"세 사람 모두 생각보다 훨씬 본격적으로 사건에 대해 생각하고 있구나!"

"경찰은 1년이 지나도록 범인을 잡지 못하고 있어요. 더는 의지가 안 돼요."

용감한 사쓰키의 말에 나도 모르게 동조하게 되었다.

"게다가 저희만 아는 정보도 있고요."

"정보?"

사쿠마 씨의 눈빛이 흥미롭게 이쪽을 향했기에 실수했구나 싶었다.

적당히 핑계를 댈까 생각했지만 사쓰키가 먼저 말했다.

"알고 싶으세요?"

"그건…… 내용에 따라 다르겠지. 하지만 너희가 위험한 짓을 하는 건 아닌지 걱정이 돼. 이 가게에 들어왔을 때도 문제가 생길 뻔했잖아."

그러자 사쓰키가 심각한 표정으로 눈을 내리깔았다.

"확실히 조금 위험할 수도 있어요. 하지만 어른들은 저희 이야기를 믿어주지 않아서요……."

사쓰키 녀석, 갑자기 양의 탈을 쓰다니! 그런 나약한 성격이 아니면서.

지금 무슨 생각을 하는지 알 수 없지만, 역시 모범생의 아우라 때문인지 사쿠마 씨는 아무런 의심도 하지 않고 이야기를 들어주었다.

"어른들에게도 사정이 있겠지만, 포기하지 않았으면 좋겠어. 내가 할 수 있는 일이라면 힘을 보탤 테니까."

"정말로요? 믿어도 돼요?"

"물론."

사쓰키가 이때다 싶은 듯 몸을 내밀었다.

"그럼…… 가르쳐드리는 대신 차에 태워주셨으면 좋겠어

요."

"응? 차?"

사쿠마 씨의 목소리가 갈라졌다.

"네, 저희를 차에 태워 어떤 폐허로 데려가주세요."

그런 거였구나!

사쓰키의 의도를 알아챈 나는 혀를 내둘렀다.

히로 형에게 거절당해 갈 수 없게 된 '영원한 생명 연구소'. 방문하려면 누군가가 차를 운전해줘야 한다. 사쿠마 씨는 체육공원에 차를 몰고 왔을 것이고, 부모님이나 히로 형보다 우리의 행동을 이해해줄 것 같다.

"잠깐만. 왜 폐허에 가려는 건데? 살인사건의 범인을 찾는 이야기를 하고 있지 않았나?"

갑작스러운 부탁에 사쿠마 씨가 당황하는 모습을 보고 사쓰키는 나와 미나에게 시선을 보냈다. 7대 불가사의에 관해 이야기해도 되는지 확인하는 것이다. 우리는 고개를 끄덕였다.

"저희가 이 사건을 조사하게 된 계기는 마리코 언니가 죽기 전 컴퓨터에 남긴 괴담 때문이었어요."

오쿠사토 정의 기묘한 7대 불가사의에 대한 것, 우리 셋이 게시판 담당이 된 것, 그리고 함께 발견한 사쿠라즈카 터널 사고에 대한 걸 숨김없이 털어놓았다.

사쓰키도 나처럼 초등학생들끼리 조사를 진행하는 것이 불편하다는 사실을 알고 있었던 것 같다. 만약 사쿠마 씨가 도와준다면 더할 나위 없다.

이야기를 다 들은 사쿠마 씨는 진지하게 받아들여야 할지 고민하는 듯 작은 신음과 함께 한숨을 내쉬었다.

"괴담 속에 사건의 단서가 숨겨져 있다니, 그런 일이……."

"못 믿는 건가요?"

"아니, 의심스러운 걸 조사하는 자세는 훌륭하다고 생각해. 하지만 너희를 차에 태우는 건……."

"할 수 있는 일이라면 힘을 보태겠다고 하셨잖아요."

정곡을 찌르는 사쓰키의 공격에 사쿠마 씨는 초등학생을 상대하고 있다고는 믿기지 않을 정도로 당황했다.

"물론 돕고 싶어. 하지만 부모님 몰래 아이들을 데리고 다니는 건 좀……."

사쓰키의 눈빛이 조금 흐려졌다.

마음은 이해한다. 부모님이 사정을 이해해주었다면 처음부터 부모님께 부탁했을 거다. 사쓰키의 경우, 사건에 관여하는 것조차 곱게 봐주지 않으니 더더욱 그렇다.

사쿠마 씨는 우리를 돕고 싶어하면서도 선뜻 결정을 내리지 못하고 있다.

그렇다면 여기서는 우리 의견을 밀어붙이기보다 서로 양보할 수 있는 조건을 찾는 편이 좋지 않을까.

"좋아요. 부모님께 허락을 받을게요."

"유스케?"

"대신 폐허에 가는 날짜는 최대한 늦추고 싶어요. 저는 오컬트 쪽 기사를 써야 하거든요. 일주일 후인 토요일은 어떠세요?"

어떻게든 사쿠마 씨에게 조건을 받아들이게 한 후 돌아가는 길. 우리는 사람이 적은 인도를 자전거로 달리면서 오늘의 성과에 관해 이야기를 나누었다.

사건 당일 반도의 구체적인 알리바이를 알게 된 것까지는 성과라 할 수 있지만, 그가 가게 밖에 있는 동안 한 행동이나 2시에 가게를 나와 5시 반에 마리코 누나의 시신을 발견할 때까지 무엇을 했는지 등 아직 명확하지 않은 부분이 남아 있다.

"적어도 마리코 언니와 반도의 관계를 알면 좋을 텐데."

"'영원한 생명 연구소'에 그 비밀이 숨겨져 있을지도 몰라."

미나가 말했다.

문제는 어떻게 밤에 외출할 구실을 만들 것이냐.

"두 사람은 우리 집에 모여서 공부한다고 부모님께 말하면 되지 않을까? 나는 반대로 사쓰키의 집에 간다고 부모님께 말하면 되고."

"밤에 공부한다고 하면 이해해줄까? 그리고 우리 집은 유스케의 주류판매점과 아는 사이라 감사 인사를 하려고 전화할지도 몰라."

그럴 가능성도 있다. 장사를 하는 집 아이는 불편하다.

"그럼 우리 집으로 하면 되겠네."

미나가 말했다.

"우리 집 전화번호는 알려지지 않았고, 아빠는 이번 주 야간 근무라 그 시간에는 집에 없을 거야. 벽신문 취재로 아빠한테 이야기를 듣는다는 식으로 설명할 수 있지 않을까?"

"바로 그거야!"

나와 사쓰키의 목소리가 겹쳤다. 우리 셋은 좋은 아이디어를 생각해냈다는 생각에 기분이 좋아져서 웃으며 페달을 밟았다.

폐허를 조사하러 가게 되기를 손꼽아 기다리는 우리에게 한 가지 넘어야 할 중요한 이벤트가 있었다.

화요일, 2교시가 끝난 쉬는 시간. 수업 마무리 인사를 하자마자 스포츠 만능인 렌이 고무공을 들고 교실을 뛰쳐나갔고, 다른 남학생들도 차례로 그 뒤를 따랐다. 나도 평소라면 합류했을 테지만 오늘은 교실에 남았다.

여자아이들이 훨씬 많아진 교실 풍경이 왠지 익숙하지 않다. 남아 있는 친구들과 이야기를 나누지도 않고 교실 뒤를 어슬렁거리며 슬그머니 복도 상황을 살폈다.

다른 반에서 놀러 오는 아이나 화장실에서 돌아오는 학생들만 간간이 있을 뿐, 쉬는 시간의 복도에는 인적이 드물다. 그래도 누가 교실 앞을 지날 때마다 나는 긴장한 채로 그 모습을 눈으로 좇았다.

"아까부터 너무 수상쩍어 보여."

불현듯 들려오는 목소리에 돌아보니, 사쓰키가 어이없다는 표정으로 서 있었다.

"복도를 몇 번이나 들락날락하는 거야. 너무 신경 쓰는 거 아냐? 오늘 아침에 붙인 지 얼마 되지도 않았는데……."

"아무래도 읽게 하려고 만든 거니까 신경 쓰이지 않겠어?"

그렇다. 우리 게시판 담당이 처음으로 만든 벽신문 제1호가 드디어 복도 벽에 붙었다. 오늘 아침에 붙였으니 아직 성급하다는 건 알고 있지만, 사쓰키와 미나와 함께 힘을 합쳐 만든 신문에 다들 관심을 보이는지, 더 솔직하게 말하면 S터널 괴담에 관한 기사가 재미있는지, 아이들의 반응이 궁금해 견딜 수 없었다.

하지만 관찰한 바로는 대부분 그냥 지나쳤고, 기사를 제대로 읽은 사람은 아직 다섯 명도 채 되지 않았다.

아, 또 한 명이 벽신문 앞에서 발걸음을 멈췄다. 하지만 대강 훑어보고는 교실로 들어가버렸다.

"아, 좀 제대로 읽지……."

"애초에 벽신문을 기대하는 애들 자체가 거의 없잖아? 학생들이 많이 다니는 시간은 점심시간이나 방과 후니까 조금 더 기다려봐."

사쓰키는 언제나처럼 당당하고 차분했다. 타인의 시선에 익숙해지면 이렇게 자신감을 가질 수 있을까.

창가 자리로 시선을 옮기자 남은 한 명의 게시판 담당인 미나가 구부정한 자세로 문고본을 읽는 데 열중하고 있었다. 요즘 미나는 조금이라도 시간이 나면 저렇게 책을 읽곤 했고, 반에서도 문학소녀 소리를 듣기 시작했다.

이렇게 긴장하는 내가 이상한 걸까?

이런 내 마음을 몰라주는 듯해 조금 외로워진 내 어깨를 사쓰키가 두드렸다.

"우리는 재미있는 글을 썼으니 걱정하지 않아도 모두에게 퍼져나갈 거야, 유스케."

마지막 내 이름은 작은 목소리로 말하고 자리로 돌아갔다. 우리는 셋이 있을 땐 서로 터놓고 이름을 부르지만, 교실 안에서는 놀림감이 될까 봐 이전처럼 서로를 성으로 불렀다. 아니, 미나는 아무렇지도 않은지 그냥 이름을 부르지만.

어쨌든 사쓰키의 예상이 옳았다는 사실은 생각보다 빨리 증명되었다.

"유스케, 그 기사 정말 너희가 조사한 거야? 엄청 재밌던데."

점심시간, 5교시 예비종이 울려서 자리에 앉아 있을 때 모두에게 인기가 많은 렌이 말을 걸었다.

"읽었어?"

"응. 괴담과 실제 사건이 연결되다니 정말 대단해. 후속 기사도 있는 거지? 빨리 다음 편 읽고 싶어."

렌의 발언은 마치 인터넷의 바이럴처럼 작용해 우리 대화를 들은 반 친구들이 "그게 뭐야, 벽신문?", "나중에 읽어봐야지"라는 반응을 보이기 시작했다. 그 모습을 보고 나는 소름이 돋을 정도로 흥분했다.

대단해. 내 기사가 주목받고 있어!

렌은 이어서 조금 떨어진 자리에 말을 걸었다.

"하타노, 그거 정말이야?"

'그거'란 S터널 괴담과 마리코 누나의 살인사건과의 연관성을 말하는 것이리라. 이번 기사의 핵심은 마리코 누나의 친척인 사쓰키가 기사 작성에 관여했다는 것. 단순 흥밋거리가 아니라는 이야기다.

사쓰키는 평소와 다름없이 당당한 태도로 대답했다.

"물론이야. 우리는 진심으로 진실을 좇고 있으니까."

기사 내용을 아는 아이들이 "오오" 하는 감탄사를 터뜨리며 주위의 관심을 더욱 고조시켰다.

수업 종이 울리고 담임선생님이 교실에 들어오더니 "조용조용! 점심시간 끝났어!"라며 훈계했다.

모두가 앞을 바라보는 가운데, 사쓰키가 잠시 나를 바라보며 '봐봐, 내가 말한 대로지?'라는 듯 의기양양한 미소를 지었다.

 벽신문에 대한 소문은 그날로 학급 전체에 퍼졌고, 그 주가 끝날 무렵에는 옆 반 학생들이 7대 불가사의에 대해 묻는 일이 하루에도 두세 번씩 있을 정도였다. 그동안 지루한 담당으로만 여겨지던 벽신문 제1호로서는 대성공이라 해도 과언이 아니리라.

 그리고 학년의 최고 모범생인 사쓰키와 신비주의 전학생 미나와 함께 기사를 만드는 내게도 관심이 모아지는 듯했다. 사쓰키가 "오컬트 부분은 기지마가 맡고 있어"라고 주변에 알리고 다닌 게 한몫했을 것이다.

 나름대로 내가 게시판 담당이 된 목적을 지지해주는 것 같지만, 왠지 간지러운 마음이 들기도 한다.

 하지만 잊어서는 안 된다. 사쓰키는 같은 게시판 담당인 동시에 사건의 진상을 좇는 라이벌이기도 하다. 그런 사쓰키도 설득할 수 있는, 오컬트의 존재를 증명하는 기사를 써야만 한다.

 나는 마음을 다잡았다.

 토요일. 사쿠마 형이 '영원한 생명 연구소' 폐허로 데려가기로 약속한 날.

 해가 많이 기울어진 저녁, 손전등과 카메라를 대신할 스마트폰을 들고 자전거에 올랐다.

더위는 아직 남아 있지만, 여름의 명물인 모기는 어느새 보이지 않게 되었고 벌레 퇴치 스프레이도 더는 필요 없었다.

약속 시각은 오후 6시. 자전거를 타는 동안 불어오는 바람이 기분 좋았다.

오늘 약속 장소는 평소의 공원이 아니다. 혹시라도 아는 사람에게 목격되어 초등학생 세 명이 부모도 아닌 어른의 차를 탔다는 소문이 퍼지면 사쿠마 형이 신고당할지도 모른다.

나와 사쓰키는 전에 세운 계획대로 미나의 집에 가서 미나 아버지가 귀가한 후 업무와 관련된 이야기를 듣기로 했다고 부모님께 설명한 상태였다. 그래서 이번에는 미나의 집 근처의 오래된 상점가에서 모이기로 했다.

우리 학교가 마을의 북쪽이고 지난번에 갔던 역 앞이 남서쪽인 것에 비해, 미나의 집이 있는 곳은 마을의 동쪽이다. 원래 이 마을이 광산으로 번성하던 시절에 번화했던 지역인 듯, 좁은 길을 따라 낡은 집들이 빽빽하게 들어서 있다. 같은 반 친구 중에도 이 동네에 사는 사람은 거의 없고, 2, 3년 전 만화에서 본 비밀기지를 동경하며 언제든 마음대로 드나들 수 있는 빈집을 찾아 친구들과 함께 탐험한 이후 처음 방문하는 것이었다.

이 마을에서 계속 살아왔지만 잘 모르는 길, 익숙하지 않은 건물이 이어졌다. 도중에 모퉁이를 한 번 잘못 도는 바람에 마음이 불안했다. 어찌어찌 집합 장소인 오래된 상점가에 도착했다.

오늘은 이미 가게 문을 닫았는지, 아니면 항상 이런 것인지 백 미터 남짓한 작은 상점가는 모두 셔터가 내려져 있고, 그 중간쯤에서 낯익은 두 사람의 모습을 발견했다.

"여어!"

"다 모였네."

"응."

그곳에서 좁은 골목길로 조금 들어간 곳에 있는 건물 주차장에 자전거를 세우라고 미나가 안내했다. 1층이 주차장, 옆에 있는 녹슨 계단을 통해 올라간 2층이 주거용인 듯한 목조주택이다. 입 밖에 내지는 않았지만, 그 허름함에 나는 깜짝 놀랐다.

미나는 왜 이런 곳으로 이사를 왔을까.

물어봐도 될지 고민하는 사이, 상점가 거리에 서 있던 사쓰키가 "사쿠마 오빠가 왔어"라고 외쳐서 우리는 사쓰키에게 달려갔다.

"안녕하세요!"

인도 옆에 하늘색 자동차가 세워져 있고, 옆에는 사쿠마 형이 서 있었다. 티셔츠 위에 검은색 후드티, 베이지색 바지 차림으로, 전보다 더 친근한 느낌이 들었다. 사쿠마 형은 우리를 보자마자 말을 꺼냈다.

"세 사람 모두 부모님께는 제대로……."

"네, 괜찮습니다!"

"잘 부탁합니다!"

"나는 뒤에 앉을게."

이제 와서 그런 사소한 건 따지지 말라는 식으로 대화를 끊고 출발을 재촉하자, 사쿠마 형은 포기한 듯 어깨를 으쓱하며 도어록을 해제했다.

내비게이션에 폐허의 위치 데이터가 없어서 가장 가까운 주소지를 입력하고, 거기서부터는 사쓰키가 스마트폰을 보면서 안내하기로 했다. 인터넷으로 검색해보니 폐허로 가는 길은 아직 제대로 남아 있는 듯했다.

부모님께는 밤 8시까지는 돌아오겠다고 말했다. 그때까지 폐허 조사를 끝내고 마리코 누나가 남긴 단서를 찾을 수 있으면 좋겠는데.

오래된 상점가를 빠져나온 차는 곧 마을을 동서로 관통하는 큰길로 나섰다. 가족끼리 나들이를 갈 때 이용하는 길이다. 평소에는 나들이를 마치고 집으로 돌아갈 시간인데, 익숙한 풍경이 점점 뒤로 사라지는 것이 이상하게 느껴졌다.

얼마 지나지 않아 사거리의 파란 안내 표지판에 옆 지역 이름이 표시되고, 마을에서 산으로 풍경이 바뀌었다. 낮은 위치에 있던 태양이 나무에 가려 주위가 어두워졌다.

그 분위기에 이끌려서인지, 자동차 안의 화제는 자연스럽게 〈영원한 생명 연구소〉 괴담으로 바뀌었다. 이야기를 모르는 사쿠마 형에게 내가 괴담을 읽어주었다.

〈영원한 생명 연구소〉

10년쯤 전, 다카시(가명)가 고등학교 졸업을 앞두고 있을 무렵의 이야기다. 3월도 중순으로 접어들었고, 다카시와 친한 친구들은 봄부터 진학이나 취업할 곳이 정해져 졸업만을 기다리고 있었다.

한가한 친구 중 한 명이 면허를 취득한 것을 계기로 다카시를 포함한 친구 네 명이 함께 드라이브를 가게 되었다.

같은 고향에서 자란 이들이지만, 봄부터는 각자의 길을 떠나니 이렇게 모이는 일도 줄어들 것이다. 그런 감회도 있어 추억이 깃든 마을을 중고 경차를 타고 밤늦게까지 돌아다녔다.

패밀리레스토랑에서 저녁을 먹고 실컷 떠들다 보니 어느덧 날짜가 바뀌는 시간이 되었다. 그때 일행 중 한 명인 A가 드라이브 마무리로 담력 테스트를 하러 가자고 제안했다.

어디로 가냐고 물었더니 이웃 도시와의 경계 부근에 있는 폐허라고 했다. 다카시는 이 늦은 시간에 굳이 그런 산속에 가야 하다니 놀랐지만, 친구들의 기세에 눌려서 이야기가 정해졌다.

가는 길에 A가 한 이야기에 따르면 그 폐허는 예전에 어느 신흥 종교가 활동하던 시설로, 그들은 영생의 존재를 교리로 삼았다고 했다. 하지만 의학적인 접근이 아니라 특수한 관습과 의식을 반복함으로써 영혼의 격을 높여 고차원의 존재에 도달할 수 있다는 식의 가르침이었다. 그런데 어느 날, 의식을 진행하던 교주가 수많은 신도의 눈앞에서 감쪽같이 사라졌다는 괴담이 인터넷에 전해지고 있다고 했다.

가로등도 없는 밤의 산길, 초보 운전이었지만 네 사람이 탄 차는 무사히 폐허에 도착했다. 담쟁이덩굴로 뒤덮여 숲과 하나가 된 3층짜리 콘크리트 건물은 단순한 종교시설이라고는 믿기지 않을 정도로 컸다.

스마트폰의 작은 불빛에 의지해 방 하나하나를 돌아다니다 보니 책상, 철제 선반 등 가구뿐만 아니라 매트리스, 작업복 등 신도의 생활을 짐작하게 하는 물건들도 발견할 수 있었다.

탐색을 계속하던 중 3층 가장 안쪽 방에 들어선 A가 흥분해서 외쳤다. 가구라고는 하나도 없는 그 방에는 바닥에 붉은 페인트로 마법진 같은 것이 그려져 있고, 한쪽 벽에는 이상한 낙서가 가득했다.

A에 따르면 이곳이 교주가 사라진 '의식의 방'이라는 듯했다. 여러 신도의 눈앞에서 사라진 교주는 이후 행방이 묘연해졌고, 남은 신도들은 앞다투어 조직을 떠났다고 한다.

영적인 감이 없는 다카시도 다른 방과는 다른 으스스한 분위기를 느끼며 여기저기를 스마트폰으로 촬영했다.

그러자 친구 B가 장난삼아 바닥의 마법진 위에 누운 모습을 찍어달라고 했다. 일부러 도움을 청하는 듯 괴로운 표정을 짓는 B의 모습이 우스꽝스러워서 그들은 웃으면서 셔터를 눌렀다. 번갈아 누워서 사진을 찍고 마지막으로 다카시의 차례가 되었을 때 스마트폰을 들고 있던 B가 불쑥 중얼거렸다.

"맞지 않아."

"뭐라고?"

"맞지 않아."

처음엔 초점이 맞지 않는다는 말인가 생각했지만, B의 표정은 두려움인지 고통인지 알 수 없는 표정으로 일그러져 있었다.

"맞지 않아, 맞지 않아, 맞지 않아, 맞지 않아!"

정신을 잃은 듯이 반복하던 B는 그 자리에 쓰러져 경련을 일으키기 시작했고, 결국 눈을 하얗게 뜨고 움직이지 않았다. 다카시가 다급히 상태를 확인해보니, B의 심장은 이미 멎어 있었다.

이후 그들의 신고를 받고 출동한 경찰이 조사했지만, B의 사인은 밝혀지지 않았고 사고로 처리되었다.

그로부터 며칠 후, 다카시에게 A가 죽었다는 연락이 왔다. 게다가 어째선지 A는 혼자 그 폐허에서 죽은 채로 발견되었다고 한다.

겁에 질린 다카시와 C는 지인의 소개로 영능력이 강한 사람에게 액막이굿을 받으러 갔다. 그 영능력자는 두 사람을 보고는 "괜찮아요. 아무것도 빙의되지 않았어요"라고 말했지만, 혹시나 하는 마음에 굿도 지내주었다.

역시 A와 B가 죽은 건 우연이었구나, 라고 생각하며 일상으로 돌아간 다카시에게 C로부터 전화가 걸려왔다.

"여보세요."

"……, ……아."

C의 목소리가 가라앉아 잘 들리지 않았다. 숨을 헐떡이는 듯한 목소리였다.

"응? 뭐라고?"

"맞지 않아. 맞지 않아. 맞지 않아."

그 말을 들은 다카시의 머릿속에 그날 밤의 기억이 되살아났다.

"너, 설마…… 그 폐허에 있는 거야?"

부르는 소리가 들리는지 안 들리는지 건너편에서 C의 절규가 울려 퍼졌다.

"이 녀석도 맞지 않아. 안 돼. 아아아아, 아파, 아프다고. 안 맞아. ……네 몸을 내놔!"

다카시는 반사적으로 스마트폰을 바닥에 내동댕이쳐서 통화를 끊었다.

그 후 다카시는 취직하기로 한 고향 회사를 거절하고 바로 다른 지역으로 이사했다. 지인에게서 C가 사망했다는 소식을 들었지만, 절대로 C의 집에는 연락하지 않기로 굳게 결심했다고 한다.

"그렇구나. 처음 듣는 이야기네."

사쿠마 형은 겁먹은 기색 없이 운전을 계속했다.

괴담에서는 담력 테스트를 하러 간 사람들이 연이어 불행을 겪지만, 신경 쓰이는 건 그 원인으로 추정되는 교주의 실종사건이다.

"인터넷에서 검색해봤지만 그런 사건에 관한 기사는 찾을 수 없었어."

조수석에 앉은 사쓰키가 말했다.

"우리 같은 초등학생이면 몰라도 어른이 한 명 없어진 정도로는 뉴스가 되지 않을 것 같아."

종교 단체 내에서 벌어진 일이라면 더더욱 경찰이나 언론이 진지하게 임할 것 같지 않았다.

"영원한 생명 연구소라고 했나? 나도 궁금해서 그 종교 단체에 대해 알아봤어."

사쿠마 형이 백미러 너머로 나를 보았다.

"특이한 걸 좋아하는 젊은이들이 만든 소규모 동아리가 발전한 단체인 것 같고, 범죄와 관련됐다는 정보는 없었어. 너희는 모르겠지만, 1990년대에 한 신흥 종교 단체가 테러를 일으킨 이후 일본에서도 그런 과격한 종교 단체…… 이른바 '컬트'가 세간의 주목을 받은 시절이 있었지. 신도들이 기이한 옷차림을 하고 괴상한 과학을 주장하거나 사기사건에 연루되기도 하고 말이야. 영원한 생명 연구소는 그런 유행에 편승해 만들어진 단체 같아."

"의미심장한 단체명 때문에 이상한 소문이 생기고, 그 소문이 이리저리 퍼진 결과, 심령 스폿이나 괴담이 생겨난 걸지도 모르겠네요."

사쓰키는 언제나처럼 현실적인 의견을 말했다.

나로서는 마리코 누나와의 관계를 떠나 한때 이상한 의식이 행해졌던 폐허라는 것만으로도 흥미가 샘솟고, 다소 과장된 부분이 있는 괴담이라 하더라도 기사로 다룰 가치가 있어 보였다.

다만 신경 쓰이는 점은 따로 있었다.

"이 괴담, 두 가지 이야기가 섞여 있는 것 같아."

"어?"

사쓰키가 놀라서 이쪽을 돌아보았다.

"영원한 생명 연구소 폐허는 심령 스폿으로 유명하지만, 담력 테스트를 하러 간 사람이 유령을 봤다느니 동영상에 이상한 목소리가 들어갔다느니 하는 흔한 이야기만 있을 뿐, 특징적인 에피소드는 없었거든. 사람에게 빙의해서 '맞지 않아, 맞지 않아'를 반복하는 괴담 속 괴물은 '그림자 유령'이지."

"들어본 적 없는데."

사쓰키의 말에 미나도 동의하듯 고개를 끄덕였다.

두 사람이 모르는 것도 무리가 아니다. 도서관에 있는 《오쿠사토 정의 전승·괴담》이라는 20년쯤 전에 출간된 책에 나오는, 이곳에만 있는 요괴 같은 존재이기 때문이다. 그것이 지금에 와서 알려지게 된 건 가시마 레이코(사람들에게 수수께끼를 던지고, 제대로 답하지 못하면 신체 일부분을 빼앗아 죽이는 요괴. '빨간 마스크'의 본명으로도 여겨진다—옮긴이)나 쿠네쿠네(논이나 강 너머 등에 보이는 백색 또는 흑색의 존재로, 가까이에서 본 사람은 정신이 이상해진다—

옮긴이)처럼 여러 곳에서 목격되는 도시 전설 속 존재가 인터넷에서 유행한 게 계기였다.

내가 집에서 그런 이야기를 할 때 "그러고 보니 우리가 어렸을 때는 그림자 유령이라는 게 있었다" 하며 할아버지가 알려주셨다. 이름 그대로 온몸이 새까맣고 머리가 부자연스러울 정도로 큰 그림자. 사람에 빙의해 생명을 빼앗지만 금세 "맞지 않아, 맞지 않아"라고 말하며 다음 몸을 찾는다. 그러니 검은 그림자를 보면 바로 도망치라는 이야기였다.

임종이 임박한 사람이 검은 그림자를 본다는 이야기는 지금도 자주 듣고, 미국에서도 '섀도 피플'이라는 검은 가스 같은 괴물이 유명하다. 일본에도 이와 비슷한 요괴가 있다는 소문이 돌면서 오컬트계에 그림자 유령의 존재가 알려진 것이다.

내 설명을 들은 사쿠마 형은 이렇게 말했다.

"옛부터 전해 내려오는 괴담인가. 용케 찾아냈네."

"그런데 왜 〈영원한 생명 연구소〉 괴담에 그림자 유령 이야기가 섞여 있는지 모르겠어요."

"소몬 터널 때는 괴담 속 이상한 점이 또 다른 터널을 조사하는 계기가 되었잖아. 그러니까 이번엔 그림자 유령이 어떤 단서가 되는 거 아닐까?"

사쓰키의 의견에 나는 찬성도 반대도 아닌 어정쩡한 반응을 보냈다.

또 하나 신경 쓰이는 점은 마리코 누나가 죽었을 때 체육공원에서 목격된 그림자 유령이다. 마을의 전승 속에만 존재하다 어쩌다 알려지게 된 요괴가 사건 현장 주변과 이번 괴담이라는 두 가지 장면에 모두 등장하다니. 단순한 우연일까?

그런 생각을 하다 보니 내비게이션에 입력한 목적지에 가까워졌다.

"저 교차로에서 왼쪽이에요."

앞을 유심히 바라보니 직진 도로로만 보였는데 사실은 울창한 나무에 가려져 왼쪽으로 향하는 갈림길이 있음을 알 수 있었다. 그 길은 완만한 곡선을 그리며 산꼭대기로 이어졌다. 어느새 하늘은 황혼의 붉은색에서 짙은 보라색으로 변해 있고, 주변의 산은 검은 그림자처럼 보일 정도였다. 사쿠마 형은 가로등도 없는 길을 헤드라이트에 의지해 조심스럽게 운전했다.

곧 길 끝에 커다란 문기둥 두 개가 나타나자 사쿠마 형은 그 앞에 차를 세웠다.

차에서 내리자 산속 공기가 조금 쌀쌀하게 느껴졌다.

금속 미닫이문은 열린 채였고, 내 무릎 높이까지 잡초가 무성하게 자란 정원 안쪽으로 3층짜리 건물이 보였다. 전체적으로는 형태를 제대로 유지하고 있지만, 땅에서 뻗은 담쟁이덩굴이 가느다란 혈관처럼 얽혀 있었다. 1층부터 3층까지

나란히 늘어선 유리창은 모두 깨어져 마치 전쟁터 같았다.

그 박력에 나도 모르게 스마트폰을 들이대고 카메라 앱의 셔터를 눌렀다.

"위험하니 건물에는 손대지 않는 게 좋겠어."

사쿠마 형이 앞장서서 아치형 입구로 향했다. 담력 테스트를 하러 온 사람이 부순 것인지 양문형 문의 왼쪽 문짝이 경첩 부분에서 떨어져 옆 벽에 기대 세워져 있었다.

입구 옆에 걸린 나무 팻말에 먹으로 쓴 듯한 '영원한 생명 연구소'라는 글자가 적혀 있었다.

각자 가져온 손전등을 꺼내 들고 앞을 비추며 발걸음을 옮겼다.

가장 먼저 보이는 건 조금 넓은 현관홀이었다. 그곳에는 접수처처럼 작은 창문이 있는 방이 있고, 좌우로 복도가 뻗어 있었다. 복도 안쪽으로는 완만한 나선계단이 보였다.

"세련된 디자인이네."

사쿠마 형이 천장에 그려진 방사형 무늬에 손전등 불빛을 비추며 말했다.

그 외에도 계단 난간이나 작은 창문 윗부분에 마름모꼴을 조합한 듯한 무늬가 있지만, 내게는 그다지 멋져 보이지 않았다.

우리는 오른쪽 복도에 늘어선 방부터 하나하나 확인했다.

걸을 때마다 유리 파편과 자갈을 밟는 소리가 울려 퍼져

자꾸 발걸음이 느려졌다. 특히 뒤에서 따라오는 사쓰키와 미나가 내는 소리가 신경 쓰여 뒤를 돌아보자 두 사람이 깜짝 놀라 눈살을 찌푸리며 외쳤다.

"야, 놀라게 좀 하지 마."

"역시 밤에는 무서운 거야?"

"유령이 안 나와도 어두운 곳은 위험하다고 느끼는 게 사람 아니겠어?"

사쓰키가 그렇게 힘주어 말했다. 나도 사쿠마 형이 있기에 침착할 수 있지만, 떨리는 마음을 들키지 않기 위해 이곳저곳을 향해 셔터를 눌렀다.

복도를 따라 늘어선 똑같이 생긴 미닫이문 안쪽은 대체로 개인실처럼 좁은 방이었다. 오랜 세월 비바람이 불어닥친 탓인지 어느 방이든 곳곳에 곰팡이가 피어 있고 벽지가 벗어진 곳도 있었다. 건물 안쪽에는 모임을 열어도 될 정도로 넓은 방도 하나 있었는데, 나중에 누가 놓아둔 것인지 가운데에 파이프 의자 한 개가 덩그러니 놓여 있었다.

지금까지 발견된 건 의자, 선반, 매트리스, 이불 정도로, 범죄나 오컬트와 관련 있을 것 같은 물건은 없었다. 하지만 낡고 썩어서인지 바람이 들어오는 건물 여기저기에서 온갖 소리가 울려 퍼졌다.

많은 사람이 있었을 법한 곳이 지금은 너무도 쓸쓸하게 변해버렸다.

나는 왠지 모르게 오쿠사토 정의 현실을 한탄하는 아빠의 말이 떠올라 급히 크게 숨을 들이쉬며 불안한 마음을 떨쳐 냈다.

사쓰키는 한 손에 복사지를 들고 건물의 모습과 괴담의 내용에 차이가 없는지 계속 확인했다. 미나는 조용히 맨 뒤에서 뒤따라올 뿐, 특별히 달라진 모습은 보이지 않았다.

1층에 이어 계단을 올라 2층도 둘러보았지만 딱히 발견된 건 없었다.

"문제는 3층이네."

사쓰키가 굳은 목소리로 말했다.

괴담 속 공포의 사건이 일어난 곳은 3층 안쪽 방이다.

"어라?"

계단을 오르자마자 지금까지와 달라진 점이 눈에 띄었다.

복도 오른쪽에 작은 창문이 있고, 안을 들여다보니 경비원이 대기하는 방이었다. 그 앞 복도는 문이 달린 벽으로 막혀 있어 허가받은 사람만 통과할 수 있는 구조로 보였다. 지금은 열려 있지만, 마치 '이제부터 중요한 곳입니다'라는 느낌이 들었다.

벽에는 검은색 스프레이로 '이 안쪽으로 들어가지 말 것! 실종자 속출!'이라고 적혀 있었다.

"누가 장난쳤나 보네."

사쿠마 형은 그렇게 말하면서도 문 너머에 위험한 것은

없는지 살피듯 문 너머를 들여다보고 나서야 발걸음을 옮겼다. 복도에 늘어선 문 모양도 지금까지의 층과 달랐다. 모두 아래층보다 한 뼘 정도 작았고, 미닫이문이 아닌 여닫이문이었다. 게다가 내 키보다 조금 더 높은 곳에 금속 격자가 달린 창문이 있었다.

"왠지 감옥 같네."

"응. 교도소 같지?"

사쓰키가 변호사의 딸답게 미나의 말을 고쳐주었다. 나는 이 문을 인터넷 동영상으로 본 적 있지만, 직접 보니 역시 소름이 끼쳤다.

"마치 안에 있는 사람을 감시했던 것 같네."

사쿠마 형이 불쑥 불안감이 느껴지는 중얼거림을 남기고 방의 입구를 넘어갔다. 사쓰키는 마음이 내키지 않는 듯 복도 끝을 향해 조명을 비췄다. 복도는 10미터 정도 더 안쪽으로 이어졌지만, 절반 정도 지점에 오른쪽으로 꺾이는 분기점도 있었다.

나는 별생각 없이, 정말 별생각 없이, 사쿠마 형을 대신해 선두에 서서 복도 안쪽 방을 하나하나 들여다보며 발걸음을 옮겼다. 하나, 둘, 셋, 네 번째 방에서 이 복도는 끝난다. 모두 10제곱미터 정도의 넓이로, 바깥쪽 창문에는 철창이 달려 있었다. 건축법까지는 모르겠지만, 요즘에도 이런 방을 만드는 게 허용될까.

마지막인 네 번째 방에 들어가 유리가 깨진 창문에 다가가 밖을 보니 어느새 칠흑같이 어두워져 있었다. 황급히 시계를 확인하니 오후 7시가 막 넘었다.

이상하다. 이미 여름보다 가을이 더 가까운 계절이긴 해도 어제는 이렇게 일찍 어두워지지 않았다. 혹시 산속이라서 그런가?

왠지 불안한 마음에 뒤를 돌아보니 아무도 따라오지 않았다. 귀를 기울여봐도 사쓰키 일행이 내는 소리는 들리지 않고 건물은 고요했다.

이상하네. 조금 전까지만 해도 다들 뒤에 있었는데.

창문을 통해 들어오는 미지근한 바람이 목덜미를 쓰다듬었다. "넌 혼자야"라고 말하는 것 같아서 나는 서둘러 방을 되돌아 나와 복도로 얼굴을 내밀었다.

하지만 다들 사용하고 있을 손전등 불빛이 보이지 않았다. 어딘가 방 안에 있다면 분명 복도까지 빛이 새어 나올 텐데.

"······다들 어딨어?"

큰소리를 내는 게 왠지 무서워 조용히 불러보았다.

대답은 없었다.

나는 방을 하나하나 확인하면서 복도의 분기점이 있는 지점까지 돌아왔다. 모두 분기점 너머로 갔다고밖에 생각되지 않았기 때문이다.

손전등을 분기점 안쪽으로 비추자 빛의 고리 속에서 끝에 있는 막다른 방으로 슬그머니 들어가는 그림자를 볼 수 있었다.

역시 저기 있잖아.

말도 걸지 않고 불러도 대답조차 하지 않다니, 정말 못됐잖아! 분명 사쓰키가 아까의 복수를 계획한 것이리라.

바보 같다는 생각에 "이미 들켰거든!"이라고 외치며 빠른 발걸음으로 복도를 달렸다.

조금 전 그림자가 물러간 자리에 문이 있어 밀어 열었더니 끼익 소리가 났다.

어라, 하고 우뚝 멈춰 섰다.

그림자가 사라졌을 때는 아무 소리도 안 나지 않았나? 문은 그때도 닫혀 있었는데.

'만져선 안 되는 걸 만졌다'라는 생각과는 달리 손전등 빛을 받은 방 안 풍경이 눈에 들어왔다.

방 한가운데, 붉은색 페인트로 육각별과 본 적 없는 글자가 잔뜩 그려져 있었다. 마법진이다.

그렇다면 이곳이 예전에 교주가 의식을 치르고 사라진 방인가?

하지만 더 큰 문제가 있었다.

방 안에 아무도 보이지 않았다. 분명히 여기 들어오는 걸 봤는데.

용기를 내어 방 안으로 들어가 문 뒤쪽과 창문을 비춰 확인해봤지만, 구조상 다른 방과 전혀 다르지 않았고 숨을 곳도 없었다.

사라졌어……?

거짓말이야, 그럴 리 없어.

그래, 어쩌면 한 칸 앞의 방을 착각한 것일지도.

확인을 위해 의식의 방을 나가려다 발걸음을 멈췄다.

복도에 누가 있다. 여기서는 보이지 않지만, 기척이 느껴진다.

나는 급히 손전등을 열린 방문 쪽으로 향했다.

절대로 사쓰키와 미나가 아니라고 직감이 경고했다.

"누구야?"

대답은 없다. 나는 서둘러 오른손으로 스마트폰을 들었다.

손 떨림이 멈추지 않는다. 지금 일어나고 있는 일이 그 괴담대로라면…… 나…… 죽는 건가?

그때였다.

문틀 가장자리에서 까만 덩어리가 삐죽 얼굴을 내밀었다.

가녀린 몸에 비정상적으로 큰 머리.

순식간에 하나의 이름이 떠오른다.

그림자 유령.

역시 그 괴담은 그림자 유령에 관한 거였구나.

혹시 마리코 누나가 죽은 것도…….

나는 비명조차 지를 수 없는 공포 속에서 기도하는 마음으로 카메라 앱 셔터를 눌렀다.

왜 찍히지 않지?

나는 더는 참지 못하고 비명을 지르며 필사적으로 뒤로 물러나다가 창문 쪽 벽에 뒤통수를 부딪히며 잠시 눈앞이 깜깜해졌다.
그리고 눈을 떴을 때 검은 형체는 내 눈앞에서 사라지고 없었다.
내가 내는 거친 숨소리를 들으며 멍하니 있는데, 복도에서 몇 명의 발소리가 바삐 다가왔다.
"무슨 일이야, 괜찮아?"
세 사람이 나타난 걸 보고 나는 죽을 만큼 안심했다.
사쿠마 형이 손을 내밀어서 그제야 내가 바닥에 주저앉아 있다는 사실을 깨달았다.
"혼자 먼저 가버리고. 뭐 하는 거야?"
사쓰키는 불평하면서도 내 모습을 보고 무언가 일이 벌어졌다는 사실을 눈치챘는지 걱정스러운 표정을 지었다. 나는 터져 나올 것 같은 울음을 억지로 참으며 되받아쳤다.
"사라진 건 너희잖아. 나는 혼자 남아 모두를 찾아 헤매고 있었다고."

세 사람은 서로 얼굴을 맞대고 이해할 수 없다는 표정을 지었다.

"유스케가 안쪽 방에 들어갔잖아. 그런데 나오지 않아서 셋이서 데리러 갔더니 어디에도 없었어. 그때 비명이 들려서 이쪽으로 급히 온 거야."

미나의 목소리는 거짓말하는 것처럼은 들리지 않았다.

무슨 소리야. 사라진 게 나라고?

"그럼 그것도 못 봤어?"

"그것?"

"그림자 유령 말이야! 아까 거기 있었어!"

입구 근처에 서 있던 사쓰키가 짧게 비명을 지르며 뒤로 물러섰다.

"잠깐, 그런 말 하지 말라니까!"

"진짜야."

아, 사진만 찍혔더라면!

"아무튼 다친 곳은 없는 것 같아 다행이다. 일단 밖으로 나가서……"

사쓰키가 사쿠마 형의 말을 서둘러 가로막았다.

"잠깐만요. 아마 이 방이 괴담에 나오는 의식의 방인 것 같아요."

마법진이 그려진 바닥을 둘러보고는 말을 이었다.

"이 방에 힌트가 있을지도 몰라요. 좀 더 조사해보고 싶어요. 괜찮지?"

마지막 질문은 나를 향해 던진 것이었다. 고개를 끄덕였다.

사실 또다시 그림자 유령이 나타날까 무서웠지만, 모두와 함께라면 참을 수 있다. 나 때문에 심령 스폿 조사를 중단하는 건 싫다.

"어쩔 수 없지. 하지만 돌아가는 시간을 생각하면 그렇게 오래 있을 순 없어. 앞으로 15분간만이다."

15분의 시간제한을 받은 우리는 방 안을 구석구석 살펴보았다.

지금까지는 괴담의 내용과 일치하지 않는 부분을 찾지 못했다고 사쓰키가 말했다. 여기서 성과가 없으면 조사는 교착상태에 빠지고 만다.

하지만 다른 방과 다른 점은 바닥의 마법진 정도였다. 벽에는 '여기서 나가', '저주' 같은 글귀와 핏자국을 닮은 낙서가 몇 있지만, 다른 방에서도 본 것들이었다.

내가 보기에 주목할 부분은 명확했다.

"그림자 유령이 있었다는 것 자체가 단서 아닐까? 이 괴담은 종교 단체가 아니라 그림자 유령이 관련되어 있다는 걸 알리고 싶었던 거야."

"그건 유스케가 잘못 본 거 아냐?"

"진짜 봤다니까!"

나와 사쓰키는 서로를 노려보았다.

그러자 미나가 말했다.

"유스케의 말이 맞다면, 그거야말로 이상하지 않아? 여기엔 많은 사람이 담력 테스트를 하러 오잖아. 하지만 여기서 그림자 유령을 봤다는 이야기는 유스케도 들어본 적 없지 않아?"

나는 조용히 고개를 끄덕였다.

"마리코 언니가 전하고 싶었던 게 그림자 유령의 존재라면 100퍼센트 나오지 않으면 이상해. 그렇지 않으면 단서라고 할 수 없으니까."

그림자 유령이 100퍼센트 나오지 않으면 이상하다니, 참 이상한 논리다.

분명 내 앞에 그림자 유령이 나타나지 않았다면 아무런 단서도 얻지 못한 채 돌아갈 뻔했다. 그런 불확실한 단서를 남기는 방식은 이전 S터널 괴담 때와는 분명히 다르다.

하지만.

'마리코 누나 살해 현장에서도 그림자 유령을 본 사람이 있어.'

나는 그렇게 말하고 싶은 마음을 꾹 참았다. 지금 말하면 사쓰키의 기분을 더욱 상하게 할 것 같아서였다.

"역시 다른 단서가 있을 것 같아."

사쓰키가 팔짱을 끼고 신음했다.

"예를 들어 낙서 수가 적은 건 어때 보여? 괴담에는 '한쪽 벽에 가득'했다고 적혀 있는데 말이야."

"그러게. 가득하다고 하기엔 좀 적은 것 같네." 미나는 고개를 갸웃거렸다. "의식의 방은 3층 안쪽 방이라고 적혀 있는데, 그건 틀림없이 여기겠지."

사쓰키가 조용히 입을 닫은 옆에서 사쿠마 형이 시계를 힐끗했다. 벌써 시간이 됐나.

나는 시간을 벌려고 사쿠마 형에게 말을 건넸다.

"사쿠마 형은 뭐 느낀 점 없으세요?"

"나?" 사쿠마 형이 잠시 허공을 응시했다. "그러게. 역시 종교 시설치고는 왠지 특이하다는 느낌이 들어."

그러고 보니 건물에 들어올 때도 그런 말을 했었다.

"나도 그렇게 생각해." 미나가 고개를 끄덕이며 의외의 말을 이어갔다. "어쩐지 우리 학교랑 비슷하지 않아?"

"학교?"

"현관을 들어서자마자 보이는 아치형 구조라든가. 천장 근처의 곡선 모양이라든가."

아무것도 느끼지 못하는 건 나와 사쓰키뿐인 듯했다.

왜 미나는 우리와 다른 느낌을 받은 걸까?

"전에 다닌 초등학교는 지금처럼 세련된 건물이 아니었어."

"그렇구나. 미나는 전학생이니까."

사쓰키가 손뼉을 치며 나를 쳐다보았다.

"선생님들이 자주 말하잖아. 우리 학교 건물은 오쿠사토 정 출신 유명 건축가가 설계한 거라고."

"고히나타…… 고히나타 시즈오!"

오쿠사토 정 주민이라면 누구나 아는 인물. 해외에서 무슨 상을 받은 적도 있다는 고히나타 시즈오는 마을 사람들의 자랑거리다. 고도마 초등학교뿐 아니라 마을에 하나뿐인 미술관이나 오쿠사토 정사무소도 그가 설계한 것으로, 저학년 때 사회과 견학으로 반드시 가보게 되어 있다.

그런 우리에게 고히나타 시즈오의 디자인은 워낙 친숙해서 특별하다고 생각하지 않았다. 다른 초등학교에 다닌 적이 없기도 하고.

사쿠마 형은 여전히 복잡한 표정이었다.

"하지만 고히나타 시즈오의 설계라면 이 건물은 상당히 오래된 거야. 영원한 생명 연구소가 활동한 건 기껏해야 1990년대 이후일 텐데."

"그런 거였구나!"

소리를 지르며 사쓰키가 스마트폰을 꺼내 조작을 시작했다. 데이터 통신은 문제없는 모양이었다.

"뭐 생각난 게 있어?"

"이 건물은 분명 다른 용도로 지어졌을 거야. 수십 년 동안 사용되다가 종교 단체가 사들였고, 그 수상한 이미지 탓에 본래 용도가 잊힌 거지. S터널 괴담이 장소의 차이를 숨긴 이야기였다면, 이 괴담은 시대의 차이를 숨긴 이야기인 셈이야."

사쓰키는 이 건물의 역사를 조사하는 중이라고 했다.

"하지만 이상해. 고히나타 시즈오의 건축물인데, 왜 종교 단체에 팔아넘겼을까? 다른 건물들은 그렇게 소중히 다루는데."

스마트폰을 조작하던 사쓰키의 손이 멈췄다.

그 눈이 동그랗게 커진 걸 보자 도대체 무슨 일인지 불안해졌다.

사쓰키는 우리에게 보이도록 화면을 돌렸다.

구 반도 정신병원

반도. 정신병원.

여기서 반도라는 이름이 나온 건 결코 우연이 아니리라.

반도 가문은 대대로 의사 집안으로, 오쿠사토 정의 명문가다. 우리가 쫓는 젊은 의사 반도의 아버지인지 할아버지인지, 아니면 더 위인지는 모르겠지만, 어쨌든 그들은 고히나타 시즈오에게 의뢰해 이 정신병원을 지었다.

3층 복도가 문으로 막혀 있고 방의 창문에 철창이 있는 것도 환자가 마음대로 나다니지 못하도록 하기 위함일 것이다.

그리고 이 병원에서 무슨 일인가가 일어났다.

반도 일가는 이를 감추기 위해 정신과를 종합병원 내로 옮겼고, 귀중한 가치가 있는 이 건물을 종교 단체에 팔아넘겼다.

당시 도대체 무슨 일이 일어났는지 아직 자세히 알 수는 없다. 하지만 적어도 마리코 누나가 괴담을 통해 전하려 한 건 젊은 의사 한 명이 아니라 반도 일가 전체가 사건에 연루되어 있다는 사실 아니었을까.

"생각보다 큰 건이네."

미나의 목소리에서도 당황스러운 기색이 느껴졌다.

문득 내 머릿속이 번뜩였다.

아까 사쓰키가 벽에 낙서가 적다고 말했다.

그건 지금 벽에 있는 낙서가 폐허가 된 후에 쓰였기 때문 아닐까?

"유스케, 뭐 하는 거야?"

사쓰키의 질문에 대답하지 않고, 나는 바닥에 떨어진 깨진 유리 조각을 주워 벽 앞에 섰다.

곳곳이 변색되고 가장자리가 벗어지기 시작한 벽지. 나는 그곳에 뾰족한 유리 모서리를 대고 천천히 그었다. 뒷면의 접착제도 이미 접착력을 잃었는지 쉽게 벽지를 뜯어낼 수 있는 상태가 되었다.

정신병원에 입원한 환자가 그린 진짜 낙서는 이 밑에 있을 것이다!

"잠깐만. 물건을 망가뜨리면 안 돼……."
말리려는 사쿠마 형의 목소리가 뚝 끊겼다.
벽지 아래에 드러난 크림색 벽면.
그곳에 그려져 있던 것은
엄청나게 많은
새까만
인간 그림이었다.

◆ 3장 ◆

수상쩍은 추리를 위해

| 17 | 18 | 19 | 20 | 21 | 22 | 23 |
| 24 | 25 | 26 | 27 | 28 | 29 | ㉚ |

30: 고구레 씨에게 이야기를 듣는 날

10   October

sun	mon	tue	wed	thu	fri	sat
1	2	3	4	5	6	⑦
8	9	10	11	12	13	14
15	16	17	18	19	20	21
22	23	24	25	26	27	28

7: 미사가 고개의 목이 달린 지장보살을 보다

사쓰키의 기록 ①

뭐든 잘하는 아이. 모범생. 영재.

친척들이 마리코 언니에 대해 말할 때면 어김없이 그런 말이 나왔다.

처음엔 그저 '굉장한 마리코 언니'라는 의미로만 생각했는데, 초등학생이 되고 점점 공부 성적에 무게가 실리면서 비로소 마리코 언니의 대단함을 실감하게 되었다.

아빠도 엄마도 종종 나와 마리코 언니를 비교하며 "지지 마"라고 말했다.

나는 이해할 수 없지만, 어른들에게는 묘한 경쟁의식이 있다. 삼촌 부부는 20대 초반에 결혼해 곧바로 마리코 언니를 낳았다. 반면 우리 부모님은 아빠가 서른셋이 되어서야 결혼했다. 그런 점에서도 아빠와 엄마는 동생 부부에게 뒤처졌다는 의식이 있었던 것 같다.

어느새 나는 부모님의 기대대로 모범생이 되어 있었다.

나도 남에게 지기 싫어하는 성격이고, 장래에 변호사가 되려면 열심히 공부해야 하는 게 당연하니 딱히 싫지는 않다.

하지만 어른이 될 때까지 지금보다 더 많이 노력해야 한다고 생각하니 자신감이 사라져서 마리코 언니에게 상담한 적이 있었다. 마리코 언니가 죽기 1년 전의 일이다.

오봉(양력 8월 15일에 기념하는 일본의 전통 명절―옮긴이)에 친척들이 모여 둘이 심부름을 하러 가던 길이었다. 우리 부모님이 내가 밖에서 군것질하는 것을 좋아하지 않는다는 사실을 알고 있던 마리코 언니가 "사쓰키도 공범이 되게 해줄게"라며 편의점에서 아이스크림을 사준 기억이 난다. 똑똑할 뿐만 아니라 그런 장난꾸러기 같은 언니가 참 좋았다.

"마리코 언니는 계속 노력하는 게 힘들지 않았어?"

"고등학교 때 일부러 0점을 맞으려고 한 적이 있어."

마리코 언니는 그렇게 말하며 웃었다. 좋은 성적을 계속 받는 것이 당연하다는 주변의 반응에 싫증이 났다고 한다. 일부러 0점을 받으면 그들은 어떤 표정을 지을까. 어차피 충격을 줄 거라면 더 크게, 라는 생각에 그 전 시험에서는 열심히 공부해서 만점을 두 번이나 받았다니 놀라웠다.

"하지만 결국 안 했어. 막상 백지 답안지를 내려고 하니 그게 너무 쉬운 일이라 깜짝 놀랐거든. 손을 떼는 건 언제든 할 수 있고,

그런 것 때문에 지금까지의 노력을 헛되이 하는 것도 아깝다는 생각이 들었어. 어차피 모든 걸 쏟아부을 거라면 더 큰일을 하고 싶더라."

마리코 언니는 그렇게 말하면서 부드럽게 내 머리를 쓰다듬어 주었다.

그해 생일날, 마리코 언니가 노트 한 권을 선물로 주었다. 평소 공부할 때 쓰는 노트와는 전혀 다른, 금속 고리로 철한 예쁜 표지의 짙은 녹색 노트였다.

"언젠가 하고 싶은 일을 찾으면 써봐. 공부보다 사쓰키가 열중할 수 있는 일에 말이야."

그 노트를 쓸 기회가 이렇게 빨리 찾아올 줄은 몰랐고, 설마 '하고 싶은 일'이 마리코 언니의 죽음에 대한 조사가 될 줄은 꿈에도 몰랐다.

마리코 언니의 사망 후, 기묘한 현장 상황과 사망 추정 시각이 심야라는 사실 때문에 마리코 언니에게는 남에게 말 못 할 인간관계가 있었던 것 아니냐는 목소리도 나왔다.

하지만 나는 마리코 언니가 세상에 얼굴을 들 수 없는 짓을 할 사람이 아니라고 확신한다. 마리코 언니가 그간 쌓아 올린 것은 그런 소문에 좌지우지될 만큼 가벼운 것이 아니다.

지금까지 조사한 두 가지 괴담을 통해 그 마음은 더욱 강해졌다.

〈S터널의 동승자〉는 장소의 차이를 통해 교수의 죽음을, 〈영원한 생명 연구소〉는 시대의 차이를 통해 반도 정신병원의 존재를 독자에게 전하기 위해 만들어진 것이라 생각해도 틀리지 않다.

마리코 언니는 분명 이 7대 불가사의에 '큰 비밀'을 숨겨두었을 것이다.

그 수수께끼는 그 누구도 아닌 바로 내가 풀어야 한다.

최근에야 알게 된 사실이지만, 학교마다 학교 행사의 개최 시기가 다르다. 우리가 다니는 고도마 초등학교에서는 운동회와 음악회라는 두 가지 큰 행사가 모두 2학기에 있고, 6학년이 되면 거기에 수학여행까지 더해진다.

당연히 학교에서는 학급별로 모여 역할을 정하거나 준비하는 일이 많아져, 우리도 게시판 담당 업무에만 집중하기 힘들어졌다.

그런데다 벽신문은 고작 제2호 제작 중임에도 벌써 벽에 부딪히고 말았다.

영원한 생명 연구소에서 일어난 사건에 관해 기사로 채택할지 말지를 두고 나와 사쓰키의 의견이 엇갈린 것이다. 금요일 방과 후, 우리는 1, 2학년이 쓰는 작은 건물 안쪽에서 그 일에 대해 얼굴을 맞대고 있었다.

"그러니까 사쓰키가 딱히 인정하지 않아도 상관없어."

"그럼 논쟁의 여지가 없어지잖아!"

원인은 영원한 생명 연구소에서 내가 목격한 그림자 유령으로 보이는 괴물이었다. 나는 그대로 기사를 쓰려고 했지만 사쓰키는 "나는 못 봤다니까!"라며 절대 양보하지 않았다.

"오컬트 찬성파인 유스케만 그걸 봤다는 건 이상하잖아. 그 경험을 바탕으로 '이 사건에는 유령이나 저주가 관련되어 있다'라고 해도 내가 그걸 부정할 방법이 없어."

"실제로 봤으니 기사로 써도 상관없잖아. 내 경험을 바탕으로 내가 추리하는 것뿐이니."

"잊었어? 우리가 제멋대로 추리하는 게 아니라 미나가 그걸 객관적으로 분석해야만 기사가 되는 거야. 미나가 경험하지 않은 걸 근거로 삼으면 곤란하지. 미나, 안 그래?"

자신의 진영으로 끌어들이듯 뒤에서 껴안자 미나가 곤란하다는 듯한 표정을 지었다.

"유스케의 의견도 판단하기 어렵지만, 사쓰키의 기사도 아직 진도가 나아가지 않았잖아. 이전 조사에서는 용의자로 지목된 반도의 알리바이를 확인했을 뿐이니까."

그 말이 맞다. '영원한 생명 연구소'가 한때 반도 정신병원 병동으로 사용되었다는 사실은 밝혀냈지만, 그것이 마리코 누나 사건과 어떤 관련이 있는지는 수수께끼로 남아 있다.

새로 발견한 것이 많지 않았고, 이대로라면 상상력에 의존하는 기사가 될 수밖에 없다.

"그거라면 사쿠라즈카 터널에서 죽은 남성에 대해 좋은 소식이 있어."

사쓰키가 밝은 목소리로 말을 꺼냈다.

"히로 형이 가르쳐준 마리코 누나의 모교 교수?"

"그래. 그 사람에 관한 이야기를 들을 방법을 찾고 있었는데, 드디어 마리코 언니의 대학 시절 친구와 연락이 닿았어."

"어떻게 찾았어?"

"예전에 마리코 언니의 장례식에 와줬거든. 참석자들에게는 이름과 주소를 적어달라고 하잖아? 그중에서 마리코 언니의 스마트폰에 연락처가 등록된 이름을 찾아서 전화해봤거든. 고구레 씨라는 사람인데······."

사쓰키의 말투에는 열정이 담겨 있었다.

"고구레 씨는 마리코 언니와 함께 그 교수가 주최하는 학회 소속이었고, 지금은 대학원생인 것 같아."

"학회?"

미나가 물었다. 나도 같은 질문을 하고 싶었다.

"뭐라고 해야 하나, 교수와 함께 연구하는 소규모 그룹을 말하는 것 같아."

그렇다면 서로에 대해 잘 알고 있을 테니 이야기를 들을 상대로는 이보다 더 좋은 사람은 없을 것이다.

하지만 걱정되는 점이 하나 있다.

"우리가 초등학생이라는 사실은 말했어?"

"아니. 내가 마리코 언니의 사촌 동생이라는 것만."

나는 전에 선술집에서 겪었던 점원의 반응이 떠올랐다.

"초등학생이란 걸 알면 진지하게 상대해주지 않는 거 아니야? 무언가 알고 있어도 아이에게 말할 일은 아니라고 생각할지도 모르고."

하지만 사쓰키는 걱정하지 말라고 했다.

"그 사람, 장례식에서 나를 본 기억이 있는 것 같았어. 그리고 반응을 보니 그쪽도 관심이 있는 것 같더라고. 마침 내일 일정이 비어 있다고 해서 만나기로 약속했는데, 두 사람도 올 거지?"

"어디서 만나는데? 그 대학은 옆 마을에 있잖아?" 미나가 물었다.

확실히 자전거로 가기에는 너무 멀다. 가려면 전철을 타야 하는데, 한 번도 내린 적 없는 역, 게다가 대학이라는 가본 적 없는 곳에 가는 건 상당한 용기가 필요하다.

"그것도 문제없이. 그 사람이 오쿠사토 역까지 와서 오후 2시에 역 앞 카페에서 이야기하기로 했거든."

그러자 미나가 뜻밖의 제안을 했다.

"그럼 그 전에 마녀의 집에 가보자."

어린이들 사이에서 세대를 넘어 전해 내려오는 수수께끼의 장소, 마녀의 집.

소몬 터널 조사 후 그곳을 찾은 우리 일행은 그곳에서 '마녀'를 만났다. 마녀는 언제든 와도 좋다고 했지만, 나는 그 이후로 가지 않았다.

"미나는 가끔 책을 빌리러 간다고 했지?"

"응. 마녀님이라면 우리 이야기를 듣고 좋은 아이디어를 줄지도 몰라."

실제로 〈S터널의 동승자〉 때도 부자연스러운 일에는 반드시 이유가 있다는 마녀의 가르침이 괴담의 수수께끼를 푸는 데 큰 도움이 되었다.

"응. 괜찮을 것 같아."

나는 찬성했다. 마녀는 어른이지만, 미스터리 소설을 많이 읽어서인지 오컬트 자체를 부정하는 사람은 아니었다. 어쩌면 내 의견에 동조해줄지도 모른다. 게다가 괴담에 관한 토론을 마녀의 집에서 한다는 건 비밀기지 같은 느낌이 들어 좋았다.

"오케이. 그럼 점심은 각자 집에서 먹고 먼저 마녀의 집에서 모이자. 유스케는 그때까지 기사 내용을 정리해두도록 해."

사쓰키가 그렇게 못을 박았다.

다음 날인 토요일. 마녀의 집을 향해 자전거를 타고 가다가 우연히 앞서가는 두 사람을 발견하고 합류했다.

이미 여러 번 방문했던 미나는 익숙한 듯 대문 기둥에 있는 인터폰을 한 번 울리고는 대답을 기다리지 않고 대문을 열고 마당에 자전거를 세웠다.

"휠체어를 타고 일일이 인터폰에 응답하는 건 귀찮고, 대문을 여는 소리로 대충 상대방을 구분할 수 있으니 괜찮다고 하더라고."

"정말?"

나는 반신반의하며 미나의 뒤를 따라 마당을 지나 현관문 앞에 섰다.

대문에는 없던 문패를 현관문 위에서 발견할 수 있었다.

'도요키'.

그것이 마녀의 성씨인 듯했다.

검은 현관문은 무거워 보이는 겉모습과 달리 미나가 손을 대자 부드럽게 열렸다. 휠체어를 탄 채로도 출입하기 편하게 되어 있는 걸까.

건물 안은 여전히 복도까지 책장으로 가득 차 있었다. 어둑한 집 안에서 희미한 불빛이 새어 나오는 곳이 지난번에 들어갔던 거실인 듯했다.

"너희 왔구나."

거실에 들어서자 전과 같은 위치에 느긋하게 앉아 있는 마녀의 모습이 보였다.

테이블을 보니 작은 바구니에는 과자가 쟁반 위에는 차 세트가 놓여 있었다. 놀랍게도 찻잔이 세 개 준비되어 있었다. 찻주전자에서 김이 모락모락 피어오르는 것으로 보아 방금 준비한 것처럼 보였다.

"오늘은 도우미가 오는 날이 아니고, 대문이 열리는 소리가 나고 닫힐 때까지 시간이 길었으니까, 미나 혼자 온 게 아닐 거라고 생각했지."

내 표정을 읽었는지 마녀가 빙긋 웃으며 말했다. 아까 미나의 말은 사실인 모양이다.

"미나에게 들었는데, 벽신문이 무사히 시작됐다던데."

"네. 그렇긴 한데 사건 조사가 좀처럼 진척이 안 되네요."

나와 미나가 찻주전자 뚜껑을 열고 안의 색을 보며 고개를 갸우뚱거리고 있자니, 차를 우려내어 마시는 게 익숙한지 사쓰키가 말하면서 찻주전자를 집어 들고 능숙하게 나눠 따르기 시작했다.

"……그래서 〈영원한 생명 연구소〉 괴담은 반도 병원이 어떤 형태로든 사건에 연루되어 있다는 걸 보여주는 것 같아요. 하지만 반도는 마리코 언니 살해와 관련해 알리바이가 있는 것으로 밝혀졌어요."

지난번 이후의 조사 진행 상황을 설명하자 마녀는 흥미롭다는 듯 몇 번이고 고개를 끄덕였다.

"벽에 그려진 검은 사람 모양의 그림은 뭐였을까요. 그곳에 입원했던 환자의 메시지인지, 아니면 단순한 망상을 그린 건지."

"몇 번을 말해! 그건 그림자 유령이라니까!"

내 주장에 사쓰키가 곧바로 날카롭게 쏘아보았지만 겁먹을 수는 없다.

"〈영원한 생명 연구소〉 괴담은 사실이야. 그림자 유령은 그 건물을 방문한 사람에게 빙의해서 죽이는 거야. 그림자 유령은 체육공원에서도 목격됐다는 보고가 있을 정도로 오컬트 쪽에서는 꽤 화제가 되었어. 그러니 마리코 누나도 그림자 유령에게 살해당했을 가능성이 있어."

"유스케의 주장은 이것밖에 없어요. 유령이 사람을 죽였다는 기사를 쓰면 본인이 망신만 당할 텐데……."

"사쓰키의 설도 반도의 알리바이가 증명되었으니, 용의자는 없어진 거잖아?"

그러자 내 말을 기다렸다는 듯이 사쓰키가 자랑스러운 미소를 지었다.

"사실 반도의 알리바이를 무너뜨릴 방법이 떠올랐거든."

놀라는 내 옆에서 미나는 흥분한 듯 콧구멍이 커졌고, 휠체어에 탄 마녀는 유쾌한 듯 턱을 쓰다듬었다.

"중요한 포인트는 역시 반도가 두 번째로 자리를 떴을 때야. 가게 밖에서 15분 동안 뭘 했을까?"

"담배라도 피웠겠지."

우리 할아버지도 요즘은 담배를 피울 곳이 많이 줄었다고 자주 한탄한다. 반도가 흡연자인지는 모르겠지만, 어른이 밖에 나가는 이유로는 그것이 가장 유력하다. 반도는 한 번 자리를 떴다가 돌아온 이후로는 심란해 보이는 상태였다고 하니, 마음을 진정시키기 위해 담배를 피웠을 수도 있다.

그런데.

"그건 아니야."

미나가 끼어들었다.

"스탠드 재떨이가 가게 입구 바로 옆에 있었어. 눈이 내리는데 굳이 멀리 떨어진 가로등 밑에까지 가서 담배를 피우는 건 이상하지."

그 말을 듣고, 그랬었나 싶어 기억을 더듬어보았지만 전혀 기억나지 않았다. 같은 경험을 했는데 왜 이렇게 기억력이나 생각에 차이가 나는 걸까.

미나의 지원사격에 힘입어 사쓰키의 말투가 점점 더 빨라졌다.

"나도 미나를 본받아 미스터리에 대해 공부를 좀 했거든. 이른바 알리바이 트릭에도 종류가 많은데, 간단한 것 중에는 다른 사람에게 거짓 증언을 하게 하거나 다른 사람이 변장하는 방법이 있어. 하지만 반도의 얼굴은 여러 점원이 목격했으니 그런 방법으로는 속일 수 없었을 거야."

우리는 고개를 끄덕이며 이야기에 귀를 기울였다.

"다른 방법으로는 시체를 데우거나 식혀서 사망 추정 시각을 늦추는 방법도 있어. 하지만 이건 경찰 조사를 믿을 수밖에 없고, 지금은 생각하지 않아도 될 것 같아. 또 하나 생각할 수 있는 건 살해 현장을 위장하는 방법이야."

'무슨 의미지?' 하고 생각하는데 사쓰키가 재빨리 "원래는 다른 곳에서 살해된 거지"라고 설명했다.

사쓰키는 눈앞의 설탕 단지에서 각설탕 두 개를 꺼내 하나는 옆에 있는 내 접시에, 나머지 하나는 자신의 접시에 놓았다. 각각의 각설탕이 마리코 언니와 반도의 역할인 듯했다.

"마리코 언니가 운동장에서 살해당했을 때 반도는 멀리 떨어진 선술집에 있었어. 이래선 범행이 불가능해. 하지만."

내 접시에 있던 각설탕을 이번에는 본인의 접시로 옮겼다.

"만약 마리코 언니가 실제로는 선술집 근처에서 살해당했다면 반도의 알리바이가 무의미해져. 예를 들어 처음에 마리코 언니에게 전화가 왔을 때 반도는 마리코 언니에게 가게 앞까지 오라고 말해. 그 후 가게 밖으로 나와 마리코 언니가 오기를 기다렸다가 CCTV가 없는 곳에서 마리코 언니를 죽이고 시신을 근처 골목길에 숨겨둬."

미나는 반도 역의 각설탕을 마리코 누나 역에 부딪혔다.

"그래서?"

트릭에 흥미를 느낀 것인지 미나가 다음을 재촉했다.

"이제 마리코 언니가 죽은 시간대에 반도가 가게 앞에 있었다는 알리바이가 생겼지. 이후로는 폐점 시간까지 버틴 후에."

두 개의 각설탕이 함께 내 접시에 옮겨졌다.

"반도는 마리코 언니의 시신을 운동장으로 옮기면 돼. 심야라면 아무도 눈치채지 못할 거야. 출혈 흔적 같은 것만 잘 감추면 운동장에서 죽인 것처럼 위장할 수 있어. ……이것으로 반도의 알리바이는 무너졌어."

마술사의 마지막 포즈처럼 사쓰키가 양손을 벌렸다.

솔직히 '당했다'는 생각이 들었다.

설마 그런 식으로 범행이 가능하리라곤 생각하지 못했다. 반도가 두 번이나 자리를 뜬 이유도 알겠고, 그 이후 불안해한 것도 마리코 누나를 살해하고 시신을 바로 근처에 숨겨두었으니 당연한 일이다.

내가 아무 말도 하지 못하는 걸 보고 사쓰키가 승리 선언을 하려는데.

"아쉽게도 그건 불가능해."

미나가 담담하게 말했다.

"어? 왜!"

"사쓰키의 추리는 재미있지만 모순이 있어."

놀라는 사쓰키를 뒤로하고 미나는 말을 계속했다.

"지금 이야기대로라면 마리코 언니의 시신이 운동장으로 옮겨진 건 반도가 가게를 나간 후, 즉 폐점 시간인 새벽 2시가 넘은 후였다는 이야기가 돼. 하지만 그때는 이미 눈이 그친 뒤였어."

눈……?

아, 하고 우리는 목소리를 높였다.

시신이 있던 운동장 일대에는 2센티미터 정도의 눈이 쌓여 있었다. 눈이 그친 건 사망 추정 시각과 거의 같은 자정이다. 그 이후에 시신을 옮겼다면 눈 위에 발자국이 남았을 것이다.

"그럼." 사쓰키가 끈질기게 달라붙었다. "그때 남긴 발자국을 아침이 되어서 다시 한번 직접 밟은 거야. 그걸 위해 첫 발견자로서 이른 아침에 현장에 간 거지."

운동장에는 반도의 발자국만 있었다고 들었다. 사쓰키의 말대로 그것이 밤과 새벽에 덧대어 찍힌 흔적이라면 경찰의 눈을 속일 수 있을지도 모른다. 하지만.

"두 번째 반론." 미나가 가차 없이 말했다. "사쓰키는 전에 마리코 언니의 시신 아래쪽과 주변 땅의 적설량에 차이가 있었다고 했어. 그래서 사망 추정 시각이 밤 11시부터 11시 30분 사이로 좁혀졌다고."

"아……"

미나가 말하려는 내용을 눈치챈 사쓰키의 얼굴이 일그러졌다.

"그렇구나. 눈이 그친 후에 시신을 옮겼다면 시신 아래쪽과 주변에 쌓인 적설량은 차이가 없었을 거야……"

"하지만 재미있는 설이었어. 다음에도 또 도전해줘."

"밤새 생각한 끝에 떠올린 거였는데……"

용기를 북돋듯 주먹을 쥐어 보이는 미나와는 대조적으로 사쓰키는 실이 끊어진 인형처럼 테이블에 엎어졌다.

한편 나는 흥분해서 주장했다.

"그림자 유령이라면 발자국을 남기지 않고 마리코 누나에게 다가갈 수 있어!"

"시끄러워. 그런 식이면 뭐든 다 가능하잖아. 사진도 제대로 찍지 못했으면서."

사쓰키는 나를 쳐다보지도 않고 그냥 흘려넘기려고 했다.

가슴 속에 어두운 감정이 소용돌이친다. 부모님께 오컬트 따위는 시시하다고 혼났을 때와는 달리, 울고 싶어질 정도로 짜증이 치밀었다.

"그럼 어떻게 하면 내 추리를 믿어줄 건데? 사쓰키나 미나가 심령 현상을 목격할 때까지 기다려야 해?"

애초에 나와 같은 것을 두 사람이 보더라도 심령 현상이라고 믿지 않을 수도 있다. '무언가를 잘못 본 거다'라고 말해버리면 결국 끝이 나지 않는 입씨름이 된다.

미나는 마녀를 향해 말했다.

"오늘 온 이유는 이렇게 전혀 다른 의견을 어떻게 비교해야 할지 몰라서예요."

"그래. 정말 다들 말만 앞서는구나."

마녀는 대수롭지 않은 듯 고개를 저었다.

"너희 말이다, 너희가 하는 조사인지 뭔지가 얼마나 수상쩍은지 모르지?"

"수상쩍다고요?" 사쓰키가 몸을 일으켰다.

"물론 사건의 진상을 알고 싶어서 움직이고 있겠지만, 너희가 아무리 발버둥 쳐도 경찰을 대신할 수는 없다. 사람들에게 들은 정보를 마음대로 조합해서 사건의 구도를 상상할 뿐이니까. 그런 의미에서 사쓰키가 생각해낸 것도 유스케가 생각하는 것과 오십보백보다."

"제가 생각해낸 건 제대로 현실에 부합하는 가능성인데요? 유령이나 저주 같은 상식 밖의 것을 그렇게 쉽게……."

"허허, 이것 참."

그야말로 마녀처럼 비열한 미소를 지었다.

"그렇게 말하는 너도 증거라고 할 만한 증거는 하나도 준비하지 못했잖느냐. 그럼 진실이 무엇인지 판단할 방법이 없지 않나?"

"하지만 마녀님." 미나가 입을 열었다. "증거가 없으면 안 되는 거라면, 우리는 서로의 의견을 어떻게 제시하죠?"

미나의 말대로다. 괴담을 조사하는 동안 신경 쓰이는 정보를 모아 아무리 여러 추리를 늘어놓은들, 우리가 경찰조차 찾아내지 못한 범인의 증거를 찾을 가능성은 매우 낮다.

"목적을 기억해보렴. 너희는 마리코 언니가 7대 불가사의로 남긴 수수께끼를 풀고 싶은 거잖아. 중요한 건 그거다. 재판에서 이길 만한 증거는 없어도 상관없어. 중요한 건 너희가 납득할 수 있는 답을 찾는 거야."

"납득할 수 있는 답요?" 사쓰키가 되물었다.

3장 수상쩍은 추리를 위해

"예를 들어, 미나. 미스터리 소설에는 등장인물들이 커다란 폭풍에 휘말리거나 외부와 연결된 유일한 다리가 무너져 외딴 장소에 갇히는 패턴이 있지?"

"클로즈드 서클 말이죠? 외부에서 도움을 받을 수 없는 상황에서 살인사건이 발생하는 것요."

미나는 자신이 잘 아는 분야를 이야기할 때면 말이 조금 빨라진다.

"맞아. 당연히 그 상황에선 경찰의 과학수사는 기대할 수 없다. 판사도 없으니 법적인 결론을 내릴 수도 없는 노릇이지. 그런데도 작품 속에서는 탐정이 제대로 범인을 단정 짓고 사건을 해결해. 그건 어째서일까?"

우리는 빨려 들어가듯 마녀의 말에 귀를 기울였다.

"중요한 건 그 자리에 있는 사람들이 받아들일 수 있느냐 하는 것이기 때문이다. 증거가 없어도 논리의 힘으로 모두의 지지를 얻으면 돼. 그렇지. 예를 들어, 범인을 특정하는 방법 중 하나로 소거법이 있는데, 미나는 알지?"

미나가 고개를 끄덕이며 설명을 덧붙였다.

"용의자가 다섯 명이고 그중 네 명이 범인이 아닌 것으로 판명되면 남은 한 명이 범인이죠."

"그래. 하지만 실제 재판에서 이런 수법이 통할 것 같으냐? 그 사람이 범인이라는 직접적인 증거가 없는데, 다른 사람이 범인이 아니기 때문에 범인이라는 것이."

변호사를 부모로 둔 사쓰키가 고개를 저었다.

"하지만 그걸로 사건을 해결하는 게 미스터리 속 탐정의 역할이다. 수상쩍은 논리를 그럴듯하게 조합해서 모두를 설득하는 것. 그러면 독자들도 불평하지 않지. 너희가 지금 하려는 것도 마찬가지야."

"그럼 저는 심령 현상을 인정해야 한다는 건가요? 제 눈으로 보지도 못했는데?"

사쓰키가 아직도 받아들일 수 없다는 표정을 짓는 걸 보고 마녀는 웃음을 터뜨렸다.

"그런 게 아니다. 무엇이든 다 가능해서는 안 된다는 사쓰키의 의견은 일리가 있어. 그러니 우선 세 사람 나름의 규칙을 정해야겠지. 탐정이 주위를 설득하는 것처럼 **어떤 추리라면 정답으로 인정할 것인지 결정하는 거다.**"

나한테 유리한 방향으로 전개될 줄 알았는데, 이건 어려운 문제다.

심령적인 존재를 받아들여야 한다는 느슨한 규칙을 정해 두면, 반대로 나는 사쓰키의 어떤 추리도 "그건 있을 수 없는 일"이라고 부정할 수 없게 된다. 이것은 서로에게 좋지 않을 것이다.

사쓰키도 같은 생각인지 복잡한 표정으로 팔짱을 꼈다.

"그렇다면."

미나가 입을 열었다.

3장 수상쩍은 추리를 위해

"가장 중요하게 생각해야 할 건 7대 불가사의 아닐까?"

그 말의 의미를 몰라 나는 사쓰키와 얼굴을 마주 보았다.

"사쓰키가 우리를 수수께끼 풀이에 초대한 건 마리코 언니의 7대 불가사의 속에 사건에 대한 힌트가 있을 거라고 기대했기 때문이잖아. 그렇다면 괴담에서 얻은 단서를 완전히 무시하거나 마리코 언니의 성격과 동떨어진 추리는 안 된다고 생각해."

"즉, 이런 뜻인가?"

머리 회전이 빠른 사쓰키는 미나의 말을 알아들은 것 같았다.

"마리코 언니가 괴담에 힌트를 남겼다는 전제가 있으니, 여섯 가지 괴담을 조사해서 찾은 단서는 반드시 추리에 활용해야 한다. 자기에게 유리한 것만 고른다면 뭐든 가능해질 테니까. 예를 들어 사쿠라즈카 터널 사고나 반도 병원은 어떤 형태로든 사건과 관련되어 있다고 봐야 해."

"맞아. 더 나아가 마리코 언니의 행동에는 모두 이유가 있어야 해. 우연히 폭력배에게 습격을 당했다거나, 정신적으로 불안정해져서 의미 없는 괴담을 남겼다는 식은 안 돼. 사쓰키가 알던 평소 마리코 언니의 사고방식과 행동 패턴을 기준으로 생각해야 해."

미나 덕분에 토론의 방침이 명확해졌다. 지금 이야기를 바탕으로 사쓰키가 두툼한 진녹색 노트를 꺼내 추리 규칙을 정리했다.

⊙ 마리코 언니가 남긴 괴담에 근거한 추리여야 한다.
⊙ 사건 전후의 마리코 언니의 행동에 대한 합리적인 설명이 가능해야 한다.

"앞으로 서로의 추리나 가설에 관해 이야기할 때는 이 규칙을 충족하는지부터 고려하자. 여섯 가지 괴담을 모두 조사한 후, 이를 충족하는 추리가 우리가 추구하는 진실이라는 말이 되겠지."

사쓰키의 말에 우리는 고개를 끄덕였다.

"참고로 이 규칙에 비추어 보면 유스케의 그림자 유령 범인설도 부정이 가능해."

예상치 못한 미나의 지적에 나는 "엇?" 하고 소리를 질렀다.

"왜? 〈영원한 생명 연구소〉 이야기에는 그림자 유령 같은 존재가 나오잖아."

"그건 간신히 인정할 수 있다고 해도, 마리코 언니는 칼에 찔려 죽었어. 그림자 유령에게 저주를 받아 죽었다면 칼에 찔린 상처가 있다는 게 이상하잖아. 괴담에도 유령이 칼을 쓴다는 말은 한마디도 나오지 않고."

"규칙이니까 어쩔 수 없지?"

사쓰키가 킥킥 웃었다.

젠장, 괴담을 바탕으로 추리한다는 규칙을 만들면 이런 일이 벌어지는 건가.

오컬트의 존재가 허용된다고 해서 그 특성을 마음대로 정해도 된다는 뜻은 아니다.

어디까지나 마리코 누나가 그 오컬트적인 존재를 알고 있고, 그 힌트를 괴담으로 남겨두었다고 생각해야 한다.

우리 추리를 수상쩍다고 말한 마녀의 말을 새삼스럽게 실감할 수 있었다.

우리는 그 수상쩍음을 규칙으로 굴복시키고 상대방을 설득할 수 있는 진실을 도출해내야 한다.

"아무튼 이것으로 두 번째 기사도 쓸 수 있을 것 같네."

의욕을 불태우는 미나를 뒤로하고 나와 사쓰키는 피곤한 한숨을 내쉬었다.

마리코 누나의 대학 친구와의 약속 시간이 다가오자 우리는 마녀의 집에서 나와 역 앞으로 향했다.

자동차 이동이 중심인 이 마을에서 전철 이용객은 그리 많지 않다. 토요일임에도 전철이 정차할 때마다 개찰구에서 나오는 사람이 적은 걸 보니 왠지 모를 쓸쓸함이 느껴진다. 우리에게는 삶의 전부라 할 수 있는 마을이지만 밖에서 보면 속이 훤히 들여다보이는 어항 같은 곳이라서일까, 외부 사람들 입장에서는 굳이 이곳까지 찾아올 마음은 들지 않는 모양이다.

약속 상대인 고구레 씨는 약속 시간 직전의 전철을 타고 나타났다. 마리코 누나와 동급생이라는 말은 20대 중반으로, 우리 학교로 치면 올해 새로 부임한 보건교사 이토 선생님과 비슷한 나이이리라. 하지만 금색에 가까운 갈색 머리와 완벽하게 손질된 긴 속눈썹이 인상적인 고구레 씨는 어른이라기보다는 나이 많은 누나라는 느낌이었다.

고구레 씨는 우리 모습을 발견하고는 마치 탈을 뒤집어쓴 마스코트 인형이라도 발견한 듯 웃으며 작게 손을 흔들었다.

"안녕. 고구레라고 해. 네가 연락한 사쓰키지? 오랜만이네."

"네, 장례식에 참석해주셔서 감사했습니다."

사쓰키는 어른스러운 태도로 오늘 와준 것에 대해 고맙다고 인사하며 나와 미나를 소개했다.

"와. 요즘 초등학생들은 참 어른스럽네. 내가 어렸을 때보다 훨씬 더 세련됐고."

고구레 씨는 사쓰키를 칭찬한 후, 뒤에 있는 우리를 빤히 쳐다보았다. 악의는 없겠지만, 희귀 동물을 감상하는 듯한 눈빛이라 다소 마음이 불편했다.

우리는 역 바로 근처에 있는 카페에 들어갔다. 젊은 여성과 초등학생 세 명의 조합은 역시나 장소와 어울리지 않았지만, 처음 보는 어른과 대화하는 것에 어느 정도는 익숙해진 덕에 차분하게 고구레 씨와 마주할 수 있었다.

3장 수상쩍은 추리를 위해

"대략적인 내용은 이미 문자로 알려 드린 바와 같아요."

사쓰키는 S터널의 괴담을 출력한 종이와 함께 사쿠라즈카 터널 사진을 스마트폰에 띄워 고구레 씨에게 보여주었다. 대학교수가 죽은 곳이다.

흐음, 하고 끄덕이며 그것을 훑어보던 고구레 씨는 우리 시선을 모으듯 턱 밑에서 양손을 모아 깍지를 꼈다.

"그때 일은 똑똑히 기억해. 문자로도 말한 것 같은데, 나는 지금 대학원에 있어. 도키토 교수님이 돌아가셨다는 소식이 전해져 학회에서 소란이 일었는데, 곧이어 마리코가 살해당했다고 하더라고."

"고구레 씨는 어떤 형태로 그 소식을 알게 되셨나요?"

고구레 씨는 의자 등받이에 걸어두었던 가방에서 다이어리를 꺼내 페이지를 넘겼다.

"1년 전의 일을 물어볼 것 같아서 제대로 정리해왔어. 장하지?"

어른에게 '장하지?'라는 말을 듣고 어떻게 대답해야 할지 고민하는데, 고구레 씨는 모처럼의 유머가 먹히지 않아 실망했는지 바로 진지한 표정으로 돌아가 이야기를 시작했다.

"음, 보자. 도키토 교수님이 돌아가신 다음 날, 그러니까 금요일 아침에 대학에서 연락이 왔어. 저녁에 장례식이 열린다는 말을 듣고 같은 학회 멤버들과 복장이나 조의금을 어떻게 할지 의논했지."

"졸업생인 마리코 언니에게는 학회를 통해 연락한 건가요?"

사쓰키는 마리코 누나의 핸드폰을 모두 살펴봤을 테니, 이런 질문을 한다는 건 그럴듯해 보이는 문자가 남아 있지 않다는 뜻일 것이다.

"관계가 있는 졸업생이라고 해도 개별적으로 연락하는 건 힘들어서 메시지 앱으로 학회 관련 그룹에 글을 올렸어. 그런데 오늘 확인해보니 마리코는 그룹에서 진작에 나간 상태더라. 그래서 이쪽 정보는 전달되지 않은 것 같아."

그렇다면 마리코 누나는 다른 경로로 도키토 교수의 죽음을 알게 된 걸까?

"마리코와는 졸업 후 연락이 끊겼으니 그녀가 살해당했을 때도 경찰이 우리 집에 찾아오지는 않았어."

"도키토 교수님의 죽음에 관해 신경 쓰인 부분은 없으셨나요?"

"그렇게 말한들 딱히……. 왜냐하면 별다른 사건성 없는 돌연사잖아? 그리 말이 많은 사람도 아니었고, 누군가에게 원한을 살 만한 일도 없었을 거야. 우리가 배우는 문화인류학은 문과인 데다 취업에 특별히 유리한 것도 아니라서. 게다가 예산도 많이 삭감되는 분야지. 하지만 도키토 교수님은 불평하지 않고 묵묵히 일을 해내는 타입이라 원한과는 가장 거리가 먼 사람이었어. 한 가지 신경 쓰이는 게 있다면,

교수님의 장례식에 갔을 때 부인은 납득하지 못하는 눈치였다는 점 정도일까? 교수님이 도대체 무슨 이유로 그곳에 차를 몰고 가셨을까?"

도키토 교수가 발견된 장소가 출퇴근길과 전혀 다른 곳이었다는 점은 히로 형도 말한 바 있었다.

"고구레 씨는 도키토 교수님이 왜 그런 행동을 하셨는지 짐작 가는 건 없으세요?"

"음......"

고구레 씨는 짐짓 거드름을 피우듯 입술을 삐죽 내밀며 우리의 반응을 살폈다.

"반대로 너희는 아무것도 모르는 거니? 나에게 연락했다는 건 마리코의 죽음과 무언가 관련이 있다고 생각한 거잖아."

"그건......"

사쓰키는 조금 망설이다가 이대로 가만히 있어도 얻을 것이 없다고 생각했는지, 사쿠마 형 때와 마찬가지로 마리코 누나가 남긴 오쿠사토 정의 7대 불가사의인 S터널의 괴담에 관해 이야기했다.

"우와! 얼핏 보기만 해서는 알 수 없는 형태로 단서가 숨겨져 있구나."

마리코 누나가 도키토 교수의 죽음을 암시하는 듯한 말을 남겼다는 사실을 알게 된 고구레 씨는 호기심 가득한 표정을 지었다. 그리고 그녀의 입에서 놀라운 내용이 튀어나왔다.

"마리코가 죽었다는 소식을 들었을 때, 나는 당연히 뒤를 따라 죽은 건 줄 알았어."

"도키토 교수님의 죽음에 충격을 받아 자살했다고요?"

사쓰키의 목소리가 험악해졌다. 그것은 우리가 전혀 생각하지 못했던 가능성이었다.

"그러니까 불륜이요?"

너무 직설적인 미나의 말에 나는 당황했다.

생각해보면 사쿠라즈카 터널은 대학과 오쿠사토 정을 잇는 길 가운데에 있다. 도키토 교수가 마리코 누나를 만나러 왔다고 생각하면 그 행동에 관해서도 설명할 수 있을지 모른다.

하지만 아내가 있는 사람과 사귄다는 건 사쓰키에게 들었던 마리코 누나의 이미지와는 다르다. 그런 이기적인 짓을 하는 사람은 아닐 것이다.

사쓰키도 강한 어조로 부정했다.

"마리코 언니는 그런 불성실한 사람이 아니에요. 게다가 불륜 상대가 죽었다고 해서 뒤쫓아 죽는다는 건 너무 극단적이잖아요."

"성실한 성격이기에, 돌연사라고 해도 자신을 만나러 온 사람이 죽었다는 사실에 죄책감을 느낄 수도 있지 않을까?"

"마리코 언니의 시신 옆에는 흉기가 없었으니 자살은 있을 수 없는 일이에요."

 사쓰키의 간절한 호소도 닿지 않는지, 고구레 씨는 여유로운 태도를 보였다.

 "아이들은 모르겠지만 누구나 비밀은 있는 법이니까. 게다가 마리코처럼 지방은행에 취직하는 건 지방 사립대 문과 출신으로서는 꽤 성공한 케이스라고 할 수 있지. 이런 좁은 동네에서 여러 남자가 노렸다고 해도 놀랍지 않아."

 "말도 안 돼……."

 사쓰키의 목소리가 약해진 건 마리코 누나가 죽기 직전에 반도에게 전화했다는 사실이 떠올랐기 때문일 것이다.

 반도는 병원장의 아들이다. 고구레 씨의 말처럼 지방에서는 성공한 사람으로 여겨지는 마리코 누나와 연인 관계로 발전할 가능성도 충분히 있다. 만약 거기에 도키토 교수와의 불륜이 얽히면 파란만장한 전개가 될 것이다.

 "듣기만 해서는 미안하니까 내가 가진 정보도 알려줄게."

 고구레 씨는 짐짓 생색을 낸 후 즐거워하며 이야기를 시작했다.

 "마리코가 아직 학회에 있었을 때의 이야기인데, 마리코에게 빌려준 자료가 급하게 필요해서 그녀가 자리를 비운 사이 미안하다고 생각하면서도 가방을 열어본 적이 있어. 그랬더니 처음 보는 오래된 스마트폰이 들어 있더라."

 "그게 무슨 말이죠?"

"당시 그녀가 사용하던 스마트폰과 다른 스마트폰이었어. 나는 아이폰을 쓰고, 전부터 스마트폰에 관심이 많았거든. 가방에서 나온 건 당시로서도 구형 아이폰이었고, 마리코가 평소 사용하던 것과는 분명 다른 것이었어. 걔는 안드로이드폰을 썼잖아?"

사쓰키를 보자 어딘지 모르게 분한 듯 고개를 끄덕였다.

"그때는 크게 신경 쓰지 않았어. 그런데 내가 대학원에 진학하고 나서 도키토 교수님 학회에서 교수님이 같은 기종의 아이폰을 몰래 만지작거리는 걸 몇 번 본 적이 있어. 물론 평소에는 전혀 다른 스마트폰을 사용했는데 말이지. 우연이라고 하기엔 너무 딱 들어맞지 않아?"

두 사람은 비밀 연락을 위해 똑같은 구형 아이폰을 가지고 있었다. 고구레 씨는 그렇게 말하고 싶은 모양이다.

"두 번째 스마트폰……."

지금까지 한마디도 하지 않던 미나가 꺼낸 말에 불현듯 떠오르는 바가 있었다.

선술집에서 자리를 두 번째 비웠을 때 반도가 가게 밖에서 하던 일. 점원이 들은 반도의 말소리.

만약 반도가 다른 스마트폰을 가지고 있었다면, 그것에 관해 설명할 수 있지 않을까.

나는 몸을 내밀며 물었다.

"대학 관계자 외에 도키토 교수님과 마리코 누나의 공통

된 지인이 있지는 않았나요?"

반도의 이름이 나오길 기대했지만, 아쉽게도 고구레 씨는 아는 바가 없다고 대답했다.

"미안하지만 졸업 후에는 마리코와 연락을 주고받지 않아서 말이야."

"마리코 언니가 이 7대 불가사의를 남긴 것에 관해 어떻게 생각하세요? 친구들과 그런 이야기를 나눈 적이 있나요?"

"나는 모르겠어. 오컬트를 좋아했다는 기억도 없고, 종교에 빠져드는 타입도 아닌 것 같았거든. 오히려 점이나 운세 같은 것에는 무관심한 아이였어."

이것이 고구레 씨에게 들을 수 있었던 전부였다.

고구레 씨와 역에서 헤어진 우리는 한동안 자전거를 밀면서 오늘 알게 된 내용에 대해 이야기했다.

"구형 아이폰에 대해 어떻게 생각해? 고구레 씨가 잘못 본 건 아닐까?"

"……나는 믿어도 될 것 같아."

사쓰키가 마지못한 표정으로 말했다.

"왜?"

"고구레 씨는 스마트폰뿐만 아니라 다른 사람의 옷차림을 체크하거나 소문을 듣는 걸 원래 좋아하는 사람 같아."

그러고 보니 처음 만났을 때도 세 사람 중 가장 세련된 사쓰키의 옷차림에 눈길을 보내던 게 떠올랐다. 사쓰키가 스마트폰을 꺼냈을 때도 그랬다. 그리고 말투만 봐도 다른 사람이 어떤 식으로 성공했는지, 혹은 실패했는지 알고 싶어 안달이 난 사람으로 보였다.

그렇다면 구형 아이폰도 고구레 씨에게는 인상 깊은 사건이었을 것이다.

"도키토 교수와 마리코 언니가 어떤 관계였는지는 모르지만, 같은 구형 아이폰을 가지고 있었던 건 우연이 아닐 거야. 마리코 언니는 그것으로 도키토 교수와 연락을 주고받았겠지."

"반도도 그런 관계 중 하나였다고 생각해?"

미나의 말에 사쓰키는 고개를 끄덕였다.

"그렇게 생각하면 가게에서의 행동도 설명이 돼. 구형 아이폰은 비밀 연락용이라 평소에는 소리가 나지 않게 해두었던 게 아닐까? 마리코 언니는 급하게 반도에게 알려야 할 일이 생겨서 그쪽으로 전화를 걸었지만, 친구와 식사 중이던 반도는 눈치채지 못했어. 그래서 어쩔 수 없이 마리코 언니는 평소 쓰던 스마트폰으로 전화를 건 거야. 그걸 알아차린 반도는 가게 밖으로 나가자마자 다시 전화를 걸겠다고 하고, 두 번째는 구형 아이폰으로 전화를 건 거겠지."

가로등 아래에서의 행동은 비밀 아이폰을 사용한 통화였다. 그래서 평소 사용하는 스마트폰에는 발신 기록이 없었고, 경찰도 반도의 통화 상대가 누구인지 알 수 없었다.

"하지만 마리코 언니가 죽은 현장이나 집에서는 구형 아이폰 같은 건 못 찾은 거잖아?"

미나의 질문에 사쓰키가 진지한 표정으로 대답했다.

"마리코 언니를 죽인 범인이 가져간 게 분명해."

나는 사쓰키가 생각하는 바를 머릿속으로 정리했다.

마리코 누나는 구형 아이폰으로 평소에도 도키토 교수를 포함한 누군가와 연락을 주고받았다.

도키토 교수의 죽음이 사고인지 사건인지는 알 수 없지만, 마리코 누나는 그 죽음에 관해 느끼는 바가 있어 반도에게 전화를 걸었다. 그러고 얼마 되지 않아 체육공원 운동장에서 살해당한 뒤 아이폰을 빼앗겼다.

사건의 열쇠는 구형 아이폰으로 통화하는 사람들의 관계성에 있는 것 같다.

머릿속에 눈이 소복이 쌓인 운동장의 풍경이 떠오른다. 나는 당시 현장은 본 적 없지만 조명이 꺼진 칠흑 같은 어둠 속에 홀로 쓰러져 있는 마리코 누나의 모습이 왠지 모르게 선명하게 떠오르고 찌르는 듯한 추위까지 느껴질 정도로 생생하다. 운동장에 늘어선 축제 포장마차가 검은 덩어리가 되어 마리코 누나의 작은 몸을 내려다본다. 마치 세상으로부터 잊힌 듯 주변은 고요함으로 가득 차 있다.

불쌍한 마리코 누나.

그때, 그냥 어둠뿐이라고 생각하던 마리코 누나의 뒤에 무언가가 있다는 것을 깨닫는다. 그것은 먹물 젤리처럼 뭉글뭉글하게 어둠에 섞여 있었지만, 조금씩 면적을 넓히면서 형태를 갖춘다.

이상하다. 내 상상 속에서 그것은 의지를 지니고 움직이고 있다.

곧 검은 덩어리는 커다란 머리와 몸통을 가진 인간 모양으로 변했고, 나는 기억하고 싶지 않은 이름을 외쳤다.

그림자 유령!

그 형체는 마치 희귀한 것을 관찰하듯 마리코 누나의 시체 위에서 꿈틀거리지만, 불현듯 그 머리가 이쪽을 향해 빙글 돈다.

눈도 코도 입도 구분할 수 없는 새까만 얼굴.

하지만 그 괴물의 관심이 나를 향해 있다는 건 분명하다.

새까만 얼굴이 꾸룩, 하고 살짝 기울어진다.

눈치챘구나.

폐병원에서 만난 아이가 나라는 사실을.

"유스케!"

어깨를 강타당한 충격으로 의식을 되찾았다. 양손으로 자전거를 밀고 있었다. 그곳은 운동장도 아니고 밤도 아닌, 역에서 집으로 돌아가는 길목. 마지막으로 기억하는 장소로부터 10분 이상 떨어진 곳이었다.

내 왼쪽 옆에는 자전거에 몸을 기댄 사쓰키가 있고, 조금 앞에는 미나가 의심스러운 눈빛으로 나를 돌아보고 있었다.

"왜 그래. 전혀 반응도 없고. 화가 나서 무시하는 줄 알았어."

목소리는 조금 화가 난 듯했지만, 사쓰키는 안도하는 듯한 표정이었다.

"아니, 그게."

어떻게 설명해야 할지 모르겠다.

방금 본 광경은 무엇이었을까. 가끔 만화나 애니메이션의 다른 전개를 망상하곤 하는데, 그런 것과는 달리 너무나도 생생했다.

그러고 보니 뺨과 입술에 닿는 바람이 이상할 정도로 뜨겁게 느껴져 왼손으로 얼굴을 만져보았다.

믿기지 않게도 마치 냉장고에서 꺼낸 것처럼 피부가 차갑게 식어 있었다.

"유스케, 방금 좀 이상했어. 마치 최면에 걸린 것처럼."

미나까지 걱정스러운 표정으로 말했다.

"나, 어딘가 잘못됐을지도 몰라."

조금 전의 경험을 설명하자, 역시나 두 사람은 이해가 되지 않는다는 표정이었다.

"알아서 하라고 말하긴 했지만 유스케는 오컬트에 대해

너무 많이 생각하는 것 같아. 오늘 들은 이야기에도 괴담 같은 내용은 없었잖아."

"나도 잘 모르겠어."

가슴에 손을 얹자 여전히 심장이 쿵쾅거리고 있음을 알 수 있었다. 상상 속에 그림자 유령이 나타났다는 것보다 저쪽에서 나를 알아차렸다는 감각이 마음속에 끈적끈적하게 달라붙어 있었다.

"정신 좀 차려. 다음 주 안에 두 번째 벽신문을 완성하고 싶으니까."

알았다고 대답했지만, 알 수 없는 무언가에 감시당하는 기분은 떨칠 수 없었다.

10월 첫째 주 월요일. 우리는 이번 주 안에 벽신문 제2호를 완성하기 위해 점심시간과 방과 후 시간을 쪼개어 작업을 진행했다.

예전에는 남자아이들 무리에 속한 한 명에 불과했지만, 지금은 반에서 특별한 활동을 하는 녀석으로 인식되고 있다. 조금 간지럽긴 하지만 나쁘지 않다.

게시판 담당으로 활동한 지 약 한 달이 지나면서 점점 속도가 붙는 느낌이다.

마리코 누나가 남긴 괴담에 어떤 수수께끼가 숨겨져 있는지 생각하고, 가능하면 괴담의 배경이 된 장소를 찾아가서 세 사람이 추리한 내용을 토론한다. 그 후 기사로 정리하려면 대략 3주 정도는 걸린다. 거의 매일 한가한 나와 미나와는 달리 사쓰키는 과외와 학원으로 바빠서 세 사람이 함께 외출할 수 있는 날은 토요일뿐이라는 사정도 있다.

이에 비추어볼 때, 제2호는 목요일 방과 후에 완성 예정이고, 토요일에 다시 마녀의 집에 모여 다음 괴담인 〈미사사 고개의 목이 달린 지장보살〉에 대해 이야기를 나눌 것 같다.

수요일, 방과 후 작업을 마치고 집에 돌아온 나는 여느 때처럼 먼저 가게에 들렀다. 바쁠 때는 동네 배달이나 계산대를 맡기도 하는 데다, 인사도 하지 않고 집으로 들어가면 엄마의 기분이 매우 나빠지기 때문이다.

다행인지 불행인지 가게는 한가해 보였고, 가게를 보는 엄마가 맥주를 사러 온 시바타 할아버지와 이야기를 나누고 있었다.

"다녀왔습니다."

그렇게 말하고 지나치려는 나를 엄마가 불러세웠다.

"요즘 귀가 시간이 늦지 않니? 히노우에와 다카쓰지는 아까 집에 돌아가던데. 같이 온 거 아니야?"

"아, 그게."

무심코 말을 흘렸다.

요즘 게시판 담당 일로 사쓰키와 미나와 셋이서만 행동하고 있다는 건 비밀로 하고 있었다.

"아키 짱, 봐봐, 맞지? 유스케는 여자애 두 명을 데리고 놀러 다닐 정도로 여간내기가 아니라니까?"

시바타 할아버지가 으히히히, 하고 저속한 웃음을 터뜨렸다. '아키'는 엄마의 이름이다. 젠장, 전에 공원에서 만나는 걸 들킨 게 화근이었다.

"흐음."

엄마가 빙긋 웃는 걸 보고 나는 짜증이 났다. 그런 반응이 귀찮아서 말하지 않은 건데. 우리 부모님은 예전부터 내가 여자애들과 조금이라도 친해 보이면 금방 놀려댄다.

"게시판 담당이라 함께 벽신문을 만들고 있을 뿐이에요."

"정말 그런 거야? 요즘 들어 왠지 즐거워 보인다고 생각했어. 그 여자애들은 누구야?"

"사…… 하타노와 하타라는 6학년 때 전학 온 애예요."

"하타노라면 학급회장?"

어른들에게도 사쓰키는 그런 이미지로 굳어져 있다. 순간 어머니는 "아, 뭐야"라는 표정을 지었다.

"그 애라면 너한텐 오르지 못할 나무네."

너무하네. 아니, 딱히 사쓰키에게 마음이 있는 것도 아니고, 우리는 대등한 관계다.

"힘내, 유스케. 아키 짱도 예전에는 이 동네의 마돈나였어. 네 아빠와 붙어 다닌다는 걸 알았을 때 다들 깜짝 놀랐지."

"마돈나라니, 저 그런 시대 사람이 아닌데요."

엄마가 반발했다.

"유스케와 학급회장이 붙어 다닐 때까지 나도 오래 살아야겠군."

그렇게 말하며 이를 드러내며 웃는 시바타 할아버지를 보고 있자니, 시바타 할아버지가 주치의에게 들은 잔소리를 자주 입에 담았던 게 떠올랐다.

"시바타 할아버지는 어느 병원에 다니세요?"

"뭐야, 갑자기. 반도 병원이지."

빙고.

"혹시 원장님 아들 본 적 없어요?"

갑작스러운 이야기에 엄마가 고개를 갸웃했다.

"음. 젊은 의사 선생 말인가? 후계자가 있다고 들은 적은 있지만 말이야."

"네. 그런데 지금은 다른 지방의 병원으로 옮겼다고 하던데요."

"그게 너희 취재와 무슨 관계가 있는데?"

괴담에 대해 알게 되면 설교가 시작될 것 같아 말을 잇지 못하는데, 시바타 할아버지가 "아" 하고 목소리를 높였다.

"젊은 의사 선생이라면 최근에 세상을 떴다고 들었는데."

생각지도 못한 말에 나는 움찔했다.

"그거 사실이에요?"

"예전에 묘코지 절에 갔을 때 들었으니 틀림없을 거야."

묘코지 절이란 묘지 근처에 있는 '사원 거리'에 있는 절이다. 사원 거리는 이 마을이 아직 광산으로 번성하던 시절, 많은 신도를 받아들이기 위해 여러 종파의 절이 세워진 거리로, 지금도 세 개의 절과 한 개의 신사가 있다. 그 근처 공동묘지에 있는 우리 집안의 무덤을 관리하는 곳도 묘코지 절이다.

엄마가 마음 아프다는 표정을 짓더니 말했다.

"성묘 갈 때 우리 집안 무덤 오른쪽 위에 크고 멋진 무덤이 있잖아. 그게 반도 씨 집안에 대대로 내려오는 무덤이야."

그러고 보니 다른 무덤보다 유난히 눈에 띄는 무덤이 있었던 것 같다. 그렇다면 장례식에서도 묘코지 절의 스님이 독경을 올렸을 테고, 반도 의사가 죽은 건 확실한 사실일 것이다.

나는 한시라도 빨리 사쓰키와 미나에게 보고해야겠다고 생각하면서 사건 양상이 크게 달라진 걸 느꼈다.

우리는 반도가 다른 지역의 병원으로 옮긴 건 마리코 누나 사건에 대해 숨기고 있는 게 있어 경찰의 손에서 벗어나기 위해서라고 생각했다.

그리고 고구레 씨의 이야기로 인해 도키토 교수와 마리코 누나처럼 반도도 비밀 아이폰을 가지고 있을 가능성이 제기되면서, 반도가 직접 손을 댄 건 아니더라도 두 사람의 죽음에 대한 중요한 정보를 쥐고 있을 것으로 생각했다.

하지만 그 반도까지 죽었다는 말은…….

비밀의 아이폰이라는 공통점으로 연결된 세 사람이 죽었다. 아니, 마치 아이폰을 통해 죽음이 전염된 것 같지 않은가.

마치 〈영원한 생명 연구소〉 괴담에서 전화를 받은 사람이 차례로 죽어간 것처럼 말이다.

다음 날, 나는 등교하자마자 사쓰키에게 말을 걸 타이밍을 엿보았다.

게시판 담당이 되고 난 뒤에도 교실 안에서 사쓰키와 이야기하는 건 꽤 긴장되는 일이다. 쉬는 시간이 되면 사쓰키 주변에는 대개 여자아이들이 모여서 즐겁게 이야기를 나눈다. 거기에 남학생인 내가 끼어드는 건—게다가 살인사건에 관한 이야기를 가지고—반의 대다수 여학생에게 손가락질을 받을 정도의 배짱이 필요했다.

그렇게 사쓰키의 모습을 지켜보다가 문득 깨달았다. 사쓰키의 표정이 어딘지 모르게 굳어 있었다. 평소에는 친구 이야기에 상냥하게 반응하던 사쓰키가 오늘은 입꼬리가 무거운 듯 좀처럼 웃지 않았다.

무슨 일이라도 있었던 걸까?

드디어 이야기할 기회가 찾아온 건 체육 시간이었다. 오늘 수업은 전교생이 100미터 달리기 시간을 재기로 했다. 나는 이미 달리기를 끝내고, 함께 달린 다섯 명 중 3등이라는 평범한 결과를 곱씹으며 숨이 가라앉기를 기다렸다. 나이도 같고 팔다리 숫자도 같은데, 달리기라는 단순한 운동에서 왜 이렇게 큰 차이가 나는 걸까. 우리 집에서 취급하는 맥주병을 굴렸을 때 이 정도로 개체차가 난다면 분명 큰 문제가 될 텐데.

불합리하다고 생각하면서도 빠른 녀석의 달리기를 보면 솔직히 감탄이 절로 나온다. 남자 중 가장 빠른 렌은 이번 달 말에 있을 운동회에서도 분명 계주 마지막 주자를 맡게 될 것이다.

여자아이들이 달릴 차례가 되자, 눈앞의 코스를 사쓰키가 가장 먼저 골인했다. 사쓰키는 공부만 잘하는 게 아니라, 여학생 중 키가 큰 편이라 운동도 잘한다.

지금 사쓰키의 주변에는 사람이 적다. 기회를 엿본 나는 말을 걸려고 옆으로 다가섰다.

"잠깐 좀 들어봐."

사쓰키는 주변에는 들리지 않을 정도의 작은 목소리로, 그러나 분명히 기분 나쁜 표정으로 입을 열었다.

"정말 믿기지 않아. 어떻게 친구에게 그런 짓을 할 수 있지?"

"무슨 일인데? 진정하고 말해봐."

"어제 마리코 언니의 대학 친구라는 다키자와 씨에게 문자가 왔어."

"그럼 전에 만났던 고구레 씨와도 아는 사이?"

내가 지뢰를 밟은 듯 사쓰키의 눈이 치켜 올라갔다.

"그 고구레 씨가! 학회에서 마리코 언니가 도키토 교수를 포함해 여러 남자와 사귀고 있었다고 소문을 냈대!"

나는 깜짝 놀랐다.

우리는 결코 그런 이야기를 한 적이 없다.

"마리코 누나의 괴담에서 도키토 교수 사건으로 이어진 것뿐이잖아. 게다가 여러 남자와 관계가 있었다는 건 고구레 씨의 상상 아니야?"

"맞아! 그 다키자와 씨라는 사람도 무언가 이상하다고 느꼈는지, 걱정된다고 나한테 문자를 보내준 거야."

들어보니 이전에 사쓰키가 취재를 요청했지만 다키자와 씨로부터 '할 말이 없다'는 이유로 거절당했다고 한다. 다른 대학 관계자들도 거절하는 가운데 유일하게 응해준 사람이 고구레 씨였다는 이야기다.

"고구레 씨는 예전부터 없는 말을 퍼뜨리는 경우가 있으니 조심하는 게 좋다고 충고해줬어. 혹시 친구 사이라면 모를까, 이미 죽은 사람의 험담을 하는 건 어른이 할 짓은 아니지 않아?"

마지막으로 사쓰키는 다시 한번 "믿을 수 없어"라고 내뱉었다.

고구레 씨에 대한 분노는 물론이고, 그런 사람을 취재 상대로 선택한 자신에 대해서도 후회하고 있으리라.

한편 나는 또 다른 의미에서 우울했다. 대학원생이라고 하면 우리 초등학생이 보기에는 굉장히 공부를 잘하는 어른이라는 이미지인데, 그런 나이가 되어서까지 남의 험담에 열중하는 모습에 실망한 것이다.

"정보를 얻기 위해 어쩔 수 없는 부분도 있지만, 알고 있는 모든 걸 솔직하게 이야기하면 안 될지도 모르겠어."

사쿠마 형 때는 흔쾌히 협조해줘서 그 부분에 대해 제대로 생각해보지 못했다.

아직 화가 가라앉지 않은 사쓰키의 마음을 달래기 위해 나는 원래 말하려던 정보를 털어놓았다.

"반도가 죽었다고?"

사쓰키는 깜짝 놀란 후, 조심스럽게 시선을 코스로 돌리고는 목소리를 낮췄다.

"그거 진짜야?"

시바타 할아버지는 자신만만해 보였지만 증거는 없었다. 그래서 나는 제안했다.

"다음에 마녀의 집에서 돌아오는 길에 묘지에 들러서 확인해보자. 반도 가의 무덤 위치는 내가 알고 있고, 묘비에는 죽은 사람의 이름이 적혀 있지 않겠어?"

"그러게. 하지만 정말 반도가 죽었다면 뭐가 어찌 되는 걸까. 그냥 사고일까? 그럴 리가……."

사쓰키가 팔짱을 끼고 생각에 잠겨 있을 때 근처에 서 있

3장 수상쩍은 추리를 위해

던 다른 여자아이들의 대화가 들려왔다.

"우와, 저게 뭐야."

"너무 대충 하는 거 아니야?"

시선을 따라가자 네 명의 여학생이 거의 동시에 달려가는 중이었다. 그리고 그보다 한참 뒤떨어져 맨 뒤에서 달리는 건 미나였다. 앞의 네 명과는 분명히 속도가 달랐고, 점점 차이가 벌어졌다.

신경 쓰이는 건 달리는 방식이었다. 미나는 걸을 때도 허리를 구부정하게 구부린 자세로 걷는데, 지금은 땅을 차는 것조차 귀찮은 듯 명백하게 힘을 빼고 있는 것처럼 보였다. 무표정한 표정까지 더해지니 그들의 눈에 게으름을 부리는 것처럼 보이는 것도 당연했다.

결국 미나는 앞사람과 20미터 가까이 뒤처진 채로 골인했다. 그 얼굴에는 아쉬움도 부끄러움도 없이 그저 할당량을 다 채웠다는 듯한 태도가 엿보였기에 반 친구들을 더욱 불편하게 만들었다는 사실을 분명히 알 수 있었다. 옆에 있는 사쓰키도 마찬가지였을 것이다.

나는 변명하는 기분으로 말했다.

"미나답네."

"그래, 딱히 일부러 그런 건 아닌 것 같아. 하지만 좀 보기 안 좋긴 하네."

미나의 마이페이스가 눈에 띄기 시작한 건 운동회나 음악회와 같은 학교 행사가 많아진 게 주된 원인이다.

그리고 나는 그렇게 생각하고 싶지 않지만, 게시판 담당 활동도 그 계기 중 하나일 것이다. 지금까지는 '반에 아직 적응하지 못한 괴짜'였던 미나가 신문 만들기 외에는 누구와도 대화하지 않고 틈만 나면 책을 읽다 보니 '고독을 좋아하고 협동심이 없는 녀석'이라고 여겨지는 것 같다.

어느새 나는 운동복의 가슴팍을 꽉 움켜쥐고 있었다.

미나는 좋은 녀석이다. 하지만 그것을 어떻게든 사람들에게 설명하려고 생각하면 몸이 묶인 듯 움직이지 않았다.

'……너, 그 녀석 좋아하는 거 아니야?'

누구의 목소리인지도 기억나지 않지만, 기억에 박힌 채 사라지지 않는 목소리가 되살아난다.

작년에 같은 반에 가토라는 여자아이가 있었다. 어느 날 그다지 인기가 없는 만화를 둘 다 읽고 있다는 사실을 알게 된 후 서로 이야기할 일이 많아졌다. 그런데 그 작가가 과거에 발표한 만화를 가토가 학교에 가져와서 몰래 빌려주려고 했을 때, 그것을 본 누군가가 그 말을 내뱉었다.

교실 안의 번쩍이던 시선을 받은 가토의 표정을 지금도 잊을 수 없다. 아마 가토는 나를 특별히 좋아하지도 싫어하지도 않았을 것이다. 하지만 그 말은 가토에게 큰 상처를 주었다. 물론 나도 상처입었다.

누가 누구를 좋아한다고 놀리는 건 사소하고 유치한 행위다. 하지만 주변에서 볼 때 재밌으니까 다들 당연하다는 듯 말한다.

학교도 친구들도 좋아하지만, 가끔은 빨리 이곳을 졸업하고 싶을 때가 있다. 모두가 커가며 오줌싸개에서 벗어나듯이 중학교에 들어가면 이런 시시한 고민이 사라질 거라고 기대하면서. 하지만 아까 고구레 씨 사건을 생각하면…… 기분이 무거워진다.

사쓰키가 달리기를 마친 미나 곁으로 향했다. 나도 천천히 따라갔다.

"미나, 어디 아파?"

"……딱히."

미나는 시선을 슬쩍 피했다.

고개를 흔드는 타이밍이 조금은 부자연스러워 보이는 건 내 착각일까?

모두가 달리기를 마치고 얼마 지나지 않아 수업이 끝났음을 알리는 종소리가 울렸다. 모두가 운동장을 빠져나가던 중, 선생님이 말을 걸었다.

"거기 하타노 일당, 잠깐 좀 볼까?"

'일당'이라는 말이 마음에 걸렸다.

어두운 쪽으로 치우친 마음이 오히려 더 나쁜 것을 끌어당긴 것 같았다.

토요일.

마녀의 집에 모인 우리는 테이블 위에 두 번째 전지를 펼쳤다.

이미 기사는 완성되어 언제든 붙일 수 있는 상태다.

그런데 한 가지 골치 아픈 문제가 생겼다.

"뭐가 '초등학생다운 기사를 쓰라'는 거야. 어른들은 정말 시시한 말을 하네!"

짜증스럽게 테이블을 치는 바람에 유성 매직이 바닥으로 굴러떨어졌고, 사쓰키 또한 마음에 안 든다는 표정으로 그것을 집어들며 분통을 터뜨렸다.

"벽신문의 목적은 학생들의 자발적인 취재를 통해 세상에 대한 관심을 넓히는 거잖아. 살인사건도 우리 마을에서 일어난 일을 조사하려고 한 것뿐인데."

지난번 체육 수업이 끝난 뒤 우리를 불러 세운 선생님은 벽신문 제1호에 대해 고생했다고 말한 뒤, 내용에 대한 잔소리를 이어갔다.

선생님은 "마을에서 일어난 살인사건을 주제로 삼는 건 아이답지 않아. 마을과 학교가 관련된 좀 더 밝은 주제로 기사를 쓰도록"이라고 명령했다.

그 말에 사쓰키가 반박했다.

"그건 우리가 아니라 정치인들에게 해야 할 말이죠!"

하지만 선생님에게 중요한 건 전반부의 '아이답게'라는 부분인 듯했다.

"선생님이 생각한 대로 기사를 쓰는 벽신문이라면 의미가 없잖아. 그럴 바엔 차라리 처음부터 선생님이 인쇄물을 만들어서 모두에게 나눠주면 되는 거 아니야?"

우리 둘이 불평불만을 늘어놓는 사이, 미나만은 냉정하게 원인을 분석했다.

"사고로 죽은 사람이 진케이 대학 관계자라고 쓴 게 잘못이었나 봐. 조사해보면 도키토 교수라는 걸 알 수 있을지도 몰라."

우리의 모습을 유쾌하게 바라보던 마녀도 이에 동조했다.

"예전에는 내부적으로만 즐기고 끝났던 이야기가 요즘은 SNS로 금방 퍼져나가니까. 게다가 있는 그대로의 내용이라면 모를까, 의도적으로 잘라내거나 붙인 상태로 말이지. 잘못된 인식이 많은 사람에게 퍼지면 바로잡기도 쉽지 않아. 교육자로서 그 가능성을 간과할 수 없겠지."

"좀 더 알기 쉽게 말해줘요!"

"너희 선생님이 겁먹은 거다."

그렇게 말하면 할 말이 없다.

문제는 어렵게 완성한 제2호를 어떻게 할지였다.

"이대로 붙이면 선생님이 직접 뜯어낼지도 몰라."

"그건 언론 탄압 아니야?"

언론 탄압? 사쓰키는 여전히 어려운 말을 쓴다. 이 녀석의 집에서는 매일 부모님 입에서 그런 말이 튀어나오는 게 틀림없다.

"어떻게든 선생님의 생각을 바꿀 수는 없을까. 다른 반 선생님께 우리 편을 들어달라고 한다거나."

아이들이 의견을 낸다고 어른이 한번 정한 방침을 바꾸기는 어렵다. 그러니 선생님과 같거나 그보다 더 훌륭한 어른을 같은 편으로 삼는 게 좋을 것 같지만, 기사에서 살인사건을 다루다 보니 우리 편을 들어줄 어른을 찾기는 쉽지 않을 것 같았다.

그런데 갑자기 미나가 "좋은 생각이 있어"라고 말했다.

"기사의 내용을 바꿀 필요도 없고, 선생님의 지적을 피해 갈 수 있는 아이디어야."

"정말?"

그런 마법 같은 방법이 있을까 반신반의하는 눈빛으로 미나를 바라보자, 자신감 넘치는 대답이 돌아왔다.

"그거라면 어렵지 않아. 그러니 지금은 다음 〈미사사 고개의 목이 달린 지장보살〉 괴담에 대해 생각해보자."

〈미사사 고개의 목이 달린 지장보살〉
세상에는 믿을 수 없는 일이 벌어진다.
미사사 고개의 목이 달린 지장보살도 그중 하나다.
오쿠사토 정에 사는 K는 어릴 적부터 할머니에게 들은 말이 있었다.

해 질 녘, 즉 개와 늑대의 시간이 되면 절대로 미사사 고개의 지장보살을 보면 안 된다. 보면 지장보살이 뒤를 쫓아와 재앙을 입게 된다고 했다.

과거 미사사 고개에서 대로로 이어지는 산길이 지역의 주요 도로였던 시절, 통행인의 안전을 기원하며 미사사 산 입구에 지장보살을 세웠다. 그러나 신앙심이 없는 여행자가 돌을 던져 지장보살의 목이 부러져버렸다. 그 벌을 받은 것인지 해가 지기 전에 산에서 내려가려고 서두르던 그 여행자는 발을 헛디뎌 산길에서 떨어져 목이 부러져 죽고 말았다.

그 이후, 그 고개를 지나는 사람들 사이에 이상한 소문이 돌았다. 해 질 녘이 되면 없어진 지장보살의 목이 원래대로 돌아온다는 것이다. 그런데 이를 본 사람이 연이어 다치거나 가족에게 불운이 닥쳤다는 소문이 퍼지면서 지장보살 앞을 지날 때면 누구나 눈을 깔고 발밑만 보고 걷게 되었다고 한다.

할머니의 이야기를 완전히 믿지는 않았지만, 딱히 진위를 확인하지 않은 채 K는 어른이 되었다. 직장에서 연배가 높은 상사가 동향 출신이라는 사실을 알고 고향 이야기를 나누다가 미사사 고개 이야기가 나왔고, K가 목이 달린 지장보살에 대해 말하는 것을 듣고 그 선배가 진지한 표정으로 말했다.

"그 이야기는 사실이야. 예전에 내가 아는 사람이 지장보살이 모셔진 사당의 수리를 맡았는데, 그 후로 날이 갈수록 이상한 말을 하더니 한 달 후에 자살했어."

뒤늦게 지장보살이 신경 쓰인 K는 해 질 녘이 될 때를 노려 미사사 산으로 향했다. 본격적인 산길에 들어서기 직전, 지장보살을 모신 사당이 보였다.

긴장하며 안을 들여다본 K였지만, 그곳에는 이야기로 들은 대로 목이 없는 지장보살이 있었다. 목이 잘린 지 오래되어서인지 단면이 매끈했다. K는 맥이 빠졌지만 합장하고 산에서 내려왔다.

다음 날 직장에서 선배를 불러세워 말했다.

"어제 지장보살을 보고 왔는데, 이상한 점은 없었고 얼굴도 마주치지 않았어요."

그러자 선배는 놀란 얼굴로 이쪽을 바라보았다.

"무슨 소리야. 지장보살의 목은 사당을 수리할 때 새로 달았는데. 지금은 제대로 '목이 달린' 지장보살이라고……."

그 말을 들은 K는 등줄기가 오싹했다.

그로부터 그는 하루가 다르게 야위어갔다. 잠을 잘 때도 심하게 악몽을 꾸게 되었고, 의사를 찾아갔지만 스트레스 때문이라는 말만 들어 처방받은 약은 바로 버렸다.

"K, 정말 괜찮아?"

걱정한 동료의 물음에 "누군가 계속 지켜보고 있는 것 같아서 불안해"라고 중얼거렸다.

어느 날, 몸이 안 좋다는 소식을 들은 삼촌이 전화를 걸었다. 목이 달린 지장보살에 관해 이야기하자 삼촌은 아는 무당을 소개해주었다. 곧바로 연락하자 무당은 엄한 목소리로 말했다.

"이건 내가 감당할 수 없을 것 같군. 조금 더 힘이 있는 지인을 찾아볼 테니 집에 아무도 들어오지 못하게 하게나. 부모나 친구를 흉내 내며 말을 걸기도 하니까 절대 방심하면 안 돼."

그 후 그는 일을 쉬고 집에 틀어박혀 지냈다.

3일째 되는 날 저녁, 침실에서 잠을 자는데 갑자기 현관 초인종이 크게 울렸다.

"안녕하세요. 실례합니다."

가만히 숨을 죽이고 있자니 문을 두드리는 소리가 들렸다.

"실례합니다."

그는 겁에 질린 듯 이불을 머리 위로 뒤집어썼다.

바깥에서 부르는 소리는 계속됐다.

"안녕하세요. 정사무소에서 왔습니다."

"안녕하세요. 병원에서 왔습니다."

"안녕하세요. 도서관에서 왔습니다."

"안녕하세요. 나즈테なずて에서 왔습니다."

문을 두드리는 소리가 커졌다.

그는 이불을 박차고 일어섰다. 말이 되지 않는 비명을 지르며 현관문을 향해 달려 나갔다.

방 안에서 그의 시신이 발견된 것은 다음 날이었다.

이번 괴담에 등장하는 미사사 고개의 목이 달린 지장보살은 학교에서 가까운 곳이다.

사실 오늘 이곳에 모이기 전에 셋이 함께 구경하고 왔다.

괴담처럼 해 질 녘이 아니라서 으스스함은 느끼지 못했고, 당연히 사당 안에는 평범한 지장보살이 있을 뿐 아무 일도 일어나지 않았지만 말이다.

목이 달린 지장보살 괴담은 앞서 살펴본 두 가지 괴담처럼 최근 수십 년 사이에 생겨난 인터넷상의 소문이 아니라, 마을 주민들 사이에서도 아는 사람은 아는 지역의 오래된 전설이다.

참고로 주민들에게 전해지는 이야기는, 목이 없어야 할 지장보살에 목이 돌아온 것을 보면 재앙이 일어난다는 패턴으로, 마리코 언니가 남긴 괴담과 공통점이 있다.

나는 3년쯤 전에 이 이야기를 알게 되어 친구와 함께 지장보살을 보러 간 적이 있는데, 그때는 이미 지장보살이 수리되어 목이 달려 있었다.

"지금까지의 괴담 패턴으로 보면, 작품 속에 사실과 다르거나 모순되는 묘사가 있을 텐데."

"지장보살에는 딱히 이상한 점이 없었잖아?"

〈S터널의 동승자〉와 〈영원한 생명 연구소〉 괴담에서 대단한 번뜩임을 보여줬던 미나도 지금은 잠자코 입을 다물고 있었다.

"그럼 등장인물인 K가 누구인지 알아야 한다든지, 그런 건가?"

"어떻게 찾으면 되지? 이니셜이 K라는 것만으로는 알 수 없잖아."

사쓰키는 이미 과거에 오쿠사토 정 주변에서 일어난 사건을 인터넷으로 검색한 상태였다.

하지만 괴담에는 K가 어떻게 죽었는지 기록되어 있지 않다. 살인사건이었다면 큰 뉴스가 되었을 텐데, 병사 처리된 건지 아니면 자살이었는지. 그걸 몰라서는 조사하기가 너무 막막했다.

"마녀님은 이 근처에서 일어난 사건 중에 그럴듯한 거 모르세요?"

"이 집에 틀어박혀 있는 내가 마을의 모든 일을 알 리가 없지."

내 질문에 마녀는 나이에 비해 깨끗하게 남아 있는 이를 보이며 웃음을 터뜨렸다.

이 할머니가 이 마을의 모든 걸 뒤에서 조종하고 있다고 해도 나는 놀라지 않을 것 같은데.

"신경 쓰이는 부분이 없는 건 아니야."

미나가 복사지의 한 글귀를 가리켰다.

"집에 찾아온 누군가……. 아마도 목이 달린 지장보살일 텐데, 이 녀석이 여러 신분을 자처하는 가운데 '나즈테'라는 단어만은 봐도 뭔지 모르겠어."

나즈테. 들어본 적 없는 이름이다.

'나즈테'라는 지명이 떠오르지도 않고, 사람 이름으로도 생각되지 않는다. 만약 이것이 마리코 누나를 죽인 범인의 이름이었다면 간단했을 텐데.

이 부분에 대해서도 사쓰키는 인터넷에서 답을 찾지 못한 듯했다.

그런데 방금 '모든 일을 알 리 없다'라고 말했던 마녀가 중얼거렸다.

"나즈테……."

"아세요?"

"신의 이름이야."

예상치 못한 대답에 우리는 서로 얼굴을 마주 보았다.

"일본의 신요? 아니면 외국의 신화인가요?"

"그렇게 유명한 신이라면 사쓰키가 조사했을 때 나왔겠지. 이 부근의 오래된 전설에 등장하는 마이너한 신이다. 신이라고 해도 옛날 주민들이 숭배하던 토지신이니, 요괴에 가까운 존재일지도 모르지만 말이야."

인터넷 검색에도 안 뜨니까 마녀의 말대로 지역에서도 아는 사람이 적은 신이리라. 아빠, 엄마, 할아버지의 입을 통해서도 지역의 그런 역사는 들어본 적 없었다.

"인터넷으로도 안 되면 어떻게 알아볼 수 있을까?"

내 말에 마녀는 눈을 동그랗게 떴다.

"도서관에라도 가면 되지 않나? 요즘 아이들은 책을 찾아보는 일도 하지 않는 게냐."

"책에 쓰여 있는 정보라면 인터넷에도 나와 있겠죠."

"바보 같은 소리. 인터넷이 대중화된 건 최근 이삼십 년 사이다. 그 이전 자료는 대부분 종이로 남아 있지. 오래된 미스터리라면 너희가 인터넷에서 찾는 것보다 내가 우리 집 책장에서 찾는 게 더 빠를 거라는 자신이 있어!"

우리는 무심코 집 안을 점령하고 있는 책장을 둘러보았다. 선반 한 단에 단행본이 스무 권 이상, 한 책장에는 적어도 일곱 단이 있으니 약 백 사십 권. 문고본이라면 그 두 배는 들어 있을 것이다. 아직 모든 방을 확인한 건 아니지만 복도까지 책장으로 가득 차 있으니 그 수는 수만 권에 달하리라. 아무리 마녀라도 모든 위치를 다 기억할 수는 없겠지만, 실제로 미나에게 책을 빌려줄 때 마녀가 원하는 책을 찾는 데 어려움을 겪은 적은 없었다.

결국 별다른 진전 없이 시간이 흘러버릴 것 같았기에 대화를 마무리하고 반도의 무덤을 보러 가기로 했다. 마녀의 집을 떠나기 위해 짐을 챙기려던 사쓰키가 목소리를 높였다.

"저기, 미나. 벽신문에 대한 좋은 아이디어는 결국 뭐야?"

그러고 보니 기사 내용을 바꿀지 말지에 대한 고민이 해결되지 않은 상태였다.

미나는 "아, 맞다"라며 무덤덤한 반응을 보인 후, 완성된 제2호 전지에 검은색 매직으로 무언가를 적었다.

"이렇게 하면 불평하지 못할 거야."

그 문장을 읽은 우리는 무심코 웃음을 터뜨리고 말았다.

'기사 내용은 허구를 포함하고 있으며, 실제 사건이나 단체와는 무관합니다.'

목적지인 묘지는 미사사 산 남서쪽 기슭에 있다. 그곳에 가는 건 8월 오봉 이후 처음이었다.

묘코지 절 옆에 공동묘지 입구가 있고, 산의 경사를 이용해 계단식으로 묘비가 줄지어 있다. 우리 집 무덤은 아래에서 세 번째 줄에 있는데, 돌계단을 사이에 두고 뒤쪽에 다른 곳에 비해 훨씬 더 큰 묘비가 있다. 그곳이 바로 반도 병원을 운영하는 반도 일가의 무덤이다.

딱히 명절도 아니어서인지 성묘객은 없었다. 초등학생들끼리 있으면 나쁜 짓을 하려는 것으로 오해하지는 않을까 걱정했지만, 길을 걷는 사람도 보이지 않고 마치 묘지만 마을과 단절된 듯 조용했다.

경건하게 합장한 후, 우리는 묘비 주변을 관찰했다.

"지역 유명인사라 오래된 느낌일 줄 알았는데 꽤 깨끗하네. 새로 만들었나 봐."

사쓰키가 말했다.

'반도 일가의 묘'라고 적힌 메인 묘비 오른쪽 옆에는 얇은 판 모양의 작은 묘비가 있고, 안에 잠든 사람의 이름이 적혀 있었다.

"이 사람이다. 반도 게이타로."

반도의 풀네임은 이미 사쓰키가 알아본 상태였다. 만약 적힌 것이 죽은 후에 지은 계명戒名이었다면 곤란했을 텐데, 생전 이름이라 다행이었다.

반도 게이타로. 향년 35세. 사망일은 올해 4월이라 적혀 있었다.

"정말 죽었구나."

미나가 중얼거렸다. 반도가 죽으면서 괴담과 사건의 연결고리가 더욱 강화된 것 같다. 도키토 교수, 마리코 누나, 그리고 반도. 이 세 사람의 죽음에는 어떤 관계가 있을까.

"이 사람, 즉 반도 게이타로의 죽음에 대해 더 자세한 정보가 있다면 사건의 단서가 될 수 있을 것 같아."

"그렇긴 한데, 병원 관계자에게 이야기를 들으러 가봐야 하나?"

말하면서도 잘 풀리지 않을 것 같다는 생각이 들었다. 반도 게이타로의 사망은 다른 지역에서 일어난 일인 듯하니, 반도 병원 사람들이 자세한 사정을 알고 있을지 확실하지 않다.

가장 확실한 방법은 부모인 원장에게 물어보는 것이겠지만, 알지도 못하는 초등학생이 찾아가봤자 좋은 결과가 나올 리 없으리라.

만약 학교나 부모님에게 연락하면 이번에야말로 벽신문이 휴간될 수도 있다.

그때 묘지를 내려다보던 미나가 말했다.

"절에 있는 사람에게 물어보면 어떨까?"

시선 끝에는 묘코지 절의 지붕이 보였다.

"묘를 관리하니 장례식 때 독경을 올리는 것도 이곳 신관이 하지 않을까?"

"신관이 아니고 주지 스님이지."

사쓰키가 재빨리 정정하며 고개를 끄덕였다.

"좋은 생각이네. 집과 오랜 인연이 있다면 여러 가지 사정을 알고 있을 거야."

절이 몇 시에 문을 닫는지는 모르지만, 묘지를 나오니 아직 묘코지 절의 문이 열려 있어 안으로 들어갔다.

몇 년 전 증조할아버지 제사 때 왔을 때는 오른쪽에 있는 작은 건물로 들어가 복도를 지나 불상이 있는 본당으로 갔던 것 같다. 하지만 지금은 그 건물의 미닫이문이 닫혀 있었다.

우리는 미닫이문에서 3미터 정도 거리를 두고 멈춰 섰다.

미닫이문 옆에는 초인종이 있고, '용무가 있으시면 벨을 눌러주세요'라고 적혀 있었다.

이제는 익숙해진 세 사람의 미묘한 신경전이 시작됐다.

초인종을 누르면, 결국 그 사람이 용건을 설명해야 하는 분위기다.

절에 들이닥쳐 남이 죽은 경위를 캐묻는다. 마리코 누나 사건에 관해 물어보는 것보다 더 부도덕한 느낌이다. 역시 사쓰키도 마음이 불편한지 축구의 오프사이드 라인처럼 한 발짝도 내 앞으로 나오려 하지 않았다. 미나도 마찬가지로 뒤에서 팔짱을 낀 채 우뚝 서 있었다.

내가 포기하고 초인종을 누르려고 할 때 뒤에서 목소리가 들렸다.

"무슨 일 있니?"

돌아보니 바지와 스웨터라는 평상복이지만 어디서 본 적 있는 까까머리 아저씨가 서 있었다. 스님이다.

이럴 때는 침묵하는 게 가장 좋지 않다고 본능적으로 판단했다.

"저기, 저 기지마 유스케라고 하는데요."

"아! 주류판매점 집 아이니?"

그것만으로도 이해한 모양이었다. 딱딱한 바위 같던 얼굴이 놀라울 정도로 부드럽게 무너졌다.

"무슨 일이지?"

"물어볼 게 있어서요. 우리 무덤 근처에 있는 큰 무덤은 반도 병원 선생님네 거잖아요?"

"맞아. 반도 씨 일가는 몇 대 전부터 우리 절에 죽은 이를 모시니까."

"원장 선생님의 아드님인 의사분이 왜 돌아가셨는지 모르시나요?"

긴장감을 감추려고 단번에 말을 쏟아냈다.

스님은 당황한 기색이 역력한 채 나를 진지하게 쳐다보며 말했다.

"어째서 그런 걸."

아차, 역시 의심받았구나. 심장이 쿵쾅쿵쾅 뛰는 듯한 감각을 느꼈을 때였다.

"저희 할머니가 예전에 반도 선생님께 신세를 졌어요!"

사쓰키가 재빨리 거짓말을 했다.

"반도 선생님은 친절하고 이야기를 잘 들어주시는 분이라 할머니는 매달 병원에 가는 걸 기대할 정도였어요. 그런데 갑자기 다른 병원으로 옮기셔서 요즘 기운이 없으시거든요. 게다가 최근 간호사에게 의사 선생님이 돌아가셨다는 말을 들어서……."

나도 미나도 깜짝 놀랐다. 사쓰키 녀석, 모범생인데도 불구하고 거짓말이 능수능란하잖아.

그 효과는 확실했고 스님의 얼굴에서 의심의 기색이 완전히 사라졌다.

"그랬구나. 돌아가시기에는 너무 이른 나이였어. 정말 안타까운 일이야."

"왜 돌아가셨는지 들으셨나요?"

"뭐, 급작스러운…… 사고인가 무언가였다고 들었는데."

어라, 이상하다. 왠지 스님의 말투가 느려졌다. '사고인가 무언가'라니 무슨 뜻일까.

"스님은 장례식에도 가셨나요?"

"그래. 내가 독경을 올렸단다. 집에서 친척들끼리만 하는 장례식이었지."

이것도 걸리는 부분이다. 큰 병원의 후계자가 죽었는데 왜 장례식을 조용히 치른 걸까. 남에게 알려지면 안 되는 일이라도 있었던 걸까.

어떻게든 정보를 끌어내려고 물고 늘어졌다.

"반도 선생님의 죽음에 관해 뭐 느낀 점은 없으세요?"

"느낀 점? 그런 게 있을 리가."

"가족들이 무언가 숨기고 있다든가."

질문이 너무 직설적이 되고 말았다.

스님이 도대체 무슨 말을 하느냐는 표정을 지었다.

"저기요." 끼어든 건 미나였다. "목이 달린 지장보살을 아시나요?"

갑자기 바뀐 화제에 스님도 우리도 눈을 동그랗게 떴다.

"미사사 고개에 있는 목이 달린 지장보살의 저주인지 뭔지 하는 소문이 학교에서 떠도는데, 저주라는 게 정말 있는지 싶어서요."

그 질문이 꽤 어린아이 같았는지, 스님은 미나의 시선에 맞춰 허리를 굽힌 채 웃으며 말했다.

"지장보살은 원래 불교에서 중생, 즉 사람들의 마음을 구원해주시는 분이란다. 나쁜 사람에게 벌을 주기는 하지만 함부로 사람을 저주하지는 않아."

확실히 괴담 속 목이 달린 지장보살은 처음에 목이 부러진 걸 이유로 사람에게 재앙을 내렸다. 하지만 그 후 목이 다시 돌아온 모습을 본 것만으로 재앙을 내린다는 건 너무 지나치다는 생각이 든다.

"지장보살을 만나면 매번 합장하긴 어렵더라도 마음속으로 인사를 건네면 좋을 것 같아. 이웃과 마찬가지로 굳이 말을 걸지 않더라도 그 존재를 마음 한구석에 담아두는 게 중요하단다."

강요하지 않는 스님의 말씀은 가슴에 와닿았다. 그래서 평소라면 어른에게 묻지 않는 걸 물어보고 싶었다.

"스님은 오컬트적인 존재를 믿으시나요? 유령이라든가, 저주라든가……."

스님은 "으음" 하고 말을 고르듯 허공을 올려다보고는 답했다.

"우리 아버지는 영적인 감 같은 게 있었던 것 같은데, 안타깝게도 내겐 없어. 그래서 유령을 본 적은 없지만, 오히려 영감이 부족하기에 중요한 건 사람의 신념이라고 생각한단다."

"신념이란, 유령이 있다고 생각하기 때문에 유령이 보인다는 뜻인가요?"

"조금 달라. 착각이나 오해라고 말하려는 게 아니라 아까 지장보살 이야기와도 연결되지만, 타인을 배려하는 건 내가 인식하는 세계를 넓히는 것이란다. 예를 들어 네가 아는 사람이든 아니든, 이웃 주민은 존재하지. 하지만 한 번도 만난 적 없는 그 사람들을 배려할 수 있느냐 없느냐에 따라 네 인생은 분명 크게 달라져. 타인에 대한 배려는 살아 있는 한 모든 상황에서 필요하지만, 평소에 하지 않던 일을 갑자기 할 수 있게 되지는 않으니까. 마찬가지로 부처님이나 유령과 같이 눈에 보이지 않는 존재를 배려할 수 있는 사람은 시대나 운과 같은 것에 대해서도 감사한 마음을 가질 수 있겠지. 실존 여부와 상관없이 인식하는 세계가 넓어지고 영향을 받게 되는 거야. 알겠니?"

"……어느 정도는요."

"그걸로 됐다. 그렇다면 반대로 부처님이나 신, 영혼이 있다고 가정하고, 아무도 그걸 인식하지 못하고 인식하려고도 하지 않는다면 어떻게 될까? 그것은 존재한다고 말할 수 있을까?"

거기에 있음에도 불구하고 인식되지 않는 것들. 인식하기 위해서는 오감 이외의 무언가가 필요한 것들.

만약 존재한다고 해도 우리 삶에 아무런 영향을 미치지 않는다면 우리는 그것을 무엇이라고 불러야 할까.

스님은 이야기를 계속했다.

"그래서 합장하거나 기도하는 게 중요하단다. 신앙과 관계없이 그런 행동을 취한다는 건 우리가 그 대상을 받아들인다는 걸 의미하지. 눈에 보이지 않고 느낄 수 없더라도 우리가 '인식하는 세계'가 확장되는 거야. 반대로 생각하면, 네가 말하는 오컬트적 존재에게도 인식된다는 게 중요하지 않을까? 괴담이나 전설의 형태로 전승됨으로써 존재를 인정받게 되는 거지."

스님의 이야기는 어려웠지만, 오컬트 쪽 이야기 중 비슷한 사례가 몇 가지 떠오른다.

유령이 말을 걸어와도 절대 대답하거나 알아차린 사실을 들켜선 안 된다는 이야기는 자주 듣는다. 옛날에는 저주를 걸려면 대상자의 이름이 필요했기에 쉽게 이름을 밝히지 않았다는 이야기도 있다. 이것도 스님이 말하는 '인식'의 힘이라고 할 수 있지 않을까.

하지만 사쓰키는 이런 이야기에는 별로 관심이 없는 듯, 대화가 끊긴 틈을 타서 원래의 괴담 이야기로 돌아가려고 했다.

"스님은 미사사 고개의 지장보살이 사람을 저주한다는 소문의 원인을 알고 계세요?"

"음. 뭐, 관계없을 것 같긴 한데……."

머리처럼 깔끔하게 면도한 턱을 쓰다듬으며 스님은 말을 계속했다.

"2년 전에 돌아가신 시주님이 계시는데, 돌아가시기 얼마 전에 우리 절에 상담을 받으러 오셨단다. 목공소에서 일하던 분인데, 안색이 너무 안 좋고 '누군가 계속 따라다니는 것 같은데 어떻게 좀 해달라'고 했어. 이야기를 들어보니 미사사 고개에 있는 지장보살을 보러 다녀온 후부터라고 하는 거야."

등 뒤에서 소름 끼치는 무언가가 기어 올라왔다. 지장보살과 관련된 후부터 누군가가 따라온다니, 그야말로 괴담의 전개 그 자체잖아!

나는 무심코 몸을 앞으로 내밀었다.

"그래서 무슨 일이 있었나요?"

"아까 말했듯 내겐 영감도 없고, 그분이 정신적으로도 많이 힘들어하는 것 같아서 의사에게 진찰을 받으라고 권유했지. 그런데 얼마 지나지 않아 돌아가신 걸 생각하면 좀 더 친절하게 이야기를 들어줬으면 좋았을 텐데 하는 아쉬움이 남는단다. 카나모리 씨는 아직 마흔도 되지 않았는데 참 가엽기도 하지."

카나모리!

우리는 서로 얼굴을 마주 보았다. 목이 달린 지장보살의 괴담에서 등장한 인물의 이니셜은 분명 K였다. 그 괴담은 카나모리라는 사람에게 일어난 실제 사건을 쓴 건 아닐까?

"그, 그분은 왜 돌아가셨나요?"

사쓰키도 앞뒤 가리지 않고 질문을 던졌다. 오해를 사지 않으려는지 스님은 얼굴 앞에서 손을 흔들며 답했다.

"특별한 건 없단다. 며칠 동안 모습이 보이지 않아 걱정한 이웃이 경찰과 함께 집에 들어갔더니 집 안에 쓰러져 있었대. 혼자 사시는 분이라 발작이라도 일으켜서 돌아가신 것 같아."

또다시 원인불명의 죽음. 운전 중 사망한 도키토 교수와 같다.

"목공소는 어떤 곳인가요?" 미나가 물었다.

"우리는 예전부터 그렇게 불렀지만, 정식 이름은 신젠 상점이라는 회사란다. 그곳에 관혼상제 관련 용품을 제작 판매하는 회사의 공장이 있어. 30명 정도의 작은 회사지만 말이야. 관이나 불단, 오쿠가미 축제에 사용하는 가마나 대북 같은 것도 거기서 만들지. 우연인지는 모르겠지만, 그 목공소는 요즘 불운이 계속되고 있어. 카나모리 씨 이전에도 젊은 장인이 한 명 죽었고, 작년 11월에는 축제 전에 누군가가 공장에 몰래 들어가서 쑥대밭을 만들었다더라. 무서워서 그만두는 사람도 있고, 신사에서 액막이굿을 하기도 한 모양이야. 그래서 저주라는 이야기가 퍼진 걸지도 모르겠구나."

"잠깐만요."

사쓰키가 다급하게 끼어들었다.

"11월에 누군가가 몰래 들어왔다고 하셨는데 구체적으로 며칠인지 알 수 있나요?"

"날짜까지는 기억나지 않지만, 오쿠가미 축제 직전, 한창 바쁠 때 당했다고 들은 것 같아."

사쓰키의 안색이 변했다. 무슨 생각을 하고 있는지 분명했다.

오쿠가미 축제 직전이라는 건 마리코 누나가 세상을 떠난 시기와도 겹친다.

카나모리 씨의 죽음뿐만 아니라 그 사건도 우리가 쫓고 있는 사건과 관련이 있는 걸까?

목공소에서 일어난 소동에 대해서는 히로 형에게 물어보면 뭐라도 알 수 있을지 모른다. 나중에 물어보고자 기억에 새겨두었다.

우리가 가장 먼저 해야 할 일은 〈미사사 고개의 목이 달린 지장보살〉에도 등장하는 카나모리 씨의 집을 조사하는 것이다.

스님에게 주소를 물으니 의외로 쉽게 주소를 알려주었다.

"친척이 있을 텐데, 멀리 떨어져 사는 것 같아. 이런 시골집은 팔기도 힘들 테니 그냥 방치해둔 채겠지."

우리는 스님에게 감사 인사를 하고 카나모리 씨의 집으로 향했다.

그곳은 묘코지 절에서 5분도 채 걸리지 않는 좁은 골목길 한편에 있었다. 적갈색 지붕의 낡은 단층집이다. 우편함 옆에는 '카나모리'라는 명패가 그대로 걸린 채였다. 낮은 담벼락에서 튀어나온 정원수들이 여러 방향으로 가지를 뻗고 있었다. 스님 말대로 카나모리 씨가 죽은 뒤로는 사람의 손길이 닿지 않은 듯했다.

앞의 골목길은 차가 지나갈 수 없을 정도로 좁고 근처에는 상점도 없었다. 마치 이 마을에서 제 역할을 다하고 잊혀가는 그런 땅처럼 보였다.

앗, 하고 미나가 목소리를 냈다.

대문이 완전히 닫혀 있지 않고 몇 센티미터 정도 열려 있었다. 마치 우리를 초대하는 것만 같았다.

"그러고 보니 그때도 이런 느낌이었지. 처음 셋이서 마녀의 집에 갔을 때."

사쓰키의 말에 나는 고개를 끄덕였다.

즉, 그날의 행동을 재현하자고 세 사람이 뜻을 모은 것이다.

주변에 사람이 없는 것을 확인하고 재빨리 대문을 열었다. 녹슨 듯 둔탁한 소리가 조금 울렸지만, 쉽게 침입에 성공했다. 일단 부지로 들어서자 우거진 정원수 덕에 밖에서는 우리 모습이 보이지 않을 듯했다.

현관문은 알루미늄제 미닫이문이었다. 문에 세로로 긴 불투명 유리가 끼워져 있어 안쪽은 보이지 않았다.

놀랍게도 미닫이문에 손을 대니 잠겨 있지 않았고, 끼이익 소리를 내며 옆으로 미끄러지듯 움직였다.

"왜 열려 있지?"

"지금까지 누가 몰래 드나들었나?"

더더욱 불길했지만, 여기까지 왔는데 아무 성과 없이 돌아갈 수는 없는 노릇이었다.

안으로 들어서자 먼지와 뒤섞인 퀴퀴한 냄새가 코를 찔렀다. 아무도 들어오지 않은 지 1년이 넘었을 텐데, 현관에는 카나모리 씨의 것으로 보이는 슬리퍼와 운동화가 어지럽게 널브러져 있어 우리의 발걸음을 주저하게 만들었다.

그때 뒤에서 "꺅" 하는 소리가 들려 나도 모르게 허리를 쭉 펴고 말았다.

"사쓰키, 뭐야!"

"저기 구석!"

문을 들어서자마자 좌우 바닥에 검은색의 무언가가 있었다. 소량의 흙을 담은 것으로 보이는 그것 앞에 몸을 굽히고 미나가 말했다.

"이거…… 소금 같은데."

"소금? 하얗지 않잖아."

"곰팡이가 피었나 봐. 하지만 알갱이 느낌은 소금 같아."

"미나, 만지지 않는 게 좋을 것 같아."

손을 뻗는 걸 보고 사쓰키가 말렸다.

우리는 조금 주저하다가 현관 모습을 사진으로 찍고 신발을 벗고 집으로 들어섰다.

먼저 현관 앞에서 좌우로 뻗은 복도에서 바라보니 오른편에 세면실과 욕실, 왼편에 두 개의 방이 있었다. 안쪽 방이 정원에 면한 거실과 주방이고, 앞쪽 방이 카나모리 씨가 잠을 잘 때 쓰던 것으로 보이는 다다미방이었다. 다다미방 벽에 걸린 점퍼와 한쪽 구석에 쌓여 있는 잡지들이 멈춰버린 시간을 느끼게 했다.

그렇다고 집 안이 어지럽혀진 건 아니었다. 사고가 있었던 주택에서는 흔히 죽은 사람이 부패한 냄새나 흔적이 방에 남아 있다는 이야기를 듣지만, 카나모리 씨는 사망 후 얼마 지나지 않아 발견되었는지 그런 흔적은 전혀 찾아볼 수 없었다.

스님 말대로 사건성은 없었을까.

사쓰키는 대담하게 다다미방의 벽장을 열고 안을 살펴보기 시작했다.

폐병원에 비하면 이곳은 거주자가 사망한 빈집일 뿐, 그다지 무섭지 않았다. 다다미방은 사쓰키에게 맡기고 나는 부엌과 거실이 있는 안쪽으로 향했다.

식탁 위에는 전원 코드가 뽑힌 전기포트와 물컵이 그대로 놓여 있었지만, 싱크대는 쓰레기나 식기 하나 없이 깨끗하게 정리되어 있었다. 카나모리 씨의 친척이 최소한의 정리는 한 걸까.

삐이이익!

갑자기 방에 큰 버저음이 울려 놀란 나는 크게 몸을 움찔했다. 그 순간 손이 주방 선반 위에 놓인 종이봉투에 닿았고, 떨어진 종이봉투에서 하얀 가루가 바닥에 흩뿌려졌다.

아무래도 소금 봉지였던 것 같다.

"아아, 이런……."

이건 청소해야만 한다. 나는 화가 나서 현관으로 향했다.

"좀 전 그 소리는 뭐야?"

집 밖을 살피던 미나가 현관에서 얼굴을 내밀었다.

"벽에 초인종이 있어서 눌러봤는데, 제대로 울렸어?"

괴담에서도 초인종이 울리는 묘사가 있었기에 신경 쓰인 모양이다.

"울릴 거면 먼저 말하지. 깜짝 놀랐잖아."

"그렇게 큰 소리도 아니었잖아."

다다미방에 있던 사쓰키도 모습을 드러냈다. 그 손에는 스마트폰이 들려 있었다.

"그보다 사쿠마 오빠에게 전화 왔었네. 절에 있을 때 연락한 것 같은데, 몰랐어."

지난번 폐병원에 데려다준 사쿠마 형은 독자적으로 괴담

을 조사하는 듯했다. 서로 발견한 게 있으면 알려주기로 했는데, 무슨 일이 있나?

"메시지까지 보내줬어. '목이 달린 지장보살 괴담에 대해'라고."

마침 딱 맞는 주제에 나와 미나도 좌우에서 화면을 들여다보려고 했다. 하지만 사쓰키는 성가시다는 듯이 몸을 빼더니 빠르게 내용을 읽어 내려갔다.

"음, '목이 달린 지장보살의 괴담은 지금까지의 괴담과 다른 것 같아. 내용이 아니라 괴담의 형태 자체에 트릭이 있는 게 아닐까.'"

"괴담의 형태? 무슨 뜻이지?"

"일단 들어봐. '내가 읽은 바로는 이건 리들 스토리가 아닐까 싶어. 리들 스토리란 결말을 굳이 쓰지 않음으로써 독자가 여러 결말을 상상하게 만드는 글쓰기 방식이야.'"

"미나는 알아?"

내 질문에 미나가 고개를 저었다. 이번엔 사쿠마 형의 지식이 도움이 되어서 운이 좋았다고 생각하자.

사쓰키는 다시 한번 괴담이 적힌 복사지를 읽었다.

"말하자면 괴담 마지막에 이 집을 방문한 건 목이 달린 지장보살이라고만 생각했는데, 작품 속에는 명확하게 쓰여 있지 않아. 즉, K…… 카나모리 씨를 공격한 건 인간이라는 해석도 가능해."

"하지만 카나모리 씨는 스님에게 상담할 정도로 겁을 먹고 있었어."

"누군가 실제 인간에게 쫓기고 있었던 거라면? 카나모리 씨는 업무상 목이 달린 지장보살과 관련된 일을 한 후였기 때문에 그걸 심령 현상으로 착각해 엄청난 스트레스로 몸 상태가 나빠진 거야."

역시 사쓰키 본인에게만 편리한 해석처럼 여겨져 나는 고개를 끄덕일 수 없었다.

"그럼 괴담의 마지막에 방문자가 여러 신분을 내세우는 건 무슨 뜻인데? 인간이라면 너무 부자연스럽지 않아?"

"그게 바로 마리코 언니가 이 괴담에 숨겨놓은 단서라고 생각해. 도키토 교수와 카나모리 씨의 죽음을 포함한 일련의 사건에는 그만큼 많은 사람이 연루된 거야. 예를 들어 병원에서 온 사람이라는 게 반도 병원 관계자를 가리키는 것이라면 말이 되지."

그 말을 들은 미나는 생각에 잠긴 듯 가볍게 주먹을 쥐고 입에 가져다 댔다.

"그 생각이 맞다면, 정사무소나 도서관 사람들도 사건에 연루되어 있다는 뜻이 되네. 그리고 그 '나즈테'는 무엇을 가리키는 걸까?"

미나의 말이 끝나기도 전에 나는 시선을 느끼고 복도와 현관을 돌아보았다. 하지만 미닫이문의 불투명 유리에는 아무것도 비치지 않았다.

"왜 그래?"

"모르겠어. 누군가 있어."

이 감각은 익숙했다. 폐병원에서 마주친 검은 그림자의 기운이다.

"잠깐만."

사쓰키의 제지도 아랑곳하지 않고, 나는 짙은 기운에 이끌리듯 방금 살펴본 집 안쪽으로 돌아갔다. 그리고 부엌 쪽을 본 나는 나도 모르게 비명을 질렀다.

"으아악!"

그곳에는 아까 떨어뜨린 소금이 그대로 남아 있었다.

문제는 소금 색깔이었다.

아까는 분명 흰색이었는데, 어째서인지 시커멓게 변색되어 있었다.

마치 현관에 놓인 소금과 같은 상태다. 도대체 무슨 일이 벌어지고 있는 걸까?

뒤따라오던 미나가 날카롭게 소리쳤다.

"어라! 누가 있어!"

미나는 거실의 정원에 면한 창문을 가리켰다.

사쓰키는 용감하게 거실을 재빨리 가로질러 창문을 열고 주변을 둘러보았다.

"아무도 없는데."

"사쓰키는 못 봤어?"

"응. 잘못 본 거 아니······."

그때 사쓰키가 무언가를 알아차렸는지 말을 끊고 양말을 신은 채 마당으로 내려갔다.

"뭔데?"

"······거짓말. 이게 뭐야."

사쓰키는 멍하니 중얼거리며 무언가를 집어 들었다. 그 손에는 하얀색 스마트폰이 들려 있었다. 아래쪽에 둥근 버튼이 하나 있는 구형 아이폰이었다.

검게 변색된 소금, 의문의 인기척, 구형 아이폰.

갑자기 너무 많은 일이 일어났다. 정보를 소화할 수 없게 된 우리는 소금을 치우는 것도 잊고 도망치듯 카나모리 씨의 집에서 나왔다.

필사적으로 페달을 밟아 익숙한 공원에 도착했을 때는 이미 해가 거의 지고 노을빛도 거의 다 사라진 채였다.

"미나가 본 사람은 어떤 녀석이었어?"

나는 거친 호흡을 가다듬으며 물었다.

"순식간이라 잘 모르겠어. 하지만 동물 같은 건 아니야. 사람이었어."

왜 그곳에 있었을까. 왜 도망쳤을까. 도무지 알 수 없는 것 투성이다.

……아니, 그보다.

나는 사쓰키가 들고 있는 구형 아이폰을 보았다.

만약 이것이 사건과 관련된 것이라면, 미나가 본 사람이야말로 바로 우리가 쫓는 범인 아닐까?

그 녀석에게 우리 모습을 들키고 말았다.

그제야 어떤 가능성이 떠올라 급히 주위를 둘러보았다.

지겹도록 보아온 공원의 풍경도 전혀 안심되지 않았다.

"이거 이상해."

사쓰키가 아이폰을 만지작거리며 말했다.

"화면 잠금이 걸려 있지 않아."

비밀번호를 입력하는 그것 말인가?

"설정을 안 했나 보지."

"그 반대야. 일부러 설정을 바꾸지 않으면 화면 잠금은 해제되지 않아."

별 대단한 비밀이 없어도 남이 보지 못하도록 잠금을 설정하는 게 일반적이리라. 그런데 왜 그것이 풀려 있었을까?

"봐봐."

마주한 아이폰의 화면은 매우 심플했다. 보통은 어지럽게 늘어서 있어야 할 앱 아이콘이 전화, 설정을 포함해 다섯 개 정도밖에 없었다. 마치 불필요한 정보를 남기지 않기 위해 삭제한 것 같았다.

"주인을 알 수 있는 사진도 문자도 없네."

사쓰키는 아쉬운 듯 말하면서 화면에서 누구나 알고 있는 초록색 메시지 앱 아이콘을 터치했다.

대화 화면도 간결했고, 표시된 그룹도 단 하나뿐이었다.

하지만 그 그룹 이름을 보고 우리는 순간 말을 잃었다.

나즈테의 모임

아, 역시 그렇구나.

우리는 단서를 발견했다.

그리고 동시에 발견되고 말았다.

◈ 4장 ◈

나즈테의 모임

10 October

sun	mon	tue	wed	thu	fri	sat
1	2	3	4	5	6	7
8	9	⑩ 백신문제2호 발행!!	11	12	13	14
15	16	17	18	19	⑳ 고브라가 자살댄스 답력 테스트 동영상 공개	21
22	23	24	25	26	27	28
㉙ 초등학교 마지막운동회	30	31	1	2	3	4

사쓰키의 기록 ②

10월 둘째 주.

학교에 벽신문 제2호를 붙였고, 제1호에 이어 열렬한 독자가 생겨났다.

특히 '영원한 생명 연구소'가 과거 정신병원으로 지어진 곳이라는 사실이 모두의 흥미를 자극했고, 유스케의 오컬트적인 주장에 귀를 기울이는 사람들도 많았다.

제1호를 보고 방향 수정을 요구했던 선생님도 기사는 허구라는 우리의 주장을 인정한 것인지 이번에는 아무 말씀도 하지 않았다. 그저 벽신문의 주목도를 보고 억지로 그만두게 하면 오히려 이상한 소문을 불러일으킬 수 있다고 생각한 것일지도 모르지만서도.

그렇다고 마냥 기뻐할 수만은 없다. 2학기 내에 여섯 개의 괴담을 기사화하려면 3주에 한 번씩 벽신문을 계속 만들어야 한다는 계산이 나온다. 괴담에 대한 고찰과 이야기의 모델이 된 장소 조사, 그리고 기사 작성 작업을 생각하면 일정이 빠듯해 당장이라도 제3호 작업에 착수해야 한다.

제2호에 실은 내 추리는, 마리코 언니의 사망 추정 시각에 알리바이가 있는 반도가 범행 장소로 추정되는 체육공원이 아니라 실제로는 선술집 바로 옆에서 마리코 언니를 죽인다는 알리바이 트릭을 이용한 것이 아닌가 하는 것이었다. 하지만 이 추리는 당일 밤 내린 눈의 상황과 맞지 않는다며 미나에게 부정당했다.

한편 유스케는 사건 당시 목격 정보가 있었던 그림자 유령이라면 범행이 가능하다고 주장했지만, 마리코 언니의 사인이 칼에 의한 자상이라는 점에서 이 역시 미나에게 인정받지 못했다. 그림자 유령이 칼을 쓰는 괴물이라는 이야기는 존재하지 않으며, 이 또한 확실한 모순으로 여겨졌기 때문이다.

두 가지 추론 모두 '현장 상황'이 근거가 되어 부정된 셈이다.

추리가 빗나간 것은 아쉽지만, 세 사람이 정한 규칙은 잘 지켜지고 있다.

마녀가 말한 '수상쩍은' 추리가 사건의 진실을 파헤치는 우리 나름의 방법이라고 믿는다.

다음 세 사람의 토론은 이번 주 토요일에 있을 예정이다.

고구레 씨에게 들은 마리코 언니와 도키토 교수의 관계(지금도 고구레 씨에게 화가 난다!), 반도의 죽음과 〈미사사 고개의 목이 달린 지장보살〉 괴담, 그리고 카나모리 씨 집에서 입수한 구형 아이폰. 이러한 단서들을 바탕으로 토론 날까지 새로운 추리를 만들어내야 한다.

앗, 나중에 다시.

……아슬아슬했다. 엄마가 갑자기 방에 왔다. 다음 일요일에 학원에서 전국 모의고사가 있어서 신경을 곤두세우고 있는 모양이다. 내가 공부 시간을 쪼개서 마리코 언니 사건을 쫓아다니는 걸 알면 아빠도 엄마도 좋은 표정을 짓지 않을 거다.

마리코 언니가 살아 있을 때, 두 사람은 마리코 언니가 도시로 나가지 않는 것을 늘 아쉬워했다. 삼촌에게 대놓고 말하지는 않았지만, 집에서는 '사쓰키도 같은 길을 걷게 하진 않겠다'고 자랑스럽게 이야기하기도 했고.

솔직히 말해 마리코 언니가 왜 이곳에 남았는지 나도 의문이었다. 딱히 여기서 하고 싶은 일이 있다고 들은 적도 없었고, 실제로 취업한 곳도 지방은행이었으니까.

하지만 이제 한 가지 실마리가 잡힌 것 같다. 입수한 아이폰에 있던 '나즈테의 모임'의 존재다. 반도 혼자서 마리코 언니를 죽일 수 없다는 것을 알았으니, 이 사건에는 공범이 있었다고 봐야 할 것이다. 문제는 그들이 어떤 관계였는가 하는 점이다.

꿈에서 깨는 순간이 좋다. 이게 전부인 줄 알았던 내 시야 바깥에서 보이지 않던 하늘의 뚜껑이 확 열리며 햇살이 비치는 듯한 느낌.

즐거운 꿈이든 괴로운 꿈이든, 이 바깥에 더 넓은 세상이 있다는 걸 알게 되는 그 순간의 감동이 나는 좋다.

그런데 오늘 아침의 나는 무거운 기분으로 이불을 뒤집어쓴 채다. 꿈속에서 계속 누가 귀에 대고 속삭인 것 같다.

잠에서 깨긴 했지만 몸을 일으키기가 너무 귀찮고, 그렇다고 다시 잠들고 싶은 마음도 들지 않는다.

사람의 몸은 대부분 수분으로 이루어져 있다고 하는데, 마치 '나'라는 욕조의 바닥에 무언가가 가라앉아 물에서 떠오르는 걸 꺼리는 것 같은 설명하기 어려운 나른함.

게다가 이런 컨디션 난조는 며칠째 계속되고 있다.

"언제까지 자는 거야. 아침밥 식잖니."

아래층에서 들려오는 엄마의 목소리조차도 마치 악의로 가득 찬 덩어리처럼 내 마음을 짓눌러버린다.

"뭐야, 어디 아파? 오늘도 오후에 게시판 담당 회의에 가는 거 아니었어?"

기다리다 지쳐 방에 들어온 엄마는 내 얼굴을 보자마자 이상을 알아차렸는지 이마에 손을 댔다. 조금은 거친 엄마의 손길이 싫은 듯, 내 안에 있는 '무언가'의 기척이 멀어져 갔다.

"열은 없는 것 같은데."

일어나겠다고 대답하고 이불을 박찼다.

일어서 보니 역시나 불편함이 느껴지지 않았다.

하지만 오늘은 방 안이 조금 어두운 것 같은 그런 느낌이 들었다.

식탁에 앉아 아침밥을 먹으며 엄마에게 지난 며칠간의 컨디션 난조를 호소했다.

"성장기라 이런저런 고민이 많은 거 아닐까?"

그러자 태평한 답이 돌아왔다. 성장할 때마다 이런 기분이 든다면, 어른들이 왜 이런저런 사건을 일으키는지 알 것 같다.

TV에서 하는 일기예보를 봤다. 거기서 일주일의 예상 날씨와 함께 날짜가 표시되었을 때 문득 떠올랐다.

그러고 보니 이 컨디션 난조는 카나모리 씨의 집에 갔을 때부터 시작된 것이다.

마녀의 집에서 이야기를 나누기 전까지 가게 물건 정리를 돕고 있는데 히로 형이 찾아왔다. 개점보다 조금 이른 시간이었지만, 우리 집은 그런 것에는 신경 쓰지 않고 그냥 들어오라고 하는 스타일이다.

집에 틀어박혀 있는 걸 좋아하는 히로 형이 아침에 모습을 드러냈다는 말은…….

"당직, 이제 끝난 거야?"

"그래. 집에 가서 잘 거야."

피곤한 표정과 함께 대답이 돌아왔다. 형은 예전처럼 냉장고에서 추하이 캔 두 개를 꺼내 계산대에 올려놓았다.

"너 때문에 일부러 찾아왔어. 전에 물어본 목공소 이야기 때문에."

묘코지 절 스님에게 들은 오쿠가미 축제 직전에 일어난 목공소 소동에 대해 가능한 범위 내에서 알려달라고 부탁했다.

그로부터 일주일도 지나지 않아, 그것도 마녀의 집에 가기 전에 들을 수 있다니 나로서는 그야말로 바라마지 않던 바였다. 히로 형이 이렇게 날 도와주려 애쓸 줄이야! 하고 생각하는데 형이 망설이며 말했다.

"사실 말이야. 그 목공소 소동, 나도 수사에 참여했었어."

"왜? 교통과인 히로 형이랑은 상관없지 않아?"

히로 형은 가볍게 끄덕였다.

"신고를 받고 가장 먼저 출동한 건 다른 경찰관이었어. 현장 상황을 확인한 후 이웃집에 설치된 CCTV 영상을 조사하니 범인이 운전한 것으로 추정되는 승용차가 찍혀 있었지. 그래서 차 주인은 금방 알아낼 수 있었어. 그런데······."

히로 형이 잠시 망설인 후 털어놓았다.

"전에 말한 사쿠라즈카 터널에서 사고를 낸 차량이 바로 그 차량이었어."

나는 무심코 큰 소리를 냈다.

"어? 그 말은 도키토 교수가 범인이라는 뜻이야?"

"범인인지 아닌지는······. 아니, 너, 이름은 어떻게 알아낸 건데?"

예전에 히로 형과 이야기했을 때 형은 대학교수라고만 알려주었다. 나는 답답한 마음에 뒷이야기를 재촉했다.

"우리도 열심히 조사하고 있으니까. 그보다 그래서 어떻게 된 건데?"

"응. 상황으로 보아 도키토 씨가 목공소에 침입했다가 도주하는 도중에 터널 사고를 냈다고 보는 게 자연스러웠어. 하지만 용의자가 죽었고, 딱히 도난당한 물건도 없어 피해 신고도 취하됐지."

"도둑맞은 게 없다고?"

"직원들에게 확인해보니 작업장에 놓아두었던 작품 몇 개가 망가졌을 뿐, 금품을 포함해 없어진 건 없다더라고. 도키토 씨가 도대체 뭐 때문에 침입했는지 알 수가 없어. 다만."

히로 형은 망설이듯 잠시 멈칫거리며 양손으로 무언가를 안는 제스처를 취했다.

"차 안을 살펴보니 뒷좌석에 이 정도 크기의 빈 보스턴백이 있었어. 빈 가방이라는 걸 어떻게 알았냐면, 지퍼가 다 열려서 안이 보였기 때문이야. 보통은 아무것도 넣지 않았더라도 가방 입구는 닫아두잖아. 그게 묘하게 신경 쓰이더라."

"설령 무언가가 들어 있었다 해도 도키토 교수가 죽고 나서 누군가가 가져갔을 리는 없잖아?"

그러자 히로 형의 표정이 점점 어두워졌다.

"그게 말이야……. 예전에 너희가 우리 집에 왔을 때는 말하지 않았는데, 어째선지 도키토 씨의 차량용 블랙박스 영상이 도키토 씨가 죽기 직전에 손상되어 있었어."

"손상? 누군가가 지우거나 한 게 아니라?"

"중간부터 영상이 완전히 새까맣게 변하더라고. 조사해봤는데 원인은 모르겠지만 기계 결함일 거라고 하더라. 그래서 도키토 씨가 어떤 방식으로 사망했는지, 그 후 누군가가 보스턴백을 뒤졌는지는 알 수 없어."

일반적으로 사고 후 아무도 모르게 영상 데이터를 수정하는 건 불가능하다.

하지만 그 때문에 도키토 교수의 사망 전후 사정을 알 수 없다는 건 너무나도 수상쩍다.

이 사실을 어떻게 받아들여야 할지 몰라 둘 다 침묵을 지키고 있는데, 집 안쪽에서 "히로 왔어? 밤새 수고 많았네"라며 엄마가 나타나서 계산대 위에 놓인 추하이 캔을 보고 포스기를 두드렸다.

나는 히로 형을 배웅할 겸 밖으로 나가며 물었다.

"이렇게 자세히 알려줘도 되는 거야?"

그러자 "안 되지"라는 쓰디쓴 답이 돌아왔다.

"하지만 하타노 마리코 사건 수사가 진척되지 않다 보니 우리 같은 시골 경찰만 여러 정보를 가지고 있는 것에 허무함이 느껴져서 말이야. 전에는 마리코의 사촌 동생도 있어서 말하지 않았지만, 그녀는 역시 동경의 대상이었거든."

그렇게 말하는 히로 형은 처음 보는 표정을 짓고 있었다.

"마리코 누나를 좋아했어?"

"그런 게 아니야. 그저 동급생 중에 이 마을을 떠나서 대성할 사람이 있다면 그녀일 거라고 다들 생각했다는 거야. 그래서 그녀가 지방은행에 취직했다는 소식을 들었을 때 의외였고, 제멋대로지만 조금 실망하기도 했어."

모범생에 대한 질투와 일방적인 기대감.

우리도 사쓰키에게 같은 감정을 느끼지 않는다고 단언할 수 없다.

"그래도 마리코가 그렇게 이해할 수 없는 죽음을 맞이할 사람이라고는 생각되지 않아. 이대로라면 우리가 너무 한심할 따름이야. 이런 좁은 마을에서 초등학교와 중학교를 같이 다녔는데, 아무도 그녀를 몰랐다니. 그래서 유스케, 아직 늦지 않은 네가 부러워."

오랫동안 가까이 있었지만 결국 서로를 이해하지 못한 채 사라져버린 동급생. 게시판 담당이라는 계기가 없었다면 나와 사쓰키도 같은 관계가 되었을지도 모른다.

히로 형은 내 등을 툭툭 두드린 후 집으로 향하는 길을 걸어갔다.

오후, 우리 셋은 약속대로 마녀의 집에 모였다.

사쓰키는 익숙한 손놀림으로 홍차를 우려낸 후, 진지한 태도로 이번 의제에 대해 이야기하기 시작했다.

"먼저 벽신문 제3호 기사를 위해 〈미사사 고개의 목이 달린 지장보살〉에 대한 생각을 정리하자. 그리고 다음 괴담인 〈자살 댐의 아이〉를 읽어보는 거야."

우리가 둘러앉은 테이블 위에는 구형 아이폰 한 대가 놓여 있었다. '목이 달린 지장보살' 괴담의 모델로 추정되는 카나모리 씨의 집을 조사하던 중 의문의 인물이 떨어뜨린 것이다. 도대체 누구였을까?

이웃 주민이 우리를 발견하고 상황을 보러 왔을 가능성도 있지만, 그렇다면 혼을 내지도 않고 도망친 건 설명이 안 된다. 역시 우리가 조사 중인 사건과 관계가 있는 사람이라고 생각해야 한다.

나는 그 이후 누가 몰래 따라다니는 건 아닐까, 등하교 시간에 혼자 있으면 습격당하지 않을까 불안에 떨며 지냈지만, 다행히 세 사람 주변에서 수상한 사람을 봤다는 이야기는 나오지 않았다.

"우선 내가 아이폰을 살펴보고 느낀 점을 보고할게."

사쓰키가 노트를 보며 이야기를 꺼냈다.

이 아이폰이 우리가 생각하는 마리코 누나와 도키토 교수가 가지고 있던 '또 하나의 스마트폰'이라면 사건의 중요한 단서가 될 수 있기에 처음에는 경찰에 신고하는 것에 대해서도 의논했다. 하지만 모범생인 사쓰키조차도 적극적으로 그렇게 하자고 말하지 않았다.

어른들에게 넘기면 우리에게 정보가 전달되지 않으리란

걸 알기 때문이다.

그래서 세 사람 중 스마트폰을 가장 잘 다루는 사쓰키가 아이폰을 가져가서 그 안의 정보를 조사하기로 했다.

"우선 이 아이폰에는 유심 카드가 들어 있지 않았어. 즉, 전화기로는 사용할 수 없다는 뜻이야."

유심 카드라고 불리는 것에 전화번호가 할당된다는 사실은 나도 안다. 내가 휴일에 들고 다니는 스마트폰 역시 아빠의 오래된 스마트폰에서 유심을 빼낸 것으로, 전화기로는 사용할 수 없다.

"전화번호는 데이터에 남아 있지 않아? 유심 카드를 다른 스마트폰에 넣고, 지금도 같은 번호를 사용하고 있으면 전화를 걸 수 있을지도 몰라."

내 아이디어에 사쓰키가 고개를 저었다.

"기록에 남아 있던 번호로 전화를 걸어봤는데 연결이 안 돼. 아마 프리페이드였던 것 같아."

나와 미나의 머릿속에 물음표가 떠올랐음을 눈치채고 사쓰키가 설명을 덧붙였다.

"쉽게 말해 일회용 선불폰이야. 일정 요금, 혹은 일정 기간이 지나면 사용할 수 없게 돼. 아빠한테 들었는데, 꼬리가 잡히지 않아서 범죄에 이용되기 쉽다고 하더라."

꼬리가 잡히지 않는다니, 참 전문가다운 표현이다. 나는 테이블 위의 아이폰을 바라보았다.

"그럼 이걸 경찰에 넘겨서 계약한 사람을 찾아달라고 해도 안 되겠네."

"맞아. 주목할 건 메시지 앱에 있던 '나즈테의 모임'이라는 그룹 이름이야. 다른 앱은 거의 깔지 않은 것으로 보아 이 아이폰은 '나즈테의 모임' 연락용으로 사용된 것 같아."

사츠키는 설명하면서 그룹 화면을 띄웠다.

'나즈테'는 〈목이 달린 지장보살〉 괴담에서 K의 집을 방문한 누군가가 밝힌 이름 중 하나이기도 하다. 설마 모임의 이름일 줄은 몰랐다.

"저기, 나즈테라는 이름 말인데." 미나가 한 손을 들었다. "전에 마녀님이 말한 대로 도서관에 가서 오쿠사토 정에 전해지는 신화를 조사해봤어. 확실히 오래된 전설에 나즈테라는 신이 등장하더라."

미나가 손가방에서 세월의 흔적이 묻어나는 햇볕에 바랜 책을 꺼냈다.

제목은 《오쿠사토에 얽힌 전승·민화집》.

미나가 펼친 페이지에는 비교적 읽기 쉬운 큰 글씨로 이런 내용이 적혀 있었다.

〈오쿠사토의 땅을 지켜온 신비로운 신 '나즈테 신'〉

과거 오쿠사토의 산간 지역에 있는 많은 신사에서는 전국적으로도 이 지역에서만 볼 수 있는 나즈테泥子手라는 신을 주主신으로 모셨다.

전설에 따르면 예로부터 이 땅에 사는 사람들은 재앙신에 의한 기근과 질병에 시달렸는데, 어느 날 바다를 건너 이 땅에 온 나즈테 신이 자신을 토지신으로 공손히 모신다는 조건으로, 재앙신을 제압하고 사람들에게 평화를 가져다주었다고 한다.

그러나 시대가 흐르면서 나즈테 신은 전국적으로 알려진 스사노오노미코토(일본 신화에 등장하는 영웅신―옮긴이)나 야마토타케루(일본의 전설적 영웅―옮긴이)와 동일시되는 경우가 많아져 그 존재를 아는 사람이 점점 줄어들었다. 현재는 후카자와무라의 미즈누마 신사 등에 모셔져 있을 뿐이다.

그 페이지를 다 읽은 나는 무심코 고개를 들었다. 사쓰키도 마찬가지로 놀란 표정으로 나와 미나를 연이어 바라보았다.

그 이유는 '나즈테なずて'의 유래로 추정되는 나즈테泥子手 신 때문이다.

한때 바다 건너에서 와서 이 땅을 구한 신.

사실 우리는 이 나즈테라는 단어를 이미 본 적이 있었다.

아직 조사하지 않은, 순서상 마지막인 여섯 번째 '우물이 있는 집'이라는 괴담. 거기에 '泥子手'라는 한자가 등장한다. 그 한자를 어떻게 읽는지 적혀 있지 않았기에 '나즈테'라고 읽는 줄은 전혀 몰랐다.

4장 나즈테의 모임

"여섯 가지 괴담 중 두 군데에 등장하다니, '나즈테'는 중요한 열쇠 아닐까?"

"요컨대 나즈테 신은 오래된 수호신 같은 거잖아. 그것을 그룹 이름으로 삼다니, 왠지 너무 거창한 것 같지 않아?"

사쓰키는 불만스러운 표정으로 말하고는 다시 스마트폰 화면을 내보였다.

"참고로 이 메시지 그룹은 여러 명이 함께 대화할 때 간편하게 사용할 수 있는 기능인데, 지금은 더는 사용되고 있지 않아."

"이렇게 아직 방이 살아 있는데?"

"다른 그룹 멤버들은 나갔지만, 이 스마트폰 주인은 아직 그룹에 남아 있어서 과거 대화 이력을 볼 수 있는 거야."

화면에는 과거에 주고받은 대화가 말풍선으로 표시되고 있었다.

나는 이것이 어떤 앱인지는 알고 있지만, 와이파이가 있는 곳이 아니면 연결이 안 되는 데다가 친한 다카쓰지와 히노우에가 스마트폰을 가지고 있지 않아 굳이 깔지 않았다.

이 단말기의 주인은 'blue'라는 이름으로 대화에 참여한 듯했다.

참석자들의 아이콘은 초기 설정인 사람 그림자 모양 그대로여서 알아보기 어렵지만, 계정 이름으로 보아 적어도 일곱 명이 참여한 것으로 보였다. 다만 대화는 적었고, 최근

1년 동안 불과 네 번 정도 각 멤버로부터 이상이 없음을 알리는 글이 올라왔을 뿐이었다.

다만 마지막에 표시되는 대화만 양상이 달랐다.

11월 24일(목)
blue '나중에' 18:03
blue '보고할 게 있음' 18:03

11월 25일(금)
다카 'blue 무슨 일 있어요?' 9:27
777ma '누군가에게 연락 온 거 없나요?' 10:10
jjoker '어제 blue가 사망' 17:30
jjoker '자세한 내용은 나중에' 17:31
자막 '깜짝 놀랐습니다' 17:41
YY 님이 그룹에서 나갔습니다. 23:11
jjoker 'YY에게 긴급 연락을' 23:20

11월 27일(일)
2tu0ba2ki2 '무슨 일이 일어나고 있는 거죠?' 0:17
jjoker '긴급. 예정에 없었지만, 배신 가능성을 고려. 단말기 바꿉니다' 0:30

jjoker 님이 그룹에서 나갔습니다.

777ma 님이 그룹에서 나갔습니다.

다카 님이 그룹에서 나갔습니다.

2tu0ba2ki2 님이 그룹에서 나갔습니다.

자막 님이 그룹에서 나갔습니다.

'나즈테의 모임' 내에서 분명한 변화가 있었음을 알 수 있었다.

"이거 봐봐."

사쓰키의 손가락이 화면 상단을 가리켰다. '나즈테의 모임'이라는 표시 옆에 괄호로 둘러싸인 '1'이라는 숫자 부분이었다.

"이 숫자는 그룹 대화에 참여한 인원수야. 그룹에서 나간 사람은 대화 내용을 볼 수 없게 돼. 이 아이폰으로 내용을 볼 수 있다는 말은 이 소유자가 마지막 참가자라는 뜻이야. 그런데 이상하지 않아? 다른 사람들은 다 나갔는데 왜 이 아이폰 소유자만 남아 있을까?"

사쓰키가 말을 끊고 우리 의견을 기대하는 듯한 표정을 지었다. 내가 의아해하는데 옆에서 미나가 대답했다.

"이 아이폰이 주인이 아닌 다른 사람의 손에 들어간 거야."

"나도 그렇게 생각해. 원래 '나즈테의 모임'에서는 선불 기한이 만료되는 1년마다 새로운 스마트폰과 대화방을 준비해 정보 유출을 방지하는 규칙이 있었던 거 아닐까? 하지만 예기치 못한 일이 생겨서 이 아이폰이 다른 사람의 손에 들어간 거야."

"아, 우리가 이걸 주워서 그렇구나. 이대로 대화를 계속하면 정보가 계속 유출될 테니까 동료들에게 단말기 변경을 요청한 거야."

나는 납득했지만, 사쓰키에게 바로 부정당했다.

"마지막 대화 기록은 거의 1년 전이야. 우리가 주운 것과는 상관없어."

"그럼 무슨 뜻이야?"

이야기의 맥락이 보이지 않는다.

"모르겠어. 하지만 알아차린 게 있어. 마리코 언니가 죽은 건 11월 25일이야. 그 이틀 후에 대부분의 멤버가 나갔어."

그 사실을 의식하고 대화를 따라가다 보니 몇 가지 간과한 점을 발견할 수 있었다.

"'YY'라는 사람만 25일 밤 11시 11분에 나갔어. 마리코 언니가 살해당한 시간대잖아!"

"그 전날 'blue'가 죽었다는 건, 이게 도키토 교수?"

나와 미나가 연달아 말하자 사쓰키가 고개를 끄덕였다.

"한 가지 더. 그룹 대화와는 별도로 이 단말기의 소유자인 'blue'가 'YY'에게 앱을 통해 전화를 건 기록이 남아 있어."

11월 24일(목)
YY 통화 종료 19:10

사쓰키가 화면을 보여주며 시간 순서를 정리했다.

"이 아이폰의 주인인 'blue'는 24일 오후 6시경 대화방에 '나중에', '보고할 게 있음'이라는 글을 남기고 약 한 시간 후 'YY'하고만 통화한 후 사망했어. 그 'YY'는 다음 날 마리코 언니가 사망한 것과 거의 동시에 방을 나갔지."

미나의 말대로 'blue'를 도키토 교수로, 'YY'를 마리코 누나로 바꾸면 그 움직임이 딱 들어맞는다.

도키토 교수는 죽기 직전에 마리코 누나에게 무언가를 전했다. 그 마리코 누나는 죽기 직전에 그룹 대화방을 나갔다. 우리 추리가 맞다면, 그 후 마리코 누나는 선술집에 있던 반도에게 연락한 셈이다.

이쯤 되면 그들 사이에 무슨 일이 일어났는지 쉽게 추리할 수 있다.

"지난번에는 사쓰키가 먼저 추리를 발표했으니 이번에는 내가 먼저 해도 될까?"

나와 같은 생각을 다른 누가 먼저 꺼내는 게 싫어서 입을 열자 두 사람이 고개를 끄덕였다.

"도키토 교수가 마리코 누나에게, 그리고 마리코 누나가 반도에게 전화를 건 건 틀림없다고 생각해도 좋을 것 같아.

그렇다면 단순히 그 전화가 세 사람을 죽음으로 몰고 갔다고 생각하면 돼. 즉, 일련의 사건은 **전화로 인한 죽음의 전염**이었던 거야."

"그런 공포 영화가 있었던 것 같은데."

곧바로 사쓰키가 트집을 잡았지만, 신경 쓰지 않고 계속했다.

"큰 흐름은 그런 영화와 비슷해. 전화 한 통으로 죽음이 전염되는 건지 이야기에 저주가 담겨 있는지는 모르겠지만, 전화를 받은 순서대로 세 사람이 죽은 건 사실이야. 마리코 누나는 어떤 경위로 이 괴이한 힘을 알게 되었고, 도키토 교수의 죽음 이후 다음 차례는 자신이라는 운명을 깨달았을 거야. 그래서 서둘러 7대 불가사의를 만들어 다른 사람들에게 그 위험성을 알리려고 했어. 괴담이 여섯 개밖에 없는 건 '모든 것을 알면 죽는다'라는 메시지라고 생각해."

"유스케. 지난번에 미나가 흉기는 칼이라고 지적한 걸 잊었어? 저주나 원혼 때문에 죽었다고 해도 같은 모순이 남잖아."

"그건 〈미사사 고개의 목이 달린 지장보살〉을 참고하면 돼. K는 지장보살을 본 후부터 알 수 없는 기척을 느껴 겁을 먹기 시작했고, 결국 K의 집에는 여러 신분을 자처하는 사람들이 찾아온다는 내용이었어. 그 정체는 단순한 인간이 아니라 괴이한 힘에 홀린 사람들이 아닐까?"

"초자연적인 힘으로 죽는 게 아니라, 괴이한 힘에 홀린 사람이 죽이러 온 거라고?"

미나는 놀랐다기보다는 감탄하는 듯한 어조로 말했다.

"그래. 원인은 괴이한 힘이지만, 어떤 일을 저지르는 건 인간이야. 이것으로 흉기의 모순을 해소할 수 있어. 그리고 그룹 대화 마지막에 '배신'이라는 단어가 나왔잖아. 이건 멤버 중 누군가가 마리코 누나나 다른 사람들을 죽였다는 걸 나타내는 게 아닐까?"

"너무 억지 같은데."

사쓰키가 말했지만, 나는 이번에도 무시한 채 말을 이었다.

"마리코 누나가 죽자 반도도 자신에게 위험이 닥쳐오고 있음을 알게 되었어. 그래서 다른 지방으로 도망쳐 살아남으려고 했지만 결국 그도 죽고 말았지."

"몇 가지 의문이 있어. 지금 설명대로라면 마리코 언니는 죽음이 전염된다는 걸 알고 있었을 텐데 왜 반도에게 전화했을까?"

미나의 질문에 대한 대답을 준비하지 못해 말문이 막혔다.

하지만 머릿속에는 추운 날씨에 아이폰을 들고 있는 반도의 모습이 떠올랐다. 순간적인 영감에 이끌려 나는 입을 움직였다.

"반도는 전화 통화를 두 번 했어. 첫 번째 전화는 마리코 누나에게서 걸려온 전화였는데, 죽음을 전염시키지 않기 위해 누나는 전화를 짧게 끝냈어. 그런데 반도는 마리코 누나에 대한 미련이 남았는지 자신이 다시 전화를 걸었고, 그 때문에 죽음이 전염된 거야."

미나는 억지스럽다고 생각했는지 살짝 눈살을 찌푸렸지만, 다음 질문으로 넘어갔다.

"유스케는 '나즈테의 모임'이 어떤 모임이라고 생각하는 거야?"

"옛 신의 이름을 쓰고 있으니 역사나 종교에 조예가 깊은 사람들의 모임 아닐까. 도키토 교수의 학회도 문화인류학 전공이었다니까."

"한 가지 더. 마리코 언니와 반도는 그렇다 치고, 도키토 교수는 누구에게서 죽음이 전염된 거지?"

이때 나는 앞서 히로 형에게 들은 정보를 공개했다.

"전에 묘코지 절 스님이 카나모리 씨가 일하던 목공소에 도둑이 들었다고 이야기했잖아. 히로 형이 말하길, 그 용의자로 지목된 사람이 사망한 도키토 교수래. 거기서 도망치는 도중에 사쿠라즈카 터널에서 죽어버린 게 아닐까?"

"도키토 교수가?"

두 사람의 입에서 놀란 목소리가 흘러나왔다.

카나모리 씨가 사망한 건 2년 전이다. 1년이라는 시간 차이는 있지만, 목공소를 통해 두 사람의 죽음은 연결된다. 아마도 카나모리 씨의 죽음 이후, 괴이한 힘은 목공소 안에 머물렀던 것 같다.

도키토 교수는 무슨 이유에서인지 목공소에 침입했다. 그 전후에 동료들에게 '나중에', '보고할 게 있음'이라는 메시지를 남긴 것으로 보아 급박한 상황이었음을 짐작할 수 있다. 무언가의 형태로 카나모리 씨와 마찬가지로 죽음이 전염된 것이리라.

내가 추리를 끝마치자 언제나처럼 방 한구석에서 이야기를 듣고 있던 마녀가 빙긋 웃었다.

"지난번과 달리 디테일한 부분까지 꽤나 신경 쓴 추리로구나. 괴이한 힘이 인간을 조종해 살인을 저지른다는 발상이 특히 흥미로워."

"논리를 짜맞춘 건 솔직히 감탄스럽지만." 사쓰키가 말했다. "미안하지만, 이번엔 다른 점에서 간과할 수 없는 모순이 있어."

"어떤 점?"

나는 대비했다. 범행 현장 상황으로 인한 모순은 제대로 해결됐을 것이다. 마리코 누나를 죽인 건 반도가 아닌 제삼자이고, 부정당할 요소는 딱히 없다.

"단순한 거야. 지금 추리로는 마리코 언니는 **죽음이 전염된다는 사실**을 알고 있으면서 7대 불가사의를 남긴 게 돼. 하지만 정말 전화 한 통으로 전염될 정도로 무서운 것이라면 애초에 후세에 전하지 않는 게 나아. 그런데 마리코 언니가 쓴

7대 불가사의에는 그 정체는커녕 죽음을 피할 방법조차 등장하지 않잖아."

그 말을 들은 미나도 사쓰키의 의견을 지지했다.

"실제로 사쓰키는 7대 불가사의를 발견했기 때문에 이렇게 조사를 시작했어. 만약 네 추리대로라면 앞으로도 7대 불가사의를 알게 된 사람이 죽음에 휘말릴지도 모른다는 말이잖아?"

"맞아. 누구나 똑똑하다고 인정하는 마리코 언니가 그 정도 일을 예상하지 못했을 리 없어. 마리코 언니라면 오히려 자신을 희생해서라도 죽음의 전염을 막으려 했을 거야."

사쓰키가 강하게 고개를 끄덕였다.

"즉, 마리코 언니가 7대 불가사의를 남긴 것 자체가 유스케의 추리와 모순돼."

예상치 못한 반론에 머리가 어지럽고 혼란스러웠다.

이것이 공포 영화라면 마리코 누나가 자신이 살기 위해 타인을 희생시키려 했다거나, 혹은 자포자기 상태가 되어 세상 전체를 끌어들이려 했다거나 하는 설명이 성립할 수도 있다. 하지만 관계자들이 말하는 마리코 누나라는 인물은 이와는 거리가 멀고, 근거도 없이 그것을 왜곡하는 건 우리가 정한 규칙에 어긋난다.

아무 말도 하지 않는 걸 백기 투항으로 받아들인 걸까.

"그럼 다음은 내 차례네."

사쓰키가 기세 좋게 말문을 열었다.

"유스케는 도키토 교수, 마리코 언니, 반도의 연쇄 사망을 전염되는 괴이한 힘 때문이라고 추리했지만, 나는 세 사람이 누군가에게 불리한 사실을 알게 되어 입막음을 당했다고 생각해. 카나모리 씨가 죽은 것도 같은 이유겠지."

"누군가에게라니, 그게 누구인데?"

"물론 '나즈테의 모임'이야. 나는 '나즈테의 모임'이 단순히 역사나 종교에 정통한 사람들의 모임이라고 생각하지 않아. 남에게 밝힐 수 없는 비밀, 쉽게 말해 범죄에 연루된 조직이라고 생각해. 그렇지 않다면 선불폰을 자주 바꾸면서 연락을 주고받는 짓을 할 리 없으니까."

"잠깐만. 마리코 누나는 대화 그룹에 들어가 있었으니 그 범죄 조직의 일원이었다는 말이 되는데? 방금 마리코 누나는 그런 사람이 아니라고 말했잖아."

내 반박을 사쓰키는 아무렇지도 않은 얼굴로 받아쳤다.

"물론 그렇지. 마리코 언니는 잠입 수사를 하고 있었던 것 같아."

"잠입 수사라고?"

만화나 드라마에서만 들어본, 이 소박한 마을에 어울리지 않는 단어다.

"그렇다면 마리코 언니가 도시에 취직하지 않고 지방에 남아 있던 것도 이해할 수 있어. 아마 대학 시절 스승인 도키토 교수와 함께 '나즈테의 모임'이 연루된 범죄를 조사하고 있었을 거야. 아까 유스케는 대화에 나온 '배신'이라는 단어가 살인범을 가리킨다고 말했지만, 그 반대야. 그건 잠입해 있는 마리코 언니를 가리키는 말이야."

"나즈테의 모임이 구체적으로 어떤 일을 하고 있었는지 예상할 수 있어?"라고 미나가 물었다.

"〈영원한 생명 연구소〉 괴담의 단서만 놓고 보면 반도 병원이 연루된 것 같아. 의료사고 은폐라든가, 환자 학대라든가, 실적 조작이라든가. 마리코 언니 일행은 마을을 위해 그걸 밝혀내려고 했어. 하지만 그 사실이 조직에 들통나서 도키토 교수가 살해당하고 말았지. 그 사실을 알게 된 마리코 언니는 자신의 목숨이 위태롭다는 걸 깨닫고 7대 불가사의로 조직의 비밀을 남긴 거야. 도키토 교수가 심부전으로 사망한 것도 의료에 정통한 사람이 연루되어 있었다면 어떻게든 할 수 있었겠지."

나와는 전혀 다른 사쓰키의 추리. 확실히 논리적으로 말이 되는 것 같아서 나는 필사적으로 반론의 실마리를 찾았다.

"그럼 왜 마리코 누나는 죽기 직전에 반도에게 전화한 건데? 그 녀석이야말로 병원 측 사람이잖아."

"어쩌면 그는 부모인 원장이 해온 일에 대해 의문을 품고 마리코 언니에게 협력하고 있었을지도 몰라. 그래서 마리코 언니가 죽은 후 이 마을을 떠났지만, 결국 입막음을 당하고만 거지."

"사쓰키가 추리대로라면 마리코 언니를 죽인 건 '나즈테의 모임'의 누군가겠네."

미나의 질문에 사쓰키는 아쉬워했다.

"맞아. 그래서 지금 단계에서는 범인이 누구인지까지는 알 수 없어. 그룹 대화에 속했던 사람들의 신원을 알아낼 수 있다면 좋겠지만……."

"오케이. 사쓰키의 추리는 잘 알겠어."

그 여유로운 말투에서 미나가 이대로 사쓰키의 설을 받아들일지 모른다는 생각에 침을 꿀꺽 삼켰다. 하지만.

"안타깝지만 사쓰키의 추리도 유스케 때와 같은 논리로 부정할 수 있어."

미나는 놀라운 말을 입에 담았다.

"어, 왜? 게다가 유스케 때와 같은 논리라니."

사쓰키도 이해가 안 되는지 눈을 동그랗게 떴다.

"전염되는 죽음의 경우, '사람을 말려들게 만들 수 있는 정보를 굳이 남길 리가 없다'는 논리로 부정했잖아. 이번에는 그 반대야. 만약 마리코 언니가 목숨을 위협받을 만큼의 비밀을 쥐고 있었다면, 왜 '반도 병원이 이런 나쁜 짓을 하고 있다'라고 명확하게 남기지 않고 괴담이라는 이해하기 어려운 단서를 남겼을까? 증거까지는 갖고 있지 않더라도 의혹만으로도 언론에 제보하거나 인터넷에 폭로할 수 있었을 텐데 말이야. 사쓰키의 말을 빌리자면, 모두가 똑똑하다고 인정하는 마리코 언니가 그런 사실을 모를 리 없어."

사쓰키가 어떻게든 반박하려고 눈을 동그랗게 뜨는 모습은 마치 방금 전의 내 모습을 보는 것만 같았다.

이번 토론 역시 승부를 가리지 못한 채 끝난 건 분명했다.

"아아아!"

마침내 사쓰키가 책상에 엎드려 소리를 질렀다. 안타깝게도 나도 같은 기분이었다.

지난번의 반성을 바탕으로 범행 현장의 모순을 없앴다고 생각했던 우리 추리는, 처음부터 눈앞에 있던 '마리코 누나는 왜 7대 불가사의를 남겼을까'라는 수수께끼에 의해 부정당하고 말았다.

미나는 녹다운된 우리를 보며 미안한 표정으로 말했다.

"그래도 다행이야. 이제 기사 내용도 정리됐고, 서두르면 다음 주 안에 제3호를 완성할 수 있을 것 같아."

"지금은 학교 행사로 바쁜 시기이니 무리하지 않아도 괜찮아."

사쓰키가 걱정스러운 표정으로 끼어들었다.

"수학여행 관련 회의나 음악회 파트 연습 등 여러모로 시간 내기 힘들지 않아?"

사쓰키가 왜 이런 말을 하는지 어느 정도 짐작이 갔다.

지난주 방과 후, 교실에서 제2호의 마무리 작업을 하고 있을 때, 하교하던 아이 한 명이 마치 들으라는 듯 말하는 걸 들은 것이다.

"그런 애들 있지. 주변의 발목을 잡으면서도 자기가 하고 싶은 일만 하는 사람."

"진짜 짜증 나."

그것은 스포츠를 잘하는 렌을 중심으로 한 삼총사였다.

사쓰키가 흘깃 쳐다보자 그 이상 말을 하진 않았지만, 그 말이 게시판 담당 모두에게가 아니라 미나를 향한 말이라는 것을 어렴풋이 알 수 있었다. 운동회 연습 때 보인 미나의 무기력함에서 비롯된 불만은 가라앉기는커녕 날이 갈수록 부풀어 오르고 있었다.

더 큰 문제는 렌과 그 친구들뿐 아니라 일부 여학생들도 같은 불만을 품고 있다는 점이었다.

나로서는 게시판 담당 업무뿐 아니라, 모처럼의 학교 행사이니 반 친구들과의 협력도 소중하게 여겼으면 한다.

하지만 정작 당사자인 미나는 신경 쓰지 않는 듯했다.

"괜찮아. 작업도 익숙해져서 사쓰키의 밑 글씨 없이도 할 수 있고 집에 가져가도 괜찮으니까."

사쓰키는 조용히 한숨을 내쉬고는 "곤란한 일이 있으면 언제든 이야기해줘"라고만 말했다.

아무튼 미나의 말대로 제3호 기사의 형태는 정해졌다. 우리는 잠시 휴식 후, 다음 괴담인 〈자살 댐의 아이〉를 검토하기로 했다.

〈자살 댐의 아이〉

농사를 짓는 F는 자신에게 영감 같은 것은 전혀 없다고 단언한다. 지금 사는 집은 10년 이상 방치되어 있던 건축된 지 80년이 넘은 목조주택으로, 밤이 되면 주변은 어둠에 휩싸이고 그야말로 집 안에 다른 사람이 사는 것은 아닌가 싶을 정도로 집에서 소리가 울려 퍼지지만, 무서웠던 적은 단 한 번도 없었다고 한다.

다만 고등학교 때 단 한 번, 심령 현상이라고밖에 설명할 수 없는 경험을 한 적이 있다.

그녀가 다니던 고등학교는 산골짜기에 있어 대중교통이라고 해 봐야 한 시간에 한 대뿐인 버스뿐이다. 그래서 열여섯 살이 되면 원동기 면허를 따는 것이 고등학교의 통괴의례였다.

F도 생일이 되자마자 면허를 취득했고, 전부터 시험 성적을 조건으로 부모님께 졸랐던 오토바이를 선물 받았다.

F가 첫 드라이브 목적지로 선택한 곳은 집에서 그다지 멀지 않은 거리에 있는 댐이었다. 1960년대에 지어진 별다른 특징이 없는 댐이다.

그런데 같은 반 남학생의 말에 따르면 그곳은 자살 명소라고 했다. 게다가 댐의 수문이 내려다보이는 전망대 같은 곳에는 웬일인지 전화부스가 하나 서 있다.

그것은 이른바 '생명의 전화'로, 전망대에서 몸을 던지려는 사람들을 막기 위해 만들어졌다. 그러나 그 바람은 이루어지지 않은 채 투신자는 끊이지 않았다. 게다가 언제부터인가 자살자들은 투신하기 전에 유서 대신인지 전화부스에 자신의 전화번호를 적기 시작했다.

그리고 그 번호로 전화를 걸면 죽은 사람의 애통한 목소리가 들린다고 한다.

유령을 믿는 건 아니었지만, 목적지가 있는 것이 드라이브하는 보람이 있다고 생각한 F는 밤에 혼자 오토바이를 타고 그곳을 향해 달렸다.

한밤중의 댐은 불빛도 적어 전체적인 모습을 가늠하기 어려웠지만, 소문으로만 듣던 전화부스는 반짝반짝 빛나고 있어 금방 찾을 수 있었다. 마치 파수꾼 같은 존재감을 뿜어내는 그 전화부스는 분명 자살을 막는 최후의 보루처럼 느껴졌다. 하지만 그런 든든한 인상은 다가갈수록 희미해졌다.

밖에서 봐도 알 수 있을 정도로 전화부스 유리에 전화번호가 빼곡히 적혀 있었다. 일부는 장난으로 쓴 것처럼도 보이지만, 아무튼 숫자가 너무 많았다. 아무리 그래도 이렇게 많은 자살이 일어나면 문제가 될 것 같다는 생각과 함께, 시신이 물 위로 떠오르지 않으면 아무도 그 죽음을 모를 것 같다는 생각도 들었다.

F는 조심스레 전화부스에 들어가서 적힌 전화번호를 살펴보았다.

도대체 어느 번호로 전화를 걸면 좋을까. 실수로 아무 관련 없는 사람의 전화로 연결되어서 문제가 생기는 건 원치 않았다.

그때 문득 전화기 버튼 상단에 적힌 전화번호 하나가 눈에 들어왔다.

916-7O62

시외 국번이 없는 것이 신경 쓰였지만, 어느새 F는 수화기를 들고 그 번호를 누르고 있었다. 전부 누르고 나서야 돈도 넣지 않았다는 사실을 깨닫고 쓴웃음을 터뜨렸다.
너무 긴장했네.
하지만 믿을 수 없는 일이 벌어졌다.
수화기 너머에서 신호음이 울리기 시작한 것이다.
본능적으로 위험하다고 느꼈지만, 수화기를 든 팔이 돌처럼 꿈쩍도 하지 않았다.
그러더니 갑자기 신호음 소리가 끊겼다.
누군가가 전화를 받은 것이다.
하지만 아무 말도 들리지 않았다.
"여보세요?"
F는 용기를 쥐어짜 말을 걸었지만, 침묵만이 흐를 뿐.
고장인 줄 알았던 F가 귀를 쫑긋 기울이자 희미하게 목소리가 들렸다.
"……워. ……내줘."
좁은 공간에서 아이가 외치는 것처럼 메아리가 반복되었다. 점차 귀에 익숙해지자 F는 그제야 내용을 알아들을 수 있었다.

"어두워. 여기서 꺼내줘."

그 목소리는 슬픔에 잠긴 것보다는 분노를 억누르는 듯 들렸다. 그리고 무섭게도 반복될수록 점점 더 커졌다.

공포를 견디지 못한 F가 전화를 끊으려는 순간이었다.

"꺼내달라니까!"

귓가에서 목소리가 들려 F는 비명을 지르며 전화부스에서 뛰쳐나왔다. 그 후 집에 도착할 때까지의 기억은 F의 머릿속에서 완전히 사라져버렸다고 한다.

다시는 그 댐에 가지 않기로 결심한 F였지만, 돌이켜보면 그 목소리의 내용이 신경 쓰였다.

소문에 의하면 댐에 몸을 던져 죽은 자의 목소리가 들린다지만, 그런 것 같지는 않았다.

나중에 F가 이 마을에 오래전부터 사는 노인에게 댐에 관해 물었더니 이런 이야기를 들려주었다.

과거, 댐을 짓기 위해 계곡 바닥에 있던 작은 마을 주민들이 강제 퇴거를 당했다고 한다. 당시 지역을 지탱하던 광산 사업을 위한 댐 건설이었기에 계획은 순식간에 진행되었고, 항의할 여지도 없었을 거라고 노인은 말했다.

어쩌면, 하고 F는 생각한다.

댐 건설에 반대하던 주민 중 마지막까지 마을을 떠나지 않은 채 수장된 사람이 있었던 것이 아닐까. 그리고 그 숫자야말로 물속의 비밀과 연결되어 있는 것이 아닐까, 하고.

우선 지금까지의 패턴으로 생각해보면, 오쿠사토 정에는 댐이 하나밖에 없으므로 괴담에 나오는 자살 댐이 가루베 호수의 가루베 댐이라는 점은 틀림없다.

사실은 가루베 댐에 직접 가서 살펴보고 싶었지만, 가루베 댐은 지금까지 괴담에 나온 곳 중 가장 먼 곳이라 우리끼리 방문하기는 어렵다. 이번에도 히로 형과 사쿠마 형에게 차로 데려다줄 수 없냐고 부탁했지만, 일정이 잘 맞지 않았다.

지금은 현장 상황 확인보다 괴담에서 알아낼 수 있는 모순점을 찾는 수밖에 없다.

다행히 이 괴담에서 분명히 부자연스럽다고 생각되는 부분에 대해서는 우리 세 사람의 의견이 일치했다.

"작품 속에서 F가 유령의 목소리를 듣게 되는 전화번호는 916-7062인데. 이렇게 분명하게 적혀 있는 건 부자연스럽지 않아?"

공중전화기에 적힌 일곱 자리 숫자.

×××처럼 마스킹 처리도 하지 않은 걸 보면 노골적으로 여기에 힌트가 있다는 마리코 누나의 메시지로 보인다.

사쓰키가 조사한 바에 따르면, 유선전화의 경우, 보통 0으로 시작하는 1~4자리의 시외 국번, 그다음으로 1~4자리의 시내 국번, 마지막으로 4자리의 가입자 번호로 표시된다고 한다. 같은 도시 내로 전화를 걸 때는 시외 국번을 생략할 수 있다. 괴담에 등장하는 번호도 시외 국번을 생략한 유선전화일 가능성이 있다는 말이다.

"휴대폰 번호는 처음의 090이나 080을 제외해도 자릿수가 맞지 않아. 내가 조사한 바는 여기까지야."

사쓰키가 스마트폰 속 메모에서 고개를 들었다.

"나, 그 번호로 전화를 걸어봤는데 연결 안 되더라."

미나의 말에 깜짝 놀랐다.

"연결되면 어쩔 생각이었어?"

"잘못 걸었습니다, 라고 말하면 되는 거 아니야?"

이 녀석은 가끔 과감한 행동을 한다. 사쓰키도 그렇게 생각했는지 말을 이었다.

"조금만 찾아보면 실제 전화번호인지 아닌지 알 수 있어. 916이라는 시내 국번은 이 지역에서는 사용되지 않아. 전국적으로는 쓰이는 지역도 있지만, 그 수가 너무 많아서 시외 국번이 없으면 특정할 수 없어. 설마 전부 걸어볼 수는 없으니까."

나도 지금까지 세 가지 괴담의 수수께끼를 풀이한 경험에 비추어볼 때, 단순히 시외 국번을 알아내는 것만이 수수께끼는 아닌 것 같았다.

"이 숫자, 전화번호가 아닌 거 아닐까? 우편번호라든가."

일본의 우편번호라면 세 자리 더하기 네 자리니까 딱 맞다.

"나도 그 생각은 해봤어." 사쓰키가 능숙하게 스마트폰에 검색 결과를 표시했다.

"916-7062라는 우편번호를 사용하는 지역은 없어. 916으로 시작하는 번호는 후쿠이 현에 있지만 아래 네 자리 숫자가 전혀 다르고."

나는 사회 시간에 배운 일본 지도를 머릿속에 떠올렸다. 후쿠이 현의 위치는 흐릿하지만, 상당히 먼 지역이라는 건 안다.

사쓰키가 단순히 일곱 자리 숫자만 넣어서 검색하니 뭔지 알 수 없는 수첩이나 부품의 제조번호가 검색될 뿐이었다.

실마리가 없어서 우리의 신음만이 거실을 가득 채웠다.

아까 '나즈테의 모임'이라는 그룹명처럼 계속해서 답이 나오지 않을 때면 배에 소화되지 않은 음식이 쌓여가는 불편한 느낌이 든다.

"역시 어떻게든 가루베 댐에 가보는 수밖에 없겠네."

"그거 말인데."

미나의 중얼거림에 사쓰키가 미안한 표정으로 말했다.

"앞으로는 토요일에도 과외를 받게 되었어. 멀리 나갈 수 없을 것 같아. 이 집에서 모이는 정도라면 어떻게든 되겠지만."

사쓰키는 자신이 7대 불가사의를 가져온 탓에 시작된 일이기에 미안함을 느끼는 듯했다.

미나가 동정 어린 표정을 지었다.

"사쓰키, 머리도 좋은데."

"아빠도 엄마도 중학교 입시는 합격하는 게 당연하다고 생각해. 중고교 통합학교니까 머릿속은 이미 대학 입시를 생각하고 있는 거지."

나는 미리 품고 있던 생각을 털어놓기로 했다.

"가루베 댐 말인데, 우리가 갈 수 없다면 다른 사람에게 알아봐달라고 하면 되지 않을까?"

"무슨 뜻이야?"

나는 사쓰키의 스마트폰을 빌려서 유튜브를 열어 한 유튜버의 페이지를 띄웠다. 이름은 '고스트 브라더스'. 팬들은 줄여서 '고브라'라고 부르며, '하루얀'과 '아키토'라는 형제가 함께 활동 중인 유튜브 채널이다.

"내가 항상 보는 유튜브 채널인데 심령 스폿 순례를 주요 소재로 삼고 있고, 옆 시에 사는 것 같아."

같은 현 내에서도 오쿠사토 정과는 비교가 되지 않을 정도로 큰 데다 현청 소재지인 도시로, 우리에게는 가장 가까운 시다. 고브라의 동영상에도 인근 지역에 있는 심령 스폿이 자주 등장한다.

"고스트 브라더스라고 하면 그 형제가 유령이라는 뜻 아니야?"

사쓰키가 아무래도 상관없는 부분을 지적했지만, 나는 무시하고 이야기를 계속했다.

"이 사람들, 희귀한 심령 스폿을 찾기 위해 시청자들에게서 정보를 수집하고 있어. 시청자 제보 스폿 영상이 인기 시리즈로 자리 잡았거든. 댓글로 자살 댐에 대한 정보를 올리면 확인하러 가보지 않을까?"

"우리 대신 조사해달라고 하는 거야? 잘 될까?"

사쓰키의 걱정을 덜어주기 위해 내가 왜 이런 생각을 하게 되었는지 설명했다.

우선 고브라는 아직 크게 유명하다고 하기에는 이른, 구독자 3만 명 정도의 유튜버라는 점. 더 많은 팬을 확보하고자 평소에 열심히 노력 중이고 시청자의 댓글에도 정성스럽게 답글을 달아주고 있어 소통하기 쉽다는 점, 그리고 지방에서 활동하기에 최근엔 소재가 바닥났는지 그저 잡담만 하는 영상도 많아지고 있다는 점, 그런 상황에 심령 스폿 정보를 제공하면 채택될 가능성이 크다는 점.

"그리고 심령 스폿 영상을 보면 댓글에 현지 시청자가 희귀한 정보를 제보할 때도 있어. 지인이 이런 일을 겪은 적 있다거나 반대로 소문으로 떠도는 것과 같은 사건은 일어나지 않았다거나. 예전에 그곳에 살았던 사람을 알고 있다는 댓글도 있고. 그런 정보가 도움이 될지도 몰라."

"유스케가 그렇게까지 말한다면 뭐 괜찮지 않을까."

사쓰키도 납득했고, 미나도 별달리 반대하지 않았다.

자살 댐 괴담에 대해서는 고브라에게 조사를 의뢰한 뒤 결과를 기다리면서, 경우에 따라서는 다음 괴담인 〈산할머니 마을〉에 대한 조사를 진행하기로 정한 것으로 이번 회의는 끝이 났다.

현관에서 신발을 신을 때 휠체어를 타고 배웅하러 나온 마녀가 나를 불렀다.

"유스케, 몸 상태는 어떠냐?"

그 말을 듣고 며칠 전부터 느끼던 컨디션 난조가 어느새 사라졌음을 느꼈다. 오히려 머리가 맑고 개운한 느낌마저 들었다.

아니, 그런데 마녀는 어떻게 내 몸 상태를 알고 있는 거지? 둘 중 한 명이 말한 걸까?

오쿠사토 정이 안고 있는 큰 과제 중 하나는 빈집 문제다.

전국 평균 빈집 비율은 14퍼센트 미만이지만, 지난해 오쿠사토 정의 빈집 비율은 17퍼센트를 넘어섰다. 원인은 주민의 저출산, 고령화와 과거 주요 산업의 쇠퇴로 인한 젊은 층의 마을 이탈이다.

이에 따라 땅값은 하락하고 토지 매매가 이루어지지 않아 낡은 건물이 여기저기 남아서 역 앞 등 일부를 제외하고는 신진대사가 점점 더 정체되고 있다.

"이상과 같은 이유로 새로운 건물을 짓는 것이 아니라 사람이 살지 않는 빈집을 재난 대피소로 사용하거나 생활이 어려운 사람들이 살 수 있도록 하는 등 다양한 방안이 필요하다고 생각했습니다."

읽던 신문 기사에서 고개를 들어 교실을 둘러보니, 고개를 숙이고 있던 반 친구들이 드디어 끝났다는 듯이 고개를 들었고, 마음에도 없는 박수가 여기저기서 터져 나왔다. 다들 빨리 집에 가고 싶은 것이다.

종례 시간에 열리는 이 행사는 '배움의 시간'이라는 이름으로, 출석번호 순서대로 하루 한 명씩 스스로 신문 기사를 하나 골라 자신이 생각한 바를 발표하게 되어 있다. 뉴스의 의미를 스스로 생각하고 다른 사람들 앞에서 의견을 말하기 위한 학습이라고 한다.

한 하기에 한 번만 돌아오는 지리이기에 어깨가 한결 가벼워진 기분으로 자리에 앉았다.

이번에 내가 다룬 기사는 빈집 증가 문제에 관한 것이었다. 문제점과 해결책이 명확하고, 연설문으로 만들기 쉬웠기 때문이다.

선생님도 "그래, 고생했어"라고 담담한 어투로 말하고 연락 사항을 전한 후 드디어 하교 시간이 되었다.

인사가 끝나자 자리에서 일어선 반 친구들은 뛰쳐나가거나 친한 친구들끼리 모이는 등 각자 움직이기 시작했다.

"기지마, 그거 최고였어."

한 여자아이가 말을 걸었다.

기도 아리사. 반에서 가장 작은 체구에 웃음소리가 가장 큰 아이다. 내가 사진 인화를 부탁하러 가는 기도 사진관의 외동딸이기도 하다.

"그거가 뭔데? 빈집 문제?"

"아니!"

평소처럼 호탕한 웃음과 함께 빨간 헤어밴드로 묶은 포니테일이 흔들렸다.

"벽신문 제2호 말인데, 다음 호에선 어떻게 될지 엄청 기대돼."

고맙게도 기도는 벽신문의 애독자인 듯했다.

"제3호도 제작 중이야. 기도, 너 괴담 좋아했어?"

"그것도 있지만, 기사에 하타노와 기지마의 성격이 잘 드러나는 게 좋더라. 그리고 하타의 고찰도 굉장히 탄탄하고."

의외로 제대로 읽고 있는 것 같다.

"그 녀석, 추리소설을 자주 읽으니까."

"어머나! 의외네."

기도는 눈을 크게 떴다.

"하타, 게시판 담당은 잘하고 있나 보네. 역시 하타노와 함께라서 그런가."

기도의 목소리가 컸다. 아직 반 친구들이 많이 남아 있는 상황에서 미나와 관련된 이야기는 피하고 싶어서 나는 재빨리 화제를 돌렸다.

"그런데 왜 수학 교과서를 들고 있는 거야?"

"……아차." 자신의 오른손을 보고 믿을 수 없다는 듯 외쳤다. "빌린 교과서, 돌려주러 가던 중이었는데!"

회오리바람처럼 복도로 달려가는 기도를 보며 나는 어이가 없었다. 준비물을 다섯 번 깜빡하면 성적표 등급이 한 단계 내려간다는 규칙이 있는데, 기도는 이미 10월 중순에 네 번째 경고를 받은 상태였다.

한산해진 교실을 둘러보니, 오늘은 게시판 담당 활동도 예정되어 있지 않아서인지 사쓰키도 미나도 이미 모습이 보이지 않아 안도했다.

그만큼 이 반에서 미나와 관련된 이야기는 신경을 곤두서게 하는 주제였다. 특히 다음 주말 운동회를 앞두고 체육 시간에 연습이 시작된 이후부터는 더욱 그렇다.

"아, 책가방도 가져갈걸"이라고 큰 소리로 혼잣말하며 교실로 돌아온 기도를 붙잡고 물어보았다.

"기도, 너 말이야, 줄다리기 때 하타와 같은 팀이었지? 역시 그 녀석, 별로 열심히 할 생각이 없어 보여?"

"최선을 다하는 느낌은 아니지."

역시 기도도 주변을 의식한 듯 목소리를 낮췄다.

"운동이 싫다거나 학교 행사가 싫다고 하면 이해하겠는데, 하타는 겉으로는 불평도 하지 않지만 그렇다고 필사적인 느낌도 없어. 그래서 주변에서 보기에는 '손을 놓고 있다'고 생각하게 되는 걸지도."

나는 한숨을 내쉬었다.

신기하게도 그동안 귀찮다고 생각했던 학교 행사도 마지막 학년이 되자 왠지 모르게 특별하게 느껴진다. 운동회도 예외는 아니어서 날이 다가올수록 활동적인 남학생들을 중심으로 '마지막은 모두 함께 힘을 합치자'라는 분위기가 고조되고 있었다.

그런 와중에 눈살을 찌푸리게 하는 건 운동신경이 부족한 사람이 아니라, 단합하는 분위기에 찬물을 끼얹은 타입이다. 게시판 담당 말고는 반에 어울리려 하지 않고, 자기 쪽에서 다가서지 않으면서도 무덤덤한 녀석. 미나는 그 모든 조건을 충족하는 것처럼 보였다.

"하지만 담당 종목을 정한 방법도 잘못된 것 같아."

나는 최소한이라도 편들어주고자 시도했다.

운동회에는 모두가 참가하는 종목 외에도 각종 계주, 장애물 달리기, 큰 공 굴리기 등 여러 명이 참가하는 종목이 있다.

참가자를 결정하는 방법은 학급 내 담당을 정할 때와 마찬가지로 먼저 지원을 받고, 남은 종목은 제비뽑기로 정한다. 그래도 우리 반이 우승했으면 해서 야구나 축구를 즐겨 하고 운동신경이 좋은 사람이 달리기 계열의 종목에 배정되는 경우가 많다.

하지만 여학생들이 가장 싫어하는 200미터 달리기 자리가 마지막까지 채워지지 않아 제비를 뽑은 결과, 운 나쁘게도 미나가 담당하게 되었다. 아마 반의 대부분은 200미터 달리기를 포기해야겠다고 생각하고 있을 것이다.

"하지만 하타는 싫은 표정 한 번 짓지 않았잖아. 나도 걔랑 친하게 지내고 싶은데, 하타가 무슨 생각을 하는지 잘 모르겠어."

그날 밤, 나는 스마트폰을 앞에 두고 긴장했다. 유심 카드가 없는 스마트폰은 전화기로 사용할 수 없고, 단순히 디지털카메라 대용으로 쓰거나 동영상을 보기 위한 단말기로 이용했다.

하지만 지금 스마트폰에는 누구나 다 아는 메시지 앱이 깔린 상태다. 반에서 스마트폰을 가진 사람들끼리 그룹 대화창을 만드는 친구들도 있지만, 나는 지금까지 인연이 없었다. 왜 지금 이 앱을 깔았는가 하면 조금이라도 연락을 쉽게 하자는 사쓰키의 제안 때문이었다. 이제 집 안에서는 와이파이 회선으로 앱을 통해 통화도 할 수 있다.

즉, 사쓰키와 사적으로 연락할 수 있는 수단이 손에 들어왔다는 뜻이다. 그리고 잠시 후인 오후 8시, 사쓰키에게서 전화가 걸려오기로 예정되어 있다.

단말기가 아예 없는 미나를 생각하면 조금 미안한 마음이 들지만, 이번만큼은 어쩔 수 없다. 애초에 미나 일로 상담하기 위해 앱을 깐 것이니 말이다.

스마트폰 화면이 밝게 빛나며 사쓰키의 아이콘과 함께 녹색 전화 마크가 표시되었다.

미리 소리가 나지 않도록 설정해 놓았기에 아래층의 부모님께 들킬 염려는 없었지만, 나는 익숙하지 않은 손놀림으로 화면을 터치했다.

"여보세요."

평소보다 조금 더 어른스러운 듯한 사쓰키의 목소리에 조금 움찔거리며 대답했다.

"아, 응, 나 기지마야."

"그렇지 않으면 곤란해, 유스케."

웃음을 억누른 목소리. 나는 누구에게도 대화가 들리지 않도록 창가로 자리를 옮겼다.

여자아이랑 밤에 전화하는 건 스마트폰을 가진 사람이라도 그리 흔치 않은 일일 것이다. 더군다나 상대는 사쓰키다. 긴장하지 않는 것이 이상하다.

재치 있는 잡담도 생각나지 않아 곧장 본론으로 들어갔다.

"미나, 어떻게 하면 좋을 것 같아?"

참으로 모호하게 물어보고 말았지만, 사쓰키는 제대로 알아들은 듯 잠시 침묵을 지키다가 말을 꺼냈다.

"미나의 말수가 적은 건 1학기 때와 다르지 않잖아. 문제는 역시 운동회 연습을 하면서 손을 놓고 있는 것처럼 보이는 부분 같아."

"하지만 일부러 그러는 거라곤······."

확실히 미나는 운동에 소질이 없을지도 모른다. 하지만 나는 게시판 담당이 된 후 조사에 힘을 보태준 녀석의 모습을 떠올렸다. 원래는 벽신문이나 오컬트에도 관심이 없었을 것이다. 그런데도 미나는 나를 바보 취급하지 않고, 불평 한마디 없이 함께 행동해주었다.

"알아. 미나는 그런 아이가 아니야. 어쩌면 정말 치명적으로 운동을 못하는 걸지도 몰라."

나도 사쓰키도 서로의 속마음을 엿보는 듯한 말투로 말을 이어갔다. 확실히 미나는 평소 걸을 때도 느리다. 자세가 나쁘고 등이 구부정한 데다가 보폭이 좁아서 종종걸음으로 걷는 듯한 느낌이다.

하지만 그렇다고 체육 시간에 그 녀석이 열심히 참여하느냐 하면, 다른 친구들보다 더 친한 내가 볼 때도 그렇지 않다고 느껴진다. 왜인지는 모르겠지만, 미나는 주변에 좋지 않게 보일 걸 알면서도 진심을 다하지 않는다.

문제는 그 이유를 우리에게도 말해주지 않는다는 점이다.

다음 주에 있을 운동회를 앞두고 남자아이들을 중심으로 모두의 불만이 고조되고 있다. 그런데도 미나에게 그것을 대놓고 따지지 않는 건 사쓰키 덕분이다. 여자아이들의 리더인 사쓰키가 같은 게시판 담당으로서 미나를 돌보고 있다고 생각하기에 모두 참고 있다.

"다음에 만나면 유스케가 이유 좀 물어봐."

"어, 왜 나야? 같은 여자인 사쓰키 쪽이 더 말하기 쉽지 않을까?"

"내년부터는 어떻게 할 건데?"

따끔한 목소리가 귀를 때렸다.

"나는 같은 중학교에 가지 않아. 미나는 유스케가 돌봐줘야 해."

내년부터는 더는 사쓰키와 이런 식으로 전화하는 일은 없을 것이다. 물론 메시지를 주고받는 것 자체는 쉽겠지만, 초등학교 시절에 이런 관계를 맺는 데 5년 넘게 걸린 내가 그런 일을 성실하게 계속할 수 있을 리 없다. 당연히 나와 미나의 관계 역시 지금과는 달라질 것이다.

"내년이구나."

"그래. 그래서 난 졸업하기 전에 사건의 진상을 밝히기 위해 열심히 노력하고 있는 거야."

이제야 우리 셋은 삼각형의 관계가 아니라는 사실을 깨달았다. 사쓰키가 중간에서 나와 미나를 붙잡고 있기에 공중분해가 되지 않고 있을 뿐.

불안감에 한심한 말을 하고 말았다.

"군이 중학교 때부터 마을을 떠나지 않아도 되는 거 아니야? 사쓰키도 아버지처럼 변호사를 목표로 하고 있잖아. 고등학교 때부터 좋은 학교에 들어가도 장래는 변하지 않을 것 같은데."

"그저 변호사 자격만 따는 거라면 그럴지도 모르지. 그런데 시골과 도시는 경험 면에서 많은 차이가 난다고 하더라고."

어딘지 모르게 자포자기한 듯한 목소리. 아마 사쓰키 자신이 부모님에게 계속 품어온 의문일 것이다.

말하면서 엎드렸는지 목소리 톤이 조금 달라졌다.

"사실 원래 우리 부모님도 중학교 입시에 대해선 별로 신경 쓰지 않았어. 하지만 마리코 언니 사건을 계기로 방침이 굳어졌어. 이제 와서야 느끼는 거지만, 아마 마리코 언니도 진로 문제로 고향을 떠날지 말지 고민이 많았을 거야. 몇 번이고, 몇 번이고."

중학교, 고등학교, 대학교. 그리고 사회인으로.

마리코 누나가 뛰어난 인물이기에 선택의 기회가 있을 때마다 밖으로 나가라고 권유하는 목소리가 더 컸을 것이다.

"삼촌과 숙모는 마리코 언니의 결정을 소중하게 생각한 것 같은데, 우리 부모님은 생각이 다른 것 같아. '아이의 가능성을 넓혀주는 게 어른의 의무'라고 자주 말하거든. 어쩌면 어른들만 알 수 있는 경쟁의식 같은 것도 있었을지 모르고."

"우리 부모님도 다른 애들의 성적과 자주 비교하곤 하니까."

"맞아. 그리고 마리코 언니가 이 동네에서 죽었으니……. 결과적으로 삼촌과 숙모의 판단이 틀린 거고, 같은 실수를 반복하지 않기 위해 사립학교에 보내려는 것 같아."

왜 어른들은 그렇게 극단적인 생각만 하는 걸까. 오히려 도쿄야말로 오쿠사토 정 같은 곳에서는 일어나지 않는 사건이 매일 같이 일어나고 있을 텐데.

"그러니까 유스케도 미나에게 관심을 가져줘."

교실에서는 들을 수 없는 사쓰키의 부드러운 목소리. 나는 "응", "뭐"와 같은 무성의한 대답으로 그 자리를 무마했다.

그러자 사쓰키의 목소리가 걱정스러운 색을 띠었다.

"혹시 유스케, 몸이 어디 안 좋아?"

"엉?"

"왠지 학교에서 기운이 없어 보여서."

갑작스레 머릿속에 울려 퍼지는 환청과 몸에 달라붙는 무언가. 최근 나를 괴롭히는 컨디션 난조를 사쓰키는 눈치챘던 모양이다.

"이렇게 누구랑 이야기할 때는 신경 쓰이지 않는데, 혼자 있으면 마음이 무거워지는 것 같아. 악몽도 꾸고."

그 원인으로 여겨지는 것을 떠올리며 나는 물었다.

"사쓰키는 지난번 카나모리 씨 집에 다녀온 후 이상한 점 없어?"

"뭐야, 귀신에 씐 거야? 나는 건강 그 자체인데."

그런가. 역시 내가 너무 신경을 많이 쓰는 걸까. 미나도 평소와 다를 바 없는 것 같고.

"맞다. 까먹고 있었네. 아까 고브라가 댓글에 답글을 달았어."

"유스케가 말한 유튜버 말이구나."

"응. 운 좋게도 자살 댐 괴담에 관심을 가진 듯 바로 가본다더라. 순조롭게 진행되면 다음 주에 영상으로 올라올 것 같아."

"다음 주?"

사쓰키가 의아해했다.

"그런 영상은 편집이 더 힘든 거 아니야? 게다가 업로드 예정분이 어느 정도 있는 게 보통이지 않아? 그 고버스라는 사람들, 유튜버로서 살아남을 수 있을까?"

"고버스가 아니라 고브라! 사쓰키가 유튜버를 걱정할 이유가 없잖아. 심령계 유튜버도 여러모로 힘들거든."

사쓰키도 더는 반박하지 않고 "뭐, 바로 영상을 볼 수 있는 건 우리로서도 고마운 일이니까"라며 받아들였다.

"그럼 그때까지 벽신문 제3호 작업에 집중하고 다음 주 토요일에 마녀의 집에 모일까?"

"좋아."

그때 아래에서 엄마가 목욕하라고 부르는 소리가 들렸다. 정신을 차려보니 어느덧 한 시간이 지나 있었다.

"이제 그만 끊어야겠다."

"미나 좀 잘 부탁해."

사쓰키는 마지막으로 못을 박으며 통화를 마쳤다.

장시간 통화로 뜨거워진 단말기를 바라보며 한숨을 내쉬었다.

친해진다는 건 즐거운 일만 있는 게 아니구나. 집 이야기나 생활 이야기를 들으면 상대방의 고민이 보이니까. 그런 건 친구라면 더더욱 못 본 척할 수 없고.

미나도 마찬가지다. 지금 그 녀석의 사정을 알게 된다고 해도, 사쓰키가 없는 내년 이후에도 친구로서 함께할 수 있을지 나로서는 자신이 없다. 사쓰키는 더는 학급회장이 아닌데도 불구하고 이런 식으로 여전히 의지하고 있다.

'운동회만 무사히 끝나면 미나의 문제도 해결되지 않을까?'

그런 생각을 하면서 방을 나와 욕실로 향했다.

낙관적인 내 바람은 생각보다 쉽게 무너졌다.

다음 날, 오후 첫 수업인 체육 시간에는 운동회를 앞두고 6학년 합동 수업이 예정되어 있었다. 그런데 점심시간이 끝나갈 무렵, 우리가 체육복으로 갈아입고 계단을 내려가자 현관 신발장 앞에서 여학생 몇 명이 소란을 피우고 있었다. 그 중심에 있는 건 항상 기운 넘치는 기도였다.

그 무리 바깥쪽에 사쓰키와 노로라는 여자아이가 있는 걸 발견하고 사정을 물었다.

"뭔 일 있어?"

"기도의 신발이 없어졌대."

신발장은 한 사람당 한 개씩 배정되어 있다. 체육 시간을 위해 운동화로 갈아 신으려다가 신발장이 비어 있는 걸 발견한 모양이다.

"집에 두고 온 거 아니야?"

기도는 물건 깜빡하기 챔피언이라 그런 말이 입에서 튀어나오고 말았다.

"야, 기지마! 아무리 나라도 양말 신고 등교하지는 않아!"

무리 안에서 빨간 헤어밴드의 포니테일이 튀어 오르는 것이 보였다. 딱히 낙담한 상태는 아닌 듯했다.

"누군가 잘못 신고 갔다면 그 아이의 실내화가 남아 있을 텐데."

사쓰키가 냉정하게 분석했다.

한 여학생이 "선생님께 말씀드리고 올게"라며 교무실로 향한 후에도 뒤늦게 온 아이들이 이야기를 듣고 발걸음을 멈춘 탓에 소란은 커져만 갔다.

4장 나즈테의 모임

"남의 신발을 훔쳐서 어쩌려는 거지?"

"기도의 신발은 '쇼소쿠'야."

노로가 본인의 일처럼 뽐내며 말했다.

쇼소쿠는 신기만 하면 발이 빨라진다는 광고로 인기 있는 운동화로, 이맘때가 되면 동네 마트에 있는 신발가게에서 품절 사태가 벌어진다.

노로는 인기 상품이라서 도둑맞은 게 아닌가 생각하는 듯했다.

"고작 운동화잖아. 동네에서 구할 수 없을 뿐이지 인터넷으로 살 수 있는데, 훔칠 필요가 있나?"

수긍할 수는 없었지만, 실제로 모두 힘을 합쳐 다른 신발장을 찾아봐도 기도의 신발은 찾을 수 없었다. 누가 가져간 게 틀림없어 보였다.

기도는 여러모로 시끄러운 녀석이지만 딱히 다른 아이들과 사이가 나쁘지도 않고 왕따를 당한다는 이야기도 들어본 적이 없다.

그러던 중 모인 애들 가운데 누가 말했다.

"신발을 신으려고 훔쳤다면 발 사이즈가 같은 사람이 범인 아니야?"

모두 깜짝 놀라 기도를 바라보았다.

기도는 반에서 키가 가장 작다. 같은 사이즈의 발을 가진 사람은 흔치 않다.

"다음으로 키가 작은 건⋯⋯."

"하타 아니야?"

무심코 주위를 둘러보다가 사쓰키와 눈이 마주친 건 우연이 아닐 것이다.

운동신경이 좋은 남학생이 재빨리 미나의 신발장을 발견하고는 멋대로 열었다. 모두 긴장했지만, 그곳에 있던 건 '쇼소쿠'가 아닌, 닳고 색이 바랜 미나 본인의 운동화였다. 하지만⋯⋯.

"역시 기도와 같은 사이즈야."

그 남학생이 모두에게 들리도록 말했다.

"뭐 하는 거야?"

뒤에서 미나의 목소리가 들려 나도 모르게 허리를 쭉 뻗었다. 뒤돌아보니 체육복 차림의 미나가 무슨 영문인지 모르는 표정으로 이쪽을 올려다보고 있었고, 때마침 수업 시작을 알리는 종소리가 울렸다.

"자, 모두 운동장에 정렬해."

아까 교무실로 간 아이에게 이야기를 들은 선생님이 모습을 드러내어 우리를 쫓아냈다. 하지만 운동장으로 향하는 모두의 시선은 운동화를 신은 미나의 움직임을 끝까지 쫓고 있었다.

결국 기도는 이 체육 시간에 참관 수업을 하게 되었다.

경기 전 줄서기, 행진 등 지루한 연습이 계속되는 동안 주변

친구들에게서 신발 도난에 대한 의심의 속삭임이 들려왔다.

"역시 같은 사이즈의 신발은 하타밖에 없대."

"'쇼소쿠'라면 빨리 달릴 수 있으리라 생각했나? 연습할 때 다리를 질질 끌기도 했고."

"나, 휴일에 하타 본 적 있어. 동쪽 거리 상점가 근처에서."

"그 낡은 상점가?"

"저 녀석네 집, 가난한가 보네."

속삭이는 소리가 날카롭게 꽂혔다.

듣고 있는 것만으로도 불쾌하고, 침묵하고 있는 자신에게도 혐오감이 들었다. 미나가 멀리 떨어져 있어 이 이야기가 들리지 않는 것만이 유일한 위안이었다.

결국 그날 종례 시간에 기도의 신발이 학교 뒷마당에 버려져 있는 걸 발견했다고 선생님이 알려주었다.

"아무리 장난이라고 해도 친구의 소중한 신발을 함부로 다루다니 안타깝기 그지없다. 더군다나 6학년이 되어서 이런 문제가 생기다니 정말 슬프구나."

선생님의 말투에는 분노가 묻어났다. 마치 이 안에 범인이 있다는 걸 알고 있다는 듯한 태도였다. 아마도 학생의 부모가 까탈스러운 사람이라면 변상이라든가 왕따에 대한 설명이라든가 복잡한 문제가 생길 수도 있으리라.

평범하게 생각하면 다른 반이나 다른 학년 학생이 범인일 가능성도 충분히 있다.

하지만 종례 시간 내내 선생님의 불합리한 설교를 듣게 된 것에 대한 짜증도 있었는지, 반 친구들의 의심의 눈초리는 역시 미나를 향하고 있음을 피부로 느낄 수 있었다.

미나는 창가 자리에서 늘 그렇듯 감정을 읽을 수 없는 표정으로 앞을 바라보고 있었다. 매번 예리한 통찰력을 보여주는 저 녀석이 이 분위기를 감지하지 못할 리가 없다.

미나, 왜 아무 말도 하지 않는 거야?

보이지 않는 벽을 치고 있는 듯 벙어리처럼 앉아 있는 미나는 어떻게 봐도 교실에서 고립되어 있었다. 그 광경에 가슴이 조이는 듯한 괴로움을 느꼈다.

그때 깨달았다. 나는 지금 나 자신에게도 똑같은 말을 할 수 있다는 것을.

왜 아무 말도 하지 않는 건데, 바보 자식.

방과 후 작업은 사쓰키가 급하게 집에 볼일이 생겼다며 취소했다. 아마도 사쓰키는 신발 도난사건 때문에 미나가 방과 후 학교에 남아 있는 걸 피해야 한다고 생각한 듯했다.

그래서 나는 오랜만에 다카쓰지, 히노우에와 하교하게 되었다.

우리의 대화 주제는 요즘 유행하는 《소년점프》, 최근에 발견한 재미있는 동영상 채널, 중학생이 되면 부모님께 스마트폰을 사달라고 부탁할 계획. 몇 년 전부터 변함없이 계속

되는 솔직히 별로 중요하지도 않고 아무짝에도 쓸모없는 이야기들.

거기에는 시신도, 비밀이 숨겨진 괴담도 등장하지 않지만 나는 마치 미지근한 물에 몸을 담그고 있는 것처럼 마음속 깊은 곳에서부터 편안함이 느껴졌다.

2학기에 접어들면서 사쓰키와 미나와 함께 행동할 때의 나는 어딘가 모르게 신경이 곤두서 있던 것이리라. 마음이 통하는 두 사람과의 시간에서 어딘지 모를 그리움을 느꼈다.

도중에 큰 삼거리에서 먼저 돌아가던 세 명의 반 친구를 따라잡는 형태가 되었다.

렌을 중심으로 한 삼총사다. 삼거리에서 그중 한 명과 헤어지기에 거기에 서서 한참을 떠드는 중인 듯했다.

가볍게 말을 주고받으며 지나가려는데, 렌이 내게 말을 걸었다.

"기지마, 너 어떻게 그런 녀석과 잘 지내는 거야?"

미나를 두고 하는 말이다. 오늘 도난사건 이전부터 운동을 좋아하는 렌은 미나의 연습 태도에 불만을 품고 있었다.

"그렇게 노골적으로 손을 놓는 녀석과 함께 작업하는 게 힘들지 않아?"

"별로. 게시판 담당 때는 그냥 평범한 녀석인데."

무의식적으로 변명하는 듯한 말투가 되었다. 벽신문 덕분에 반에서 내 평판은 높아졌지만, 아이러니하게도 지금은 미나와 엮여버렸다. 여기서 렌의 기분을 상하게 하지 않고, 또 미나를 나쁘게 만들지 않는 논리를 내놓을 수는 없을까 필사적으로 머리를 굴렸다.

"뭐랄까, 스트레스 때문에 몸 상태가 안 좋아질 정도로 달리기를 싫어하는 거 아닐까?"

"난 발이 느린 걸 탓하는 게 아니야. 경쟁이니까 지는 사람도 당연히 있겠지. 하지만 마지막 운동회를 즐겁게 보내자고 반 모두가 단합하는데 그 분위기를 깨는 건 잘못 아니야? 솔직히 이야기해주면 우리도 양해할 수 있는데, 하타는 그런 것도 없잖아. 어떻게 봐도 이상하다고."

평소에 인기가 많은 렌은 주변을 자신의 편으로 만드는 말투를 자연스럽게 익힌 듯했다. 그 의견은 분명 일리가 있었고, 나도 고개를 끄덕일 수밖에 없었다.

렌은 동의한다는 뜻으로 받아들였는지, 이쪽을 향해 빙긋 웃었다.

"기지마도 신문 제작을 보이콧하는 게 어때? 그러면 그 녀석도 우리 마음을 알 수 있지 않을까?"

"불가능해. 그런 짓을 하면 사쓰…… 하타노에게 얻어맞을 거야."

그건 그런가, 하며 렌 일행은 웃었다.

한편 나는 깜짝 놀랐다.

나는 지금 사쓰키를 핑계로 삼았다.

벽신문은 내가 좋아서 하는 일이라고 말하면 되었던 것 아닌가.

미나를 확실히 지키지 않을 뿐 아니라, 반에서 인기가 많은 녀석에게 나쁘게 보이지 않기 위해 사쓰키의 이름을 팔았다. 거기에 내 목소리는 없다. 나 스스로 원해서 게시판 담당이 된 것 아니었나.

게시판 담당이 된 후 쌓은 도전과 자신감이 소리를 내며 무너져 내리는 것 같았다.

그런 내 갈등을 눈치채지 못한 렌 일행은 웃음을 머금고 말을 이어갔다.

"이대로 가다가는 하타를 제외한 모든 사람의 신발이 없어지지 않을까. 그러면 하타도 이길 가능성이 생기겠지. 아니, 그렇지는 않은가. 그 녀석 신발, 곧 구멍이 나지 않을까 싶을 정도······."

말이 갑자기 끊기고, 대신에 퍽 하는 둔탁한 소리가 울려 퍼졌다.

렌은 엉덩방아를 찧었고 우리는 놀란 눈으로 바라보았다.

다카쓰지가 렌을 때린 것이다.

때렸다기보다는 주먹으로 민 것 같은 투박한 일격이었다.

"무슨 짓이야!"

정신을 차린 렌이 다카쓰지에게 달려들어 순식간에 둘은 한 덩어리가 되어 땅바닥을 뒹굴었다. 그제야 우리는 "그만

해, 그만하라고!", "둘 다 떨어져!"라며 두 사람을 말렸다.

처음 보는 분노에 찬 다카쓰지는 숨을 헐떡이며 렌의 셔츠 옷깃을 움켜쥐고 좀처럼 놓아주지 않았다. 네 명이 힘을 합쳐 겨우 떼어냈지만, 그의 입에서는 때린 이유도, 사과 한마디도 나오지 않았다.

"야, 뭐라도 말해봐!"

렌은 두 사람에게 붙잡힌 채 다카쓰지를 노려보았지만, 지나가던 다른 반 여학생이 호기심 어린 눈빛으로 이쪽을 쳐다보는 걸 보고 "오늘 이 일 잊지 마"라는 대사를 남기고 등을 돌렸다.

우리 셋은 렌 일행과 다른 길을 가고자 일부러 먼 길을 돌아서 집에 가기로 했다.

도대체 왜 이런 일이 벌어진 건지 나로서는 도무지 이해할 수 없었다.

다른 학생들의 시선이 사라지자, 여전히 입을 다문 다카쓰지를 대신해 히노우에가 가르쳐주었다.

"이 녀석, 하타를 좋아하거든."

그것은 다카쓰지가 렌을 때렸을 때만큼이나 큰 충격을 주었다.

"그렇구나."

다카쓰지는 부정하지 않고 방금 들어 올렸던 오른손을 바라보았다. 마치 우연히 주운 희귀한 돌을 보는 듯한 신기한 눈빛이었다.

전혀 눈치채지 못했다. 미나가 전학 오기 훨씬 전부터 친했던 다카쓰지는 나에게 대체할 수 없는 일상의 상징 같은 녀석이었는데도 말이다.

"언제부터?"

"모르겠어."

다카쓰지는 정말 모르겠다는 듯 고개를 저었다.

"이게 좋아한다는 건가 봐. 아까는 화가 치솟아서 몸이 제멋대로 움직여버렸어."

화가 치솟는다고 주먹질을 하는 건 좋지 않다.

상대방이 심한 말을 했다면 말로 반박하면 된다.

그것을 알면서도 나는 다카쓰지에게 패배감을 느꼈다. 내가 할 수 없는 일을 이 녀석은 해냈다. 잘못된 방법일지도 모르고 미나가 알게 된다고 해서 기뻐하지 않을지도 모르지만, 그 순간 나는 확실히 구원받았다.

지루하고, 진부하고, 다 알고 있다고 생각했던 일상.

내가 마리코 누나의 사건을 풀어냄으로써 깨부수고자 했던 것을 다카쓰지가 쉽게 뒤엎어버렸다.

때리지도 맞지도 않았는데 나는 몹시 비참했다.

다카쓰지 건으로 혹시 선생님께 불려가거나 학급에서 다카쓰지의 입지가 나빠지지 않을까 걱정했지만, 결과적으로 괜한 걱정이었다.

교실 상황을 보니 렌은 친한 남자애들에게는 그 일을 털어놓은 것 같았지만, 개인적으로 다카쓰지를 무시하는 것 말고는 보복을 계획하는 것 같지는 않았다.

"일단 다음 날 렌에게 사과했어."

다카쓰지가 말했다. 사과가 통한 것도 있겠지만, 렌이 반에서 리더 격인 '밝은 캐릭터'인 덕도 컸을 것이다. 애초에 렌은 스포츠를 할 때나 다 같이 놀 때 얼마든지 활약할 기회가 있고, 그 지위는 확고했다. 굳이 반 친구들에게까지 손을 써서 다카쓰지를 괴롭힐 이유가 없다.

그리고 렌은 바보가 아니다. 일을 키우면 자신이 얻어맞은 이유도 밝혀야 한다. 그때 미나에 관한 발언이 경솔했다는 자각은 제대로 있는 것이리라.

이렇게 다카쓰지의 주먹질 사건은 미나도 모르는 사이에, 그러나 내 가슴에 둔탁한 앙금을 남긴 채 끝이 났다.

토요일, 마녀의 집에서 토론하는 날. 나는 한 가지 희소식을 갖고 토론에 임했다.

어젯밤, 예상보다 빨리 고브라가 자살 댐에 담력 테스트를 하러 간 동영상이 올라온 것이다.

평소처럼 세 사람 앞에 홍차가 놓이고, 오늘의 본론인 〈산 할머니 마을〉 괴담에 들어가기 전에 먼저 내가 입을 열었다.

"그때 말한 동영상이 올라왔어. 일단 이걸 보면 자살 댐의 분위기를 알 수 있을 거야."

동영상은 사쓰키의 스마트폰으로 볼 수 있다. 과자가 담긴 바구니에 스마트폰을 세워놓고 우리는 나란히 화면에 집중했다.

동영상 제목은 '자살자가 부른다! 심령 댐 공포의 공중전화!'. 카메라를 바라보며 두려움에 떨고 있는 고브라 형제의 모습이 섬네일로 만들어져 있었다.

솔직히 말해 이 섬네일을 본 시점에 나는 이것이 그다지 흥미로운 동영상이 아님을 짐작했다. 평소 심령계 영상을 보다 보면 제목이나 섬네일에 사용된 단어의 종류로 영상의 충격도를 알 수 있다. 정말로 유령의 모습 같은 걸 카메라에 담았거나 설명할 수 없는 현상이 일어났다면, '선명하게 찍혔다!'라거나 '진짜 충격적인 영상!'과 같은 단정적인 표현을 쓰는 경우가 많다. 반대로 그런 것이 없는 경우에는 시청자의 흥미를 끌기 위해 '○○ 도망'이라든가 '여기는 너무 위험해' 같은 식의 과격한 표현을 쓴다.

그렇다고 두 사람 앞에서 찬물을 끼얹을 수는 없었다. 나는 조용히 동영상을 지켜보았다.

"안녕하세요! 심령 잠입 브라더스, 고브라입니다!"

먼저 고브라 형제가 정해진 경례 포즈를 취한 후, 시청자들에게 자살 댐의 괴담—내가 제공한 것—을 설명했다. 그런 후에는 댐 주변을 걸으며 그 풍경을 카메라에 담았다. 괴담에 적힌 것처럼 댐 주변은 불빛이 적고 취수구와 주변을 둘러싼 도로의 위치 관계를 파악하기 어려웠다. 그래도 강을 따라 가까이 다가가면 어둠 속에 공중전화 부스 하나가 번쩍 떠오른다.

"저건가!", "으아, 무서워!"

두 사람은 목소리를 높이며 전화부스에 다가가 관찰을 시작했다.

마리코 누나의 괴담에 묘사된 것처럼 무시무시한 분위기는 아니었지만, 사방의 유리 벽에는 담력 테스트를 하러 온 사람들이 기념으로 남긴 것인지, 크기와 필체가 다른 수많은 전화번호가 적혀 있었다.

"음, 제보에 따르면 이 안에 자살자의 목소리를 들을 수 있는 전화번호가 있다고 하는데요."

고브라 형제는 이를 검증하기 위해 괴담에 등장한 전화번호를 찾았다. 하지만 전화기 상단에 있다던 916-7062라는 번호는 찾을 수 없었고, 결국 아무렇게나 고른 번호로 전화를 걸었다.

하지만 첫 번째 전화번호는 현재 사용되지 않는다는 자동 메시지가 나왔고, 두 번째, 세 번째는 예전에 이 댐에 담력 테스트를 하러 왔다가 전화번호를 남겼다는 청년에게 연결되어 고브라 형제는 웃으며 상대방과 짧은 대화를 나눴다.

그 후, 늘 빠지지 않는 1인 심령체험 코너가 시작되었고, 동생이 전화부스에 남아 한 시간 정도 시간을 보내게 되었다. 산에서 동물의 울음소리가 들린다거나 누군가의 시선이 느껴진다고 말했지만, 처음 예상대로 이렇다 할 볼거리 없이 심령 검증은 끝이 났다.

"아니, 역시 무언가 무서운 기운이 물씬 느껴지네요."

다시 한번 카메라 앞에 선 두 사람은 고개를 끄덕였지만, 역시나 아쉬운 영상이었다.

그때였다.

"어라, 저거 차 아니야?"

동생이 산길 쪽에서 헤드라이트 같은 빛이 다가오는 걸 알아차렸다.

어두워서 잘 보이지는 않지만, 댐 앞에 정차한 듯 빛이 꺼지고 문을 여닫는 소리가 희미하게 들렸다.

"저 사람도 담력 테스트하러 온 걸까?"

"말 걸어볼까?"

두 사람이 말하면서 차에서 내려 이쪽으로 걸어오는 인물에게 카메라를 돌렸을 때였다. 화면에 '이때 촬영 장비에 불가사의한 현상이 발생!'이라는 자막이 뜨는가 싶더니 영상 전체에 붉은색과 검은색 세로줄이 흐릿하게 나타나서 무엇을 찍은 것인지 식별할 수 없게 되었다. 고장일까?

하지만 음성은 간신히 녹음된 것처럼 군데군데 끊겼다.

"안……세요. ……게 이 댐……가요?"

"네 ……니다. 혹시……, ……하고 계신 건가요?"

"저희…… 브라……데, 시청……를 조사……."

하지만 그것도 10초 정도 만에 끝났고, 화면은 편집실 같은 배경에 나란히 서 있는 고브라 형제의 모습을 비추는 것으로 바뀌었다.

형은 무겁게 읊조리며 당시 상황을 설명했다.

"이때 혼자 담력 테스트를 하러 온 젊은 남성과 잠깐 이야기를 나누고 기념사진까지 찍었는데, 나중에 확인해보니 이렇게 중간에 데이터가 손상된 상태였어요."

"데이터가 완전히 맛이 간 거라면 이해가 되지만, 중간부터 망가진다는 건 좀 이상하지 않나요?"

"맞아요. 나중에 생각해보니 이 남자 혼자 담력 테스트를 하러 온 것도 이상하고, 큰 배낭을 짊어지고 온 것도 이상하더라고요. ……게다가 말이죠."

"마지막에 들어간 잡음, 처음에는 단순한 노이즈인 줄 알았는데, 음성 부스트를 걸어 확인해보니 이런 목소리가 들어 있었어요."

그렇게 화면이 다시 어두워지고는 끊기면서 남자와 주고받은 대화가 재생되었다.

그 직후, "저희…… 브라……데, 시청……를 조사……"에 겹치듯 희미한 소리가 들어 있었다. 그것은 이런 중얼거림으로 들렸다.

"나, 잘 보여?"

"저런 건 자막으로 강조하면 그런 식으로 들린다고 우길 수 있는 거 아니야?"

영상이 끝나자 사쓰키가 말했다.

반박하고 싶은 마음은 굴뚝같지만, 비슷한 처리를 한 후 '유령의 목소리가 들어갔다'라고 주장하는 영상이 게시판에 넘쳐나서 나도 지겨울 때가 있다.

"하지만 영상에서 말한 것처럼 영상 일부만 손상되는 건 이상해."

"그럼 왜 전화부스나 댐이 아니라 사람을 찍을 때 그런 건데?"

그렇게 최소한의 주장을 해봤지만 사쓰키의 말 한마디에 입을 다물고 말았다.

"댐이나 공중전화 부스 자체에는 이상한 점이 없네."

미나가 말했다.

"괴담의 내용과 모순되는 게 있다면 916-7062라는 전화번호가 없다는 점일까?"

혹시나 하는 마음에 다시 한번 동영상을 일시 정지하면서 확인했지만, 역시나 전화부스에는 그런 번호가 보이지 않았다. 괴담과 다르니 역시 주목해야 할 단서가 아닐까 싶다.

하지만 그 숫자가 무엇을 가리키는지는 모른다.

주소, 댐의 면적과 깊이를 나타내는 숫자, 완공된 날짜…….

생각나는 모든 정보를 찾아보고 대조해봤지만, 번호와 일치하는 것을 찾지 못했다.

동영상 조회 수는 이 채널에서 보통 수준으로, 공개 후 반나절 만에 2만 회를 조금 넘긴 정도였다. 열성적인 팬들은 벌써 댓글을 달고 있었다.

무심코 댓글을 훑어보던 나는 그중 하나에 꽂혔다.

'고브라 형제가 말하는 오쿠사토 정의 7대 불가사의는 이 동영상에 소개된 것과 같은 것인가요?'

댓글 뒤에는 링크 하나가 걸려 있었고, 그곳으로 이동하자 한 동영상이 재생되기 시작했다. 제목은 그저 '괴담'이라고만 달려 있었다.

그것은 검은 화면을 바탕으로 그냥 아래에서 위로 문장이 흘러갈 뿐인 요즘은 보기 드문 단순한 동영상으로, 인내심이 없는 시청자라면 금방 질릴 것 같았다. 하지만…….

"둘 다, 잠깐만!"

나는 동요를 감추지 못하고 소리를 질렀다. 무려 12분 동안 이어지는 여섯 가지 괴담의 내용은 한 마디 한 마디가 마리코 누나가 남긴 것과 똑같았다.

"뭐야, 이거."

사쓰키도 화면을 들여다보며 눈썹을 치켜올렸다.

동영상 공개 날짜는 지난해 11월 25일. 확인하지 않아도 안다. 마리코 누나가 죽은 날이다.

마리코 누나가 날짜가 바뀌기 직전에 사망했다는 걸 생각하면······.

"이게 마리코 언니가 죽기 직전에 올린 동영상이라는 말이야?"

사쓰키가 당황한 표정으로 말했다.

이 정도의 동영상이라면 컴퓨터에 남아 있는 텍스트 파일을 이용하면 쉽게 만들 수 있을 것이다. 동영상 제목이 '괴담'이라는 흔한 것이었기에 지금까지 인터넷에서 '오쿠사토정의 7대 불가사의'를 검색해도 검색되지 않았다.

잠시 후 미나가 입을 열었다.

"역시 마리코 언니는 사쓰키 같은 친척뿐만 아니라 세상 사람도 읽어줬으면 해서 7대 불가사의를 만든 거였어."

다만 제목이나 영상의 조잡한 수준으로 보아 소위 말하는 트렌드 동영상처럼 퍼지기를 바란 것 같지는 않았다. 아니면 수정할 시간이 없었던 걸까.

셋이서 동영상을 처음부터 끝까지 확인했지만, 결국 그 이상 발견한 건 없었다.

점점 우리 사이의 대화는 줄어들었고 방 안을 어슬렁거리거나 내용물이 없는 컵을 들어 올리는 등 의미 없는 행동이 늘어나기 시작했다. 평소에는 의지가 되던 미나도 동영상을 반복해서 보면서 테이블 밑으로 다리를 떨었다.

이렇게까지 괴담의 수수께끼를 풀기 위해 고군분투하는 건 처음이다.

아니, 오히려 지금까지 너무 순조롭게 진행된 것일지도 모른다. 우리는 어차피 시골 마을에 사는 초등학교 6학년생일 뿐이다.

나는 구원을 바라는 기분으로 마녀에게 시선을 돌렸지만, 마녀는 잠든 것인지 배 앞에서 손을 모으고 조용히 눈을 감은 채 우리의 토론에 끼어들지 않았다.

"이런 날도 있는 거야. 마리코 언니의 괴담은 아직 남아 있잖아. 지난번 회의 때처럼 자살 댐 이야기는 일단 접어두고, 다음의 〈산할머니 마을〉 괴담에 관해 이야기해보자. 어떤 단서가 있을지 모르잖아."

끝내 사쓰키가 격려의 말을 건넸다.

시험에서 풀지 못한 문제를 뒤로 미루는 것 같아 앉은 자리가 불편했지만 이대로 발만 동동 구르고 있을 수도 없었다.

우리는 사쓰키의 제안에 고개를 끄덕이며 다음 괴담을 살펴보았다.

〈산할머니 마을〉
지금은 이미 돌아가신 할머니가 어릴 적에 들려준 이야기가 있다.
세 살인가 네 살 때 큰할아버지가 돌아가셔서 장례식에 참석했을 때였다. 왠지 낯설어 주위를 두리번거리는데, 할머니가 내 손을 잡고 손 씻는 곳 앞까지 데려가서 말씀하셨다.

"○○야(나를 말한다), 이런 곳에서는 가능하면 앞이나 아래를 바라보고, 주변 사람들의 얼굴을 바라보면 안 된다."

왜냐고 묻자 할머니가 들려준 이야기가 바로 '산할머니 마을' 이야기다.

옛날 어느 마을에 사이가 좋지 않은 며느리와 시어머니가 있었다. 그 집은 많은 땅을 가진 지주로서 부유하게 살았지만, 나이가 들면서 심술궂게 변한 시어머니는 자식과 일꾼들에게 엄하게 대했고, 집안에서 따돌림을 받게 되었다.

그러던 어느 겨울밤, 며느리는 시어머니가 저녁 식사를 마치자 귀한 술을 구했다며 시어머니에게 권했다.

"이런 좋은 술, 어디서 난 거니?"

"이웃이 주셨어요. 오늘 날씨가 몹시 추우니 뜨겁게 데워 마셔서 몸을 따뜻하게 하는 게 좋을 것 같아서요."

"네가 어쩐 일이니. 뭐, 좋다."

그렇게 시어머니가 만취할 때까지 술을 마시게 하고, 시어머니가 깊은 잠에 빠진 것을 확인한 며느리는 고용한 산꾼들에게 시어머니를 업고 산속 깊숙이 버려두라 지시했다.

사흘 후, 얼어 죽은 시어머니가 발견되자 평온하던 마을은 갑작스레 소란스러워졌지만, 단순한 사고로 여겨졌고, 장례식도 무사히 치러졌다.

"아, 이제 집은 조용해졌어. 누구에게도 괴롭힘당하지 않고 살아갈 수 있게 됐어."

안도의 한숨을 쉬는 며느리에게 아들이 말했다.

"그런데 엄마, 장례식장에 낯선 아이가 왔던데 그 아이는 누구야? 방 한구석에 서서 관을 뚫어져라 바라보던데. 다른 사람들에게 물어보았지만 아무도 눈치채지 못한 것 같았어."

며느리는 갈피를 잡을 수가 없었다. 장례식에는 온 마을 사람들이 참여해서 그 모두를 응대했지만, 그런 아이는 기억에 없었다.

"어떻게 생겼는데?"

"그게 잘 기억이 안 나. 남자인지 여자인지조차 모르겠어."

결국 참석자의 친척이 섞여 있었던 것 같다는 이야기로 끝이 났다.

그러나 일주일 후, 그 이야기를 한 아들이 원인 모를 고열로 쓰러져 그대로 세상을 떠나고 말았다.

그리고 일주일 뒤에는 며느리가 욕탕에서 익사했고, 그다음 주에는 또 다른 친척이 목을 매 자살했다.

원인 모를 사건들이 계속되며 지주의 집에서는 매주 장례식이 열렸고, 마을 사람들의 검은 행렬이 이어졌다.

그러던 중 마을 사람들 사이에 한 소문이 날개 돋친 듯 퍼졌다. 장례식에 낯선 사람이 섞여 있다는 것이었다. 무엇보다 무서운 건 죽은 사람들이 모두 그 정체불명의 인물을 목격했다는 사실이었다.

그 '누군가'는 증언마다 그 모습이 달랐고, 어떨 때는 여자이기도 하고 남자이기도 하고, 노인이기도 하고 어린아이이기도 했다.

곧 시어머니의 죽음에 연루된 사람들의 입에서 전후 사정이 흘러나왔고, 그것은 시어머니의 원혼이다, 아니 사신이다, 라고 소문이 퍼져나간 탓에 두려움에 빠진 다른 마을에서는 산할머니 마을이라 부르기 시작했다. 이후에도 목격자의 죽음은 계속되었고, 새로운 장례식이 열릴 때마다 자신에게 불행이 닥칠 것을 두려워하며 마을 사람들이 등을 진 탓에 참석자 수가 계속 줄어들었다.

그리고 시어머니의 장례식 후 1년이 지났을 때, 드디어 장례식이 열리지 않게 되었다.

마지막 희생자는 의식을 주관하던 절의 주지 스님이었기 때문이다.

할머니의 이야기를 듣고 난 후, 나는 장례식장에서는 주변을 두리번거리지 않겠다고 약속했다.

할머니의 손에 이끌려 장례식장으로 돌아오니 아까보다 더 많은 사람이 모여 시끌벅적했다.

우리를 발견한 할아버지가 다가와 할머니에게 물었다.

"저기 말이야, 저기 혼자 서 있는 아이는 어느 집 아이지? 다음엔 당신이구나, 라고 말을 걸던데, 무슨 소리인지 모르겠네."

그 말을 들은 할머니의 손이 내 시야를 가렸다.

그 손은 바들바들 떨렸다.

하지만 목을 움츠린 것도 잠시였고, 장례식이 끝나고 일상으로 돌아가자 할머니도 그 사건에 관한 이야기를 다시 꺼내지 않으셨고 나는 그 이야기를 깨끗이 잊어버렸다.

그 일이 기억난 건 할아버지가 트럭과 함께 절벽에서 떨어져 돌아가신 지 열흘 후의 일이었다.

이 〈산할머니 마을〉은 지금까지의 괴담과 비교할 때 조금은 골치 아픈 점이 있었다.

이야기의 무대가 어디인지, 언제 일어난 일인지 알 수 없다는 점이다.

"'옛날', '어느 마을'이라고만 적혀 있잖아. 이래서는 현지를 찾아가서 조사할 수 없어."

사쓰키가 고민스러운 듯 말했다.

자살 댐 괴담도 그렇고, 괴담에 숨겨진 수수께끼의 수준이 한층 높아진 느낌이다.

"이래서는 심령 스폿에 얽힌 괴담이라기보다는 그냥 옛날이야기잖아."

내가 내뱉은 말을 듣고 미나가 고개를 들었다.

"이거 정말 옛날이야기 아니야?"

"무슨 의미야?"

"공식적인 이야기는 어떤 책에 실린 거 아니냐는 거지."

그 의견이 일리가 있다고 생각했는지 사쓰키도 턱에 손을 얹고 생각에 잠겼다.

"지금까지는 괴담의 무대가 된 장소에 가서 모순점을 찾았지만, 이번에는 공식적인 내용과의 차이점을 찾아보자는 거구나."

당장 할 수 있는 방법으로 사쓰키에게 인터넷에서 '산할머니 마을'을 검색해보라고 했지만, 〈산할머니 오브 더 데드〉라는 공포 영화 한 편만 검색될 뿐이었다.

"설마 이건 아니겠지?"

시놉시스를 읽어보니 우리가 쫓는 괴담과는 전혀 다른, 어느 날 마을의 노파가 갑자기 주인공들을 공격한다는 B급 감성이 물씬 풍기는 내용이었다. 평점은 5점 만점에 2.3점.

"이건 아니네."

나는 단언했다.

미나는 방 안쪽 의자에 앉아 쉬고 있는 마녀에게 말을 건넸다.

"마녀님은 이런 이야기 들어본 적 없어요?"

"글쎄. 난 미스터리 전문이라 괴담은 잘 모른다."

"그렇군요. 제가 도서관에서 다시 알아볼게요."

미나의 말을 듣고 마녀가 입가에 옅은 미소를 지었다. 도서관이 미나의 행동 범위에 들어온 걸 기뻐하는 것 같았다.

"그렇다고 해도 좀 답답하네. 〈자살 댐의 아이〉에 이어 〈산할머니 마을〉도 좀처럼 진전이 없어. 괴담 쪽이 정체된 만큼, 실제 사건인 '나즈테의 모임' 쪽에서 어떤 진전이라도 있으면 좋겠는데."

그러자 그 말을 듣고 있던 사쓰키가 "잠깐 괜찮아?"라고 말하며 손을 들었다.

"나즈테의 모임이라는 대화 그룹 말인데, 역시 그 멤버의 신원을 알아내고 싶어서 좋은 방법이 없을까 고민해봤어. 그러다가 이 멤버에게 눈을 돌렸는데."

사쓰키가 손가락으로 가리킨 건 '나즈테의 모임' 그룹 중 가장 긴 '2tu0ba2ki2'라는 이름이었다. 다른 멤버들은 'jjoker'나 '자막' 등 적당한 단어가 쓰였는데, 이 사람의 이름만 유독 긴 것이 눈에 띄었다.

"이 계정 이름이 뭐 어쨌는데?"

"이건 정확히는 계정 이름이 아니라 프로필 이름이야. 앱에 계정을 등록한 후에도 편집 화면에서 자유롭게 바꿀 수 있는 이름이지."

이런 부분은 앱 초보자인 나나 스마트폰 자체를 가지고 있지 않은 미나는 잘 모른다.

"요컨대 그냥 닉네임이야. 그런데 왜 이렇게 복잡한 문자열로 만들었을까 하는 생각이 들었어."

"남들 눈에 띄지 않기 위해 일부러 복잡한 문자열로 만든 거겠지. 예를 들어 내가 '유스케'라는 이름을 썼다면, 우연히 반에서 누군가가 계정을 발견할 수도 있잖아. 비밀 대화를 나누려고 '나즈테의 모임'이라는 대화방을 만들 정도이니, 눈에 띄는 건 피하고 싶었겠지."

하지만 사쓰키는 고개를 저었다.

"이 메시지 앱은 프로필 이름으로 계정을 검색할 수 없어. 검색에 사용할 수 있는 건 등록한 전화번호나 ID. 아니면 직접 상대방의 QR코드를 읽는 것뿐이야."

"ID가 뭐야?"

"편집 화면에서 설정하지 않으면 없어. 유스케는 만들지 않았을걸?"

내가 사쓰키를 등록했을 때도 아직 사용법을 잘 몰라서 먼저 사쓰키의 전화번호를 알려달라고 부탁해 겨우 성공했다. ID 같은 건 건드리지도 않았다.

"앱은 스마트폰 전화번호부와 연동되어 있어서 전화번호를 통해 다른 사람에게 계정이 노출될 수는 있어. 하지만 이건 동료하고만 연락하는 선불 단말기니까 걱정할 필요가 없지. 그렇다면 더욱 의미 없는 프로필 이름으로 정한 이유는 뭘까? ……아마 이 사람은 SNS에 대한 지식이 별로 없는 게 아닐까 싶어. 나는 부모님이 변호사라서 개인정보 유출이나 사기 메일에 관해 잘 알고 있지만, 이런 ID나 계정, 비밀번호를 혼동하는 사람이 있어도 이상하지 않아."

그래, 나처럼 말이다.

"그래서, 그게 조사에 무슨 도움이 되는데?"

"만약 이 사람이 다른 SNS를 하고 있다면 어딘가에서 이 특징적인 문자열을 사용하고 있지 않을까 싶어서."

오! 나와 미나의 입에서 감탄사가 터져 나왔다. SNS를 능숙하게 다루는 사쓰키이기에 가능한 아이디어다.

곧바로 사쓰키는 스마트폰을 이용해 일본인 이용자가 많은 SNS에서 '2tu0ba2ki2'라는 계정이 사용 중인지를 조사했다.

"……없네."

잠시 후 사쓰키는 어깨를 으쓱하며 말했다. 세 종류의 SNS를 조사해봤지만, 원하는 계정명은 검색되지 않았다.

전혀 다른 계정명으로 이용하는지, 아니면 애초에 SNS를 이용하지 않는 것인지.

"뭐, 그렇게 잘 풀릴 리는 없나."

아이디어를 낸 사쓰키를 격려하는 내 옆에서 미나가 중얼거렸다.

"2, 0, 2……2."

"응?"

"이 '2tu0ba2ki2'는 하나의 숫자와 두 개의 알파벳이 번갈아 나열되어 있어."

몸을 숙여 테이블 위에 놓인 메모를 들여다보니 사쓰키에게 펜을 받은 미나가 거기에 몇 자를 더 적어 넣었다.

"숫자와 알파벳을 각각 연결하면 '2022'와 'tubaki'가 돼."

"그렇네. '2022'는 그대로 서기 2022년인가? 'tubaki'는 꽃 이름?"(쓰바키는 동백꽃을 의미한다—옮긴이)이라고 사쓰키가 말했다.

비밀번호 같은 걸 만들 때 다른 종류의 문자를 섞으면 더 견고해진다는 말을 들은 적이 있다. 이 사람은 기억하기 쉽도록 두 단어를 조합한 걸까.

미나의 의견에 사쓰키도 동의했다.

"선불식 아이폰의 사용기한을 생각하면 1년마다 한 번씩 교체했을 거야. 마리코 언니가 살해된 게 2022년이니 사용 연도를 조합한 걸 수도 있겠네."

"그럼 다른 해에 다른 SNS를 사용하기 시작한다면……."

"이 부분을 '2019'나 '2021'로 바꾼 문자열을 사용했을지도 몰라! 우리 굉장한 거 아니야?"

흥분한 사쓰키가 하이파이브를 요구했고, 미나는 약간 당황한 표정으로 이에 응했다. 사쓰키는 다시 숫자를 바꿔 검색을 시작했다.

'2010'에서 '2022'까지 찾지 못하자 다음에는 'tubaki'를 바꾸어 시도해보았다. 이게 꽃 이름을 가리키는 것이라면 같은 글자 수인 철쭉이나 벚꽃 같은 것일 수도 있다(같은 표기 방식에 따라 철쭉과 벚꽃을 알파벳으로 바꾸면 각 tutuji, sakura가 된다—옮긴이).

사쓰키가 시도한 것을 나와 미나가 모두 메모장에 기록해

놓아 빠뜨리는 일이 없도록 했다.

한 시간이 지나고, 메모장의 문자열이 백 개가 넘어갈 즈음 사쓰키의 손이 멈췄다.

"이것도 아니네."

누구랄 것도 없이 실망의 한숨이 흘러나왔다.

"미안. 가능성 있다고 생각했는데."

"나도 좋은 아이디어라고 생각했어."

계정 이름이 두 단어의 조합이라는 점까지는 틀리지 않은 것 같다.

어쩌면 그것은 '나즈테의 모임' 대화방에 국한된 것일 수도 있고, 개인 SNS에서는 전혀 다른 단어를 사용하고 있을 수도 있기에 마구잡이로 찾아보기에는 수가 너무 많았다.

"저기 마녀님. 이 소설가의 책 중에 다른 책 빌리고 싶은데, 혹시 있어요?"

사쓰키의 통금 시간이 다가와서 토론을 끝내자, 미나는 자리에서 일어나 안쪽 의자에 깊숙이 앉아 있던 마녀를 돌아보았다. 참고로 그 의자는 1인용 소파 같은 느낌의 푹신한 감촉의 의자로, 마녀가 휴식을 취할 때는 휠체어에서 솜씨 좋게 옮겨 앉는다.

마녀는 미나가 손에 들고 있는 책을 바라보았다.

"있긴 한데, 옛날에 읽은 책이라 2층 책장에 있다. 지금은 몇 달에 한 번씩 도우미에게 청소를 부탁할 뿐이라 더러워."

"괜찮아요."

평소와는 달리 재빨리 대답하는 미나를 보며 마녀는 웃으며 원하는 책이 어느 방, 어느 책장, 몇 단에 있는 책인지 술술 입에 담았다. 마녀가 휠체어를 타게 된 이후 2층에 가본 적은 없을 텐데, 마치 최근에 본 것 같은 태도였다.

"아마 미나의 키로는 닿지 않을 테니 사쓰키도 같이 가보거라."

사쓰키는 고개를 끄덕이며 "가자, 미나"라고 말하며 둘이서 방을 나갔다.

나도 이 집의 2층을 본 적이 없어서 가보고 싶다고 생각하는데 마녀가 말했다.

"너도 사쓰키도 이상하네."

"네? 이상하다고요?"

"평소보다 미나를 더 신경 쓰는 것 같은데?"

역시 예리하다. 미나에게 딱히 이상한 말을 한 기억이 없는데도 마녀의 눈은 속일 수 없었던 모양이다.

"사실은 학교에서……."

나는 두 사람의 발소리에 주의를 기울이면서 학교에서 미나가 붕 떠 있다는 점과 최근 일어난 신발 도난사건, 나와 사쓰키가 미나를 어떻게 대해야 할지 고민하고 있다는 것 등을 이야기했다.

"해결하고 싶지만 미나가 스스로 문제를 인식하지 못하는 건지 너희에게는 의논도 안 해준다는 거냐?"

"네······. 미나가 화가 난 건지 누가 건드리는 게 싫은 건지, 무슨 생각을 하는지 잘 모르겠어요."

평범한 어른들과는 다른 마녀라면 무언가 해결책을 제시해줄 줄 알았지만, 마녀는 걱정하는 기색도 보이지 않고 더 깊숙이 소파에 허리를 묻었다.

"뭐야. 너와 사쓰키가 사귀기 시작하면서 어색해진 줄 알았다."

"그, 그런 거 아니에요!"

내 허둥대는 모습을 보고 마녀는 장난스럽게 웃었다.

"타인의 생각 따위 전부 알 수 없는 게 당연하지. 그리고 어쩌면 너희에게 어렵게만 보이는 여러 가지 불가사의한 사건도 그 뿌리는 하나일지도 몰라."

뿌리는 하나. 무슨 뜻일까.

말의 의미를 생각하는데 위층에서 내려오는 발소리가 들렸다.

나타난 두 사람을 보고 '어라' 싶었다.

무사히 오래된 책을 발견해 기뻐하는 미나에 비해 사쓰키는 어딘지 모르게 고민에 빠진 듯 복잡한 표정을 짓고 있었기 때문이다.

"무슨 일 있어?"

"음······ 아니야."

퉁명스러운 대답도 사쓰키답지 않다.

"둘 다 발바닥 잘 닦고 돌아가거라."

마녀의 말에 두 사람이 한 발로 서자, 달라붙은 먼지로 양말이 회색으로 변한 걸 알 수 있었다.

오늘 토론에서 생각만큼 진전이 없어서인지 돌아가는 길에 대화는 적었다.

나는 어떻게든 화제를 찾았지만, 학교 이야기를 하면 일주일도 채 남지 않은 운동회 이야기가 나오게 된다. 미나 앞에서 그것만은 피하고 싶었다. 사쓰키도 나와 같은 생각인 듯했다. 아까부터 "추워졌네", "어두워지는 게 빠르네"라고 혼잣말을 하는 것 외에는 좀처럼 대화의 실마리를 찾지 못하고 있었다.

나와 사쓰키가 그런 분위기라 미나는 결국 걸어가면서 방금 빌린 소설을 훑어보기 시작했다.

사쓰키가 내 겉옷 어깨 부분을 잡아당겼다. 미나와 거리를 두고자 걷는 속도를 늦추며 작은 목소리로 속삭였다.

"아까 미나한테 신발 도난사건에 관해 물어봤는데, 거의 아무 이야기도 못 들었어. 자신은 안 했고, 반에서 싫은 일도 안 당했으니 괜찮다고 하더라고."

마지막으로 둘이서 2층에 올라갔을 때일 것이다.

반에서 미나와 가장 친한 건 단연코 우리다. 게다가 같은 여자아이인 사쓰키에게조차 아무것도 상담하지 않는다면,

미나의 속마음을 알 길이 없으리라.

그렇다고 해서 나는 이대로 있어도 괜찮은 걸까?

가까운 듯 멀게만 느껴지는 미나의 마음에 억지로라도 발을 들여놓아야 할까.

그때 길 왼편에 있는 슈퍼마켓에서 흰 봉투를 든 아저씨가 나왔다. 어째선지 우리 일행이 지나가는 걸 뚫어져라 바라보기에 조금 경계심을 품으려는데.

"미나?"

아저씨가 그렇게 부르자 미나가 고개를 번쩍 들었다.

"아빠!"

신기하게도 우리가 처음 듣는 '딸'로서의 색깔이 묻어나는 미나의 목소리처럼 느껴졌다.

"지금 일하러 가는 거야?"

"그래. 문단속 잘하고 일찍일찍 자라."

아저씨는 마른 체형에 수염이 덥수룩하지만, 자세히 보니 눈빛이 상냥했다. 하얀 비닐봉지 속에는 페트병 차와 주먹밥으로 보이는 것이 비쳐 보였다.

"혹시 게시판 담당 친구들인가? 요즘 미나와 자주 같이 있는."

여기서도 사쓰키가 먼저 "하타노 사쓰키입니다"라고 자기소개를 했고, 내가 뒤따르자 아저씨는 "다행이다"라며 표정이 한층 부드러워졌다.

"요즘 우리 애가 종종 담당 활동 이야기를 하거든. 1학기 때는 학교 이야기를 거의 안 해서 걱정이 많았어. 앞으로도 잘 부탁한다."

아저씨는 세워둔 자전거에 올라타서는 손을 흔들며 달려갔다.

지금부터 밤새워 근무. 짧은 시간에 배를 채우기 위한 페트병 차와 주먹밥. 미나가 문단속을 해야 한다는 점.

그런 정보들을 종합해보니, 미나는 아버지와 단둘이 살면서 나 사쓰키가 알지 못하는 고충을 겪고 있을 거라고 상상할 수 있었다.

예상치 못한 방식으로 미나의 사생활을 알게 된 셈이다. 그러자 미나도 쓰지 못하는 패를 버리는 듯한 말투로 "우리 집, 이혼을 계기로 이사 왔거든"이라고 털어놓았다.

"원래도 부모님 사이가 좋다고 할 수는 없었는데 아빠가 다니던 회사가 부도가 나면서 그럼 가족도 한 번 리셋해보자고 했대."

머리를 굴려보았지만 "그랬구나"라는 말 외에는 떠오르는 말이 없었다.

어떤 위로나 동정의 말도 원하지 않고 필요하지도 않다. 미나의 목소리가 그렇게 말하는 것 같았다.

"우리 아빠는 걱정이 많아서 항상 미안해하지만, 나는 이 마을에 온 후의 생활이 꽤 마음에 들어."

우리 아빠가 "미래가 없다"라고 한탄하는 마을을, 내년이면 사쓰키가 떠날 마을을, 미나는 꽤 마음에 든다고 한다. 그 말을 듣고 기쁘기보다는 울고 싶은 감정이 치밀어 올랐다.

한 가지 분명한 건 미나는 분명 아버지에게도 운동회 연습이나 신발 도난사건에 대해 말하지 않았을 거라는 점이다. 그렇지 않다면 아저씨가 저렇게 안심한 얼굴로 우리를 대할 리가 없다.

어떻게 하면 나와 사쓰키의 마음속에 자리한 불안감을 미나에게 전할 수 있을까.

주초, 날씨는 비. 하늘은 흐릿하고 어두웠지만, 최근의 컨디션 난조가 사라져서 나는 가벼운 발걸음으로 학교로 향했다. 10월도 이제 일주일 남짓 남았다. 이번 주 안에 벽신문 제3호를 완성해야 한다.

점심시간, 미나가 책 한 권을 손에 들고 사쓰키와 나를 불렀다. 책 제목은 《우리 마을 오쿠사토의 전승·괴담》.

지난번 대화에서 〈산할머니 마을〉 괴담에 대해 먼저 알아보자고 했기에 미나가 이 지방의 오래된 괴담을 정리한 책을 도서관에서 빌려왔다. 꽤 오래된 책이라 그런지 페이지가 햇볕에 바래 있고 도서관 등에서 맡을 수 있는 종이 냄새가 진하게 풍겨왔다.

"〈산할머니 마을〉 괴담, 책에 실려 있더라. 하지만 별로 참고가 되지 않을지도 몰라."

미나의 말이 무슨 뜻인지는 금방 알 수 있었다.

우리가 찾던 괴담은 이 책에서는 〈산할머니가 된 시어머니〉라는 제목이었다.

마리코 누나가 남긴 〈산할머니 마을〉, 정확히 말하면 그 괴담 속 시점 인물이 할머니에게 들은 이야기와 거의 같았다. 산에 버려진 시어머니의 저주로 일가친척이 연달아 죽고 장례식이 끝없이 이어진다는 이야기다.

그런데 그 장소와 시기에 대해서는 '옛날 어느 마을에서'라고만 적혀 있다.

"이래선 역시 현지 조사는 불가능하겠네."

"하지만 발견한 것도 있어."

어깨가 축 처진 나에게 사쓰키가 말했다.

"마리코 언니의 〈산할머니 마을〉에서는 장례식에서 정체불명의 인물을 목격하면 죽게 되어 있었는데, 〈산할머니가 된 시어머니〉에는 그런 인물이 나오지 않아. 그냥 사람들이 차례로 죽어갈 뿐이야."

마리코 누나가 왜 오리지널 요소를 추가했는지는 모르겠다. 이 괴담에도 몇 가지 패턴이 있어서 다른 이야기를 밑바탕에 깔아놓은 걸까.

그때, 시끌벅적한 교실에서도 유난히 큰 목소리가 등 너머로 들려왔다.

"저기, 게시판 담당 세 명!"

기도, 그리고 기도와 항상 함께 있는 노로 두 사람이었다.

"다음 신문 회의 중이야? 그럼 꼭 들어줬으면 하는 이야기가 있는데 말이야!"

얼마 전의 신발 도난사건이 떠올랐다. 미나는 그 일로 인해 도둑질 의혹을 받았고, 아직도 학급 내에서 그 분위기가 사라졌다고 말하기는 어렵다. 그런데도 기도 본인이 이렇게 말을 건네는 건 의외였다.

사쓰키도 같은 생각이었을 테지만, 그런 생각은 겉으로 드러내지 않고 웃는 얼굴로 대답했다.

"뭔데?"

"제1호에 7대 불가사의, 사실 여섯 개지만 각 괴담의 제목이 실려 있었잖아. 그중에 〈산할머니 마을〉이라는 이야기에 대해 혹할 만한 정보가 있거든. 단, 내가 아니라 노로가 아는 정보지만!"

기도는 그렇게 말하면서 자신보다 한 뼘 정도 큰 노로를 앞으로 밀었다. 얌전한 성격의 노로는 말하기 힘들다는 듯 몸 앞에서 양손을 비비며 우리 가운데에 있는 책상에 시선을 맞추며 말했다.

"음, 내 이야기라고 해야 하나, 친척 이야기인데, 5년 전쯤에 이상한 일이 있었어. 괴담과 관련이 있는지는 모르겠지만, 괜찮을까?"

4장 나즈테의 모임

"물론이야. 듣고 싶어."

사쓰키의 대답에 노로는 안도의 한숨을 내쉬었다.

"원래 오쿠사토 정에 우리 친척이 많이 살았는데, 5년 전에 할머니의 언니가 돌아가셔서 장례식을 치렀어. 나에겐 첫 장례식이라 다들 검은색 옷을 입은 게 특이하다 보니 흥분해서 떠들다가 혼난 기억이 나."

교실이 시끄러운데도 불구하고 노로의 조용한 말투는 왜인지 귀에 쏙쏙 들어왔다.

"그래서 일주일 정도 후에 다시 장례식이 있다는 소식을 듣고 '이번엔 제대로 해야겠다'는 생각밖에 들지 않았어. 하지만 부모님이 심각한 표정을 짓는 걸 보고 이게 큰일이라는 걸 알았지."

"그땐 누가 돌아가신 거야?" 하고 사쓰키가 물었다.

"미안, 기억나지 않아. 아마 먼 친척이었을 거야. 그런데 며칠 후 큰아빠의 장례식 연락이 와서 엄마가 밤새도록 여러 친척과 전화 통화를 하더라고. 며칠 후 할머니 댁에 친척들이 모여서 이야기를 나눴어. 나를 포함한 아이들은 밖으로 쫓겨나서 내용은 알 수 없었지만, 큰아빠와 비슷한 시기에 돌아가신 친척이 또 있었던 것 같아."

즉, 한 집안에서 동시에 두 번의 장례식을 치러야 하는 상황이 된 걸까.

"그 대화의 결과인지 많은 친척이 갑자기 오쿠사토 정에서 다른 곳으로 이사했어. 그래서 어느새 장례식 연락이 오지 않게 되었지."

"일단 나머지 사람들은 괜찮은 거야?"

"응, 하지만······."

노로는 마치 비난을 받을까 봐 두려운 듯 우리 안색을 살폈다.

"우리 집은 예전부터 절에 자주 참배하러 다녔어. 오봉이나 설날뿐 아니라, 더군다나 온 가족이 다 같이 말이야. 나는 줄곧 저주나 귀신으로부터 우리를 지키기 위해서라고 생각했는데, 전에 할아버지가 몰래 가르쳐주셨어."

"마지막으로 사신에게 끌려간 사람은 그곳의 주지 스님이었단다."

"내가 물었거든. '사신이 뭐야?'라고. 그랬더니······."

"몇 명이나 되는 사람이 봤단다. 매번 장례식에 모르는 사람이 참석하는 걸 말이야. 하지만 눈치채면 죽게 돼. 그건 사신이지. 마지막에 주지 스님이 당했어. 참 미안한 일이지만."

미나가 뭐라 말하고 싶은 듯 이쪽을 바라보았다.

장례식에 나타난 '사신'. 그야말로 마리코 누나가 남긴 〈산할머니 마을〉 괴담과 흡사하다.

4장 나즈테의 모임

나에게는 한 가지 더 걸리는 것이 있었다.

"저기, 돌아가신 주지 스님이 누구인지 알아?"

"절에 참배할 때는 나도 함께 가니까 물론 알지. 사원 거리에 있는 묘코지 절에 계셨던 분이야."

안 좋은 예감이 맞아떨어졌다. 지난번에 만난 스님은 선대 스님이 돌아가셔서 후임으로 부임했다고 들었다. 설마 이런 식으로 우리 조사와 연결될 줄이야.

"그 당시 일은 우리 집에서는 절대 꺼내면 안 되는 주제였지만, 전에 기도에게 말한 적이 있었거든."

"맞아, 맞아!"

기도가 자랑스럽다는 듯이 가슴을 치켜세웠다. 평소 말썽을 자주 일으키는 이 녀석의 겁 없는 성격도 이번만큼은 고맙다.

그러다가 가장 먼저 자기 생각을 말할 것 같던 사쓰키가 가만히 침묵하고 있다는 사실을 알아차렸다.

"왜 그래?"

"지금 이야기를 듣고 기억났어. 어째서 잊고 있었을까?"

사쓰키는 어안이 벙벙한 어조로 말했다.

"마리코 언니 장례식 때 방명록에 적힌 사람에게 답례품을 보냈는데, 엉뚱한 주소를 적은 사람이 한 명 있었어."

"엉뚱한 주소? 실수로 잘못 적은 거 아니고?"

"그렇게 생각해서 알아봤지만 존재하지 않는 주소였어. 그 이름도 삼촌과 숙모는 물론이고 마리코 언니의 친구에게 물어봐도 다들 모른다고 해서 혹시나 하는 마음에 나한테까지 확인한 거거든."

"어머, 기분 나빠!"

노로의 이야기를 전해주려던 이야기가 예상치 못한 방향으로 흘러가자 기도가 얼굴을 찌푸렸다.

"혹시 정말 사신이……."

내가 말을 꺼내자 사쓰키는 바로 고개를 저었다.

"우리 집 쪽에서는 돌아가신 다른 친척은 없어. 게다가 나…… 그 사람 얼굴도 봤는걸."

"엇! 괜찮은 거야?"

"보시다시피. 게다가 그 사람은 젊은 여성이었어. 전혀 사신 같지 않았어."

"용케 기억하고 있네."

1년 전의 일을 잘도 기억한다며 감탄하는데 사쓰키가 덧붙였다.

"사실 참석자 중에 마리코 언니를 죽인 범인이 있지 않을까 싶어서 접수대 근처에 서서 얼굴과 이름을 확인하고 수상한 행동은 하지 않는지 살폈거든. 처음에는 마리코 언니의 친구인 줄 알았는데, 누구와도 대화하지 않고 앞자리가 아직 비어 있는데도 맨 뒤에 자리를 잡고 앉아 식장을 감시하는 것 같아서 이상하다고 생각했지."

그렇게까지 행동을 자세히 기억하고 있다면 사람을 잘못 봤을 가능성은 생각하지 않아도 될 것 같다.

미나가 물었다.

"그냥 구경꾼이나 언론사 관계자가 취재를 위해 몰래 들어왔을 가능성은 없어?"

"하타! 그거 좋은 지적 같아!"

기도가 환성을 지르며 미나를 가리켰다.

미나로선 익숙하지 않은 반응인지, 곤란한 표정으로 나를 쳐다보는 모습이 조금 웃겼다.

"조의금도 제대로 준비해왔으니 단순한 구경꾼이라고 하기엔 너무 정성스러웠어. 삼촌 부부는 취재에도 제대로 대응했으니 기자가 몰래 들어왔을 리도 없고……."

그 여성이 마리코 누나의 장례식에 몰래 들어온 목적은 명확하지 않다.

그러는 사이 점심시간이 끝났음을 알리는 종이 울렸다.

"그럼 우리 특종 제보가 벽신문 기사가 되길 기대할게!"

그들이 자리로 돌아가려는 걸 사쓰키가 불러세웠다.

"저기, 노로! 꽤 오래전 일이지만, 우리 집에 노로네 어머니가 선거 포스터 같은 걸 가져온 적 있는데, 혹시 그게 뭔지 알아?"

노로는 곧장 고개를 끄덕였다.

"아까 이야기에서 가장 먼저 돌아가신 친척이 마을의원이었대. 정장町長 선거에도 출마했다가 낙선했지만, 여성과 아이를 위한 활동을 많이 해서 인기가 있었던 것 같아."

우리 주류판매점은 밤 9시까지 영업하기에 온 가족이 저녁을 함께 먹기는 힘들다. 나는 보통 엄마나 할아버지와 함께 먹고, 아빠는 가게 일이 끝나고 나서 먹는다.

'아이 혼자 식탁에 앉지 않는다'라는 게 엄마의 오랜 방침이었다.

어른들과 함께 있으면 채소를 더 먹으라느니 젓가락 잡는 법이 잘못됐다느니 하는 잔소리 때문에 나로서는 귀찮다는 생각밖에 들지 않지만 말이다.

하지만 지난번 미나의 아버지와 이야기를 나눈 후, 지금 미나가 어떤 저녁을 먹고 있을까 상상해보니 우리 집의 방침이 그저 식사 시간만을 의미하는 건 아닌 것 같다는 생각이 들었다.

"유스케, 뭘 멍하니 있어. 젓가락 든 채 생각에 잠기지 마."

그것 봐. 바로 잔소리가 시작됐잖아.

오늘의 주요리는 내가 좋아하는 고기완자다. 피망이나 양파 등 채소가 많이 들어 있지만, 양념이 맛있어서 채소도 신경 쓰지 않고 먹을 수 있다.

"그러고 보니 다음 달 있을 축제의 어린이 가마에 대한 안내가 왔더라."

엄마는 물건 보관소로 변해버린 주방 싱크대 위에서 마을 공민관 정보지를 가져왔다.

축제란 말할 것도 없이 마리코 누나가 살해당한 체육공원에서 열리는 오쿠가미 축제다. 어른들이 상반신을 벗고 짊어지는 커다란 가마가 유명하지만, 일부 코스에서는 어린이들이 도는 어린이 가마도 있어 초등학생이라면 그쪽에 참가할 수 있다. 작년에는 참가 신청을 했다가 마리코 누나 사건으로 인해 취소되었다. 참가할 수 있는 건 올해가 마지막이지만……

"나는 안 할래."

사쓰키는 상관없다고 말하겠지만, 마리코 누나의 기일 직후에 가마를 메는 건 꺼려졌다.

"좋은 추억이 될 텐데"라며 아쉬워하는 엄마를 곁눈질하며 나는 젓가락을 내려놓고 정보지를 넘겨보았다.

안에는 공민관에서 열리는 강좌 일정과 지역 내 각종 클럽 및 동호회의 활동 보고, 행사 일정이 적혀 있고, 마지막 페이지에는 지역 상점과 회사의 광고란이 있었다.

그중 지역 고등학교 졸업생이라는 현역 마을의원의 사진이 실린 광고를 발견하고 엄마에게 물어보았다.

"같은 반 친구 중에 노로라는 아이가 있는데, 그 친척이 마을의원이었다는 거 알고 있었어?"

다 먹은 접시를 싱크대로 옮기던 엄마가 걸음을 멈추고

시선을 위로 향했다.

"아, 노로 씨? 꽤 오랫동안 의원으로 활동했었지."

엄마는 이곳에서 계속 살았기에 선거 때마다 이름을 들었다고 했다.

"인기 있는 의원이라고 들었는데."

"맞아. 지금 정장은 5기째던가, 꽤 오래 연임 중인데 예전부터 산업과 경제를 중심으로 정책을 추진하시는 분이야. 하지만 마을 경제가 침체하는 걸 막지 못해서 육아나 교육 강화, 청년 지원에 힘을 쏟으려는 노로 씨가 등장한 거지."

"그래도 지금의 정장은 이기지 못했나 보네."

그러고 보니 정장 이름이 뭐였더라. 이 마을에 계속 살면서 이런 기본적인 것조차 기억이 나지 않는다.

정보지의 첫 페이지로 돌아가니, '정장의 한마디'라는 코너를 발견했다. 이름은 오노우에 주이치라고 적혀 있었다.

"그도 그럴 것이 오노우에 정장은 아버지도 의원을 해서 마을의 훌륭한 분들과 오래전부터 친분이 두터우니까."

"훌륭한 분들?"

"우리 마을에 있는 기업 사장이나 지주들. 그리고 반도 병원 원장님도 그렇지."

"엇?"

갑자기 생각지도 못한 이름이 나와서 나도 모르게 목소리가 커졌다.

4장 나즈테의 모임

"왜 병원이 관계가 있는데?"

"이 마을에 오래전부터 있는 병원이잖니. 지역 의료에 없어서는 안 될 존재이고, 고령자가 점점 늘어나는 이 마을에서 가장 큰 영향력을 가지고 있다고 해도 과언이 아니지."

반도라는 이름이 여기서 나올 줄은 몰랐다.

"무슨 일이야. 유스케가 마을 정치에 관심을 가지다니."

"별거 아니야, 그냥 우연히."

무심한 태도를 보이려 했지만 오히려 엄마에게는 역효과였던 듯 설거지하던 손을 멈추고 내 얼굴을 들여다보았다.

이럴 때면 부모는 아이의 마음을 읽는 비법을 가지고 있고, 우리가 모르는 규칙에 따라 비밀로 하는 게 아닐까 하는 생각이 든다.

나는 엄마의 시선을 피하고자 정장의 한마디 코너를 읽기 시작했다.

'전 세계적으로 온난화가 진행되고 있는 탓인지 요즘은 특히 봄이나 가을이 즐길 틈도 없이 지나가는 것 같습니다. 오늘 아침에는 마을의 꽃인 동백꽃이 자신의 차례를 기다릴 수 없다는 듯 꽃망울을 터뜨리려고 하는 것을 보았습니다.'

그중 한 단어에 눈이 멈췄다.

"엄마, 마을의 꽃이 뭐야?"

"어느 마을이든 상징이 되는 꽃이 있어."

"그게 마을 특산품도 아니어도?"

"산업과는 별개야. 경관이나 꽃의 모습에서 연상되는 상서로운 의미가 중요한 거지. 그것 말고도 마을의 나무, 마을의 새 등 여러 가지가 있어."

그 말에 영감이 떠올랐다.

저녁 식사를 마친 나는 방으로 올라가 충전 중이던 단말기를 꺼냈다.

앞서 사쓰키와 미나와 함께 이야기한 '나즈테의 모임'의 '2tu0ba2ki2'라는 프로필 이름.

'2022'와 'tubaki'라는 두 단어로 이루어져 있다는 것까지는 알아냈지만, 그 어떤 꽃 이름이나 숫자와 조합해도 다른 SNS 계정은 찾을 수 없었다.

하지만 만약 '2022'가 계정을 만든 해이고, 'tubaki'가 마을의 꽃에서 따온 것이라면? 다른 계정 이름에는 꽃 이외의 마을 상징을 사용하고 있지는 않을까.

나는 그런 내 생각과 엄마에게 들은 마을의원 이야기를 메시지에 적고, 편한 시간에 연락을 달라는 말을 덧붙여 사쓰키에게 보냈다.

타이밍이 좋았는지 곧바로 사쓰키에게서 전화가 걸려왔다.

"대단하네, 유스케. 좋은 아이디어야."

내심 쑥스러워하면서 답했다.

"어쩌다 떠오른 거야. 그보다 지금 학원 가 있을 시간 아니었어?"

"오늘은 피아노 배우는 날인데 방금 돌아왔어. 그래서 유스케의 추론에 따르면, 마을의 상징이 핵심인 것 같네."

"알아보니 오쿠사토 정의 상징에는 꽃 말고 나무와 새가 있더라. 나무는 느티나무, 새는 휘파람새야."

이제 남은 것이라곤 이전과 마찬가지로 둘이 나눠서 가능한 조합을 시도해보는 것뿐이다.

곧 스피커 너머에서 사쓰키의 "찾았어!"라는 목소리가 들려왔다.

"'2019'와 'keyaki'의 조합으로, '2ke0ya1ki9'야!"(keyaki는 일본어로 느티나무를 의미한다—옮긴이)

사쓰키가 발견한 건 트위터 계정명이었다.

비공개 계정은 아니지만, 프로필 사진은 모닥불 사진을 잘라낸 것이고, 생일이나 출신지도 등록되어 있지 않았다. 게시물도 자주 올라오지 않고, 며칠 동안 올리지 않을 때도 있었다.

9월 30일
이제 반팔은 그만 입어야 할까. 매년 옷을 바꿔야 할 시기가 언제인지 모르겠다.

10월 2일
오랜만에 고등학교 친구를 만났다.

최근에 생긴 스콘 가게도 맛있었다.

10월 4일
매주 녹화 중인 드라마 〈은빛 달 위에서〉.
인터넷에 올라온 감상평이 눈에 띄어 그때부터 두근거리며 보고 있다.

10월 5일
좋아하는 머그잔이 깨졌다.
잔을 잃었을 뿐만 아니라 차도 못 마시고 청소해야 했다. 비극이다.

이런 식으로 구체적으로 나이와 직업을 언급하는 내용은 없지만, 여성이라는 인상을 받았다. 팔로워는 124명, 글에 달린 '좋아요'는 대부분 한 자릿수다. 교류용이라기보다는 개인 일기장처럼 사용하는 것 같았다.

적어도 '나즈테의 모임'이라는 수상한 단어는 어디에도 등장하지 않았다.

"어렵게 찾았는데, 단서가 없네."

기분이 가라앉은 내가 화면 앞에서 어깨를 축 늘어뜨리자, 마치 보고 있는 듯 사쓰키에게 혼이 나고 말았다.

"유스케, 머리의 배터리가 너무 빨리 소모되는 거 아니야?

아직 해볼 건 더 남았어."

그때부터 변호사의 딸로서의 지식을 활용한 강의가 시작되었다.

"이 사람의 프로필 화면을 열어봐. '답글'이라는 탭이 있잖아. 그곳을 누르면 다른 이용자들이 어떤 답글을 달았는지 확인할 수 있어."

"10월 2일의 트윗을 리트윗한 사람이 한 명 있네. 아마도 함께 스콘 가게에 갔던 고등학교 친구 아닐까? 다음에는 이 친구의 계정을 찾아보자."

"봐봐. 이 친구라는 사람은 꽤 활발한 SNS 이용자야. 포스팅 내용도 공개되어 있고, 여행지 사진도 열심히 올리고 있어. 이 사람이라면 정보를 얻을 수 있을지도 몰라."

"다음은 오른쪽 상단에 있는 검색창을 이용해 이 사람의 트윗에서 '@2ke0ya1ki9'를 찾는 거야. ……입으로 설명하기 귀찮으니 내가 해볼게."

말이 너무 빨라서 사쓰키가 무슨 말을 하는지 절반도 알아듣지 못했다.

다만 게시된 사진을 보니 밝게 염색한 머리카락에 살짝 웨이브를 준 '친구'는 화장을 진하게 했고, 히로 형보다는 나이가 많고 엄마보다는 젊어 보였다. 서른 전후라고 봐야 할까.

"사쓰키, 대단하네. 스토커가 될 수 있겠어."

"그런 건 되고 싶다고 되는 게 아니야!"

얼마간 스마트폰 너머로 고군분투하는 기색만 전해지던 중, 예상보다 빨리 "앗!" 하는 기쁨 섞인 목소리가 들려왔다.

"있었어! 이 두 사람은 작년에도 함께 외출한 적이 있어. 여기엔 둘이 함께 찍은 사진도……."

사쓰키의 목소리가 점차 작아졌다.

"뭐야, 무슨 일인데?"

"이 사람, 학교에서 이야기한 마리코 언니의 장례식에 온 사람이야!"

등 뒤에 차가운 것이 기어오르는 듯한 감각이 느껴졌다.

'나즈테의 모임' 멤버가 마리코 누나의 장례식에 찾아왔다. 게다가 신분을 속이고 말이다. 사쓰키는 그런 줄도 모르고 '나즈테의 모임'과 얼굴을 마주하고 말았다.

딩동 소리와 함께 사쓰키로부터 사진이 첨부된 메시지가 도착했다. '친구'의 게시물을 화면 그대로 캡처한 것이었다.

1년 전 두 사람이 함께 나갔을 때 찍은 사진으로, 살짝 부푼 머리의 '친구'와 검은 머리를 어깨까지 늘어뜨린 외꺼풀을 가진 단아한 얼굴의 여성이 나란히 서 있었다.

그 사진의 문장은 이랬다.

'친구와 둘이서 쇼핑☆ 오늘은 돈 좀 쓸 거야!! 참고로 친구는 정사무소에서 일하는 공무원……⁽눈물⁾. 케이크 얻어먹어야지!'

"정사무소에서 일하는 공무원."

억양 없이 읽는 나에 비해 사쓰키의 목소리에는 흥분한 기색이 역력했다.

"'나즈테의 모임'은 정사무소에도 침투해 있었어. 노로의 친척 의원이 죽은 것도 선거 라이벌을 없애기 위해서였을지도 몰라. 마리코 언니가 살해된 것도 오쿠사토 정 자체와 관련된 큰 문제에 휘말렸기 때문일까?"

눈앞에 보이지 않는 거대한 검은 구멍이 입을 벌리고 있고, 나도 모르게 목을 들이밀고 있는 기분이다. 단 한 명의 살인범을 찾기 위해 시작했는데, 이 마을에서 가장 큰 힘을 가진 사람을 적으로 돌리게 될지도 모른다는 생각이 들었다.

"유스케, 〈미사사 고개의 목이 달린 지장보살〉에서 K의 집을 찾아온 사람들의 이름 기억하지?"

그 말을 듣고 기억을 더듬어보았다. 분명······.

"안녕하세요. 정사무소에서 왔습니다."
"안녕하세요. 병원에서 왔습니다."
"안녕하세요. 도서관에서 왔습니다."
"안녕하세요. 나즈테에서 왔습니다."

사쓰키가 말하고자 하는 바는 분명했다.
"그건 '나즈테의 모임'의 세력이 어디까지 뻗어 있는지를 보여주는 말일지도 몰라."

"만약 그렇다면 '나즈테의 모임'은 마리코 누나 사건뿐만 아니라 지금까지 많은 범죄에 관여했다는 말이 돼. 아무리 마을의 유력자가 편을 들어도 그런 일을 들키지 않고 계속할 수 있을까? 어쩌면 경찰에도 '나즈테의 모임'의 힘이 미치는 걸지도 몰라."

마리코 누나를 죽인 범인이 잡히지 않는 것도 그렇게 생각하면 납득이 간다.

사쓰키도 그렇게 생각했는지 한동안 침묵이 이어지더니 이윽고 조심스러운 목소리로 말했다.

"가능성은 있다고 생각해. 근데 만약 그렇다면 이 문장에 경찰을 넣어야 할 것 같지 않아? 이 괴담의 내용을 보면 경찰이 K의 집을 방문하는 편이 자연스럽고, 그렇지 않은 건 이상해."

마녀의 가르침인 '부자연스러운 것에는 이유가 있다'는 점을 생각해야 한다는 것이다.

경찰에까지 '나즈테의 모임'의 손길이 닿았는지 어땠는지는 일단 보류해도 좋을 것 같다.

오히려 신경 쓰이는 건 이 안에 도서관이 포함되었다는 점이다.

"도서관은 책과 신문을 읽는 곳이니…… 마을 주민들에게 제공하는 정보를 조작하고 있다는 걸까?"

사쓰키도 말하면서 고민하는 듯했다. 요즘에는 도서관을 그렇게 중요하게 여기는 사람은 없다. TV는 물론이고, 인터넷 시대가 되었으니까.

도서관의 특징은 책을 사지 않고 빌릴 수 있다는 점이다. 거기에 나쁜 놈들이 눈독을 들이면 무엇을 할 수 있을까. 가장 먼저 떠오른 건 엄마가 자주 하는 설교였다.

"도서관에서 책을 빌려주지 않으면 책을 읽을 기회가 줄어들어. 그러면 다들 머리가 나빠질 거야."

"책을 읽지 않는다고 머리가 나빠진다는 건 너무 억지 같은데."

사쓰키가 말했다. 나도 엄마에게 설교를 들을 때마다 그렇게 생각한다.

그런데 최근 그것을 실감하는 사건이 있었던 것 같다. 뭐였지?

"맞다. 〈산할머니 마을〉 괴담에는 우리가 평소 잘 안 쓰던 표현이 많았어. 이전에는 그런 적 없었는데."

"어떤 표현?"

나는 책가방 속에 넣어 두었던 〈산할머니 마을〉 복사지를 꺼내 대충 훑어보면서 눈에 들어오는 단어를 골라 모았다.

"음. 일단 '갈피를 잡을 수 없다'라는 표현."

"관용구야. 일의 갈래나 방향을 잡지 못하고 갈팡질팡하는 모습을 말하지. 단어의 분위기로 알 수 있잖아."

"그리고 '날개 돋치다'라든가, '등을 지다'라든가. 사쓰키는 이런 표현 자주 써?"

"뜻을 알기는 하지만 자주 쓰진 않아. 그래도 그러고 보니 이 괴담에만 관용구가 많이 쓰인 것 같긴 하네……. 잠깐만."

사쓰키가 무언가를 가지러 간 건지 스마트폰에서 멀어진 기미가 보였지만, 곧 통화가 재개됐다.

"미나가 도서관에서 빌려 온 옛날이야기 책이 지금 내 손에 있는데, 〈산할머니가 된 시어머니〉 이야기에는 아까 나온 관용구가 하나도 안 쓰여 있어. 애초에 괴담이란 전해지면서 점차 쉬운 말로 바뀌게 되니까 관용구 같은 건 점차 사라지는 게 맞지 않을까. 그러니까……."

"마리코 누나는 무언가 목적이 있어서 굳이 그 관용구를 썼다는 거야?"

그때 갑자기 사쓰키의 "앗, 미안"이라는 목소리와 함께 통화가 끊어졌다. 무슨 일인가 싶었는데 1분 정도 후에 '공부하는지 부모님이 보러왔어. 오늘은 여기까지만 하자'라는 메시지가 도착했다.

사쓰키는 공부를 하는 틈틈이 게시판 담당 활동을 하고 있다. 현실적인 목표를 가진 사쓰키와 흥미만으로 오컬트를 쫓는 나를 비교해보면, 같은 초등학교 6학년이지만 인생이라는 길을 달리는 속도에 큰 차이가 있다는 생각이 든다. 적어도 이 조사에서는 조금이라도 도움이 되어야만 한다.

다시 기운을 차리고 아까 이야기의 요점으로 돌아가 보기로 했다. 마리코 누나는 어떤 의도를 가지고 〈산할머니 마을〉 괴담에 여러 관용구를 넣었다.

이 단어들 사이에는 어떤 공통점이 있을까? 나는 방금 이야기한 관용구를 노트에 적어놓고 한참을 쳐다보았다.

아니다. 애초에 내가 적은 문구는 내가 의미를 명확히 몰랐던 관용구뿐이다. 마리코 누나의 의도가 담긴 문구가 이것만이라고 단정할 순 없다.

아무래도 이 수수께끼를 풀기 위해서는 뛰어난 감이나 특별한 지식이 필요한 건 아닐까.

그러다 문득 퀴즈를 취미로 하는 친구가 있다는 사실이 떠올랐다.

수업 전 교실에서 내가 지저분한 필체로 노트에 적은 몇 가지 관용구 앞에서 히노우에는 잠시 코를 긁적거리다가 이내 표정이 환하게 밝아졌다.

"알겠다! 이거, 책의 각 부분을 일컫는 명칭이야."

무슨 뜻이냐고 묻자 히노우에는 주위를 둘러보았다.

"참고가 될 만한 책 없을까? 교과서보다 두꺼운 책이 좋은데."

마침 사쓰키의 모습이 보였기에 미나가 빌려준《우리 마을 오쿠사토의 전승·괴담》을 가져다달라고 부탁했다. 혹시나 싶어 교실을 둘러봤지만 미나의 모습은 보이지 않았다.

"책은 사실 각 부분의 명칭이 세세하게 정해져 있어. 일단 표지로 책을 감쌀 때 안쪽으로 접는 부분을 날개라고 해. 그리고 읽던 곳이나 필요한 곳을 찾기 쉽도록 책 사이에 끼우는 끈을 갈피끈이라고 하는 건 알지? 그리고 책을 엮은 쪽의 바깥 부분을 책등이라고 하거든."

날개, 갈피, 등. 내가 적은 '날개 돋치다', '갈피를 잡을 수 없다', '등을 지다'라는 관용구에는 이러한 명칭이 포함되어 있었던 모양이다.

"이런 걸 용케도 알고 있네."

"나도 처음으로 이 지식이 도움이 됐어! 퀴즈는 이렇게 작은 계기로 알게 된 게 실제 대회에서 운명을 가를 때가 있어서 재미있거든!"

히노우에의 얼굴이 흥분으로 달아올랐다. 책에 관한 퀴즈는 극히 일부분일 테니, 히노우에가 평소에 쌓은 지식은 이보다 몇백 배는 더 많을 것이다. 솔직히 이 친구가 존경스러웠다.

"이런 건 아무리 책을 좋아하는 미나라도 몰랐을 거야."

방과 후, 사쓰키는 오늘 종일 비어 있던 미나의 자리를 바라보며 그렇게 말했다. 미나는 감기에 걸려 결석했다.

어딘가에서 무리하고 있었을지도 모른다. 그리고 어젯밤부터 미나가 없는 곳에서 여러 가지 발견이 계속되고 있는데, 미나가 알면 분해할 것 같았다.

"이 생각이 맞다면, 마리코 언니는 〈산할머니 마을〉 괴담을 통해 책에 주목하게 하고 싶었던 걸까? 하지만 어떤 책을 가리키는지 구체적인 정보를 찾을 수 없는데."

여기까지 와서 두 사람 모두 갈 곳을 잃고 말았다.

"어떡하지? 이 수수께끼는 접어두고 다음 괴담으로 넘어갈까?"

"하지만 〈자살 댐의 아이〉 괴담도 해결되지 않았잖아."

이 이상 과제가 쌓인 채로 뒤로 미루는 것도 기분 좋지 않다.

나는 괴담이 인쇄된 종이를 넘기며 다시 한번 〈자살 댐의 아이〉에 등장하는 수수께끼의 전화번호를 바라보았다.

916-7062

이것이 후쿠이 현의 사바에 시나 에치젠 정이라는 지역의 우편번호와 가깝다는 건 알고 있다. 하지만 그 지역이 마리코 누나 사건과 '나즈테의 모임'과 관련이 있다고는 전혀 생각되지 않는다.

얼마 전 사쓰키와 함께 '나즈테의 모임' 계정의 주인을 추적했을 때가 생각난다.

그때와 마찬가지로 수수께끼를 풀 단서가 어딘가에 숨겨져 있지는 않은지 다시 한번 괴담 전체를 살펴보았지만, 실

마리는 찾지 못했다.

뭐, '2tu0ba2ki2'와 '916-7O62'는 전혀 다르니까.

그렇게 스스로 납득하려 할 때, 가슴 속에서 무언가가 요동쳤다. 등굣길에 갑자기 깜빡 잊고 온 물건이 떠올랐을 때와 같은 두근거림.

"우왓!"

그 정체를 알게 되었을 때, 나도 모르게 목소리가 터져 나왔다.

"깜짝 놀랐네. 뭐야."

불편한 표정의 사쓰키에게 나는 복사지를 내밀었다.

"이건 0이 아니야! 알파벳 O야!"

사쓰키는 잠시 무슨 말인가 싶은 듯 눈살을 찌푸렸지만, 곧 나처럼 "우아!" 하고 이상한 소리를 내뱉었다.

"말도 안 돼. 전혀 몰랐어……."

"전화번호라고 적혀 있어서 완전히 속았어. 이건 916-7 뒤에 O가 있고, 62로 이어져 있어."

문제는 이 이상한 문자열이 대체 무엇을 나타내는가 하는 것이다.

"이거랑 비슷한 조합을 어디선가 본 적이 있는 것 같은데……."

"정말? 어디서?"

"여기. 교실에서."

나는 반사적으로 고개를 돌려 칠판과 벽에 적힌 글자를 찾았다. 그런데 표정이 환해진 사쓰키가 보여준 답은 뜻밖의 곳에 있었다.

"그래, 이거야!"

가방에서 꺼낸 건 히노우에에게 보여준 《우리 마을 오쿠사토의 전승·괴담》이었다.

책등에는 도서관의 책이라는 걸 알리는 스티커가 붙어 있고, '388.1 H 1'이라고 인쇄되어 있었다. 숫자와 알파벳의 균형이 우리를 괴롭히는 문자열과 매우 흡사했다.

우리는 이대로 집에 돌아가기 아쉬워 방과 후에 개방되는 컴퓨터실로 달려갔다.

인터넷에서 찾아보니 이것은 분류 기호라는 것으로, 책을 관리하고 찾기 쉽게 하기 위한 것이라고 했다. 일본의 구분법으로는 첫 번째 숫자, 이 경우 '388.1' 부분이 어떤 것에 관한 책인지를 나타내는 분류 번호, 다음 알파벳이 저자 이름을 나타내는 도서 기호, 마지막 숫자가 몇 권째인지를 나타내는 권책기호라고 한다.

이 《우리 마을 오쿠사토의 전승·괴담》이라는 책은 전설·민화로 분류되며, 혼다라는 저자가 쓴 첫 번째 책이다.

그렇다면 우리가 추적하는 문자열은 어떤 분류일까?

사쓰키가 표시되는 내용을 딱딱한 목소리로 읽어 내렸다.

"916은 기록·수기·르포르타주. 즉, 누군가의 실제 경험이 쓰인 책이라는 뜻이겠네."

"그 뒤의 7은?"

"좀 더 세밀하게 분류하기 위한 숫자인 것 같아. 그다음이 O이니 '오'로 시작하는 이름을 가진 사람이 쓴 책이겠지."

드디어 〈자살 댐의 아이〉와 〈산할머니 마을〉의 답에 가까이 다가선 것 같다.

이 두 가지 괴담은 한 권의 책에 대한 단서가 되었다.

〈자살 댐의 아이〉에서 수수께끼의 문자열을 등장시키고, 〈산할머니 마을〉에서 일부러 책과 관련된 단어가 포함된 관용구를 여러 개 사용함으로써 그것이 분류 번호임을 깨닫게 한다. 이 같은 치밀함에는 감탄할 수밖에 없었다.

"분류 번호는 알았는데, 이 책이 있는 곳이 오쿠사토 도서관이 맞는지 궁금하네. 학교 도서관이나 다른 지역 도서관일 가능성은 없을까?"

내 질문에 사쓰키는 자신 있게 대답했다.

"지금까지 오쿠사토 정 안에서만 이야기를 진행했는데, 이제 와서 밖에 있는 걸 바탕으로 이야기할 리는 없겠지. 게다가 마리코 언니 입장에서는 우리 말고 다른 사람이 수수께끼를 풀 가능성도 있었어. 한정된 사람만 들어갈 수 있는 학교 도서관에 단서를 남기진 않았을 거야."

어쨌든 마을 도서관에 가보는 수밖에 없다.

아쉽게도 지금은 미나가 없지만.

"요즘은 미나 없이 수수께끼를 푸는 일이 많은데, 몸이 나아질 때까지 기다리는 게 좋을 것 같아."

"아니. 오히려 잘된 일 같아. 우리끼리만 가자."

너무 차가운 사쓰키의 발언에 놀랐다.

"오해하지 마. 미나가 방해된다는 게 아니라, 도서관에 '나즈테의 모임'의 손길이 뻗어 있을 가능성이 크다는 걸 알게 된 상태잖아."

"앗!"

그런 사정이 있었지.

"미나는 얼마 전 이 책을 빌리러 도서관에 간 적이 있어. 어쩌면 누군가가 얼굴을 기억하고 있을지도 몰라."

전에 카나모리 씨 집에서 본 사람은 남자처럼 보였기에 마리코 누나의 장례식에 온 정사무소의 여자는 아니다. 그러니 사쓰키를 포함한 우리 신원은 아직 알려지지 않았을 것이다. 그렇다면 최근 도서관에 이용자 등록을 한 미나는 함께 가지 않는 편이 좋다.

마지막으로 사쓰키가 작게 중얼거렸다.

"……그리고 미나가 알아먹게 하는 가장 좋은 방법은 이거일 것 같아."

그 의미를 물었더니, 곧 알게 될 거라며 얼버무렸다.

오쿠사토 도서관은 초등학교에서 남쪽으로 한참을 걸어

미나가 사는 오래된 상점가를 지나 마을을 동서로 관통하는 큰 도로를 건넌 곳에 있다. 도로에 접해 있는 건 초등학교에서도 많은 학생이 다니는 수영장으로, 낡았지만 거대한 박스형 건물이다. 그 뒤에 붙어 있는 도서관은 대조적으로 견고한 벽돌로 지어지긴 했지만 조금은 어깨가 좁아 보이는 건물이다.

내가 마지막으로 여기 왔던 게 4학년 때 자유 연구용 책을 찾기 위해서였던가.

입구의 자동문을 통과하자마자 눈에 들어온 건 로비의 의자에 앉아 신문을 읽는 몇몇 어르신들이었다. 도서 코너를 배회하는 사람들도 대부분 할아버지, 할머니라고 불러도 좋을 나이였고, 간혹 부모에게 이끌려 온 듯한 어린아이의 모습도 눈에 띄었다. 오쿠사토 정을 압축한 듯한 광경이다.

"유스케, 이쪽이야."

사쓰키는 눈에 띈 책장을 향해 걸어가려는 나를 붙잡고 안내판으로 다가갔다. 1층에는 소설과 잡지, 그림책이 있고, 학문적으로 쓰인 어려운 책이나 마을 자료는 2층에 있는 듯했다.

계단을 오르자 1층에 비해 다소 작은 공간에 책장이 줄지어 있고, 창가 벽을 따라 1인용 책상이 놓여 있었다. 대부분의 자리가 꽉 차 있었고, 다들 무언가를 조사하고 있었다.

1층에 비해 고요함이 무겁게 느껴졌고, 코를 찌르는 도서관 특유의 냄새에 나는 얼굴을 찡그렸다.

"이 냄새, 좀 싫네."

"책 냄새잖아. 공부하라는 이야기를 듣는 것 같아서 싫은 거야?"

나는 머릿속에 떠오른 이미지 그대로를 말했다.

"계속 방치된 것 같아서."

"아, 왠지……."

알겠다는 말을 삼키며 사쓰키는 조용히 웃었다.

책장에는 분류 번호가 붙어 있었기에 우리는 바로 916번 선반 쪽으로 향했다.

'기록·수기·르포르타주'라고 적힌 그곳은 책이 흐트러짐 없이 가지런히 꽂혀 있어 이용객이 많지 않다는 인상을 받았다.

"……어라."

곧바로 사쓰키가 목소리를 높였다. 책은 책등의 라벨 순대로 줄지어 있어 원하는 책을 쉽게 찾을 수 있을 것 같았지만, 우리가 찾는 책은 책장 어디에도 없었다.

"혹시 여기에 없는 건가."

아니면 이전에 읽은 이용자가 다른 곳에 되돌려 놓았을 가능성도 있다.

입구에서 '책장에 없는 책은 카운터에 문의해주세요'라는 팻말을 보았기에 "카운터에서 물어볼까?"라고 제안하자 사쓰키는 고민에 찬 표정을 지었다.

"'나즈테의 모임'과 관련이 있을 수 있으니 가능하면 직원들과 마주치고 싶지 않았는데 말이야. 그래서 책을 찾으면 몰래 읽거나 복사만 하고 나가려고 했는데……."

책장 그늘에 숨어 카운터를 살펴보니 서른 살쯤 되어 보이는 머리를 뒤로 묶은 여성이 책 한 권의 표지를 닦고 있었다.

큰 권력을 가진 수수께끼의 조직 구성원 같은 분위기는 느껴지지 않는다. ……잘 모르겠지만.

어쨌든 이대로 아무런 수확도 없이 돌아갈 수는 없다. 나는 심호흡을 했다.

"내가 물어볼게."

"그럼 둘이서 가자."

"사쓰키는 내년에 수험생이잖아. 무슨 일이 생기면 어떻게 하려고?"

상대방의 힘이 어디까지 미치는지는 모르겠지만, 만약 우리 정체가 들통나면 이상한 소문이 퍼지거나 입시에 방해가 될 수도 있다.

"그럼 오히려 내가 가야지. 아버지가 변호사라서 상대방도 주저할 수 있잖아."

"우리 집도 주류판매점인데."

이 말은 깔끔하게 무시당했고, 결국 둘이 함께 카운터로 향하게 되었다.

우리가 다가서자, 책 표지를 닦던 직원이 고개를 들어 긴장감을 덜어주는 미소를 지었다.

"저기, 이 분류 번호의 책을 찾고 있는데요. 있나요?"

916-7O62라는 번호가 적힌 메모를 내밀자 직원은 살짝 눈살을 찌푸렸다.

"분류는 916-7까지이고, O는 작가 이름을 나타내는데 그 뒤의 62는 분류 번호가 아니네."

"그럼 916-7O인 책이어도 괜찮아요."

"오히라 단지 씨가 쓴 《광산과 함께, 50년》이라는 책이구나. 데이터상으로는 열람실에 있어야 하는데, 못 찾았니?"

그렇게 말한 직원과 함께 아까의 책장까지 가서 찾아보았지만 역시나 없었다.

등록 실수도 있을 수 있다며 직원은 서고에 확인 전화를 걸어주었다.

그러자 얼마 지나지 않아 안도하는 표정이 이쪽을 향했다.

"역시 데이터 오류인가 봐. 서고에 있대. 도착하는 대로 부를 테니 이 층에서 기다려줄래?"

'3'이라는 숫자가 적힌 플라스틱 팻말을 받아 기다리고 있자니, 띵 하는 소리와 함께 카운터 뒤편에 있는 사방 1미터 남짓한 네모난 초록색 문이 열렸다. 거기서 책 몇 권을 꺼낸 직원은 다른 팻말을 가지고 있던 이용객을 불러내어 책을 건네주었다. 아무래도 책을 주고받기 위한 엘리베이터로, 서고와 연결된 것 같다.

우리 일행이 카운터 근처의 책장을 보며 시간을 보내는데, 계단 쪽에서 직원으로 보이는 아주머니가 걸어와서 우리 일행을 상대했던 여성에게 말을 걸었다. 그 손에는 책 한 권을 들고 있었다.

저게 우리가 찾던 책이라는 직감이 들었다.

"3번 팻말을 가지고 기다리시는 분."

카운터로 가니 아주머니 쪽이 책을 손에 들고 말을 걸었다. 앞치마 가슴에는 '우라베'라는 명찰이 붙어 있었다.

"이 책, 너희가 읽을 거니?"

"예."

"누가 시켜서 빌리는 거 아니고?"

도서관을 잘 이용하지 않는 나로서도 이 우라베라는 직원의 질문이 예사롭지 않다는 걸 알 수 있었다.

우리가 입을 다물자 우라베는 질문을 바꿨다.

"이 책이 있다는 걸 어떻게 알았니?"

"그걸 꼭 말해야 하나요? 그냥 읽고 싶은 것뿐인데요."

참지 못한 사쓰키가 반박했다. 처음 상대했던 여성 직원은 눈앞에서 벌어지는 대화의 의미를 이해하지 못해 당황한 표정으로 사태를 지켜봤다.

그야말로 우라베라는 아주머니가 우리를 방해하려고 하

는 건 틀림없다.

어디에나 있을 법한, 달리기 승부라면 나라도 충분히 이길 것 같은 아주머니인데, 이쪽을 바라보는 눈빛만이 날카롭게 식어 있는 것이 섬뜩할 정도였다.

"미안하지만, 아이들에게는 보여줄 수 없어. 부모님과 함께 오거나 대출 카드를 작성하렴."

마치 우리가 누구인지 알아내려는 듯한 말투다.

하지만 예상치 못한 곳에서 구원의 손길이 다가왔다.

"아이에게는 보여주지 못한다니, 그런 규칙은 처음 듣는걸. 도서관이 언제부터 그렇게 거창한 시설이 된 거지?"

우리 주류판매점의 단골손님인 시바타 할아버지였다. 예상치 못한 장소에서 만난 사실에 내가 놀라는 동안에도 시바타 할아버지는 험악한 얼굴로 카운터 너머의 우라베를 노려보았다.

"······이것은 자비로 출판한 수기이고, 대체할 수 없는 자료입니다. 취급에 주의를 기울여야 합니다."

"그럼 내가 빌리도록 하지. 난 대출 카드도 가지고 있으니 규칙 면에서도 문제없는 것 아닌가?"

가게에서는 아내의 기분을 살피며 간신히 술 한 병만 사는 모습을 보여주지만, 이때의 시바타 할아버지는 정말 멋져 보였다.

이쯤 되자 주저하던 우라베라는 직원도 어쩔 수 없이 따를 수밖에 없었다.

"자, 유스케. 여기 있다."

대출 절차를 마치고 함께 1층으로 내려가자 시바타 할아버지는 우리에게 책을 내밀었다.

"반납할 때는 반납함에 넣으면 되니까 그냥 가져가. 요즘에도 저렇게 불친절한 직원이 있다니. 모처럼 아이가 책을 빌리려고 하는데."

'나즈테의 모임'이라는 존재를 모르는 시바타 할아버지에게는 꽤 이상하게 보였을 것이다.

"감사합니다."

사쓰키가 정중하게 고개를 숙이자 시바타 할아버지도 빙긋 웃었다.

"도서관에서 유스케를 보게 될 줄이야. 둘이 데이트 중이냐?"

"그런 거 아니에요! 마을에 대해 좀 알아보려고요."

그 말을 들은 할아버지는 감격스러운 표정으로 책을 바라보았다.

"광산인가. 게다가 오히라 씨가 쓴 책이라니, 추억이 새록새록 떠오르는구나."

"시바타 할아버지, 이 작가를 아세요?"

"이미 돌아가셨지만 말이야. 오히라 씨도 나처럼 광산 시절에 일거리를 찾아 다른 지방에서 이곳에 왔거든. 비슷한 처지라 그런지 내게 참 친절하셨단다."

"저기, 그 시절에는 무언가 괴담 같은 거 없었어요?"

그러자 시바타 할아버지는 생각에 잠긴 표정을 짓더니 입을 열었다.

"살다 보면 여러 가지 일이 있지. 좋은 일도 나쁜 일도, 정면으로 마주하고 싶지 않은 일도 말이야. 제대로 기억이 나면 다시 이야기해주마."

시바타 할아버지는 그렇게 말하고는 주름진 손으로 내 머리를 쓰다듬어주었다.

다른 이야기도 듣고 싶었지만, 지금은 조금이라도 빨리 도서관을 떠나는 편이 좋을 것 같았다.

우리는 시바타 할아버지와 헤어져 건물을 빠져나왔다.

주변에 맴돌던 책 냄새가 사라져서 상쾌한 공기를 가슴 가득히 들이마셨다.

목적은 달성했다. 이로써 여섯 개의 괴담 중 다섯 번째 괴담에 숨겨진 수수께끼를 풀었다. 그 결과, 우리는 한 권의 책에 도달했다.

이 마을이 가장 번성했던 광산 시절에 관한 수기.

마리코 누나의 죽음으로 시작된 우리 조사는 도대체 얼마나 깊고 복잡한 비밀로 연결될까.

뒤에 있는 도서관을 돌아보았다. 그러자 2층 창문에 누군가가 서 있는 모습이 보였다. 얼굴은 보이지 않았다. 얼굴 앞에 무언가를 들고 있었기 때문이다.

"안 돼, 사쓰키!"

나는 재빨리 얼굴을 돌렸지만 오히려 역효과가 나서 사쓰키는 무슨 일인가 싶어 2층을 올려다보았다.

내가 다시 시선을 돌렸을 때 이미 그곳에는 아무도 없었다. 그건 아마 대출을 거절한 우라베라는 직원이었을 것이다. 그녀는 스마트폰으로 우리 모습을 사진으로 찍고 있었다.

나는 사쓰키의 손을 잡고 그 자리를 떠나기 위해 전력으로 달렸다.

우리가 항상 마녀의 집에서 돌아오는 길에 해산하는 교차로 근처 공원에 들어섰다. 작아서 숨바꼭질도 할 수 없는, 존재는 알고 있지만 처음 들어가는 공원. 방금 손에 넣은 《광산과 함께, 50년》을 빨리 읽고 싶은 충동에 휩싸였다.

하지만 책이 두꺼워서 금방 다 읽을 수 있는 분량은 아니었다.

목차 페이지부터 훑어보는데, 옆에서 들여다보던 사쓰키가 목소리를 높였다.

"봐봐, 3장!"

3장 〈즐거움도 괴로움도 광산에 있다〉
광산은 위험과 함께한다 p58

끝나지 않는 장례식 p62

직원과 팀 p66

두 번째 소제목인 '끝나지 않는 장례식'이라는 문장을 보고 가장 먼저 떠오른 건 〈산할머니 마을〉 괴담이었다. 그리고 옆에 표기된 페이지의 숫자는 62.

우리가 쫓던 문자열은 916-7O62인데, 916-7O까지가 이 책을 가리킨다면 62는 중요한 정보가 적힌 페이지를 가리키는 게 아닐까.

"읽어보자."

서로 고개를 끄덕이며 그 페이지로 눈을 돌렸다.

저자인 오히라 씨가 광부로 일하던 시절에 일어난 한 사고에 관한 내용이 적혀 있었다. 오히라 씨가 파던 갱도와는 다른 갱도에서 화재가 발생해 25명의 사상자가 발생하는 대형 사고가 발생했는데……

당시 회사를 앞에 두고 큰 소리로 말할 수는 없었지만, 그 사고에 대해서는 모두가 고개를 갸웃거렸다. 화재가 발생했는데 사고 직후에 소방 활동이 전혀 이루어지지 않았고, 연기를 눈으로 볼 수 없었기 때문이다. 다만 갱도에서는 부상자들이 연이어 옮겨져 나왔고, 실제로 많은 사람이 사망했다. 마치 다른 무언가를 감추기 위해 화재가 났다고 꾸민 것처럼 보이기도 했다. 소문 중에는 그

채굴 자체가 계획을 무시한 채 진행된 것이라는 이야기도 돌았다.

또 하나 기분 나쁜 일을 말하자면 이쪽이 더 강하게 기억에 남는다. 사고 희생자들의 장례식이 끝나고 얼마 지나지 않아 광산 마을에서 기괴한 죽음이 이어진 것이다. 사망자 대부분은 사고 현장 작업에 참여했지만, 딱히 다친 곳도 없고 건강해 보이던 남자들이었다. 죽음에 이르지 않더라도 정신에 이상이 생겨 병원으로 실려간 뒤 소식이 끊긴 사람도 있었다. 광산 마을에서는 재앙을 무서워하는 사람들이 많아 회사에 청원해 정식으로 제사를 올리기도 했다. 다만 나처럼 의심이 많은 사람은 그 죽음의 배후에서 회사가 무언가 일을 꾸미고 있는 것이 아닐까 생각했다.

미나가 학교에 복귀한 건 결국 하루를 더 쉬고 난 후인 금요일이었다.

방과 후, 다른 학생들이 떠난 교실에서 벽신문 제3호 제작을 서둘러 진행하면서 미나가 없는 동안 진행했던 추리와 도서관에서의 모험을 이야기했다.

그 말을 듣는 미나의 눈빛에는 역시나 불만스러운 기색이 역력했다.

"내가 나을 때까지 기다려줬으면 좋았을 텐데."

"그게, 미나는 도서관 사람들에게 얼굴이 들통난 상태일 수도 있잖아."

결국 마지막에 우리 사진은 찍혔을지도 모르겠지만, 미나에 대한 위험은 분명 줄어들었을 것이다.

그래도 불만이 있는지 미나는 자신의 마음을 표현할 수 있는 단어를 찾듯 천천히 시선을 좌우로 움직이더니 속내를 털어놓았다.

"……그래도 제멋대로 걱정하고, 그래서 나 혼자만 문제에서 떼어놓는 건 기분이 좋지 않아."

"그건……."

"적어도 더 나은 방법을 찾을 수 있게 나를 믿고 이야기해 줬으면 좋았을 것 같아."

직설적인 말에 나는 말문이 막히고 말았다.

"하지만 그건 미나도 마찬가지잖아."

사쓰키의 대답에 나와 미나는 그쪽을 바라보았다.

"무슨 뜻이야?"

"다른 사람에게 걱정을 끼칠 수 없다는 생각에 신발 도난 사건에 대해 상담하지 않았잖아."

"내가 한 거 아니니까."

"그리고 체육 시간에 제대로 달릴 수 없는 것도."

그 말을 듣고 미나가 눈을 동그랗게 떴다.

"미나 말이야, 꽤 오래전부터 신발이 발 사이즈에 맞지 않는 거지? 작은 신발에 억지로 발을 욱여넣은 탓에 전력 질주할 수 없는 거잖아?"

나는 전에 신발장에서 본 미나의 신발을 떠올렸다.

낡은 신발은 확실히 안쪽에서 밀어내는 힘을 견디지 못해서인지 앞코 부분이 부풀어 올라 조금 찢어져 있었다.

"마녀의 집에서 2층에 있는 책을 찾으러 갔을 때 알았어. 먼지 위에 남은 미나의 발자국이 나와 비슷한 크기였거든."

그래서 그때 그렇게 복잡한 표정을 지었던 건가.

"하지만 그런 건 새 신발을 사면……."

말하려던 내 머릿속에 미나의 낡은 집이 떠올랐다. 슈퍼에서 산 차와 주먹밥을 들고 심야에 일터로 향하는 미나의 아버지 모습도.

"미나는 열심히 일하는 아버지에게 새 신발을 사달라고 말하지 못한 거야. 그래서 다른 애들에게 '손을 놓고 있다'는 불평을 듣거니 신발을 훔쳤다는 의심을 받아도 신발 사이즈가 다르다고 말하지 않았어."

"새 신발을 사달라고 하면……."

미나가 한숨 섞인 목소리를 냈다.

"다른 것들도 다 바꿔야 한다는 걸 아빠가 알아차릴 거야. 옷도, 양말도. 나는 아직 참을 수 있는데."

미나는 스마트폰도 없다. 나나 사쓰키가 스마트폰을 만지작거리는 모습을 보고도 부러워한 적이 없는 걸 보면 유행에 관심이 없는 성격인 건 사실이리라. 미나가 원하는 건 오쿠사토 정에 와서 간신히 얻은 평온한 생활을 계속하는 것이다. 그러기 위해 새로운 신발은 필요 없다고 생각하며 그에 맞춰 행동했다.

그리고 사쓰키는 그것을 알아차렸기에 굳이 미나를 도서관으로 가는 멤버에서 제외했다.

"아까 미나가 말했잖아. 멋대로 걱정하고 의지하지 않는 게 기분 나쁘다고. 미나네 아버지, 새 신발을 사달라고 조른다고 해서 곤란하지는 않을 거야. 그보다 미나가 자신에게 의지해줬으면 하고 바랄 거야."

"나도 그렇게 생각해."

용기를 내어 고개를 끄덕였다. 이렇게 진지한 얼굴로 가족 일에 관해 이야기하다니, 조금 민망하다. 하지만 다카쓰지가 주먹질하는 모습을 가만히 바라보고 있었을 때처럼 더는 나 자신에게 실망하기 싫었다.

"일은 분명 힘드시겠지. 하지만 내가 볼 때 미나네 아버지는 힘들기만 한 건 아닌 것 같았어. 그건 분명 미나가 있기 때문일 거야. 조금은 제멋대로 굴어도 괜찮아."

"음……." 미나는 아직 썩 내키지 않는 느낌이었다.

"봐, 미나는 주변에 휩쓸리지 않잖아. 항상 아무렇지 않아 보여서 내가 미나를 잘 알고 있는 건지 걱정돼. 하고 싶은 말을 하는 편이 우리도 미나에게 의지하기 쉬워."

미나는 눈을 감고 "……그렇구나"라고 중얼거렸다.

그리고 푹 고개를 숙이더니 "둘 다 고마워"라고 말했다.

'고마워'라는 말을 들어본 건 처음일지도 모른다.

내 놀란 표정이 얼굴에 드러난 듯 미나는 나를 보고 수줍은 미소를 지었다.

"앞으로도 나를 잘 지켜봐줘."

일요일. 강수 확률 50퍼센트라는 불길한 예보가 거짓말인 듯 하늘은 맑게 개었고, 우리의 초등학교 시절 마지막 운동회가 열렸다.

청백 양 팀은 초반부터 팽팽한 접전을 펼쳤고, 한 치 앞을 내다볼 수 없는 전개로 점심시간에 접어들었다.

일찍 점심을 먹고 사쓰키와 둘만 남았을 때, 나는 궁금했던 걸 물어보았다.

"그러고 보니 결국 기도의 신발을 훔친 사람은 누구였을까. 단순한 괴롭힘이었을까?"

"아, 그거."

사쓰키는 이미 답을 알고 있었다는 듯 시원스러운 표정을 지었다.

"기도가 한 거겠지."

"기도가? 자기 신발을 직접 숨겼다고? 왜?"

이른바 자작극이라는 건가.

인터넷에 올리는 동영상도 인기를 목적으로 그런 수단을 쓰는 사람이 있지만, 기도는 그렇게까지 해서 주목을 받고 싫어하는 것 같지는 않다.

미나에 대한 괴롭힘인가 싶었지만, 오히려 기도는 그 이후 미나에게 적극적으로 말을 거는 등 악의는 전혀 없어 보였다.

"증거가 있는 건 아니지만, 기도는 단순히 소란을 피우고 싶었을 거야. 사람들에게 폐를 끼치고 싶지 않아서 자기 신발을 숨긴 거지."

"왜?"

"종례 시간의 '배움의 시간'을 망치려고. 떠올려봐. 원래 그날 모두 앞에서 연설하는 건 기도 차례였어."

······맞아, 그랬어!

전날 발표한 사람은 나였다. 출석번호로 따지면 기지마 다음이 기도다. 그 발표를 망치고 싶었다는 뜻은······.

"기도, 준비하는 걸 깜빡했구나!"

"그렇겠지. 발표를 위해서는 사전에 신문이나 뉴스를 조사해야 하니 즉흥적인 애드립만으로는 불가능해. 게다가 그것도 '깜박한 것'에 포함되니까."

기도는 상습적으로 준비물을 깜박한다. 한 번만 더 깜빡하면 성적표에 페널티가 붙을 타이밍이었다.

그래서 어떻게든 그날의 '배움의 시간' 자체를 선생님의 도둑질에 대한 장황한 이야기로 채우고 자신의 차례를 넘기고 싶었던 게 아닐까.

그런데 신발을 훔친 범인으로 미나가 의심받기 시작했으

니 기도도 놀랐을 것이다.

"미나는 신발 사이즈가 맞지 않는 사실을 밝히면 의심을 풀 수 있었지만, 아버지에 대한 배려 때문에 그렇게 하지 않았지. 미나가 반에서 욕을 먹는 걸 보고 기도가 죄책감을 느껴서 우리에게 단서를 건넨 거구나."

덕분에 우리는 노로의 친척에게 일어난 장례식 이야기를 들을 수 있었으니, 모든 일이 단순히 좋고 나쁘다고는 할 수 없는 법이다.

"나도 하나 모르겠는 게 있는데."

사쓰키는 조금 진지한 표정으로 말했다.

"전에 미나가 '앞으로도 지켜봐줘'라고 말했잖아. 그 의미가 뭐인 것 같아?"

"의미고 뭐고, 자신의 미숙한 부분에 대해 말해달라는 뜻 아니야?"

"그런 것치고는 너무 장황한 표현 같지 않아?"

"응?"

"너무 빙빙 돌려서 말한 거 아니냐고. 게다가 미나는 내가 같은 중학교에 진학하지 않을 것도 알고 있어."

"무슨 말을 하고 싶은 건데?"

내가 별생각 없이 되묻자 사쓰키의 말투가 짜증스럽게 변했다.

"그 말은 유스케를 향한 말 아니냐는 거야."

즉, 고백 같은 의미에서라는 뜻이다. 상상해봤지만 미나가 그런 감정을 품고 있는지 잘 모르겠고, 솔직히 마음의 동요도 일어나지 않는다. 다만 말할 수 있는 건…….

"괜히 의식해서 미나와 대화하기 어려워지는 건 싫어. 그러니 앞으로 셋이 있을 때 그 이야기는 하지 말자."

"……뭐 나야 상관없지만."

오후의 첫 경기인 5학년 줄다리기에서 백팀이 패배해, 우리는 청팀에게 리드를 허용하게 되었다. 조금이라도 빨리 따라잡고 싶었지만, 다음 경기는 가장 힘든 경기로 알려진 6학년의 200미터 달리기였다. 사전에 큰 차이로 패배가 예상되는 종목이라는 말까지 나온 탓에 우리 반의 관중석에는 포기하는 분위기가 감돌았다.

그런데 도대체 누가 예상했을까.

이것이 운동회 최대의 볼거리가 될 줄.

출발 신호 소리와 동시에 앞으로 튀어나온 건 유난히 작은 몸집의 우리 반 대표 미나였다.

미나는 작은 체구에서는 상상할 수 없을 정도로 큰 보폭으로 속도를 올리더니 마치 바람에 등을 떠밀리듯 뒤따라오는 선수들과의 격차를 점점 벌렸다.

그 광경에 무심코 반 친구들은 응원이 아닌 "어라, 누구지?"라며 의아해했다.

첫 번째 코너 후 약 50미터의 직선 구간. 미나가 우리 앞을 질주해 나갔다. 모두의 응원이 등을 밀어주기는커녕 오히려 미나의 등에 끌려가는 것 같았다.

지옥의 경기처럼 다들 싫어했던 200미터 달리기라는 것을 잊을 정도로 미나의 기세는 한 치의 흐트러짐도 없었다. 그 발에 새로 산 신발이 반짝반짝 빛나고 있다는 사실을 얼마나 많은 아이들이 알아챘을까.

그리고 골 앞 마지막 코너, 사진을 찍기 가장 좋은 위치에 미나의 아버지가 자리 잡고 있다는 걸 나는 알고 있었다. 딸의 멋진 모습을 찍기 위해 디지털카메라까지 새로 장만했다는 사실은 나중에 미나가 쑥스러워하며 알려주었다.

소용돌이치는 환호성 속에서 작은 몸이 결승선을 끊었다. 등 뒤로 휘날리는 하얀 테이프가 마치 미나에게 자라난 날개처럼 보였다.

주변에서는 다들 신이 나서 하이파이브를 했다. 뒤따라오는 아이는 아직 들어오지도 않았다. 홀로 피니시 존에 선 미나는 처음으로 육지에 올라온 인어처럼 어리둥절한 표정으로 환호에 감싸였다.

그날 밤, 방에서 무심코 트위터를 보는데 뜻밖의 소식이 눈에 들어왔다. 예전에 자살 댐을 촬영해준 유튜버 고브라의 계정이었다.

그동안 많은 관심을 보내주신 팬과 지인 여러분께 알립니다.

고브라의 '하루얀', '아키토', 다시 말해 오타니 하루히코와 오타니 아키토가 사망하였음을 이 자리를 빌려 알립니다. 장례식은 가까운 친지분들만 모시고 치를 예정이므로 양해 부탁드립니다.

해당 게시글의 부속 댓글로는 공개 중인 영상과 채널 자체의 향후 처리에 대해서는 검토 중이라는 내용이 적혀 있었지만, 두 사람의 자세한 사망 원인 등에 대해서는 언급되지 않아 팬들의 혼란과 슬픔의 목소리가 쏟아졌다.

자살 댐 동영상이 공개된 지 아직 열흘 정도밖에 지나지 않았다. 내 손가락은 멍하니 자연스레 고브라의 채널을 향한 채 꼼짝도 할 수 없었다.

이미 두 사람의 사망 소식은 널리 퍼진 듯, 댓글에는 최근 몇 시간 사이에 달린 놀라움이 담긴 목소리가 많았다. 스크롤을 내리다 보니 이틀 전에 작성된 한 댓글이 눈에 띄었다.

이 영상을 보고 자살 댐에 갔는데, 그곳에서 만난 한 남성이 함께 사진을 찍자고 하더라고요. 나중에 확인해보니 그 사진만 왜곡이 심해서 사람의 형체를 겨우 알아볼 수 있을 정도였어요. 원인은 모르겠어요. 그 남자가 영상에서 두 분이 만난 사람일까요? 왠지 너무 무서워요.

불길한 예감이 들어 더 찾아보니 비슷한 댓글이 하나 더 있었다. 이 댓글은 두 시간 전에 작성된 글이었다.

나도 어제 그 녀석을 만났다. 같이 사진 찍자고 해서 거절했지만, 너무 집요하게 졸라대는 탓에 어쩔 수 없이 찍었다. 나는 제대로 찍혔는데, 빨간색과 노란색 불덩어리 같은 게 엄청나게 날아다니고 있었다. 게다가 그 남자만 얼굴이 까맣게 찌그러져 있었다. 고브라의 두 사람이 죽은 건 분명 그 녀석 때문이다.

고브라 영상에 등장해 촬영 직후 데이터를 손상시킨 남자. 그 남자의 목격자가 적어도 두 명 더 나타났다.
도대체 어떻게 된 일인지 골머리를 앓고 있을 때, 사쓰키로부터 사진이 첨부된 메시지가 왔다.
"지금 이런 메시지가 왔어."
첨부한 사진은 우리가 입수한 구형 아이폰의 화면을 찍은 것이었다. '나즈테의 모임'의 메시지 앱에 처음 보는 의문의 계정이 보낸 메시지가 도착해 있었다.

"하타노 마리코의 전철을 밟게 될 것이다."

거기에는 그렇게 적혀 있었다.

• 5장 •

디스펠

11						November
sun	mon	tue	wed	thu	fri	sat
29	30	31	1	2	3	4
5	6	7	8	9	10	11
12	13	14	15	16	17	18
⑲ 오쿠가미 축제	20	21	22	23	24	25
㉖ 예술제 Amakusa	27	28	29	30	1	2

사쓰키의 기록 ③

 여름방학에 마리코 언니의 컴퓨터에서 7대 불가사의의 데이터를 발견했을 때만 해도 설마 이렇게까지 사건의 어두운 면에 접근할 수 있을 거라고는 상상하지 못했다. 지금 생각해보면 사건 수사에 진전이 없는 채로 하루하루를 보내야 하는 것이 답답해서, 적어도 내 나름대로 범인을 잡으려고 노력하는 시늉이라도 하고 싶었는지도 모르겠다. 나는 할 수 있는 만큼은 다 했으니 어쩔 수 없다는 변명이 필요했던 거다.
 하지만 우리 게시판 담당은 경찰을 비롯한 어른들도 미처 깨닫지 못한 사건의 진실에 다가서고 있다.
 유스케와 미나 두 사람과 이렇게 친해질 줄도 몰랐다.
 지금까지 줄곧 모범생으로서, 변호사 집안의 자식으로서 행동할 것을 요구받고 이에 응해왔지만, 그렇지 않은 나를 아는 두 사람.

마녀의 집에 몰래 들어가기도 하고, 부모님께 거짓말하고 폐허에 방문하기도 하고, 여러 어리석은 짓도 했다. 마치 죽은 마리코 언니가 '인생을 더 즐겨라'라고 이끈 것처럼.

내년이 되면 나는 이 마을에 없을 것이다.

그것이 지금에 와서는 쓸쓸하게 느껴진다.

유스케와 미나는 어떤 중학교 생활, 고등학교 생활을 보내게 될까. 그 시절 두 사람의 추억에 나는 없고, 두 사람의 기억 속에서 나는 평생토록 초등학생의 모습 그대로이리라.

이 외로움은 어떻게 해도 채워지지 않는다.

하지만 우리 셋이서 마리코 언니 사건의 진상을 밝혀낸다면 나는 그것을 평생 잊지 못할 것이다.

마리코 언니의 죽음이라는 슬픈 기억과 소중한 우정의 기억.

내가 중학생이 되려면 이 두 가지가 꼭 필요하다.

11월에는 행사가 많다. 운동회가 끝나자마자 숨 돌릴 틈도 없이 음악회 연습이 시작되고, 그것이 끝남과 동시에 교실의 화제는 수학여행으로 옮겨가기 시작했다.

당연히 이러한 행사는 6학년, 아니 초등학교 시절의 추억과 크게 연관된 것들이라 하나하나 마칠 때마다 '졸업'이라는 단어가 실감 나게 다가온다.

아무튼 반 모두가 단합해 무언가를 할 기회가 늘어난 만큼 10월 말에서 11월 초에 걸쳐 게시판 담당 세 명이 모일

시간이 줄어들었고, 제3호를 게시한 후부터 벽신문 제작이 예정보다 늦어지기 시작했다. 물론 이번 호에 한해서는 기사로 다뤄야 할 내용이 많기 때문이기도 하다. 네 번째 자살 댐 이야기와 다섯 번째 산할머니 마을 이야기 두 가지를 합치면 한 권의 책으로 연결된다는 수수께끼도 있었기에 단순하게 생각해도 내용이 두 배로 늘어났다.

"서둘러서 대충 만드는 건 싫으니 좀 더 시간을 들여서 내용을 채우자."

사쓰키의 제안에 따라 예정된 발행 시기를 늦추고, 대신 기사 분량을 두 배로 늘린 특집호를 발행하기로 했다. 사쓰키마저도 신중하게 진행하려는 건 지금까지 추적한 7대 불가사의의 비밀이 이제 막바지에 다다랐다고 생각하기 때문일 것이다.

남은 괴담은 하나뿐이다.

7대 불가사의라고 불리면서도 괴담이 여섯 개밖에 없는 이유는, 각각의 수수께끼를 풀면 하나의 큰 진실이 드러난다는 마리코 누나의 의도가 담겨 있기 때문일 것이다.

그리고 지난번 마녀의 집 회의에서 제기된 '왜 마리코 누나는 괴담이라는 형태로 힌트를 남겼을까'라는 의문에 대한 해답이 보이는 것 같기도 하다.

앞서 사쓰키가 추리했듯이 마리코 누나가 간직한 비밀이 반도 병원과 관련된 불상사였다면 경찰에 신고하거나 인터넷에 폭로하면 될 일이었다. 반대로 내가 추리했듯이 사람에게서 사람으로 전염되는 저주가 존재한다면 마리코 누나는 그에 관한 정보를 모두 지우려고 했을 테니, 장난으로라도 흥미를 끌 형태로 남길 리가 없다. 대체 마리코 누나는 이 비밀을 털어놓고 싶은 거였을까, 숨기고 싶은 거였을까.

그래서 나는 이렇게 생각했다.

나즈테의 모임은 지금까지 마을에서 일어난 수많은 사건에 관여했고, 그 영향력이 반도 병원뿐만 아니라 정사무소나 도서관까지 미치고 있다면······.

그 비밀은 오쿠사토 정 주민들의 삶이 무너질 정도로 중대한 비밀이 아닐까?

그래서 마리코 누나는 여섯 개의 괴담으로 나누어 조금씩 단서를 제시함으로써 나즈테의 모임, 혹은 마을의 비밀에 다가갈 각오가 된 독자—이번 경우에는 우리—가 있는지 시험해본 건 아닐까? 마리코 누나는 그저 흥미만으로 나즈테의 모임에 접근하는 건 정말 위험하다는 사실을 알고 있었을 테니까.

여기까지는 사쓰키도 도달할 수 있는 내용이다.

하지만 나는 이걸로 납득할 수 없다. 마리코 누나가 죽은 현장에서 목격된 그림자 유령, 폐병원에서 내 앞에 나타난 검은 괴물. 그 이후 내 주변을 맴돌던 기분 나쁜 감각······. 억지라거나 기분 탓이라는 말로는 설명할 수 없는 현상을 몸으로 경험했기 때문이다.

나는 게시판의 오컬트 담당으로서 괴이한 힘이 어떤 형태로 사건에 관여되었는지 밝혀내야 한다.

월요일 방과 후, 나는 오래된 상점가가 늘어선 거리, 즉 미나가 사는 집에 도착했다. 건물 옆의 붉은 녹슨 계단을 쿵쾅쿵쾅 소리를 내며 올라가 미나가 사는 2층으로 향하자, 소리를 들었는지 미나가 현관에서 모습을 드러냈다. 어깨에는 큰 책 한 권이 들어갈 크기의 가방을 메고 있었다.

오늘은 함께 《광산과 함께, 50년》을 도서관에 반납하러 가기로 했다.

자살 댐 괴담의 암호로 표시된 페이지 이외의 부분까지 세 명이 돌려가며 전부 읽었다. 하지만 지난주에는 도서관에 누군가 매복하고 있을 것 같아 좀처럼 반납하러 가고 싶은 마음이 들지 않았다. 월요일은 휴관일이므로 입구에 마련된 반납함에 책을 넣어두면 된다. 마지막으로 책을 읽은 미나가 혼자서 반납하러 간다고 했지만 내가 따라가기로 했다. 책을 빌렸을 때의 상황으로 미루어볼 때 그 도서관 직원은 나즈테의 모임과 관련되었을 가능성이 있으니, 조심하는 것보다 나은 건 없다.

자전거를 타면서 앞을 달리는 미나의 뒷모습이 왠지 낯설게 느껴졌다. 얼마 전까지만 해도 사쓰키와 둘이서 행동할 기회가 많았는데, 지금은 그곳에 미나가 있다.

키가 조금 컸나? 이런 부모 같은 생각이 들었다. 같은 반 친구가 비슷한 말을 하는 장면도 본 적 있다. 저렇게 날씬했었나, 라거나 눈빛이 느낌 있네, 라는 다소 의아함이 섞인 목소리도 들었다. 잘 모르겠지만, 작은 신발을 더는 신지 않게 된 것이 급격한 성장을 촉진할 수도 있는 걸까.

여러 가지로 정신이 없었다.

최근 게시판 담당 활동이 정체된 건 학교 행사가 바빠진 탓도 있지만, 우리 사정이 바뀐 것도 원인이었다. 지금까지 휴일 등에 시간을 내어 활동하던 사쓰키가 과외가 늘어나면서 얼굴을 내밀지 못하게 되었고, 운동회에서 맹활약을 펼친 미나가 우리 말고도 다른 친구들과 많은 시간을 보내게 되었다. 그건 좋은 일이다. 하지만 게시판 담당 활동을 시작한 지 두 달이 조금 지났을 뿐인데, 우리를 하나로 묶어주는 형태가 뾰족해지기도 하고 넓어지기도 하며 끊임없이 변화하고 있는 것 같다.

말없이 자전거를 타고 달리다 보니 도서관에 도착했다.

휴관일이라 그런지 입구 앞에 인기척은 없었고 옆 건물에 있는 수영장의 휘슬 소리만 쓸쓸하게 울려 퍼졌다. 건물 창문과 주변 나무 그늘을 둘러봐도 숨어서 우리를 기다리는 듯한 사람 그림자는 보이지 않았다.

"괜찮은 것 같아. 다녀와."

내가 보초를 서는 동안 미나는 책을 반납함에 넣고 재빨리 돌아왔다.

"너희가 만났다는 도서관 직원, 우리를 찾고 있지 않을까?"

"글쎄. 아직 그런 녀석들은 나타나지 않았지만, 아이폰에 메시지가 도착하기도 했으니."

'하타노 마리코의 전철을 밟게 될 것이다.'

노골적인 협박이다. 저쪽이 우리를 적으로 인식했음이 틀림없다.

"대출 카드는 유스케가 아는 할아버지 카드를 썼잖아. 우리 신원을 알 수 있는 다른 정보는 없을 것 같은데."

신분이 들키지 않았는지 나도 여러 번 생각했다. 나와 사쓰키는 언행에 꽤 신경 쓰긴 했지만, 한 가지 걱정되는 점이 있다.

"시바타 할아버지가 몇 번이고 내 이름을 불렀거든. 도서관 안에서도 불렀던 것 같으니, 만약에 그걸 들었다면."

대략적인 나이와 유스케라는 이름으로 찾으면 일치하는 아이를 금방 찾을 수 있을지도 모른다. 나즈테의 모임에는 정사무소 사람이 있을 가능성이 크니, 내가 발견되는 건 시간문제이리라.

"위급할 때 쓸 수 있는 게 이런 자전거뿐인 건 좀 위험하네."

아이 힘으로는 좁은 마을에서 도망치기조차 쉽지 않다.

"우리 집으로 도망쳐오면 어때?"

"애들 숨바꼭질이 아니잖아. 금방 들키겠지."

"그럼 사쓰키의 집이라든가."

분명 변호사의 집이라면 상대방도 손대기 어려울 수 있다. 물론 그런 일 없이 끝내려면 모든 진실을 밝혀내는 게 가장 좋은 방법이리라.

"미나는 배후에 오컬트적인 존재가 있다는 추리로 사쓰키를 설득할 수 있을 것 같아?"

옆에서 나란히 페달을 밟으며 묻자 미나가 나를 가만히 쳐다보았다.

"그건 왜?"

"지난번 토론에서는 나와 사쓰키의 추리 모두 마리코 누나가 괴담을 남긴 것에 대해 모순이 생겨서 무승부로 끝났어. 하지만 나즈테의 모임이 우리가 상상했던 것보다 훨씬 더 큰 영향력을 가지고 있다는 걸 알게 된 덕에 그 모순도 해결할 수 있을 것 같아."

"마리코 언니는 나즈테의 모임이 가진 힘의 크기를 알고 있었기에 괴담이라는 애매한 형태로 단서를 남겼다는 거지?"

역시 미나도 같은 결론에 도달한 듯했다.

"그 점에 관해서는 나도 같은 생각이야. 나는 나즈테의 모임이 악령이나 재앙신 같은 존재를 숭배하는 집단이라고 생각해. 마리코 누나는 어중간한 각오로는 그 비밀에 도달할 수 없게 하려고 한 거지."

거기까지는 이해하겠다는 듯이 미나가 고개를 끄덕였다.

"하지만 잘 생각해보면, 내 추리에서도 사건의 '실행범'은 나즈테의 모임에 속한 인간이라는 결론에 도달하게 돼. 사쓰키와 다른 점은 그들의 악행이 어른들의 정치적 목적인지, 오컬트적인 이유인지의 차이뿐. 설령 인간이 악령에 사로잡혀 마음대로 조종당하고 있다고 해도 그걸 어떻게 증명해야 할지를 모르겠어."

결국 사쓰키가 오컬트의 존재를 믿게 만들어야 한다는 최초의 문제로 돌아가게 된다.

모처럼 '마리코 누나가 남긴 괴담을 바탕으로 추리해야 한다'는 규칙이 생겨서 대등하게 경쟁할 수 있을 줄 알았는데.

"어쩌면 여섯 번째 괴담에는 유령이 존재한다는 사실이 숨겨져 있을지도 몰라."

미나는 위로로도 비꼬는 것으로도 느껴지지 않는 말투로 말했다.

물론 그런 일이 생기면 역전 홈런으로 내가 우위를 점할 수 있다. 하지만.

"글쎄. 읽어본 느낌으로는 유령의 존재를 증명할 만한 내용이 담기진 않은 것 같은데……."

포기한 듯 웃으면서 나는 마지막으로 남은 괴담, 〈우물이 있는 집〉의 내용을 떠올렸다.

〈우물이 있는 집〉

역 앞 도로를 따라 곧장 나아가면 겹겹이 쌓인 산이 보인다. 이곳은 오래전 광산으로 번성했던 땅이지만, 그 안쪽, 험준한 산줄기 너머 골짜기에는 한때 후카자와무라라는 작은 마을이 있었다.

내가 정사무소에서 일한 지 3년째 되던 해, 업무상 잠시 후카자와무라에 머물렀던 적이 있다. 마을의 역사는 오래되었고, 나즈테신의 요괴 퇴치 전설의 발상지라는 이야기도 들었지만, 그 무렵 마을은 이미 세계대전 이후의 경제 성장에서 소외되어 쇠퇴해가고 있었다.

내가 정사무소에서 파견된 것은 후카자와무라의 어느 청원 때문이었다.

일찍이 집을 떠나 도쿄의 대학에서 열심히 공부했지만, 졸업 후 얼마 지나지 않아 아버지가 이른 나이에 돌아가셔서 고향으로 돌아온 나는 친척의 소개로 정사무소에서 일하게 되었다. 지역 주민이 많은 정사무소에서도 도시에서 공부한 젊은이가 도움이 된다고 판단했는지, 나는 일찍부터 경제나 화학 지식이 있어야 하는 일을 다수 맡게 되었다.

그런 나에게 후카자와무라의 청원은 매우 이상하게 느껴졌다.

산으로 둘러싸인 땅에서 50여 명의 주민이 숯을 굽고 소규모 농사를 짓는 후카자와무라에서 2년 전부터 이상한 병이 유행하기 시작했다고 한다. 처음에는 헛소리와 불면증으로 시작해, 일상적인 정서적 불안정이 심해지면 자해와 기행을 일삼다가 결국 심신 상실에 이르게 된다고 한다. 실종되었다가 얼마 후 시신으로 발견된 사람도 있다고 했다.

처음에는 증상이 발현한 사람을 마을 의사에게 데려가기도 했지만, 환자가 늘어날수록 마을의 악평이 퍼질 것을 우려해 집 안에 가둘 수밖에 없었다. 고민에 빠진 주민들이 결국 정사무소에 전문가의 조사를 요청한 것이다.

파견된 전문가는 나 한 명뿐이었다. 이를 통해 정사무소가 시대에 뒤떨어진 오지마을의 민원을 귀찮게 여긴다는 것을 알 수 있었다.

방문한 나를 안내한 사람은 마을 대표의 아들인 고로라는 스물세 살 청년이었다.

고로의 말에 따르면, 지금까지 확진 판정을 받은 건 열두 명. 그중 다섯 명은 이미 사망했고, 일곱 명은 요양 중이라고 한다. 50명 남짓한 마을에 있어서는 위협적인 수치라고 할 수 있다. 기분 탓인지 듬직한 체격의 고로도 안색이 어두웠다.

"제 삼촌도 초기에 발병한 사람 중 하나였어요."

그는 말했다. 삼촌은 농부로, 하이쿠를 좋아하는 조용한 사람이었는데 어느 순간부터 머릿속에 누군가의 목소리가 들린다고 말하기 시작했고, 나중에는 의식을 잃은 채 마을을 배회했다고 한다. 마치 여우에 홀린 것 같았다고 고로는 회상했다.

"마치 요코미조 세이시의 소설 같네요."

"흐음."

고로의 미지근한 대답에 나는 철렁했다. 요코미조 세이시의 저명한 작품은 탐정이 외진 곳, 혹은 독특한 풍습을 가진 땅에서 사건에 부딪히는 경우가 많다. 기분을 상하게 했을까.

나는 먼저 이 병의 증상을 확인하기 위해 환자가 있는 집들을 돌았다. 사람마다 증상의 정도가 달라서 어떤 사람은 계속 멍하니 허공을 바라보며 중얼거리는가 하면, 어떤 사람은 갇힌 오두막 안에서 필사적으로 소리를 내지르기도 했다. 들은 내용을 정리하면 다음과 같았다.

"묶은 걸 풀어라", "때가 온다", "어둡다, 춥다", "봐라. 지금도 부르고 있다"…….

이런 망상적인 말이 대부분이었다. 어떤 창작물로부터 강한 영향을 받은 것은 아닌가 생각했지만, 산골 마을에는 TV가 없을뿐더러 라디오 전파도 잘 들어오지 않는다. 게다가 이렇게 많은 사람에게 영향을 끼쳤다면 다른 주민들이 모를 리가 없다.

마을 사람들의 기대를 받으면서도 조사가 좀처럼 진척되지 않아 답답한 나날을 보내고 있을 때, 쓰네라는 여자가 말을 걸었다.

"선생님, 조심하세요. 분명 눈에 보이는 것보다 병이 훨씬 더 퍼져 있을 겁니다."

무슨 뜻이냐고 묻자, 쓰네는 목소리를 낮췄다.

"증상이 없는 주민들도 이전과는 완전히 다른 사람처럼 행동합니다. 마치 마음이 무언가에 덮여 씌워진 것처럼요. 제 오빠도 제가 알던 오빠와 달라요."

다른 주민이 지나가자 쓰네는 고개를 돌리고 자리를 떴다. 주민들은 그 뒷모습을 차가운 표정으로 바라보았다.

그녀의 말이 사실이라면, 병이 상상 이상으로 퍼져서 손을 쓰기에는 이미 늦은 걸까.

마을의 지리를 완벽히 파악할 정도가 되었을 무렵, 나는 한 가지 사실을 깨달았다. 마을에는 개울에서 상수도를 끌어오는 집이 많지만, 그에 못지않게 우물을 이용하는 집도 있었다. 그리고 증상이 심한 환자의 집에는 반드시 우물이 있었다.

일단 근무지가 있는 시내로 돌아와 과거 자료를 찾아보니, 과거 인근 광산 개발로 인해 후카자와무라 일대의 우물은 한때 취수량이 감소했다는 정보가 있었다. 우물물이 광산의 영향을 받는다는 말이 된다. 나는 우물물을 조사할 수 있는 장비를 들고 다시 후카자와무라로 돌아왔다.

그런데 왜인지 고로의 모습이 보이지 않았다. 마을 사람들에게 물어보니 며칠 전부터 모습을 보지 못했다고 했다. 불길한 예감이 들었다.

고로는 변해버린 모습으로 발견되었다. 집 뒤편에 있는 오래전부터 사용하지 않는 낡은 우물에 머리부터 빠져 숨을 거둔 것이다.

나는 즉시 시신을 끌어올리기 위해 우물 속으로 고개를 들이밀었다가…….

'그것'을 보았다.

의식을 되찾았을 때 나는 반도 병원 침대 위에 있었다.

나는 잠시 혼란에 빠졌지만 기절하기 직전의 기억이 되살아나자 의사의 만류를 뿌리치고 정사무소로 달려가 면박을 주는 상사들에게 후카자와무라에 대해 강력하게 건의했다.

그렇게 5년이 지났다.

후카자와무라는 새로 건설되는 댐 호수 아래로 가라앉게 되었고, 주민들은 산기슭 마을로 이주하게 되었다. 나는 우물에서 알게 된 것을 평생 다른 누구에게도 말하지 않을 것이다.

그 마을에서의 경험은 결코 추리소설 같은 것이 아니었다. 나는 열 가지 약속 중 단 한 가지를 지키지 못했기 때문이다.

"명백히 다른 괴담과는 다른 것 같아."

미나의 집에 도착한 나는 철제 계단에 앉아서 말했다. 미나는 집으로 들어가도 좋다고 했지만, 미나의 아버지가 슬슬 일하러 나갈 시간이고 여자아이와 둘이 있는 건 긴장되니까 여기가 좋다.

"딱히 괴담 같지 않다고 할까, 결국 마을에서 무슨 일이 일어난 건지도 잘 모르겠어."

내용을 요약하면, 후카자와무라에서 2년이라는 짧은 기간 동안 많은 주민이 정신질환을 호소하는 기이한 병이 발생한다. '나'는 조사 끝에 그 원인이 우물에 있다고 생각하고, 중요한 사실을 알게 된다. 그리고 '나'가 제안한 결과, 후카자와무라는 댐 호수에 가라앉는 결말을 맞이하게 된다.

괴담의 배경이 된 후카자와무라에 대해서는 이미 사쓰키가 실존했던 마을이라는 사실을 알아봐주었다. 댐 호수에 가라앉은 것도 사실이며, 예전에 자살 댐 괴담에 등장했던 그 가루베 댐이 그곳이다. 이번에도 현지에 가기는 어렵다.

나보다 세 계단 정도 위에 앉은 미나가 지적했다.

"지금까지의 괴담과는 형식이 달라."

"형식이라고?"

"지금까지는 다른 사람이 경험한 이야기를 들려주는 글쓰기 방식이었어. 하지만 이 〈우물이 있는 집〉은 체험한 본인이 쓴 거야. 그게 수수께끼와 관련이 있는지는 모르겠지만."

듣고 보니 그렇다.

"그럼 이번 수수께끼는 이 화자가 누구인지 알아내는 거려나?"

이 말에는 미나가 복잡한 표정을 지었다.

"관계자의 신원 같은 건 지금까지의 괴담도 알 수 없는 것뿐이었으니 그건 아닌 것 같아. 그보다 분명히 부자연스러운 문장이 있다는 점이 더 신경 쓰여."

"아, 응······."

나는 괴담이 인쇄된 복사지의 마지막 페이지를 집어 들었다. 그 마지막 문장.

'열 가지 약속 중 단 한 가지'.

이것이 이번 수수께끼를 푸는 열쇠가 될 수 있을까?

괴담 초반부에 나즈테라는 이름이 나오는 것도 신경 쓰인다. 후카자와무라가 나즈테 신화의 발상지라는 사실도 전혀 몰랐다. '나'가 정사무소에서 일하는 것, 기절했을 때 반도병원에 실려간 것도 나즈테의 모임을 연상시킨다. ……하지만.

"역시 이 괴담의 내용이 오컬트의 존재를 증명하는 것 같지는 않아. 게다가 사건이 인간의 손에 의해 발생했다는 건 〈목이 달린 지장보살〉 괴담에서 이미 단정된 것 아닌가?"

리들 스토리의 형태를 띤 그 괴담. 작품 속에서 K의 집을 찾아온 게 인간인지 괴이한 힘인지에 대한 수수께끼는 분명히 모임의 존재를 알리기 위해 준비된 것이었다.

세 사람이 규칙으로 '마리코 누나가 남긴 괴담에 근거한 추리'라고 정한 이상, 사건의 배후는 나즈테의 모임이라고 생각해야 한다. 그렇지 않으면 결국 '유령이 있느니, 없느니'라는 끝없는 논쟁이 벌어지고 만다.

"그거 말인데."

미나가 망설이며 말했다.

"〈목이 달린 지장보살〉에 대해서는 아직 잘 모르겠어."

"무슨 소리야?"

고개를 들어 시선을 위로 돌리자 구부린 무릎 너머로 미나가 입술을 삐죽이는 모습이 보였다.

"나는 마리코 언니의 7대 불가사의가 좋아. 소설가의 미스터리와는 조금 다르지만, 수수께끼가 잘 짜인 것 같고, 풀었을 때 머릿속에서 구름이 걷히는 것처럼 개운한 기분이 들어. 각 괴담마다 다른 아이디어를 사용하는 것도 재미있고 말이야. 하지만 〈목이 달린 지장보살〉만은 소화가 잘 안 되는 느낌이야."

"나는 잘 모르겠는데."

미스터리를 자주 읽는 미나만의 직감일까.

"물론 재미는 읽는 사람의 감성에 따라 다르겠지만, K의 집을 찾아온 사람의 정체가 뭐냐는 질문에 대한 답이 '나즈테의 모임이 실존하기 때문에 인간이 정답입니다'여서는 완성도가 떨어진다고 생각해. 마리코 언니의 실력을 믿는다면 다른 답이 있을지도 몰라."

소리 내어 말하진 않았지만, 그건 그것대로 곤란하다.

결말이 마음에 들지 않는다는 이유로 인간 범인설을 부정하다니. 게다가 나즈테의 모임이 인간이 아니라면 우리가 쫓고 있는 사람들은 도대체 누구란 말인가.

머릿속이 혼란스러워져 나도 모르게 하늘을 올려다보았다.

역시 오컬트적인 존재를 증명할 방법은 없는 게 아닐까.

토요일마다 열리는 마녀의 집에서의 게시판 담당 회의.

우선 예전처럼 특집호 기사로 만들기 위해 나와 사쓰키가 추리를 발표하는 것으로 시작했다. 이번에는 특히 〈자살 댐의 아이〉와 〈산할머니 마을〉 괴담에 숨겨진 암호와 거기서 도출한 한 권의 책 내용이 추리의 바탕이었다.

이번에 먼저 입을 연 건 사쓰키였다.

마리코 누나가 남긴 괴담도 드디어 막바지에 이르렀고, 여기까지 왔으니 의심의 여지가 없다는 듯 당당하게 입을 열었다.

"나즈테의 모임의 영향력이 반도 병원과 오쿠사토 정사무소까지 퍼진 것에 대해서는 다 동의하지? 이제부터는 《광산과 함께, 50년》에 관해 생각해보자."

사쓰키를 바라보며 고개를 끄덕였다. 내 추리에서도 전제가 되는 부분이다.

"저자 오히라 씨는 광산에서 일어난 불가사의한 사건에 대해 기록했어. 원인을 알 수 없는 화재 사고로 많은 희생자가 발생한 것, 그 사고에 연루된 사람들이 잇달아 정신 이상을 일으켜 병원으로 이송된 후 연락이 끊긴 것. 나는 이것을 광산을 운영하던 회사가 무언가를 감추기 위해 저지른 일이 아닌가 생각해."

사쓰키의 말에 따르면, 광산 사업에서는 화재 사고가 자주 발생한다고 한다. 만약 화재 사고로 속이고 은폐해야 할 정도의 사건이라면 분명히 회사에 과실이 있고, 까딱하면 범죄로까지 이어지는 건 아닐까 하고 사쓰키는 말했다.

"광산을 운영하던 고시마 공업은 당시에는 물론 폐광 이

후에도 화학공장을 운영하며 오쿠사토 정의 경제를 도맡고 있어. 고시마 공업이 망하면 마을에도 큰 타격이 될 거야."

"그래서 마을도 그 은폐에 힘을 보탰다는 거구나."

미나도 그 가설에 동의하는 눈치였다.

"생각해봐. 지금까지 우리 조사에서 거론된 반도 병원과 정사무소, 고시마 공업이 마을의 의료와 행정, 경제 대부분을 장악하고 있는 셈이야. 만약 이 세 곳이 오래전부터 손을 잡고 자신들에게 불리한 일을 은폐해왔다면?"

주민들은 그런 사실을 알 방법이 없는 채로 살아갈 수밖에 없다.

예전에 집에서 선거 이야기가 나왔을 때, 여러 업계와의 연결고리가 없으면 선거에서 이길 수 없다고 아빠가 말한 적이 있었다.

"정사무소, 즉 정장은 선거에 유리하도록 반도 병원과 고시마 공업의 지원을 받는 대신 양측에 곤란한 일이 생기면 여러 가지 편의를 봐준 거야."

"편의?"

"유리하게 일을 처리해준다는 거야. 특별 예산을 편성해주거나, 각자 자신에게 불리한 사실을 아는 사람이 있으면 세상에서 격리되도록 꾸미거나."

나는 〈영원한 생명 연구소〉 조사 때 갔던 반도 정신병원의 폐허를 떠올렸다. 감옥처럼 격리된 병실과 억울함을 호소하듯 벽에 그려진 무수히 많은 검은 사람 그림. 어쩌면 광산에서 일어난 사고의 진상을 아는 사람들이 그곳에 갇힌 채 입막음을 당했을지도 모른다.

"이 '3자 연합'이라고도 할 수 있는 관계를 중심으로 도서관이나 대학이라는 교육기관까지 끌어들인 게 나즈테의 모임 같아. 그들은 철저하게 사람들의 눈을 피하고자 선불 아이폰의 메시지 앱을 연락 수단으로 삼았어. 오래전, 이 지역을 지배했던 나즈테 신의 이름을 사용한 것도 자신들의 힘을 자랑스럽게 생각하기 때문 아닐까?"

사쓰키는 거기서 말을 끊고 허리를 곧게 폈다.

"지난번 내 추리에서는 마리코 언니가 왜 좀 더 알기 쉬운 형태로 정보를 남기지 않았는지가 문제였는데, 지금까지의 설명으로 그 답은 분명해졌다고 생각해. 나즈테의 모임의 힘이 너무 커서 정보를 믿은 사람들까지 피해를 입지는 않을까 마리코 언니는 걱정한 거야."

역시 사쓰키는 내가 예상한 대로 이론을 전개했다.

"마리코 언니는 무언가의 형태로 나즈테의 모임을 알게 됐고, 그 소행을 밝혀야 한다고 생각했어. 추측이긴 하지만, 대학에서 알게 된 도키토 교수가 나즈테의 모임 회원인데, 그도 나즈테의 모임에 대해 부정적인 생각을 가졌던 게 아닐까. 그래서 그 도키토 교수의 소개로 나즈테의 모임에 가입해 그 소행을 고발하기 위한 증거를 확보하고자 움직였던 거지. 하지만 그 사실이 모임에 들통났어."

"먼저 도키토 교수가 살해당하고, 그것으로 인해 마리코 언니는 자신의 목숨도 위험하다고 생각한 거야?"

미나가 묻자 사쓰키는 고개를 끄덕였다.

"이럴 때를 대비해 몇 가지 괴담은 미리 만들어놨던 걸지도 몰라. 거기에 도키토 교수의 죽음을 다룬 〈S터널의 동승자〉를 추가했어. 안타깝게도 마리코 언니와 도키토 교수는 나즈테의 모임의 죄를 증명할 만한 증거는 얻지 못했던 거겠지. 그 뜻이 계승되도록 단서를 남기려고 했지만, 그 단서를 접한 사람 모두가 나즈테의 모임을 적으로 돌릴 각오가 되어 있다고는 할 수 없어. 뭐니 뭐니 해도 나즈테의 모임은 오쿠사토 정 그 자체라고 할 수 있으니까."

그래서 단서를 하나하나 따라가면서 각오가 없는 사람은 바로 발을 뺄 수 있도록 괴담의 형태를 취했다. 마지막 순간까지 마리코 누나는 다른 사람을 걱정한 것이다.

"내 추리는 여기까지야."

사쓰키는 어깨의 힘을 빼고 "후우" 하고 숨을 내쉬었다.

미나가 나를 쳐다보았다. 자신의 의견을 말하기 전에 내 추리를 먼저 보여달라는 것이다.

사쓰키가 발산한 기세를 받아들이듯, 나는 아랫배에 힘을 주었다.

"내 추리도 사쓰키가 말한 '3자 연합'까지는 거의 일치해.

정사무소도, 반도 병원도, 고시마 공업도 손을 잡고 악행을 숨겨왔어. 다만 그 목적은 사쓰키와 조금 달라. 나즈테의 모임은 이름 그대로 나즈테 신을 숭배하는 집단이야."

"숭배한다고?" 미나가 말했다.

"나즈테 신은 아주 오래전, 이 땅을 지배했던 신이야. 우리 마을이 평온을 유지할 수 있는 건 나즈테 신 덕분이라고 생각해도 이상하지 않지. 하지만 광산이 폐광된 이후 마을은 점점 쇠락했어. 그래서 나즈테의 모임은 신의 힘과 은혜를 되찾으려고 안간힘을 쓰고 있는 게 아닐까?"

사쓰키는 '그건 너무 만화나 영화 같은 이야기인데'라는 표정을 지었지만, 입에는 담지 않고 잠자코 내 말을 들었다.

"이건 내가 심령체험을 했기 때문에 하는 말이 아니야. 앞서 말했지만, 마리코 누나의 괴담에는 몇 가지 비슷한 소재가 등장해. 〈S터널의 동승자〉에서 블랙박스에 비친 검은색 작은 그림자. 〈영원한 생명 연구소〉에서 조사한 폐병원 벽에는 검은 사람 그림이 그려져 있었고, 〈미사사 고개의 목이 달린 지장보살〉에서도 검은 그림자가 쫓아와. 〈자살 댐의 아이〉에서는 전화를 통해 들려오는 아이 목소리, 〈산할머니 마을〉에서는 장례식에 검은 옷을 입은 아이가 등장하지. 세세한 부분에 차이는 있지만, 어느 이야기에나 그림자를 연상시키는 것이 등장해. 이건 사건 배후에 인간 이외의 존재…… 신이나 괴이한 힘 같은 것이 숨어 있다고 말하고 싶은 게 아닐까."

나는 미나의 반응을 살폈다.

추리가 규칙에 따른 것인지 아닌지를 판단하는 건 미나의 역할이다.

"……그래, 그건 전부 마리코 언니의 괴담의 특징에 주목한 것이니 공정한 추리라고 할 수 있을 것 같아."

나는 안심하고 계속했다.

"신의 은혜를 받는 방법에는 두 가지가 있어. 하나는 신을 위대하게 만드는 것. 쉽게 말해 신자 수를 늘리거나 형식만이라도 존재감을 높이는 거지."

"잠깐만. 형식만이라는 게 무슨 뜻이야?"

사쓰키가 내게 질문을 던졌다.

"진심으로 믿지 않더라도 형식으로라도 따르면 그 존재를 인정하는 셈이 돼. 대다수의 일본인은 종교가 없다고 말하지만, 신에게 기도하기도 하고 나쁜 짓을 하면 천벌을 받는다는 사고방식을 가지고 있잖아. 신자가 아니더라도 눈에 보이지 않는 힘을 어느 정도 받아들이고 있지."

"그런 의미구나. 계속해."

사쓰키가 다음 말을 재촉했다.

"은혜를 받는 또 다른 방법은 좀 더 직접적인 방법이야. 공물을 바치는 것. 공물은 당연히 가치 있는 것일수록 좋아. 그리고 사람에게 가장 가치 있는 건 목숨이야."

"나즈테의 모임이 수많은 사건에서 암약하는 건 신에게 사람의 목숨을 바치기 위해서라는 거야?"

"광산이나 노로의 친척 장례식에서 일어난 것과 같은 연쇄적인 죽음은 사람이 일으킬 수 있는 일이 아니야. 어떻게 하는지는 모르겠지만, 사람의 목숨을 앗아가는 방법이 있는 것 같아. 물론, 나즈테의 모임이 연루된 사건 중에는 그저 불상사를 은폐한 것도 있겠지만."

내가 말을 끊자 미나는 턱에 손을 얹고 지금까지의 내용을 심사숙고하듯 침묵했다. 잠시 후 고개를 들어 나를 향해 말했다.

"유스케의 말대로 나즈테 신이 실존한다고 해도, 결국 사쓰키가 전에 제기한 의문에 답해야 할 것 같아. 즉, 신일지도 모르는 존재가 왜 칼로 마리코 언니를 죽였는지."

"나는 어디까지나 나즈테의 모임의 목적을 말하고 싶었을 뿐, 마리코 누나가 나즈테 신에게 살해당했다고는 생각하지 않아. 저지른 건 당연히 나즈테의 모임 멤버가 한 짓이야. 마리코 누나가 배신자라는 사실을 알아차리고, 도키토 교수에 뒤이어 죽인 거지."

마리코 누나가 나즈테의 모임의 본질을 어디까지 알고 잠입했는지는 알 수 없다. 사쓰키의 추리처럼 처음에는 오쿠사토 정의 실권을 쥐고 있는 조직이라고 생각하고 잠입한 후 괴이한 힘의 존재를 알게 되었을 가능성도 있다.

"지난번 수수께끼, 마리코 언니가 왜 괴담이라는 형태로 단서를 남겼는지에 대해서는?"

"그것도 사쓰키의 추리와 같아. 나즈테의 모임의 영향력이 커서 함부로 접근하면 목숨이 위험에 처할 수 있어. 그래서 모든 정보를 한꺼번에 공개하지 않고, 조사하는 도중에 물러설 수 있도록 한 거야."

"그럼…… 괴이한 힘의 존재 말고는 거의 나와 같은 추리라는 뜻이네?"

사쓰키는 어떻게 반응해야 할지 난감한 표정이었다.

나도 사쓰키도 마리코 누나가 나즈테의 모임 멤버에 의해 살해당했다고 생각한다. 반도가 어떤 입장이었는지는 알 수 없지만, 그도 죽은 것으로 보아 마리코 누나에게 협조적이었을지도 모른다.

잡아야 할 범인이 같다는 점에서 우리는 대립할 필요가 없다. 나즈테 신의 존재에 대해서는 의견이 다르지만, 공정한 발상이라는 점은 미나가 인정했다.

다음 벽신문 특집호에 실을 추리가 완성되었다고 생각했을 때, 미나가 입을 열었다.

"안타깝지만 두 사람의 의견에는 같은 문제점이 있어."

나도 사쓰키도 놀라 따졌다.

"왜? 마리코 누나가 괴담을 남긴 이유를 제대로 설명했는데!"

미나는 조금 미안한 듯, 하지만 시험 답안지를 한 칸씩 밀려 쓴 학생을 바라보듯 우리 둘의 얼굴을 쳐다보았다.

"그 설명 때문에 이미 해결된 의문이 다시 살아났다고 할 수 있어. 두 사람은 나즈테의 모임의 영향력이 워낙 커서 정보를 쫓는 사람을 걱정해 괴담의 형태로 만들었다고 추리했지만, 그렇다면 마리코 언니 자신은 왜 도망치지 않았을까?"

나와 사쓰키가 둘 다 말문이 막힌 걸 보고 미나가 후속타를 날렸다.

"도키토 교수가 죽었다는 사실을 알게 된 마리코 언니는 신변의 위험을 느꼈을 거야. 그래서 〈S터널의 동승자〉를 추가하고 반도에게 전화로 무언가를 전했어. 그런데도 자신은 이 마을에서 도망치거나 누군가에게 도움을 청하지 않고 심야에 인적이 드문 체육공원에 머물렀어. 이건 영리한 마리코 언니의 행동과 모순되는 행동이야."

우리는 '마리코 누나가 알기 쉬운 형태로 단서를 남기지 않은 것'을 설명하기 위해 나즈테의 모임의 무서움을 들먹였지만, 오히려 역효과가 났다.

나는 일단 생각나는 대로 말해보았다.

"마리코 누나는 반도와 함께 도망칠 생각이었던 거 아닐까. 그래서 그에게 전화를 걸어서 위치를 알렸어. 하지만 반도는 마리코 누나를 조직에 팔아넘긴 거지."

이 말을 듣고 사쓰키도 동참했다.

"반도는 전화를 받은 후 안절부절못했다고 하는데, 마리코 언니를 배신했다면 말이 되는 것 같아."

경쟁 관계라는 사실도 잊고 서로 협력하는 우리에게 미나는 어이없다는 표정을 지었다.

"말도 안 돼. 아이폰의 대화 내역을 떠올려봐. 마리코 언니는 반도에게 연락하기 직전에 나즈테의 모임 대화방에서 나갔어. 그렇게 눈에 띄는 행동을 해놓고 살해당할 때까지 반도를 기다렸다니……. 너무 순진해빠진 거 아니야?"

너무 순진해빠졌다는 표현은 좀 심하다 싶지만, 무슨 말을 하고 싶은지는 알겠다.

"우리는 마리코 언니가 이성적인 사람이라는 전제하에 대화를 진행했어. 만약 그녀가 그런 우둔한 행동을 하는 사람이라면 그녀가 남긴 괴담도 믿을 수 없게 돼."

"……응."

우리는 솔직하게 추리의 부족함을 인정했다. 사건 현장 상황, 괴담이라는 형식에 이어 이번에는 마리코 누나의 행동에 모순이 있다는 지적을 받게 될 줄은 생각지도 못했다.

아무튼 두 사람의 추리가 다 나왔기에 특집호 기사 소재는 완성되었다.

이제 남은 단 하나의 괴담의 수수께끼를 푸는 동안 모든 의문을 해소할 수 있는 답을 찾을 수 있으면 좋겠는데.

여섯 번째 괴담인 〈우물이 있는 집〉에 대해서 조금 이야기를 나눴지만, 새로운 발견이나 의견은 나오지 않았다.

진도가 나가지 않는 토론에 언제까지고 시간을 할애할 순 없으니 일단 특집호 제작을 진행하기 위해 테이블에 전지를 펼쳤다. 연필로 경계선을 긋고 어느 범위에 어느 정도의 내용을 쓸지 대략 가늠했다.

이 작업에도 꽤 익숙해졌다는 생각과 동시에 이 벽신문 만들기도 얼마 남지 않았다는 사실을 깨달았다. 벌써 11월이고, 2학기는 한 달 남짓 남았다. 우리 조사가 어떤 결말을 맞이하게 될지는 모르겠지만, 다음 달이면 게시판 담당은 해산한다.

3학기에도 세 사람 모두 다시 한번 게시판 담당이 될 수 있을까? 같은 담당을 연속으로 맡는 건 다른 지원자가 없을 때만 허용된다.

칠판의 텅 빈 '게시판 담당' 칸 앞에서 다른 두 사람의 얼굴을 살피며 슬그머니 손을 드는 모습을 상상하는데 옆에서 사쓰키의 목소리가 들렸다.

"후카자와무라에 대해 좀 더 알아보는 수밖에 없겠어."

작업을 하면서 미나와 〈우물이 있는 집〉에 대한 이야기를 계속 나눈 듯했다.

이미 인터넷에서 정보를 찾아보았지만, 후카자와무라에 대해 자세히는 알아내지 못한 모양이다.

인터넷이 발달하기 전에 댐에 가라앉은 마을이고, 이 경우 역시 책에 의존해야 하지만 다시 도서관에 책을 찾으러 가는 건 역시 위험하다.

미나는 여느 때처럼 방 안쪽에서 우리 이야기를 듣고 있던 마녀를 돌아보았다.

"이 지역의 역사에 관한 책은 어디 없나요?"

마녀는 귀찮은 듯 고개를 돌리고는 말했다.

"글쎄, 잘 모르겠네. 최근 10년이나 20년 동안은 산 기억이 없으니 있다면 이전 집에서 이사할 때 가져온 것 정도일 텐데."

그 대답에 무언가 걸리는 부분이 있다는 사실은 다른 두 사람도 똑같이 느낀 듯했다.

마녀는 이 집에 있는 책을 전부 기억하고 있을 텐데, 왜 모호하게 대답하는 걸까.

해가 지는 시간이 빨라져서인지 사쓰키가 평소보다 일찍 돌아가겠다고 해서 우리 일행은 마녀의 집을 나섰다. 특집호는 절반 정도 진행되었다. 나머지는 방과 후에 작업하면 일주일 안에 완성할 수 있을 것이다.

집으로 돌아가는 길에 부모님께 전화가 온 듯 사쓰키가 스마트폰으로 전화를 받았다. "지금 가는 길이야", "알았다니까. 알고 있어"라고 약간 짜증이 섞인 대화를 나누고 통화를 끊었다.

아마 빨리 집에 돌아와서 공부하라는 말을 들었을 것이다. 본인에게도 들었지만, 요즘은 중학교 입시를 향한 압박이 더 심해진 것 같다.

그에 비하면 공립학교에 진학할 나의 여유로움이란. 이렇게 시간을 보내는 방식이 다르니, 편안함을 넘어 죄책감마저 느껴진다.

"저기, 다음 주 일요일에 시간 있어?"

사쓰키가 이쪽을 돌아보며 물었다. 나는 무슨 이야기인지 짐작이 갔다.

"오쿠가미 축제 말이야?"

사쓰키가 고개를 끄덕였다. 1년 전 축제 전날, 마리코 누나는 행사 장소가 될 예정이었던 체육공원 운동장에서 살해당했다. 사쓰키에게는 어떻게든 아픈 기억과 연결되는 이벤트일 것이다.

"같이 가지 않을래? 마리코 언니의 1주기 제사는 전날 끝나니까."

원래 다카쓰지와 히노우에와 함께 갈 생각이었지만, 나는 "그러게, 모처럼이니까"라고 찬성했다.

"오쿠가미 축제는 나즈테 신과 관련이 있는 걸까?"

미나의 질문에 우리는 서로 얼굴을 마주 보았다.

"오래된 토지신을 위한 축제라고만 들었는데……."

나즈테 신이 추리 속에서 강한 존재감을 드러내게 된 지금, 아무래도 연관 지어 생각하게 된다. 곧장 멈춰 서서 스마트폰을 조작하던 사쓰키가 말했다.

"분류상으로는 신상제新嘗祭라고 해서 가을 수확에 맞춰 풍요에 감사하는 축제인 것 같아. 다만 각 지역에서 사라져가는 소규모 축제를 하나로 묶어 지역 활성화를 꾀하는 목적도 있는 것 같으니 여러 신에 대한 의미가 포함된 듯해."

신에 대한 믿음보다 지역 활성화의 의미가 더 강한 건가.

그렇게 이야기를 나누다 미나와 헤어져 집으로 향하는 길목에 다다랐을 때였다.

"사쓰키!"

앞쪽에서 날카로운 목소리가 울려 퍼졌다. 한 여자가 서 있었다. 그 옷차림은 우리 집이라면 수업 참관 때나 입을 만큼 단정했고, 그야말로 사쓰키의 어머니 같다는 생각이 들었다. 일부러 마중을 나온 걸까.

반면 사쓰키는 다소 지친 표정으로 "집에 가고 있다고 했잖아"라고 불평을 늘어놓았다.

모범생인 사쓰키도 부모에게는 이런 표정을 짓는구나.

그럼 또 보자고 말하고 돌아서는데, 사쓰키의 어머니가 불러 세웠다.

"너도 게시판 담당이니?"

"아, 네."

"항상 고맙구나. 하지만 사쓰키도 이제 본격적으로 수험생활에 매진할 때가 되었으니 잘 부탁해."

무엇을 부탁한다는 건지 모르겠지만, 그다지 호의적이지 않다는 느낌이 전해졌다.

어쩌면 사쓰키가 게시판 담당에 남자아이가 있다는 사실을 말하지 않았기에 사쓰키 어머니의 눈에는 휴일마다 놀러다니는 좋지 않은 관계로 보였을지도 모른다.

나로서는 그렇게 취급해주는 것도 미안할 정도인데, 하는 생각에 웃음이 절로 나왔다. 똑똑하고 훌륭한 경력을 가진 사람이라서 쓸데없는 일에 신경을 곤두세우는 걸까.

사쓰키는 변명하는 것보다 한시라도 빨리 어머니를 내게서 떼어놓는 게 낫다고 판단했는지, 나한테 가볍게 손을 흔들고 빠른 걸음으로 멀어졌다.

석양이 지는 가운데 홀로 집으로 가는 길을 걸었다. 익숙한 집들, 익숙한 하늘. 수천 번 본 풍경이지만, 뒤에서 살짝 발로 차면 무너져 내릴 것 같은 위태로움이 느껴졌다.

어쩔 수 없지.

처음에는 초등학생들이 한적한 시골의 심령 스폿을 조사하는 것에 불과했지만, 어느새 마을의 역사를 뒤흔들 만큼 큰 비밀이 도사리고 있다는 사실을 알게 되었다. 그런데도 우리가 그 비밀에 맞설 수 있는 건 방과 후 한두 시간과 휴일 오후 정도이고, 그 외의 시간에는 부모님과 진로에 대해 고민한다. 도대체 어느 쪽이 더 심각한 문제일까?

현실이란 뭘까. 세상이란 뭘까. 어른이란 정말 아이보다 강한 존재일까. 아니면 이런 걸 고민하는 것 자체가 현실 도피일까.

누가 이 질문에 답해줄 수 있을까. 부모님? 선생님? 정치인?

그러다 문득 떠오르는 사람이 있었다.

그래, 어쩌면 사쓰키에게는 그것이 마리코 누나였을지도 모른다.

그래서 사건을 해결하지 않고는 앞으로 나아가고 싶지 않은 것일지도 모른다.

가게 문을 열자 집 안이 어쩐지 소란스러웠다.

저녁 5시가 넘어가는 시간대라 손님이 많아지는 건 당연하지만, 소란스러운 건 가게가 아니라 집 쪽이었다.

그때 엄마가 바쁜 듯 거실에서 나왔다. 손에는 단골손님의 연락처가 적힌 노트를 들고 있었다.

"유스케, 돌아왔구나!"

"무슨 일 있어?"

"시바타 씨가 돌아가셨대!"

나는 그 소식을 받아들이지 못하고 신발을 벗는 도중에 굳어버렸다.

"시바타 할아버지가?"

"엄마도 방금 듣고 깜짝 놀랐어. 집에서 쓰러져 구급차를 불렀지만 늦었다고 하네."

그 말만 남기고 엄마는 황급히 전화기 쪽으로 달려갔다. 이웃에게 부고를 알리는 역할을 맡은 듯했다.

시바타 할아버지가 더는 이 세상에 없다는 사실이 실감 나지 않았다.

눈앞에서 도서관 직원과 싸워주었을 때의 모습이 떠올랐다. 가게에서 나와 사쓰키의 관계를 놀리던 주름 가득한 미소도.

나에게 시바타 할아버지의 죽음은 마을을 뒤흔든 마리코 누나 사건보다 훨씬 더 큰 충격이었다.

시바타 할아버지가 돌아가시고 눈 깜짝할 사이에 일주일이 지나 어느새 약속한 오쿠가미 축제일이 다가왔다.

큰 축제이긴 하지만 이미 겨울로 접어드는 시기인 만큼 행사장인 체육공원에서는 유카타(주로 여름철에 입는 일본의 전통 의상―옮긴이) 차림은 찾아보기 힘들었다. 그래도 2년 만의 개최라 그런지 오후 3시쯤 우리가 모였을 때는 이미 포장마차마다 기다리는 줄이 생겨 있었다.

두 사람에게는 이미 학교에서 시바타 할아버지의 죽음에 관해 이야기한 상태였다.

사쓰키는 나를 걱정해서 축제 구경을 그만두자고 했지만,

나는 참가하기로 했다. 사쓰키도 마리코 누나가 죽은 곳에서 열리는 축제에 오는 거고, 나 역시 혼자 있는 것보다 무언가를 하면서 마음을 돌리고 싶었다.

운동장 한쪽에 마련된 마리코 누나를 위한 헌화대에는 마을 사람들의 꽃으로 가득 차 있었다. 우리도 오는 길에 사온 꽃다발을 바치고 합장했다.

셋이서 포장마차를 돌아다니면서 나는 둘에게 보고를 해야 할지 고민했다.

지역 활동에도 적극적으로 참여하고 교우관계도 넓었던 시바타 할아버지의 부고는 많은 사람을 놀라게 했고, 장례식에는 많은 이가 얼굴을 내밀었다. 엄마의 말에 따르면 요즘은 장례식장에서 장례를 치르는 경우가 많다고 하는데, 시바타 할아버지는 집에서 장례를 치렀고, 먼곳에 살던 자식들도 앞다투어 참석했다고 했다.

많은 사람이 건강 그 자체였던 할아버지의 죽음을 의아하게 여겼고, 나도 평소 할아버지께 귀여움을 받은 것에 대한 고마움을 가족들에게 전하는 김에 돌아가시기 전후의 상황을 물었다.

"의사도 돌연사라고 했는데, 정말 고통스러워한 기색도 없었단다. 쓰러지는 소리가 들려서 돌아보니 이미 의식을 잃은 상태였으니까……."

슬픔보다 피곤한 기색이 더 짙어 보이는 할머니는 혼잣말하듯 말을 흘렸다.

"고통스럽지 않게 떠났다면 다행이라고 생각해야 할지도 모르겠지만 말이야."

원인불명의 돌연사. 나는 자꾸만 도키토 교수의 죽음이 떠올라 할머니에게 물었다.

"심장에 딱히 문제가 있으셨던 것도 아니죠? 무언가 두근거림을 느꼈다든가, 심하게 기운이 없으셨다든가……."

고개를 끄덕인 할머니는 그때 무언가 떠오른 듯 말했다.

"그러고 보니 우리 영감, 유스케에게 하고 싶은 말이 있는 것 같았는데."

"저한테요?"

"며칠 전 저녁 식사 때 오쿠가미 축제 이야기가 나왔거든. 우리 영감, 망루 위에서 두드리는 일본 북을 가르치기도 했잖니. 올해는 제자들이 무사히 연주할 수 있을 것 같다고 말하다가, '그러고 보니 작년의 북은 좀 이상했어'라고 말을 꺼냈단다."

"작년요? 작년 축제는 취소됐잖아요?"

할머니는 고개를 끄덕였다.

"나도 그렇게 지적했더니, 축제 며칠 전에 목공소에서 공연에 사용할 북을 시험해봤을 때의 이야기라더라. 왜인지는 모르지만, 그 사실을 유스케에게 알려줘야 한다고 했어."

목공소. 그 단어가 나온 것만으로도 깜짝 놀랐다.

그러고 보니 축제에 쓰이는 각종 제구祭具도 목공소에서 만든다.

도서관에서 헤어질 때 시바타 할아버지는 이 마을의 괴담에 대해 무언가 알고 있는 것 같았다. 평생을 이곳에서 산 할아버지는 자연스레 오쿠사토 정이 품고 있는 어둠을 감지하고 있었고, 일본 북도 그중 하나였을지도 모른다.

조금이라도 더 정보를 수집할 게 있을까 싶어 나는 질문을 거듭했다.

"저기, 그 밖에 다른 이상한 일은 없으셨어요?"

"이상한 일이라."

할머니는 한참을 생각하다가 무언가 생각난 듯한 표정을 지었다.

"그러고 보니 그날 아침에 우리 영감한테 선물이 왔었어. 어디서 온 건지 몰라 의아했는데, 그건 뭐였을까?"

"선물요?"

"그래, 이 정도 크기의 나무 상자." 할머니는 아기를 안는 듯한 제스처를 취했다. "난 열어보는 장면은 보지 못했는데, '뭐야, 이게!'라고 고함치는 소리가 들려서 가보니 뚜껑을 닫고 '누가 장난친 거야'라며 보여주지 않았단다. 분명 처마 끝에 내놨던 것 같은데."

할머니와 함께 보러 갔더니 처마 끝에는 아무것도 없었다. 도와주러 온 아들 부부에게 어디론가 치웠는지 물어봐도 아무도 모른다고 했다.

"누군가에게 도둑맞았다면 경찰에 문의해볼까?"

앞으로 할머니 혼자 살게 될 것을 걱정해서인지 아들이 제안했지만, 할머니는 "장례식 중이니" 하며 사양했다.

시바타 할아버지가 받은 후 얼마 지나지 않아 사라져버린 '무언가'. 그리고 '이 정도 크기'라고 할머니가 보인 제스처가 내 안에서 데자뷔처럼 기억을 자극했다.

바로 히로 형이 도키토 교수의 죽음에 대해 말해주었을 때였다. 도키토 교수의 차 뒷좌석에는 지퍼가 열린 빈 보스턴백이 놓여 있었다고 했다. 그 보스턴백의 크기를 말할 때, 히로 형도 아기를 안고 있는 듯한 제스처를 취했었다······.

"어, 저기 봐."

사쓰키의 목소리에 제정신을 차렸다.

사쓰키는 거미줄처럼 늘어뜨려진 초롱 빛에 비친 운동장 한가운데에 세워진 망루 사다리를 오르는 법의를 입은 남자를 가리켰다.

법의 차림의 남성이 채를 휘두르자 망루 위의 일본 북이 불꽃놀이 소리처럼 크고 묵직하게 울려 퍼지기 시작하면서 분위기가 한층 더 축제처럼 바뀌었다.

"유스케, 왜 그래?"

미나의 말을 듣고 아직 생각이 정리되지 않은 나는 재빨리 입을 열었다.

"지역 어린이회에서 일본 북을 가르쳐주거든. 나도 돌아가신 시바타 할아버지에게 배운 적 있어."

"초등학생도 저기서 북을 치는 거야?"

"아니, 더 작은 가마 위에서 두드리는 거. 나는 금방 질렸지만, 할아버지는 올해도 배우러 오라고 했었어."

이야기하면서 신기한 영감이 떠오르는 걸 느꼈다. 조금 전까지 생각하던 것과 머릿속 한구석에 박혀 있던 정보가 가느다란 빛을 발하는 실타래처럼 연결됐다.

죽은 카나모리 씨가 일하던 목공소. 시바타 할아버지는 그곳에 있던 일본 북이 이상하다고 느꼈다.

둥, 둥, 둥.

북소리가 더 생각하라고 부추기는 것만 같았다.

그 후 목공소에 누군가가 침입해 여러 물건을 부숴버렸다. 그중에 일본 북이 있었을지도 모른다.

둥, 둥, 둥, 둥.

히로 형이 말했듯, 만약 그 일을 저지른 사람이 도키토 교수였다면 어떻게 되는 걸까?

어느새 운동장을 한 바퀴 돌고 포장마차 끝자락에 도착했다.

언제 샀는지 미나의 손에는 솜사탕, 사쓰키의 손에는 다코야키가 들려 있었다. 전혀 눈치채지 못했다.

"뭐야, 너희만."

"유스케가 먼저 앞서 걸었잖아."

미나는 아무렇지 않은 얼굴로 그렇게 말한 후, 솜사탕의 끝부분을 잘게 잘라 입 쪽으로 내밀었다.

"응?"

"줄게."

어쩔 수 없이 푹신푹신하게 흔들리는 솜사탕 조각을 덥석 물었다. 그 탓에 미나의 손끝이 입술에 닿았다.

이 장면을 같은 반 친구들이 보면 무슨 놀림을 당할까.

문득 시선을 돌리자 그야말로 같은 반 친구인 사쓰키와 눈이 마주쳤다.

뭐 하는 짓이냐는 표정을 짓기에 나도 고집스럽게 묵묵부답으로 일관했더니 무슨 심리가 작용한 건지 사쓰키는 다코야키 하나를 미나의 얼굴에 들이대며 말했다.

"미나, 자 이거 줄게."

그러자 미나는 입을 벌려 받아들일 수밖에 없었고, "고마우어"라고 제대로 말이 되지 않는 인사를 건넸다.

나도 무언가 사려는 생각에 주변을 둘러보다가 근처에 있던 두 명의 할아버지가 이쪽을 쳐다보고 있는 걸 발견했다.

"오, 역시 맞구나."

눈이 마주치자 한 할아버지가 반가운 표정을 지으며 손을 흔들었다.

누군지 기억이 나지 않아 당황하는데 옆에서 미나가 "전에 이 근처 카페에서 만난 분"이라고 알려주었다. 맞다. 마리코 누나 사건에 대한 정보를 얻기 위해 들른 카페에서였다!

가게 이름은 '도나우'였던가. 그러고 보니 할아버지가 낯이 익었다. 그보다는 오히려 저쪽에서 우리 얼굴을 기억하고 있었다는 사실에 놀랐다.

"너희, 항상 셋이서 어울리는구나."

할아버지는 그렇게 말하며 웃었고, 여자 둘에 남자 하나는 확실히 특징적이라는 생각이 들었다.

'도나우'는 여기서 아주 가깝다. 단골손님이라면 이 사람도 동네 주민이리라.

"그때는 정말 감사했습니다."

사쓰키가 예의 바르게 고개를 숙이자 할아버지는 미안한 표정을 지었다.

"이런 일도 있구나. 방금 막 너희 생각을 하고 있었거든. 그때는 내가 잘 알아보지도 않고 알려줬나 싶어서……."

"네, 그게 무슨……?"

얼굴을 마주 보는 우리에게 할아버지가 말했다.

"반도 병원의 후계자 선생이 다른 지역으로 갔다는 이야기 말이야."

"아, 그거라면."

이미 확인했다. 반도는 다른 지역 병원으로 옮긴 후 이미 세상을 떠났다.

하지만……,

"아니, 그 의사 선생을 방금 본 것 같아서 말이야. 안 그런가, 다나카?"

할아버지는 옆에 있는 친구로 보이는 남자에게 말을 건넸다.

"틀림없어. 반도 게이타로 선생. 그 사람, 내 주치의였으니까."

다나카라고 불린 그 할아버지가 진지한 얼굴로 고개를 끄덕였다. 멀리서 알아차리고 불렀더니 피하듯 멀어져갔다고 한다.

무슨 소리지? 우리는 확실히 반도 게이타로의 무덤이 있다는 사실을 확인했고, 묘코지 절 스님에게도 이야기를 들었는데.

두 사람에게 감사 인사를 하고 헤어진 후, 우리는 사람들의 눈을 피해 축제장 밖으로 나왔다.

"좀 전 이야기. 유령을 본 건 아니겠지?"

"차라리 그편이 더 나아. 정말 반도가 살아 있다면 이해가 안 되는 게 너무 많아져. 왜 죽은 척을 했는지. 그리고 왜 지금 돌아왔는지."

"쌍둥이는 아니겠지?"

"만약 그런 가족이 있다면 용의자로 지목되지 않았을까?"

나는 사쓰키에게 말했다.

"저번에 사쓰키가 가지고 있는 아이폰으로 메시지를 보낸 게 혹시 반도 아닐까?"

'하타노 마리코의 전철을 밟게 될 것이다'라는 협박 메시지 말이다. 만약 그렇다면 이제 와서 오쿠사토 정, 그것도 이 축제장에 모습을 드러낸 건 우리를 노리고 있는 것이라고 생각할 수밖에 없다. 즉, 우리가 초등학생이라는 사실과 행동 범위도 발각되었다는 뜻이다.

이미 축제를 만끽할 기분은 날아가버렸다. 우리는 서둘러 돌아가기로 마음먹고 서로 주변을 경계하기 시작했다.

"혹시 무슨 일이 생길지도 모르니 어른들에게 연락을 해두는 편이 좋을 것 같아."

사쓰키는 부모님께 메시지를 보내는 한편, 사쿠마 형에게도 연락을 취해 반도 이야기를 전했다.

"거기까지 가려면 시간이 좀 걸리겠지만 집까지 데려다줄까?"라고 사쿠마 형이 말했지만, 조금이라도 빨리 이곳을 떠나는 편이 좋을 것 같아서 셋이서 돌아가기로 했다.

멀리 돌아가는 길이지만 미나, 사쓰키를 차례로 데려다주는 길을 택했다. 축제 때문인지 평소보다 사람이 없는 어스름한 거리를 자전거를 타고 달렸다.

"더는 다음 주 마녀의 집 회의를 기다릴 시간이 없을지도 몰라."

뒤에서 달리는 사쓰키가 말했다.

"나즈테의 모임 포위망이 이렇게 가까이 다가올 줄이야. 빨리 마지막 괴담의 수수께끼를 풀어야 해."

"풀어서 어떻게든 되면 좋겠는데."

괴담에 어떤 비밀이 숨겨져 있든, 거기에는 마리코 누나가 알고 있었던 것밖에 없다.

그것으로 나즈테의 모임을 고발할 수 있다면 마리코 누나가 진작 했을 것이다.

"단정 짓기는 일러"라고 미나가 말했다. "마리코 언니는 목숨이 위태로웠고, 행동할 시간이 없었을지도 몰라. 그런데 우리는 셋이잖아. 아무리 나즈테의 모임이라도 동시에 손을 써서 큰 사건으로 번지게 하고 싶지는 않을 거야."

죽은 줄로만 알았던 반도가 사람들 앞에 모습을 드러낸 것만 보더라도 모든 일이 나즈테의 모임의 예상대로 흘러가는 건 아닐 것이다. 결국 〈우물이 있는 집〉에 숨겨진 수수께끼가 희망의 끈이 되지 않을까.

미나를 연립주택까지 데려다주고 사쓰키의 집 앞에서 헤어질 때 사쓰키가 당부했다.

"집에 도착한 다음에 연락해줘."

"알았어."

나는 한 손을 들어 인사를 건네고 집을 향해 자전거 페달을 밟았다.

괜찮아. 괜찮아.

페달을 밟을 때마다 가슴속으로 주문을 외웠다.

잘 아는 길인데 오늘만큼은 아무와도 마주치지 않는다. 늘 어선 집들도 창문을 통해 빛은 새어 나오는데도 조용하고 고요해서 마치 거대한 세트장 같았다.

이제 조금만 더 가면 집이다. 공원 옆을 지나려는데, 입구 근처 가로등 아래에 사람 그림자가 서 있는 걸 발견했다.

나중에 생각해보면 그 기세 그대로 달려야 했지만, 나는 이끌리듯 자전거를 멈추고 땅에 발을 디뎠다.

"네가 유스케구나."

가로등 아래에서 그림자가 모습을 드러냈다. 젊은 남자였다. 나는 직감적으로 정체를 알아차렸다.

"반도……."

"이야기가 빠르겠군."

빌어먹을. 두 사람을 데려다주려고 먼 길을 돌아온 게 오히려 역효과가 났다.

공포와 긴장으로 심장이 쿵쾅거렸다.

"용건은 간단해. 사건에서 손을 떼. 애들 장난으로는 끝나지 않아."

차가운 목소리가 들려왔다.

10미터 정도 떨어진 곳에 승용차 한 대가 멈춰 서 있었다. 납치라는 두 글자가 떠올랐고, 나는 어떻게든 틈을 타서 도망쳐야겠다고 마음을 다잡았다.

"시바타 할아버지가 죽은 것도 너희 짓이지?"

"뭐라고?"

"나무상자에 든 선물 말이야. 그걸 받자마자 할아버지가 돌아가셨어."

그러자 반도의 목소리에 경계심이 뚜렷하게 묻어났다.

"너도 봤어? '신체神體(신령이 깃들어 사람들이 경배하는 대상이 되는 물체를 의미한다—옮긴이)'를?"

내가 그 말을 되새김질하기 전에 반도는 스스로 그 말을 부정했다.

"아니야. 그렇다면 지금 이렇게 무사할 리가 없지."

그때 내 뒤에서 불빛이 번쩍였다.

빛이 온몸을 비추자 반도는 반사적으로 얼굴을 가렸다. 뒤돌아보니 낯익은 차가 거기 있었다.

사쿠마 형의 차다!

사쿠마 형이 위협하듯 경적을 울리자, 반도는 분한 표정으로 나를 노려보더니 곧장 주차되어 있던 승용차에 올라타 달아나버렸다.

"유스케, 괜찮니?"

운전석에서 얼굴을 내민 사람은 사쿠마 형이었다.

"왜 여기에?"

"사쓰키에게서 걱정스러운 메시지가 도착해서 대략적인

주소를 듣고 와봤어. 지금 도망간 사람은 누구야?"

그 남자야말로 반도인 것 같다고 말하자, 사쿠마 형은 "정말로?"라며 놀란 표정으로 승용차가 달려나간 길을 가만히 바라보았다.

사쿠마 형은 경찰에 신고하는 것도 생각한 것 같았지만, 반도가 아직 내게 무슨 짓을 저지른 건 아니다. 기껏해야 의심스러운 언동을 했다고 호소할 수 있을 뿐이고, 지금은 어쨌든 빨리 집으로 돌아가야 한다는 생각이 들었다. 사쿠마 형은 내가 집에 도착할 때까지 지켜봐주었다.

사쓰키에게 이 일을 메시지로 보내자, 예상대로 사쓰키는 크게 걱정했다.

"저쪽은 모습을 숨길 생각도 없다는 뜻이네."

"반도는 중요한 말을 입에 담았어. '신체'라고……"

"'신체'? 신사 같은 곳에 봉납된 그거?"

대화의 흐름으로 볼 때 시바타 할아버지에게 보내진 것이 바로 '신체'이고, 그걸 본 탓에 죽었다는 뜻으로 해석할 수 있다.

"정말 '신체'라고 했어? 잘못 들은 거 아니고?"

사쓰키는 반신반의하는 것 같았다. 실제로 들은 건 나뿐이고 증명할 방법도 없다. 심령 현상도 그렇고 반도도 그렇고, 왜 내가 혼자 있을 때만 나타나는 걸까.

"유스케, 내일 학교에 일찍 올 수 있어? 벽신문 특집호, 수업 전에 마무리하자. 지금까지의 정보를 조금이라도 빨리 모두가 볼 수 있는 형태로 공개하면, 〈산할머니 마을〉 때처럼 독자들에게서 〈우물이 있는 집〉의 수수께끼를 풀 단서를 얻을 수 있을지도 몰라."

나도 그 제안에 동의했다. 나즈테의 모임의 포위망이 좁혀지는 가운데, 이제 우리에게 남은 무기는 벽신문밖에 없다.

미나에게는 집 컴퓨터에서 사용하는 이메일로 연락해 내일 중으로 특집호를 완성하기로 했다.

다음 날 아침, 평소보다 30분 일찍 집을 나섰다. 부모님은 이미 배달 준비로 분주했고, 밖에는 출근하는 어른들과 집 앞을 청소하는 노인들의 모습이 여기저기 보여서 어젯밤의 일로 경계하던 나도 나즈테의 모임에 습격당할 일은 없을 것이라고 안심하고 등교할 수 있었다.

교문을 지나자마자 학교 건물로 향하는 사쓰키와 미나의 뒷모습을 발견했다. 두 사람 모두 무사히 만났다는 안도감보다 절박한 듯한 긴장감이 얼굴에 묻어났다. 아마 나도 마찬가지일 것이다. 그야말로 학교만이 어른들의 손길이 닿지 않는 우리의 안전지대로 느껴졌다.

서늘하고 차가운 공기가 가득한 교실에서 전지를 펴고 글을 쓰기 시작했다. 기사 내용은 거의 다 정해진 덕에 글씨를 채우는 데만 집중하자, 반 친구들이 등교하기 전에 작업의

80퍼센트는 끝낼 수 있었다.

"방과 후에는 복도에 붙일 수 있을 것 같아."

사쓰키의 얼굴에는 성취감으로 가득 찬 미소가 떠올랐다.

하지만 그런 기대는 점심시간에 산산조각이 나고 말았다.

점심 식사 후, 조별로 나뉘어 청소를 마치고 다시 모인 우리는 완성을 눈앞에 두고 마무리 작업에 착수했다.

도중에 반의 활력소인 기도가 "학교에 고급차가 왔어!"라며 뛰어 들어왔다. 교실에서 한가롭게 놀고 있던 여학생들이 그쪽을 보고 눈살을 찌푸렸다.

"야, 손이 젖어 있잖아. 씻었으면 닦아야지."

"미안, 미안."

기도는 서둘러 꺼내든 손수건으로 손을 닦았다.

"그래서 고급차라니, 뭔 말이야?"

"화장실에서 나올 때 교문 앞에 서 있는 모습이 창문으로 보였어."

"벤츠 같은 거?"

"잘 모르지만, 검은색 차!"

다들 그게 뭐야, 하고 웃음을 터뜨렸다. 검은색 차는 드문 일이 아니다. 하지만.

"운전기사가 있었다니까! 그리고 뒤에서 내린 사람을 교감 선생님이 안내하던데? 어디선가 본 사람이었는데……."

새로운 증언에 다들 납득할 수 없다는 표정을 지었다. 어딘가의 사장이나 부자라면 운전기사 정도야 있을 수 있겠지만, 초등학교에 볼일이 있을 거라고는 상상하기 어렵다.

그런데 잠시 후 선생님이 교실 문앞에 얼굴을 내밀었다. 점심시간이 끝나기엔 아직 이른 시간이다. 선생님은 교실을 한 바퀴 둘러보더니.

"하타노 일당, 잠깐 좀 와줄래?"

그렇게 불렀다.

'하타노 일당'. 그것이 나와 미나가 포함된 지목이라는 사실은 분명했다.

우리는 서로 얼굴을 마주 보며 복도로 나갔다. 그러자 또다시 이해할 수 없는 일이 벌어졌다. 선생님이 그 자리에서 용건을 꺼내지 않고 "잠깐 따라와"라고만 속삭이며 교실을 떠나 계단을 내려간 것이다. 안내된 곳은 교장실 옆의 면담실이라는 팻말이 걸린, 지난 6년 동안 한 번도 들어간 적 없는 방이었다. 학생용으로는 보이지 않는 커다란 소파에 나란히 앉자 선생님이 맞은편에 앉았다.

"쉬는 시간에 미안하다. 사실 너희에게 할 말이 있어."

한숨 돌리고는 말을 이었다.

"선생님은 너희가 게시판 담당으로 결정된 후 세 사람 나름대로 열심히 해온 거 잘 알아. 한 학기 동안 그 정도 분량의 벽신문을 세 개나 쓰는 건 쉽지 않은 일이지. 하지만 전에도 말했듯 써서는 안 되는 게 있어."

"그건 픽션이라고 써놨어요. 일반 신문에 연재되는 소설과 같아요."

"그래도 내용에 상처받는 사람이 있을 수 있지."

사쓰키가 노골적으로 놀란 표정을 지었다.

"초등학교 게시물 때문에요? 우리 말고는 학교 관계자가 등장하지도 않는데요?"

하지만 선생님은 애초에 논쟁할 생각은 없는 모양이었다.

"요즘은 SNS가 유행하고, 상식도 예전과 달라져서 아이들이 판단하기 어려울 수 있어. 그리고 그걸 바로잡는 게 선생님의 역할이고."

선생님은 짧게 숨을 들이쉬고는 말을 이었다.

"지금 게시한 걸 포함해 당분간 벽신문 게시를 금지한다."

이 말에는 가만히 있을 수 없었다.

"그건 말도 안 돼요!"

"제대로 설명해주세요!"

나랑 사쓰키가 따져도 선생님은 귀를 기울이지 않았다.

"이야기는 이걸로 끝이야. 너희가 무슨 말을 해도 달라지지 않아. 자, 교실로 돌아가라."

"선생님이면서 자기 판단의 이유도 설명하지 못하나요?"

"하타노. 넌 입시를 앞두고 있잖아. 너무 막무가내로 굴면 집에 전화할 수밖에 없다."

너무 노골적인 말투에 분노를 넘어 떨릴 정도의 혐오감이 치밀어올랐다. 선생님은 세 명의 주축인 사쓰키를 꺾기 위해 입시라는 약점을 꺼냈다. 그건 설득이 아니라 그저 굴복을 요구하는 것으로밖에 보이지 않았다.

예전에 미나가 반에서 고립되었을 때 도와주지 못했던 일이 생각났다. 이번엔 겁먹고 있을 때가 아니었다.

"이 비겁자!"

어른을 향해 처음으로 내뱉은 말. 그 말에 선생님이 나를 노려보았다.

그 얼굴을 보고 어딘가 이상하다는 점을 깨달았다. 분노라기보다는 겁에 질린 듯한 기색이 눈동자에 깃들어 있었다.

옆을 보니 미나가 벽 너머를 가만히 바라보고 있었다. 그 의미를 생각하려는데, 점심시간이 끝났음을 알리는 종소리가 울렸다.

"……자, 교실로 돌아가자."

우리보다 더 지친 표정으로 선생님이 말했고, 우리는 면담실을 나왔다.

복도를 걸을 때 선생님과 충분한 거리가 확보된 후에야 미나가 말했다.

"그 방에서 주고받은 대화는 옆에 있는 교장실에 다 들렸을 거야."

선생님은 교장 선생님의 지시를 받고 우리의 벽신문을 금지한 건가?

교실로 돌아온 미나는 가장 먼저 기도의 자리로 향했다.

"아까 그 고급차 말인데. 혹시 차에서 내린 사람, 정장 아니었어?"

그러자 기도가 환한 얼굴로 미나를 가리켰다.

"맞다! 선거 뉴스에서 본 적 있는 얼굴이었어."

그렇다면 검은색 관용차를 타고 온 것도, 운전기사가 있는 것도 이해가 간다.

진짜 명령은 정장으로부터 교장, 그리고 선생님에게 전달된 것인가.

정장이 굳이 학교까지 찾아와서 벽신문 제작을 막으려는 목적은 분명하다. 나즈테의 모임의 힘은 정사무소의 수장인 정장에게까지 뻗어 있었다. 우리 신분이 완전히 들통났다는 사실은 의심할 여지가 없었다.

오후 수업은 전혀 집중하지 못한 채 지나가고 하교 시간이 되었다.

더는 마녀의 집에서 열릴 다음 회의를 기다릴 때가 아니라는 걸 깨달은 우리는 선생님의 눈을 피해 처음에 토론의 장으로 사용했던 학교 내 작은 건물에 모였다.

오늘 붙이기로 했던 벽신문 특집호는 접힌 채로 내 사물함에서 잠자고 있다. 셋이 지혜를 짜내고 위험천만한 일까지 겪으며 찾아다닌 성과가 마지막 순간에 어른들의 한마디에 무너지는 게 너무 억울해서 선생님의 눈을 피해 오늘만이라도 붙이는 건 어떨까 의논했다.

하지만 면담실에서 본 선생님의 모습에서는 더는 말이 통하지 않는다는 느낌이 들었다. 이 이상 눈길을 끌게 되면 부모님께 연락하거나 자택에서 근신하는 등 상상을 초월하는 처분을 내릴지도 모른다. 지금 우리 셋이 뿔뿔이 흩어지는 것만은 반드시 피해야 한다.

"나는 〈우물이 있는 집〉에 관해 생각해봤는데, 그건 나즈테의 모임이 만들어진 계기가 된 사건에 관해 쓴 것 같아."

사쓰키가 그렇게 말을 꺼냈다.

"계기? 마을이 댐에 잠긴 거?"

"그 원인을 은폐한 것 말이야."

실제로 그 이야기에서 화자인 정사무소 직원이 후카자와 무라의 우물에서 무엇을 목격했는지는 독자에게 공개되지 않은 채 마을이 댐에 잠기는 것으로 결정된다. 우물의 내용물에 대해 직원의 보고를 받은 마을 행정부가 이를 은폐하기 위해 마을을 가라앉혔을 가능성은 분명 있다.

"사쿠마 오빠에게도 이 이야기의 배경이 된 시대에 관해 들었어. 때마침 경제 성장기였고 광산의 발전과 함께 오쿠사토 정의 경기는 지금으로서는 상상할 수 없을 정도로 좋았다더라. 그런데 만약 광산 사업에 부정적인 것이 발견됐다면 어땠을까?"

산업을 둘러싼 부정적인 것이라고 하면 초등학생인 우리

도 수업 시간에 배운 적 있다. 미나가 중얼거렸다.

"공해 문제?"

공해. 환경파괴로 인한 사회적 재난이 문제가 된 자세한 연대는 기억나지 않지만, 사쓰키니까 분명 댐 건설이 그 시기와 겹친다는 사실은 조사해봤을 것이다. 4대 공해병 중 하나로 배운 이타이이타이병도 분명 광산 사업 과정에서 발생한 공해가 원인이었다.

"괴담 속에 마을에서 과거 광산 개발로 인해 우물물이 줄어든 것으로 추정된다고 적혀 있었어. 광산과 우물물이 연관되어 있고, 환자들은 개울에서 끌어온 물이 아닌 우물물을 사용했다고 해. 공해의 조건에 딱 들어맞는 것 같아."

광산 경영을 좌지우지할 수 있는 불편한 발견. 만약 광산을 운영하던 고시마 공업뿐만 아니라 광산에 의해 지탱되던 오쿠사토 정, 그리고 환자를 수용하는 병원이 손을 잡고 이를 은폐했다면?

"조사해보니 광독鑛毒 중에는 황화물 같은 자연에서 유래한 물질도 있대. 온천도 유독가스가 뿜어져 나오면 들어갈 수 없으니 당연하다고 하면 당연한 거지. 그렇다고 괴담 속에서 발견된 그것의 원인이 고시마 공업에 책임이 있는 건지는 모르겠어. 하지만 어쨌든 광산 사업을 멈추지 않으려고 불편한 발견을 후카자와무라 전체와 함께 댐 밑으로 가라앉히기로 한 거야. 그때도 주민들의 목소리를 무시하는 강압적인 방법을 택했을지도 모르고."

사쓰키의 추리는 역시 현실적이었고, 듣는 사람을 수긍하게 만드는 설득력이 있었다.

이에 대해 어떻게 해석해야 할지 고민에 빠졌다.

미나가 먼저 입을 열었다.

"사쓰키의 생각은 알겠는데, 어디까지나 〈우물이 있는 집〉을 그렇게 읽을 수 있다는 것뿐이잖아. 지금까지의 괴담에는 미스터리한 구조적인 수수께끼가 숨겨져 있었고, 그걸 풀어서 알아낸 걸 추리에 사용할 수 있었지. 하지만 지금 이야기에는 그게 없어."

아픈 곳을 찔린 듯, 사쓰키는 "그건 그렇지……"라고 목소리 톤을 낮췄다.

"의심스러운 건 역시 마지막의 '열 가지 약속 중 단 한 가지'라는 부분이야. 하지만 10이라는 숫자가 무엇을 가리키는지 모르겠어. 7대 불가사의를 말하는 것도 아니고."

나는 미나의 표정을 보고 위화감을 느꼈다.

미나의 코가 때때로 벌렁거리며 움직였다. 꽃가루 알레르기 때문으로 보이지만, 혹시.

"야, 미나. 너 혹시 벌써 무언가 알아챈 거야?"

"어? 거짓말!"

"무언가 숨기는 표정인데, 이거."

우리의 시선을 받자 미나는 얼굴을 찌푸리듯 아랫입술을

내밀었지만, 지금은 그 눈초리가 명백히 웃고 있었다.

"미나, 언제부터 그렇게 못되게 변했어?"

"미안해. 집에서 계속 생각한 끝에 나온 답이라 곧바로 말하고 싶지 않았어."

드물게 수줍어하는 미나의 모습을 보니 그 마음도 조금은 알 것 같았다. 미나의 발상력이 워낙 뛰어난 덕에 수수께끼 풀이를 맡기기 일쑤지만, 고생한 시간을 조금 공유한다고 해서 벌을 받지는 않는다.

"그럼 미나 탐정, 말해주게."

"알겠어. 사쓰키가 말한 부분에 대해 나는 어디선가 본 적이 있는 것 같다고 생각했어. 그래서 지금까지의 괴담을 되돌아보았을 때, 전부 미스터리에 비유한 트릭이었다는 걸 떠올렸어."

장소의 불일치, 시대의 불일치, 리들 스토리, 특정 사물을 나타내는 암호.

"〈우물이 있는 집〉도 당연히 미스터리에서 착안한 트릭일 것이다. 그렇게 생각하니 바로 그 유명한 열 가지 약속이 떠올랐어. 그건 바로 '녹스의 10계'야."

"녹스의……."

"10계?"

드물게도 사쓰키와 둘이 함께 고개를 갸웃거렸다.

"쉽게 말해 옛날에 녹스라는 사람이 만든 미스터리의 규칙이야."

그렇게 말한 후, 미나는 바로 말을 고쳤다.

"규칙과는 좀 다른 것 같아. 미스터리 소설은 이래서는 안 된다는 개인적인 주장이랄까? 그와 비슷한 것으로 '반 다인의 20칙'이라는 것도 있으니, 공식적인 거라고는 생각하지 않아도 돼."

즉, 미스터리 문학에 까다로운 사람이 생각한 기준인가.

미나는 책가방에서 노트를 꺼내 모서리를 접어둔 페이지를 펼쳤다. 우리에게 설명할 생각이었는지 베껴 쓴 듯한 손 글씨로 문장이 적혀 있었다.

① 범인은 이야기의 초반에 등장해야 한다.
② 탐정의 추리 방법에 초자연적 능력을 사용해서는 안 된다.
③ 범행 현장에 비밀 통로가 두 개 이상 있어서는 안 된다.
④ 발견되지 않은 독약, 난해한 과학적 설명이 필요한 기계를 범행에 사용해서는 안 된다.
⑤ 주요 인물로 '중국인'을 등장시켜서는 안 된다.
⑥ 탐정은 우연이나 육감으로 사건을 해결해서는 안 된다.
⑦ 변장해 등장인물을 속이는 경우를 제외하고 탐정 자신이 범인이 되어서는 안 된다.
⑧ 탐정은 독자에게 제시하지 않은 단서로 문제를 해결해서는 안 된다.

⑨ 조수 역할은 자신의 판단을 모두 독자에게 알려야 한다. 또한 그 지능은 일반 독자보다 아주 약간 낮아야 한다.

⑩ 쌍둥이, 1인 2역은 독자에게 미리 알려야 한다.

솔직히 미스터리 소설을 읽지 않는 나로서는 고개를 갸우뚱하게 만드는 내용도 많았다.

"왜 중국인을 등장시켜서는 안 돼?"

"오래전에 만들어진 거라서 이상한 내용도 있대. 당시 유럽에서는 아시아인 자체가 그다지 알려지지 않은 데다, 왠지 모르게 신비로운 존재였다는 것 같더라."

미나가 말하길 이 문장도 에도가와 란포라는 소설가가 번역한 걸 참고한 것이기에 원문과는 조금 의미가 다른 부분도 있다고 했다.

"마녀에게 물어보니 ②는 탐정의 추리 방법뿐만 아니라 오컬트적인 존재의 등장 자체를 금지하는 내용으로도 해석할 수 있다고 했어."

"'열 가지 약속 중 단 한 가지를 지키지 못했다'는 건 아홉 가지는 지켰다는 뜻으로 해석해야 하는 거야? 내가 보기에는 맞지 않는 게 많은 것 같은데……."

사쓰키는 진지한 표정으로 글을 읽다가 이렇게 중얼거렸다.

"애초에 이 괴담에 등장하지 않는 조건은 제외해도 돼. 예를 들어, 비밀 통로는 단 하나도 등장하지 않으니 ③은 생각

안 해도 돼. ⑤의 중국인도 마찬가지고."

그 말에 미나는 설명하면서 해당되지 않는 번호에는 엑스 표시를 했다.

"설령 광독이 원인이라고 해도 아직 발견되지 않은 독약이 아니니까 ④도 필요 없어. ⑨의 조수 역할은 소위 왓슨처럼 탐정의 활약을 설명하는 캐릭터이니 이것도 없어. 쌍둥이나 1인 2역으로 볼 수 있는 등장인물도 없으니 ⑩도 아니지."

이렇게 해서 남은 건 다섯 개.

① 범인은 이야기의 초반에 등장해야 한다.
② 탐정의 추리 방법에 초자연적 능력을 사용해서는 안 된다.
⑥ 탐정은 우연이나 육감으로 사건을 해결해서는 안 된다.
⑦ 변장해 등장인물을 속이는 경우를 제외하고 탐정 자신이 범인이 되어서는 안 된다.
⑧ 탐정은 독자에게 제시하지 않은 단서로 문제를 해결해서는 안 된다.

덕분에 꽤 이해하기 쉬워졌다. '나'는 이 중 한 가지를 지키지 못했다고 말하는 셈이다.

사쓰키는 이것을 보고 목소리를 높였다.

"아까의 내 추리에 비춰볼 때 초자연적인 능력은 등장하지 않으니 ②는 클리어. 우물에 원인이 있다고 생각한 건 우연이 아니라 자력이었으니 ⑥도 클리어. 광산과 우물물 정보 등 추리에 필요한 단서가 작품 속에 제대로 적혀 있으니 ⑧도 클리어."

남은 건 ①과 ⑦이다.

"후카자와무라를 댐 호수에 가라앉힌 자를 범인이라고 한다면, 그건 나즈테의 모임, 즉 정사무소나 고시마 공업, 혹은 이 화자가 되겠지. 모두 괴담의 초반에 등장하니 ①도 제대로 지켜졌어."

남은 건 ⑦, '탐정 자신이 범인이 되어서는 안 된다'이다.

이것이 지켜지지 않았다는 말은 **범인은 탐정 자신, 즉 화자**라는 뜻이다.

우물에서 무언가를 발견한 화자가 이를 은폐하라고 상부에 보고한 것이 계기가 되어 후카자와무라는 댐 호수에 가라앉게 되었다는 말이 된다.

사쓰키의 추리를 완벽하게 뒷받침하는 내용이었다.

사쓰키가 흥분을 가라앉히고자 크게 숨을 들이마시는 동안, 미나가 재촉하는 듯한 눈빛을 내게 보냈다. '대항할 수 있는 추리가 없으면 곤란해'라고 말하고 싶은 것이리라.

녹스의 10계를 이제 막 알게 됐는데 너무 어려운 걸 요구하는 거 아니야?

그래도 나는 사쓰키가 전개한 논리를 활용하면서 머리를

굴려 오컬트 범인설에 부합하는 추리를 전개했다.

"잠깐만, 사쓰키. 〈우물이 있는 집〉이 녹스의 10계를 통해 사건의 진상을 보여준다면, 네 추리만 옳은 게 아니야."

"말해봐."

사쓰키는 여유로운 태도다.

"우선 사쓰키는 화자가 우물에서 발견한 걸 광산에서 유래한 독극물이라고 해석했지만, 나는 괴담 속에 표현된 대로 오컬트적인 존재의 작용이었다고 생각해. 증상이 심한 사람의 머릿속에서 무언가가 말했다는 기록도 있고, 우물에서 부르는 소리가 들린 것일지도 몰라."

"저주의 목소리라는 말이야? 하지만 피해를 입은 사람들은 각기 다른 우물을 사용했어."

"목소리의 근원은 우물이 아니라 물이야. 우물은 지하수맥을 통해 나즈테 신의 전승이 남아 있는 산과 연결돼 있겠지. 우물을 들여다본 마을 사람들은 나즈테 신의 영향을 받아 몸이 안 좋아졌고, 약한 사람은 죽고 말았어. 화자도 우물을 들여다보았을 때 실제로 그 목소리를 듣고 정사무소에 보고한 거야."

이야기하는 동안 머릿속에 흩어져 있던 조각들이 자석처럼 서로를 끌어당겨 하나의 형상을 그리는 것 같은 느낌이 들었다.

그래, 이거라면 논리적이다.

"흥미로운 생각이지만 지금까지의 이야기와 모순돼."

사쓰키가 냉정하게 지적했다.

"나즈테의 모임은 나즈테 신을 숭배하는 집단이라는 게 유스케의 주장이었어. 신에게 은혜를 받기 위해 사람의 목숨을 공물로 바친다고 했잖아. 그렇다면 후카자와무라에서도 나즈테 신의 영향을 전파해야 하는데, 결과적으로 후카자와무라를 댐 호수에 가라앉히는 형태로 마을을 소멸시켰어. 이건 나즈테의 모임의 행동으로서는 이상하지 않아?"

"나즈테 신에게는 공물을 얻는 것보다 더 중요한 목적이 있었어. 우물을 통한 부름은 나즈테의 모임에 그 목적을 전달한 것으로 그 역할을 다한 거야. 그래서 나즈테의 모임은 그 이상 소문이 퍼지는 걸 막기 위해 쓸모없어진 마을을 댐 호수에 가라앉혔어."

"애태우지 좀 마. 더 중요한 목적이란 게 뭔데?"

나는 힘주어 말했다.

"'신체'의 수색이야."

두 사람은 그 의미를 이해하지 못했는지 어리둥절한 표정을 지었다.

"어제 반도가 한 말은 전했잖아? '신체'라는 건 보면 죽는 신성시되는 물건인데, 양손으로 안을 수 있는 정도의 크기일 거야. 당연히 '신체'가 제대로 된 대접을 받아야 신격神格이 높아지지."

마리코 누나가 남긴 괴담 곳곳에 작고 검은 인간 모습을 등장시킨 것도 '신체'의 존재를 각인시키기 위함이었다면 이해가 간다.

"갑자기 이야기가 너무 비약하는 거 아니야?"

"그렇지 않아. 《광산과 함께, 50년》에 적힌 광산 사고를 떠올려봐. 갱도 화재치고는 부자연스럽고, 계획을 무시한 채 굴이라는 소문까지 돌았다고 하잖아. 만약 그게 단순한 사고가 아니라면 어떨까. 산속 깊은 곳에서 무언가를 꺼내려고 갱도를 파냈기 때문이라면?"

"……'신체'가 산에 묻혀 있었다는 거야? 후카자와무라에서 지하수맥을 통해 그 메시지를 받은 나즈테의 모임이 고시마 공업과 협력해 그것을 파냈다고? 아니, 어쩌면 광산 사업 자체가 처음부터 그럴 목적으로……."

미나가 진지한 표정으로 생각에 잠겼다.

"고시마 공업이 어디서부터 나즈테의 모임과 얽히기 시작했는지는 알 수 없어. 하지만 만약 '신체'에 가까이 다가간 탓에 그 자리에 있던 광부들이 연달아 쓰러졌다면 광산 사고도 설명이 돼. 피해자들을 수용한 곳은 물론 반도 정신병원이고."

다친 것도 아니고, 평범한 정신병으로도 보이지 않는 인간을 가두기 위해서는 병원의 협조가 필수적이었을 것이다. 폐병원 벽에 있던 그림은 갱도 안쪽에서 '신체'를 발견했을 때의 강렬한 공포 체험을 그린 그림이었다.

"〈우물이 있는 집〉은 나즈테의 모임의 시작을 썼다는 점에서는 사쓰키의 의견과 일치해. '신체'의 존재를 알게 된 나즈테의 모임은 나즈테 신을 숭배하게 되었고, 그들의 권력을 이용해 나즈테 신은 많은 사람의 목숨을 앗아갔어. 녹스의 10계 또한 이 추리에 따라 해석할 수 있어."

나는 다시 한번 ①, ②, ⑥, ⑦, ⑧의 다섯 조건을 두 사람에게 확인시켰다.

① 범인은 이야기의 초반에 등장해야 한다.
② 탐정의 추리 방법에 초자연적 능력을 사용해서는 안 된다.
⑥ 탐정은 우연이나 육감으로 사건을 해결해서는 안 된다.
⑦ 변장해 등장인물을 속이는 경우를 제외하고 탐정 자신이 범인이 되어서는 안 된다.
⑧ 탐정은 독자에게 제시하지 않은 단서로 문제를 해결해서는 안 된다.

"사쓰키는 화자가 마을을 댐 호수에 가라앉힌 범인이라고 생각하고 ⑦의 조건을 지키지 않았다고 해석했어. 하지만 내 생각에는 후카자와무라 주민들에게 피해를 주고 댐 호수에 가라앉은 원인을 만든 건 나즈테 신이야. 따라서 ⑦은 클리어했고, 화자는 스스로 조사해 우물에 도달했으니 ⑥도

클리어. 그리고 잘 읽어보면 나즈테 신의 이름은 첫머리에 등장하고, 환자의 헛소리로 해방을 바라는 나즈테 신을 대변하게 해 단서를 제대로 제시하고 있어. 그러니 ①, ⑧도 클리어야."

나머지 ②에 관해 미나는 아까 이렇게 말했다.

"마녀에게 물어보니 ②는 탐정의 추리 방법뿐만 아니라 오컬트적인 존재의 등장 자체를 금지하는 내용으로도 해석할 수 있다고 했어."

오컬트적 존재의 등장 자체를 금지한다.

이것이야말로 〈우물이 있는 집〉에서 화자가 지키지 않은 단 하나의 조건이 아닐까.

나즈테 신은 실존하는 것이다.

벽신문 게시 금지가 결정된 이후, 학교에서의 시간은 마치 영화 세트장 안에서 움직이는 것처럼 매우 공허하게 느껴졌다.

수업도 정상적으로 받고 있고 친구도 있다. 사쓰키나 미나와도 언제든지 이야기할 수 있다. 그런데도 단 하나의 작업과 마주할 수 없게 된 탓에 마음의 중심을 빼앗긴 것 같은 상실감이 들었다.

지난 〈우물이 있는 집〉에 대한 토론에서 나와 사쓰키는 녹스의 10계를 이용한 해석을 선보였다. 하지만 결국 미나는 어느 쪽 손도 들어주지 않았다.

"앞서 말했듯 마리코 언니가 왜 도망치지 않았는지에 대한 의문이 풀리지 않았으니까"라는 게 그 이유였다.

사쓰키와 나는 마리코 누나가 나즈테의 모임의 막강한 영향력을 알게 되었기에 오쿠사토 정의 7대 불가사의를 남겼다고 생각한다. 그렇다면 도키토 교수가 죽은 시점에 마리코 누나는 마을에서 도망치거나, 적어도 도망치려는 시늉이라도 보였어야 한다. 그런데도 마리코 누나가 심야에 체육공원에 무방비 상태로 있는 이유를 우리는 아직 설명하지 못한 채다.

"유스케, 괜찮아?"

쉬는 시간, 다카쓰지가 나를 걱정하며 말을 걸었다. 이런 일이 이번 주에만 벌써 네 번이나 있었다.

"그렇게 이상해 보여?"

"몸 상태는 괜찮은 것 같은데 정신이 어디 팔려나간 것 같아. 게다가 하타도 왠지 예전 상태로 돌아간 것 같아서 신경 쓰여."

그 말대로 미나는 운동회 후 친구가 늘어났음에도 불구하고 다시 접근하기 어려운 분위기를 풍기고 있었다. 사쓰키는 여전히 반의 중심인물임에는 변함이 없지만, 혼자 있을 때면 자주 한숨을 내쉬었다.

벽신문 제작이 금지된 사실은 다카쓰지, 히노우에, 그리고 기도와 노로에게 알려주었다. 동정과 함께 선생님의 말에 분개하기도 했지만, '흔히 있는 어른들의 수수께끼 같은 규칙'이라고만 생각했을 것이다.

"야, 유스케. 오쿠가미 축제에도 셋이서 갔었지? 그때 무슨 일 있었어?"

"있긴 했지만, 네가 걱정하는 그런 일은 아니야."

나는 다카쓰지를 안심시키려고 말했다.

생각해보면 내가 충격을 받은 건 벽신문이라는 주제가 사라지자마자 교실 안에서 두 사람과 대화할 주제가 완전히 사라졌기 때문일지도 모른다. 둘과는 큰 비밀을 공유하고 서로 협력하며 여러 차례 벽을 넘은 동료라고 생각했는데, 평범한 대화의 실마리조차 찾기 어렵다니.

그래서 쉬는 시간에 사쓰키가 나를 복도로 조심스럽게 데리고 나갔을 때는 솔직히 기뻤다. 하지만 사쓰키의 입에서 나온 말은 내 예상과는 달리 사과였다.

"미안, 부모님의 감시가 심해졌어. 이제 토요일에 마녀의 집에 가지 못할지도 몰라."

"진짜로?"

"게시판 담당 일로 외출이 잦아지면서 불평이 많았어. 성적은 떨어지지 않았는데 갑자기 외출 금지라고 하더라. 게다가 신경 쓰이는 말도 했어."

"뭐라고?"

"'악평 때문에 시험을 볼 수 없게 되면 어떻게 할 거니'라고."

충격에 눈앞이 캄캄해졌다.

"설마 학교에서 부모님께 압력을 가한 건 아니겠지?"

부모님까지 동원해 방해하다니 너무 비겁하다. 직접적인 위해를 가하는 게 아니라 철저하게 조사를 방해하겠다는 것인가.

한심하게도 그 효과는 확실했다. 벽신문이 금지된 것만으로도 우리는 상황 변화에 당혹해하는데, 마녀의 집에서 토론하는 자리까지 빼앗기다니.

"괜찮아. 휴일에 모이지 않아도 대화는 할 수 있어. 하교할 때 사쓰키의 집까지 데려다주면서 이야기하면 되지."

나는 스스로에게 말하듯 사쓰키를 격려했다.

"게다가 이제 벽신문을 만드는 데 시간을 할애하지 않아도 되잖아. 만약 무언가 조사하러 가야 할 일이 있으면 나랑 미나가 움직이면 돼."

"그래, 그렇지."

사쓰키는 고개를 끄덕였지만, 여전히 마음에 걸리는 것이 있는 듯 표정이 굳은 채였다.

"나즈테의 모임은 우리를 어떻게 하고 싶은 걸까."

"어떻게, 라니?"

"마리코 언니처럼 입을 막고 싶으면 이런 식으로 괴롭히면서 우리가 경계하게 할 필요가 없을 것 같은데."

"세 사람을 한꺼번에 죽이는 건 번거롭고 소동이 벌어질 테니까 방해 공작을 하는 거 아니야?"

"방해하면 우리가 언젠가 포기할 거라고? 초등학교를 졸업하고 흩어지면 더는 나즈테의 모임을 쫓지 않을 거라고? 그건 너무 낙관적이잖아."

그것도 그렇다. 특히 사쓰키는 마리코 누나와 밀접한 관계인 탓에 앞으로 어른이 되면서 점점 더 골칫거리가 될 것이다.

"그럼 뭣 때문일까?"

"잘 모르겠지만……. 뭐랄까, 시간을 벌고자 하는 것 같은 느낌이 들어."

나즈테의 모임의 존재가 두드러질수록 모르는 것이 많아진다.

불쾌한 상상이 머릿속을 스쳐 지나갔다.

우리가 필사적으로 추리를 거듭하고 목숨을 건 결단 끝에 하나의 진실을 찾아냈을 때, 주변 어른들은 분노로 얼굴을 일그러뜨리지도 후회로 무릎을 꿇지도 않고 다정한 미소를 지으며 우리를 축복해주는 것이다.

잘했어, 이제 너희도 아이에서 졸업이구나, 라고.

그것이 너무나 무서웠다. 당연히 이 마을 밖에는 엄청나게 넓은 세계가 이어져 있다고 생각했다. 하지만 지금은 어른이라는 존재가, 우리가 모르는 세계가 그다지 대단한 것이 아니기만을 바라고 있다.

그날 종례 시간에 교단에 선 선생님이 모두에게 말했다.
"어제 이 근처에서 수상한 사람이 출몰했다는 신고가 있었다고 한다. 당분간은 다른 데로 새지 말고 바로 집으로 돌아가도록 해."
"수상한 사람이라니, 바지를 벗거나 하는 사람요?"
렌이 농담을 던졌지만 선생님은 굳은 표정을 유지했다.
"아이들만 노리는 무차별 범죄자일 수도 있어. 장난치다가는 큰일 날 수 있다는 말이야. 당분간은 방과 후에 학교에 남는 것도 금지. 가능하면 동네 친구들과 함께 돌아가도록."
앞자리에 앉은 사쓰키가 어깨 너머로 돌아보며 시선을 보냈다. 창가에 앉은 미나도 무언가 말하고 싶은 듯 이쪽을 바라보았다.
지난번에 공원에서 반도와 마주치긴 했지만, 그 사실을 신고하지는 않았다.
혹시 그가 아직도 이 근처를 배회하고 있어서 주민이 신고한 걸까.
하지만 그런 일이 있었다면 학교보다 동네에 먼저 소문이 돌았을 것이다. 마치 우리가 모이지 못하게 하려고 작정한 듯한 타이밍 아닌가.

우리가 고민하는 사이 주변 상황은 점점 더 변해간다.

말할 수 없는 조바심에 휩싸인 나는 어쨌든 사쓰키와 이야기를 나누고자 하굣길에 사쓰키의 집으로 향하기로 했다.

원래의 하굣길을 거스르는 형태라 그런지 다른 초등학생들의 모습은 찾아볼 수 없었다.

하지만 사쓰키의 집까지 절반도 가지 않은 지점에서 뜻밖의 목소리에 멈춰 섰다.

"야, 유스케, 어디 가?"

히로 형이었다. 교통과에 근무하는 히로 형이 대낮에 차도 많이 다니지 않는 이런 곳에 있는 건 처음 봤다.

"집, 이쪽 아니잖아."

"히로 형이야말로 뭐 해?"

"학교에서 무슨 말 못 들었어? 어제 수상한 사람이 나와서 순찰하는 중이야."

나는 히로 형에게 궁금한 바를 물었다.

"수상한 사람이라니 정말이야? 혹시 차에 탄 사람이야?"

"그런 이야기는 못 들었는데. 유스케, 혹시 너 봤어?"

형이 반문하기에 나는 모호하게 말을 흐렸다. 반도가 살아 있다는 사실은 말해봤자 믿어주지 않을 것이다.

"잘 모르겠지만, 서장님 명령으로 비번인 경찰관까지 총동원돼 순찰 중이야."

"서장님이 갑자기 말한 거야?"

"맞아. 나도 처음 겪는 일이야. 돌아오는 일요일에 문화홀에서 예술제가 있잖아. 아이돌이나 유튜버들이 와서 연극 같은 걸 하는 거. 외부에서도 많은 사람이 올 텐데, 위험을 조금이라도 배제하려고 그러는 거 아닐까?"

히로 형은 그렇게 말했지만, 벽신문에 이어 우리를 봉쇄하려는 움직임이 계속되는 건 타이밍적으로 너무 잘 맞아떨어진다. 나즈테의 모임이 경찰서에까지 영향을 끼치고 있다고 생각할 수밖에 없다.

"부탁이야, 히로 형. 지금은 그냥 넘어가줘."

나는 애원했지만, 히로 형은 일하는 어른의 얼굴로 고개를 저었다.

"안 돼. 일할 때는 네가 제멋대로 구는 걸 내버려둘 수 없어. 니도 내년에는 중학생이 되니 제대로 처신해야지."

그렇게 말하며 집 쪽으로 등을 미는 손이 마치 로봇처럼 무뚝뚝해서 모르는 사람처럼 느껴졌다.

집에 돌아와 방에 올라가자마자 사쓰키에게 방금 일을 전했다.

역시 부모의 감시가 엄해서인지 바로 답장이 오지는 않았지만, 저녁 식사 후 확인해보니 전화해달라는 메시지가 도착해 있었다. 급히 전화를 걸자 사쓰키가 바로 받아 화제를 꺼냈다.

"설마 했는데 경찰까지 끌어들일 줄은 몰랐어."

수화기 너머에서 무거운 숨소리가 들렸다.

"어떡하지? 이대로는 조사를 계속할 수 없어."

"괜찮아. 이제 더는 외출할 필요가 없으니까."

예상치 못한 말에 나는 깜짝 놀랐다.

"마리코 언니 사건의 진상을 알아냈거든. 이제 모든 걸 설명할 수 있어."

너무나도 갑작스러운 선언이었다.

지난번 이후로 단 하나의 단서도 늘지 않았는데 사쓰키는 진상을 알아냈다고 말한 것이다.

"마리코 누나가 왜 마을을 떠나지 않았는지 알았다는 거야?"

"어떻게 보면 유스케 덕분이야. 경찰까지 나즈테의 영향력 아래 있는 걸 생각하면 마리코 언니의 행동이 어떤 의미인지 알 수 있어. 스승이었던 도키토 교수가 살해당했다는 사실을 알게 된 마리코 언니는 자신의 목숨이 위태롭다는 걸 깨달았어. 당장 마을을 떠났다면 마리코 언니는 살았을지도 몰라. 하지만 마리코 언니는 이 마을을 버릴 수 없었어."

"마을을 버린다고?"

묘한 신선함이 묻어나는 말이었다. 마을의 미래를 비관하는 어른은 많지만, 이렇게 대담한 말은 들어본 적이 없었다.

"나즈테의 모임의 세력은 막강하고, 마을과 떼려야 뗄 수 없을 정도로 깊숙이 얽혀 있어. 마리코 언니는 열심히 노력했지만, 안타깝게도 그들의 범죄를 입증할 만한 증거를 모으지 못한 것 같아. 이대로 마리코 언니가 마을을 떠나면 나즈테의 모임에 맞설 의지마저 끊어질 것 같았겠지. 그래서 마리코 언니는 목숨을 걸고 한 가지 작전을 실행했어."

사쓰키의 열정이 전해진 듯, 귀에 대고 있는 스마트폰 단말기가 뜨겁게 달아올랐다.

"마리코 언니는 굳이 이 마을에서 살해당함으로써 주민들의 기억에 남기로 한 거야. 경찰이 나즈테의 모임에 포섭된 이상, 마리코 언니를 죽인 범인은 분명 잡히지 않을 테고. 마리코 언니는 그마저도 이용해서 스스로 미제 사건의 피해자가 되었어. 수수께끼 같은 사건일수록 진실을 파헤치려는 사람들이 나올 거라 믿고선."

사쓰키와 사쿠마 형이 그랬던 것처럼.

살해당하기 전에 반도에게 전화를 건 것도 그에게 알리바이가 생길 수 있다는 사실을 알면서도 사람들의 관심을 끌기 위한 사건 만들기에 이용한 것인가.

"그럼 설마 그 운동장이 현장이 된 것도?"

"물론 다음 날 오쿠가미 축제가 있다는 것까지 계산한 거야. 행사장에서 당일에 시신이 발견되면 당연히 축제는 취소되겠지. 마을의 가장 큰 축제인 만큼 마을 주민들은 사건에 대한 정보를 접하고 관심을 갖게 돼. 마리코 언니는 그렇게 의심의 씨앗을 뿌린 거야."

그 장엄한 각오를 상상하니 몸이 떨렸다.

모든 사건을 무마하는 힘을 가진 조직에 대해 범인이 잡히지 않는 것을 역이용한 반격. 자신의 죽음이라는 일생에 한 번뿐인 큰일을 앞두고 그런 냉정한 계산을 할 수 있는 사람이 얼마나 될까. 무서웠을 것이다. 왜 내가, 라고 원망하고 싶었을 것이다.

중학교 때도 고등학교 때도 열심히 공부해서 훌륭한 어른이 되었는데. 그런데도.

그렇게 오쿠사토 정을 좋아한 걸까? 그토록 후세를 살아갈 우리가 걱정스러웠을까?

그게 마리코 누나라는 사람이었나.

괴담을 통해 계속 쫓아온 여성의 모습을 드디어 확인하는 것만 같았다.

"미안해, 유스케."

"어?"

갑작스러운 사과에 제정신을 되찾았다.

"사실은 제대로 벽신문 지면에서 두 사람의 추리를 대결해야 했어. 그 때문에 유스케는 오컬트 측의 추리를 계속해 왔던 거니까. 하지만 이제 진상을 알게 됐어."

"어떻게 그렇게 단정할 수 있는 건데?"

"지금까지 우리 추리는 나즈테의 모임의 목적만 다를 뿐, 마리코 언니의 행동 이유에 대한 추리는 거의 같았잖아."

권력에 의한 마을의 지배 또는 괴이한 힘에 대한 복종. 모두 큰 힘을 가진 자가 배후에서 움직이고 있다는 논리다. 그래서인지 미나가 지적하는 이론의 모순점 또한 두 사람에게 공통점이 많았다.

"하지만 방금 말했듯, 마리코 언니가 운동장에 남아 있었던 이유는 '누군가에게 살해당하리란 걸 예상할 수 있었기 때문'에 성립돼. 마리코 언니는 자신이 표적이 될 걸 알고 있었어. 그리고 아마도 반도에게 전화로 자신의 위치를 알려줌으로써 운동장이 범행 현장이 되도록 통제할 수 있었을 거야. 이건 유스케의 설로는 성립되지 않아. 괴이한 힘 때문이라면 언제, 어떤 저주로, 어떤 식으로 죽을지 예측할 수 없으니까."

나는 아무 말도 할 수 없었다.

예전에 광산 사고의 광부들이나 시바타 할아버지가 죽은 건 '신체'를 직접 목격했기 때문이라고 추리했지만, 죽기까지의 시간이나 각각의 증상에 뚜렷한 법칙은 없다. 마리코 누나 역시 칼에 찔려 죽지 않고 '신체'의 힘에 의해 죽을 가능성이 있었다. 그렇다면 마리코 누나는 자신의 죽음을 이용할 수 없다.

"어쩌면 마리코 누나는 우리가 모르는 저주의 규칙을 알고 있었을지도 몰라."

나는 고민 끝에 반론을 꺼냈지만, 사쓰키에게 곧장 반박을 당했다.

"그렇다면 그런 것까지 괴담에 섞어 알려주려 했을 거야."

맞다. 마리코 누나는 진실을 찾으려는 사람의 각오를 시험하는 듯한 트릭을 괴담에 넣었으니까.

인정하고 싶지 않다. 하지만 S터널 괴담부터 이어진 나와 사쓰키의 추리 대결은 명백히 사쓰키의 승리로 끝났다.

나는 낙담하는 마음을 억누르며 말했다.

"사쓰키의 추리가 맞다고 가정하고, 앞으로 어떻게 할 거야?"

마녀의 집에서 결정한 대로, 추리 대결의 목적은 사쓰키가 납득할 수 있는 방식으로 사건의 진상을 밝히는 것이었다. 그 소망은 이루어졌지만, 마리코 누나를 죽인 범인이 구체적으로 누구인지 알 수 없고, 나즈테의 모임의 존재를 세상에 알릴 방법이 무엇인지도 알 수 없다.

"지금 생각나는 건 신문사나 출판사에 메일을 보내거나 인터넷에 폭로하는 것뿐이야."

"아까 본인이 한 말을 잊었어? 그렇게 해서 어떻게든 될 거였다면 벌써 마리코 누나가 했겠지."

"그렇긴 한데……."

"우리가 정한 추리 규칙으로는 아직 세상에 증명할 방법이 없어. 증거를 확보할 때까지 기다릴 수밖에."

하지만 사쓰키는 불만인 모양이다.

"꾸물대다간 저쪽에서 또 한발 앞서갈 수도 있어."

"하지만 지금 잘못 움직이면 사쓰키의 중학교 입시에 영향을 미칠지도 몰라. 아니, 그게 바로 저들이 노리는 걸지도 모르고."

머릿속에는 우스꽝스러운 인터넷 뉴스 헤드라인이 떠올랐다.

'입시에 실패한 모범생, 음모론을 펼치다', '정신적 스트레스로 인한 망언인가', '동급생이 말하기를, 이전부터 교내 신문에서 조짐이 있었다'.

이 정도의 정보 조작쯤 나즈테의 모임이라면 쉽게 할 수 있을 것이다.

"하지만 나는 곧 이 마을을 떠나."

알면서도 그 말을 들으니 가슴이 철렁 내려앉았다.

"나랑 미나가 아직 있잖아."

"그래서라고! 너희 둘의 시간은 여기서 계속될 테니까 그런 느긋한 말을 할 수 있는 거야. 나는 마리코 언니의 원수를 제대로 갚은 뒤 다음 인생으로 나아가고 싶어."

그것은 사쓰키가 오랜만에 드러낸 격정이었다.

"이제야 알겠어. 오쿠사토 정은 오래전부터 조금씩, 하지만 확실하게 쇠퇴하기 시작했어. 불평하면서도 이곳에 집착하는 사람들은 불편한 사실에 눈을 감았어. 그것이 나즈테의 모임이라는 괴물을 낳은 거야! 이대로라면 유스케와 미나도 그 일부가 될 거라고!"

우리도 마을의 일부가 된다고?

바보 같다는 생각과 동시에 그동안 어렴풋이 보였던 나즈테 신의 그림자가 뇌리에서 꿈틀거리는 것을 느꼈다.

나즈테 신에게 주민은 힘의 원천이자 살아 있는 공물이다. 아무리 반항적인 태도를 보여도 나처럼 이 마을을 떠날 각오가 없는 아이는 신에게 있어서는 보존 식품 정도의 가치밖에 없다.

그래서 마을 밖으로 나가 적으로 돌변하려는 사쓰키를 노리는 걸까?

생각을 정리하는 동안 수화기 너머에서 마지막 말이 들려왔다.

"지금까지 고마웠어. 나머지는 내가 알아서 할게."

그 울림이 어딘지 모르게 슬프게 들린 건 내가 그렇게 듣고 싶었기 때문일지도 모른다.

사쓰키는 그날 이후로 계속 학교를 쉬었다.

선생님은 그 이유를 감기 때문이라고 설명했고, 반 친구들도 그 말을 믿었다.

다른 이유로 사쓰키를 걱정하는 건 나와 미나뿐이었다. 그날 밤의 대화는 이미 미나에게 전한 상태였다.

"살인사건이 벌어지게 해서 마을 사람들의 관심을 끌려고 한 거라니. 역시 사쓰키, 똑똑하네."

사쓰키의 완성된 추리를 듣고 미나는 감탄했다.

나는 어떤가 하면, 다음 날 사쓰키가 결석해서 안부를 묻고자 메시지를 보냈지만, "괜찮아"라는 무뚝뚝한 답장을 받고는 전화할 용기가 나지 않았다.

참고로 그 수상한 사람에 대한 경계는 아직 계속되고 있다. 여전히 어디서 어떤 놈이 출몰했는지는 알 수 없고, "공원에서 하급생에게 말을 걸었다더라", "동네에 치매에 걸린 노인이 배회하고 있었다"라는 등 어디에서 나온 이야기인지 알 수 없는 정보들만 난무했다.

나즈테의 모임과의 접촉도 없이, 긴장감으로 꽉 차 있던 공기가 빠져나가는 듯한 시간이 이어지면서 마치 나만 홀로 남겨진 것 같은 기분이 들었을 때 미나가 제안했다.

"토요일에 마녀의 집에서 모일까?"

아무리 그래도 휴일까지 온종일 경찰이 순찰하지는 않을 테니, 마녀의 집에 가지 못할 정도는 아니리라. 그런데 왜 이제 와서?

"더는 벽신문 못 만들잖아."

"왜?"

"왜라니, 선생님이 금지라고 했잖아."

"체제를 거스르는 게 보도입니다, 기자님."

기자님이라니. 아무리 둔감한 나라도 미나가 익숙하지 않

5장 디스펠

은 격려를 하고 있다는 걸 알았다.

"내가 사쓰키에게 메일 보내볼게. 어쩌면 부모님의 틈을 노려 찾아올지도 몰라."

그럴까? 그렇게 믿고 싶다. 사건의 진상이 밝혀져도 사쓰키가 우리 힘을 필요로 하고 있다고. 게시판 담당의 일은 아직 끝나지 않았다고.

"그리고 나는 아직 사쓰키의 추리에 승리 판정을 내리지 않았어."

"뭐라고?"

지금 와서 무슨 소리야. 사쓰키의 추리는 우리가 정한 규칙을 모두 충족했는데.

"비뚤어진 규칙이잖아. 뒤집힐지도 몰라." 미나가 이를 내보이며 웃었다. "게다가 자랑스레 내민 추리가 부정당하면 승리욕이 강한 사쓰키는 반드시 돌아올 거야."

그리고 맞이한 토요일.

밖에 나간다고 하면 혼이 날까 봐 긴장감을 억누르며 1층으로 내려갔다. 이럴 때는 엄마보다 아빠에게 말하는 편이 더 쉬울 거라 생각하며 가게 쪽으로 얼굴을 내밀었다.

"아빠."

부엌에는 들리지 않게 부르자, 계산대에 서 있는 아빠가 의아한 눈빛으로 쳐다보았다.

"밖에 좀 나갔다 올까 하는데."

"뭐야, 말투가 애매하네."

"요즘 경찰이 집 밖을 순찰하니까."

"며칠이나 그렇게 하는데 아무도 잡히지 않았잖아. 마을 사람이 밖을 돌아다닌다고 해서 비난받을 이유가 있나?"

이런 점은 사쓰키의 집보다 더 무신경해서 다행이다. 나는 무사히 집을 나와 마녀의 집을 향해 자전거를 달렸다.

마녀의 집에 도착하니 현관문이 잠겨 있었다. 우리가 모이기 시작한 이후 계속 문을 열어놓았는데, 잊어버린 걸까?

어쩔 수 없이 처음 왔을 때처럼 쪽문으로 돌아갔더니 그때와 마찬가지로 쪽문은 열려 있었다. 안으로 들어가니 이미 미나가 와 있었다. 아쉽게도 사쓰키의 모습은 역시 없었다.

"마녀님이 어디에도 없어."

이미 건물 안을 다 뒤져본 모양인지 미나는 당황한 표정으로 말했다.

어딘가 외출한 걸까? 지금까지 그런 적은 없었는데.

신경이 쓰이긴 하지만, 그렇다고 딱히 우리가 무언가 할 수 있는 것도 아니다.

"쪽문을 열어놓았다는 건 들어와도 된다는 뜻이겠지. 빨리 이야기나 시작하자. 네가 부른 거잖아."

오케이, 라고 말하며 미나가 자리에 앉았다.

항상 마녀가 끓여주는 홍차가 없는 게 왠지 모르게 허전하게 느껴졌다.

"다시 한번 말하지만, 사쓰키의 추리에는 일리가 있다고 생각해. 마리코 언니의 괴담에서 얻은 모든 단서를 이용해 논리를 짜냈고, 그 논리라면 살해당하기 전 마리코 언니의 행동도 제대로 설명할 수 있지. 그런데도 나는 무언가 부족함을 느꼈고, 그게 무엇인지 계속 생각했어."

테이블 위에 복사지를 올려놓았다. 세 사람이 처음 함께 행동한 날부터 이미 몇 번이고 읽고 또 읽어서 여기저기 잔뜩 꾸깃꾸깃해진 '오쿠사토 정의 7대 불가사의'다.

"모든 수수께끼를 풀고 나서 다시 읽어보자 역시 〈미사사 고개의 목이 달린 지장보살〉이야기가 마음에 걸렸어. 우리는 이걸 리들 스토리로 해석하고 K의 집을 찾아온 존재의 정체에 대해 생각했지."

"그중에는 '나즈테'를 자처하는 사람도 있었고, 병원이나 도서관에도 나즈테의 모임의 손길이 닿아 있다는 거잖아. 그건 뭐 더는 다른 해석이 불가능할 것 같은데."

나는 그 나즈테의 모임이 나즈테 신이라는 괴이한 힘을 숭배하는 집단이라고 보고 오컬트 범인설을 전개했지만, 결국 사쓰키의 추리를 이길 수 없었다.

"하지만 마지막 〈우물이 있는 집〉을 떠올려봐. 몇 가지 조건을 바탕으로 올바른 결말을 생각해내는 형식은 〈미사사 고개의 목이 달린 지장보살〉과 비슷해. 게다가 녹스의 10계를 제시하는 점을 보건대 분명히 〈우물이 있는 집〉이 미스터리로서 더 정교하게 짜여져 있어. 마리코 언니가 그렇게 같은 형식을 두 괴담에 사용했을까?"

"하지만 〈목이 달린 지장보살〉 괴담에서 나즈테의 모임에 관한 요소는 무시할 수 없잖아."

미나는 대답하지 않았다.

"K…… 카나모리 씨 집에 몰래 들어갔을 때의 사진 가지고 있어?"

미나가 그렇게 물어서 스마트폰 단말기를 내밀었다.

"화면이 작아서 잘 안 보일 수도 있어."

인화해왔다면 좋았을 테지만 촬영한 사진 수가 많아서 돈이 엄청나게 들어갔을 것이다.

한참 사진을 훑어보던 미나가 화면을 이쪽으로 돌렸다. 거기에는 부엌에 흩어져 있는 검게 변한 가루가 찍혀 있었다.

"이게 소금이랬나?"

"맞아. 원래는 흰색이었는데, 미나가 밖에서 사람 그림자를 본 직후에 그런 색으로 변해 있었어."

"그때도 유스케는 그런 말을 했었지. 근데 나랑 사쓰키는 색이 변하기 전의 소금을 보지 못했으니까."

이것도 나만 확인한 기이한 현상이다. 폐병원의 검은 그림자라든가, 원인 모를 컨디션 난조라든가, 내 주변에서는 기이한 현상들이 꽤나 벌어졌는데 그 누구에게도 이해받지 못하는 것들뿐이다.

"현관에 놓인 소금도 비슷한 색이었지?"

"그랬던가? 아마 현관 사진도 찍었을 텐데……."

내가 말하자 미나는 금방 그 사진을 찾아냈다. 슬리퍼와 운동화가 어지럽게 늘어선 어둑한 현관. 코를 찌르는 냄새까지 생생하게 되살아나는 것 같았다. 문제의 소금은 운 좋게도 화면 구석에 찍혀 있었다.

자신의 기억이 맞았다고 우쭐거리는가 싶더니, 미나는 시선을 내리깔고 움직임을 멈췄다.

"왜 그래?"

"……그때 두 사람, 어디에 있었어?"

갑작스러운 질문에 당황했다.

"그때라니?"

"내가 현관 초인종을 눌렀을 때."

나는 기억을 더듬었다. 분명 나는 혼자 부엌에 있다가 커다란 초인종 소리에 놀라 소금 봉지를 바닥에 떨어뜨린 기억이 났다.

"나는 부엌에 있었어. 사쓰키는 현관문을 들어서자마자 보이는 다다미방에 있었고."

미나는 당황한 듯 다시 복사지에 시선을 돌려 괴담을 읽기 시작했다. 도대체 뭐가 그렇게 마음에 걸린 건지 도무지 알 수가 없었다. 결국 미나는 손을 멈추고 말했다.

"그때 나한텐 초인종 소리가 잘 들리지 않았어."

"뭐?" 나는 귀를 의심했다. "네가 직접 울렸는데?"

"현관 밖에서 초인종 버튼을 눌렀는데 소리가 울린 건지 잘 알 수 없어서 안으로 들어가서 '제대로 울렸어?'라고 물었잖아."

그러고 보니 그랬던 것 같기도 하다.

"유스케는 그 소리에 놀랐다고 말했지만, 현관에 가까운 방에 있던 사쓰키는 '그렇게 큰 소리는 아니었다'라고 말했어. 즉, 초인종 소리는 집 안쪽 부엌에서 난 것 같아."

미처 눈치채지 못한 부분이었지만, 그렇게 이상한 일도 아니다. 집 안쪽에 있어도 방문객을 알아차릴 수 있도록 만들어진 것뿐이다. 하지만 미나의 말은 계속됐다.

"여기 봐봐. 괴담 마지막에 누군가가 K의 집을 방문했을 때 '현관 초인종이 크게 울렸다'라고 적혀 있어. 즉, 부엌에서 소리를 들었다는 뜻이야."

"그게 뭐가 이상한데?"

"당시 K는 침실에서 잠을 자고 있었어. 초인종 소리를 듣고 '이불을 머리 위로 뒤집어썼다'라고 분명히 적혀 있으니까. K가 있던 곳은 부엌이나 거실이 아니었어."

미나가 하는 말을 나는 둔한 머리로 어떻게든 정리하려고 노력했다.

K는 있는데 초인종 소리를 들은 건 K가 아니다?

"그런 관점에서 읽으면 이 괴담에는 이상한 점이 많아. 예를 들어 전반부에서는 화자가 'K'라는 호칭을 쓰는데, 목이 없는 지장보살을 본 후 한 줄의 공백을 둔 뒤의 문장부터는 그게 달라져서 '그'라고만 표현하고 있어. 다른 등장 인물들에게는 'K'라고 불리지만."

"확실히 괴담의 전반부와 후반부에서 글쓰기 방식이 달라진 것 같기도 한데, 그게 뭐 어쨌다는 거야?"

"아마…… 전반부와 후반부의 화자가 달라진 것 같아."

미나는 그렇게 말하며 앞서 본 현관 사진을 보여주었다.

"보통 소금은 외부에서 나쁜 것이 들어오지 못하도록 현관 밖에 두지 않나? 그런데 이건 현관 안에 있어."

"맞아, 잘못 놓았어."

나는 비슷한 괴담을 들은 적이 있다는 사실을 떠올렸다. 그리고 모순점을 발견했다.

"어라, 잠깐만. 그런데 소금의 색깔이 바뀌었다는 건?"

"이미 소금이 무언가의 영향을 받고 있다는 뜻이지. 즉, '나쁜 것'이 이미 내부로 들어온 거야."

미나의 말은 강렬한 한기를 불러일으켰다.

"K는 지장보살을 본 후, 무언가의 기척에 겁을 먹고 몸이 안 좋아졌어. 초인종 소리를 들은 건 이미 집 안에 들어와 있는 '나쁜 것'이었어. 이야기의 후반부는 '나쁜 것'이 K를 바로 옆에서 보면서 이야기하는 내용이니, 이름이 아닌 '그'라고 부르는 거야. 즉, K의 목숨을 앗아간 건 집을 방문한 나즈테의 모임이 아니라 집 안에 있던 '나쁜 것'이었어. ……이 괴담은 리들 스토리가 아니라 독자의 착각을 유도하는 서술 트릭이었던 거야."

서술 트릭.

미나가 말하길 일부 묘사를 일부러 숨기거나 모호하게 만들어 독자를 속이는 트릭이라고 한다. 단순하게는 남성에게 많이 쓰이는 '아키라'라는 이름을 가진 인물을 등장시켜 놓고 사실은 여성이라고 하거나, 젊은 사람처럼 보이는 인물이 사실은 노인이라거나 하는 식으로 독자를 속이는 방법인 모양이다.

그러고 보니 한 줄의 공백을 사이에 두고 전후로 부자연스러울 정도로 'K'라는 단어가 사용되지 않는다는 걸 깨달았다. 후반부 문장이 모두 K를 가까이서 관찰하는 '나쁜 것'의 시점이라고 생각하니, 한순간에 섬뜩하게 느껴졌다.

아니, 지금 문제는 그게 아니다.

"지금 미나가 말한 대로라면, 집을 방문한 사람들은 K의 죽음에 관여하지 않았다는 뜻이 되잖아! 그럼 나즈테의 모임이란……."

그때였다.

부르르, 부르르.

어디선가 벌레 날갯짓 소리 같은 소리가 들려왔다.

둘이서 입을 다물고 귀를 기울이자 다시 같은 소리가 반복되었다.

진동이다.

"마녀가 휴대폰을 썼던가?"

나는 거실 구석, 낮은 선반에 놓인 유선전화기에 눈을 돌렸다. 이것조차도 실제로 사용하는 모습을 본 적이 없다.

이미 진동 소리는 멈췄지만, 미나는 소리가 난 곳을 찾아 방을 가로질러 큰 책장 한가운데에 놓인 서랍 중 하나를 열었다.

어째선지 마녀가 부재중인데도 나쁜 짓을 한다는 생각은 들지 않았고, 나는 그 모습을 가만히 지켜보았다.

첫 번째 서랍은 예상이 빗나간 듯, 그 옆 서랍을 연 미나의 움직임이 멈췄다.

궁금해진 나는 자리에서 일어나 옆으로 다가갔다.

"왜 그래?"

서랍 속을 들여다보며 숨을 삼켰다.

어디선가 본 듯한 구형 아이폰이 들어 있었다.

"……왜?"

간신히 그 말만 중얼거렸다.

마녀가 우연히 구형 스마트폰을 사용하고 있는 걸지도 모른다고 스스로에게 되뇌어보았다.

하지만 곧 사쓰키의 목소리로 반론이 나왔다.

'아니, 그럴 리 없잖아. 평소에 쓰는 스마트폰을 선반 서랍에 넣어둔다니.'

그럼 어떻게 생각하면 좋을까? 알려줘. 미나가 조심스레 아이폰을 집어 들었다.

"안 돼. 잠겨 있어서 안을 확인할 수 없어."

아쉬워하는 듯한, 안도하는 듯한 말투.

만약 마녀조차 나즈테의 모임의 회원이라면……

우리 조사는 처음부터 나즈테의 모임에게 훤히 들여다보였다는 말이 된다. 진상에 가까워진 지금, 방해하는 행동이 이어진 것도 당연하다.

문득 아이폰이 있던 자리 아래에 연보라색 책자가 놓여 있는 걸 발견했다. 판매하는 책이 아닌 것 같은, 예전에 도서관에서 빌린 《광산과 함께, 50년》이라는 자비 출판 책과 비슷하게 생긴 소박한 만듦새였다. 나는 그 책에 손을 뻗었다.

책 제목은 《우리는 여기에 있었습니다》. 목차를 보니 장마다 다른 마을의 이름이 적혀 있었다. 옆에서 미나가 들여다보며 말했다.

"예전에는 있었지만 지금은 사람이 살지 않는 마을의 기록을 모은 책 같네."

"그러게."

페이지를 넘기자 오래된 흑백사진과 당시 생활에 대해 옛

거주자에게 인터뷰한 내용이 실려 있는 것 같았다.

그때 눈에 들어온 글자에 나도 모르게 손이 멈췄다.

'후카자와무라 – 댐 호수에 가라앉은 비운의 마을'

틀림없다. 〈우물이 있는 집〉의 무대가 된 마을이다.

페이지를 더 넘기려는데 현관 쪽에서 덜컥거리는 소리가 들렸다. 자물쇠를 여는 소리였다.

나와 미나는 서로 얼굴을 마주 보았다.

마녀가 정말 나즈테의 모임 멤버라면 위험하지 않을까. 우리가 정체를 알아챈 사실을 숨길 수 있으면 좋겠지만, 마녀 앞에서 거짓말을 계속할 자신은 전혀 없다.

"도망가자!"

우리는 튕기듯 발을 움직였다. 미나는 아이폰을 제자리에 돌려놓고 테이블 위의 짐을 가방에 쑤셔 넣었다. 테이블 위를 원상태로 되돌리고 싶지만 원래 어떤 상태였는지 잘 기억 나지 않는다.

현관문이 천천히 열리고 얇은 타이어가 돌아가는 소리가 들렸다!

이제 시간이 없다. 가자고 미나에게 손짓으로 말하고 거실을 나섰다.

소리를 내지 않도록 쪽문을 열고 밖으로 나왔다.

문을 닫는 것과 휠체어가 거실에 들어오는 것 중 어느 것이 더 빨랐을까.

우리는 뒤편에 세워둔 자전거에 올라타고 필사적으로 그 자리를 떠났다.

금방이라도 누군가가 쫓아올 것 같아 마녀의 집이 주택가 그늘에 가려 보이지 않는데도 계속 페달을 밟았다.

어느새 미나와 늘 헤어지는 교차로에 다다라 있었다.

역시 오늘은 여기서 해산할 수 없어서 미나를 우리 집으로 초대했다.

가게에 나와 있던 엄마에게 "친구가 왔어"라고만 말하고 함께 2층으로 올라갔다.

이야기만 나누려 했을 뿐인데 예상치 못한 전개가 펼쳐졌고, 우리는 기진맥진한 채 바닥에 앉았다

가방을 연 나는 그 안에서 연보라색 책자를 발견하고 "앗!" 하고 소리를 질렀다.

도망치느라 정신이 없어서 서랍에 넣는 걸 깜빡 잊고 가져오고 말았다.

마녀는 집에 돌아와서 아이폰을 확인할 테니 당연히 이 《우리는 여기에 있었습니다》가 없어졌다는 사실을 알게 될 것이다.

"이래선 우리가 갔던 것도 들키겠네. 미안."

"어쩔 수 없지. 게다가 내용을 제대로 보고 싶었으니까."

5장 디스펠

미나는 책자를 집어 들고 나와 같이 읽을 수 있게끔 내 옆으로 옮겨 앉았다.

마녀의 집에서 본 후카자와무라의 페이지를 펼치자 마을 축제 때 찍은 것으로 보이는 스무 명 정도의 단체 사진이 눈에 들어왔다. 사진은 1960년대에 찍은 것인 듯, 모두 기모노 같은 옷을 입고 있는 걸 보니 꽤 옛날이라는 느낌이 들었다. 사진 아래에는 찍힌 사람들의 이름과 서 있는 위치가 적혀 있었다.

"이 이름……."

미나가 그중 한 명의 이름을 가리켰다.

"도요키 쓰네."

쓰네?

바로 얼마 전 그 이름을 본 기억이 떠올라 나는 무심코 소리를 질렀다.

"쓰네! 〈우물이 있는 집〉에 나오는 마을 사람 이름이잖아!"

곧바로 복사지를 다시 읽어보니 역시 그랬다. 마을 사람들에게 병이 퍼지고 있다는 사실을 이야기의 화자에게 충고한 여성이다. 설마 실존 인물이었을 줄이야!

미나의 반응이 없어 고개를 들어보니 조금 당황한 듯한 표정을 짓고 있었다.

"그것도 그런데."

"뭔데?"

"도요키는 마녀님의 성씨야."

그 말에 나는 다시 한번 사진에 시선을 떨어뜨렸다. 사진 속 인물은 아직 어른이라곤 부를 수 없을 것 같은 10대 정도의 여성이다. 하지만 높은 콧날과 강인한 눈빛은 지금의 마녀와 똑 닮았다.

"잠깐만. 마녀님이 나즈테의 모임 멤버일 뿐만 아니라 후카자와무라 주민이기도 했다고?"

후카자와무라 주민이었지만, 마을을 수몰시킨 나즈테의 모임에 협력하고 있다. 그렇게 생각하면 광산 사업을 지키기 위해 마을을 희생했다는 사쓰키의 추리보다, 나즈테 신을 숭배한다는 내 추리가 더 타당하지 않을까?

생각에 잠겨 있는 옆에서 미나가 "헉" 하고 숨을 죽이는 기척이 들렸다.

그쪽으로 시선을 돌리니 미나는 좀 전에 보던 단체 사진에 시선이 꽂힌 채였다.

"유스케, 이, 이 사람……."

미나가 가리킨 인물을 본 나는 눈을 의심했다.

"거짓말이지……?"

도저히 이해가 되지 않았다. 두 사람은 말문이 막힌 채 그 사진이 의미하는 사실을 상상해보려 했다.

그렇게 수십 초가 지났을 때 아래층에서 엄마가 부르는 소리가 들렸다.

"유스케, 잠깐만."

평소와 달리 긴장된 목소리처럼 들렸다. 나는 아직 혼란이 가라앉지 않은 채 방문 밖으로 얼굴을 내밀었다.

"무슨 일인데?"

"지금 온 친구, 혹시 하타노니?"

예전에 사쓰키와 자주 만난다고 이야기해서 오해한 걸까.

"아니야."

"정말로?"

이상하다. 왜 그렇게 의심하는 거지.

그 대화를 의아하게 여긴 미나가 일어나서 이쪽으로 왔다.

"지금 하타노의 어머니에게 전화가 왔어. 딸이 집에서 사라졌는데 너랑 함께 있는 게 아닌가 싶어 전화했다는데."

"사쓰키가 없어졌다고?"

나는 무심코 소리를 질렀다. 엄마가 계단을 올라와서 함께 있는 사람이 낯선 아이, 즉 미나임을 확인하고 곤란한 표정을 지었다.

"전화 좀 대신 받아볼래? 꽤 흥분한 것 같으니 내가 대응해도 괜찮을 것 같긴 하지만."

귀찮아하고 있을 때가 아니다. 자세한 사정을 듣기 위해 나는 1층으로 향했다. 엄마와 함께 미나도 따라왔다.

수화기를 들고 "여보세요"라고 말하자마자 거친 목소리가 귀를 때렸다.

"너, 또 우리 애를 데리고 나갔지! 빨리 돌려보내줘!"

"잠깐만요. 오늘은 사쓰키를 만난 적 없어요."

"숨기고 있는 거 아냐? 그 아이는 신문 담당이 되고 나서부터 이상해졌으니까!"

신문 담당이 아니라 게시판 담당이지만, 그런 걸 따질 때가 아니다.

"언제부터 안 보였나요?"

"방금이야. 점심을 먹고 방으로 돌아간 게 마지막이었어."

집합 시간보다 훨씬 늦은 시각이니 우리를 만나러 마녀의 집으로 향한 건 아닐 것이다. 혹시나 해서 스마트폰 단말기를 확인했지만, 사쓰키로부터 온 연락은 없었다.

"자전거는요?"

"없어. 그래서 너희와 함께 있다고 생각했는데!"

사쓰키 엄마의 외침은 계속됐다.

"아이들이 모여서 마리코의 사건을 캐묻고 다니는 것 같은데, 그건 장난으로도 해서는 안 되는 일이야! 그런 건 어른들의 일이고, 그 아이는 미래를 위해 입시에 집중해야 할 시기야. 그러니 그 아이를 찾으면 꼭 알려줘!"

자기 할 말만 하고 전화는 끊어졌다.

옆에서 듣고 있던 엄마는 어깨를 으쓱했다.

"변호사 집안이고, 딸도 모범생으로 훌륭하다고 생각했는데 가출할 만큼 문제가 있었나 보네. 중학교 입시 때문에 스트레스가 심했나?"

"다른 애들에게도 물어보려나?"

"요즘은 비상연락망이 없으니 어렵겠지. 우리는 가게를 운영하니 전화번호를 알 수 있어 전화한 거겠지만. 우리라도 아는 사람한테 물어보는 게 나을까? 하지만 일을 크게 만들기도 좀 그렇고······."

2층 방으로 돌아와 사쓰키의 행동에 대해 미나와 이야기했다.

사쓰키는 어떻게든 나즈테의 모임의 존재를 세상에 알리겠다고 말했지만, 이렇게 빨리 움직일 줄은 몰랐다. 도대체 어쩔 셈일까.

"인터넷에 폭로할 생각이었다면 굳이 자전거를 타고 밖으로 나갈 필요는 없겠지."

토요일이라 학교도 열지 않고, 설마 나즈테의 모임의 일원으로 보이는 도서관 직원을 직접 잡으러 간 것도 아닐 텐데.

"만약 사건과 관련된 게 아니라 단순히 집에 있고 싶지 않았던 거라면 어떨까?"

"가출한 거란 말이야?"

"응. 그럼 아무도 찾을 수 없는 곳으로 갔겠지."

지금의 미나처럼 반 친구의 집에 가 있으면 얼마 지나지 않아 그 집의 부모로부터 연락이 가게 된다.

······아니, 그런 걱정이 없는 집이 있었다.

"혹시 너희 집으로 향한 건 아닐까? 올해 새로 이사 온 너희 집 연락처는 학교 외에는 아무도 모르고, 아저씨가 출근하면 얼마든지 숨어 있을 수 있으니."

미나도 같은 생각인 듯 크게 고개를 끄덕였다.

반 친구들에게도 어른들에게도 알려지지 않은 곳이라면 그곳 말고는 생각나지 않는다.

우리는 다시 자전거를 타고 미나의 집으로 향했다.

누군가에게 쫓기는 듯한 기분과는 달리, 시야 밖으로 흘러가는 토요일의 마을 풍경은 어디까지나 한가롭기만 했다. 공원에서 아이와 노는 부모. 무성한 정원의 나뭇가지를 자르는 전정 가위 소리. 늘 그랬던 바람, 늘 그랬던 냄새.

음모를 꾸미는 조직도, 그에 홀로 맞서 싸우는 소녀의 그림자도 보이지 않는다.

큰 교차로에서 신호에 걸려 숨을 고르는 우리를 지나가던 할머니가 웃는 얼굴로 바라보며 "기운 넘치네"라고 중얼거렸다.

이 할머니뿐만이 아니다. 분명 주변에서 보면 우리의 모습은 유치하고, 마을의 일상 속 일부로만 보여 기억에서 금방 사라질 것이다. 나도 분명 그렇게 여러 가지를 지나치며 살아왔을 것이다.

그래도 우리가 가는 길 끝에 비일상에 도전하려는 동료가 있다고 믿고 페달을 밟았다.

미나의 집이 보이기 시작했지만, 그 주변에 사쓰키의 자전거는 보이지 않았다.

오늘은 아직 미나의 아버지가 집에 계시는 듯 미나가 물어보러 갔지만, 역시 사쓰키는 찾아오지 않았다고 했다.

예상이 빗나가서 우리는 어깨를 떨구었다.

사쓰키가 무턱대고 도망 다니고 있을 리는 없다. 분명 무언가 목적이 있어서 행동하고 있을 것이다.

미나의 집 전화를 빌려 엄마에게 확인했지만, 아직 사쓰키를 봤다는 사람을 찾지 못했다고 했다. 주류판매점이라고 해도 반 친구들의 집을 모두 아는 건 아니니 전화로 알아보는 것도 한계가 있으리라.

그 후 우리는 사쓰키의 통학로를 따라 교문이 닫힌 학교 주변을 찾아보고 자주 집합 장소로 사용하던 공원으로 돌아왔다. 하지만 성과는 제로였다.

시각은 오후 4시가 지났다. 이제 밖은 점점 어두워져 수색은 지금까지 이상으로 힘들어질 것이다. 슬슬 수색 방법을 바꿔야겠다는 생각에 일단 우리 집으로 후퇴하기로 했다.

집에 들어와 스마트폰을 확인했다. 사쓰키에게선 연락이 없었지만 홈 화면에 무언가 표시가 있는 걸 깨달았다. 친구 신청 알림이었다.

분명 상대방이 나에게 친구 등록을 신청했을 때 알림이 오는 것으로 알고 있다. 친한 남자아이들은 이미 전에 친구로 등록했고, 최근에 새로 전화번호를 알게 된 지인도 없다. 그럼 이건 누구일까?

'아린코'라는 프로필 이름도, 빨간 고리 아이콘도 기억이 나지 않아 고민하는데 옆에서 미나가 말했다.

"이 아이콘, 혹시 기도 아니야?"

자세히 보니 빨간 고리는 헤어밴드였다. 곧바로 기도가 포니테일을 했던 모습이 떠올랐다.

"맞다. 이름이 '아리사'니까."

이름에서 따온 닉네임이겠지만, 키가 작다는 이유로 '아린코'를 자칭하는 것을 보면 그 아이의 긍정적인 성격에 감탄할 수밖에 없다(아린코는 개미를 친근하게 부르는 말이다―옮긴이).

다른 누군가와 메시지 앱으로 대화라도 하다가 내가 최근에 앱에 등록했다는 이야기를 듣고 별생각 없이 나를 추가한 걸까? 나는 기도를 친구로 등록한 후, 혹시나 하는 마음에 사쓰키에 관해 물어보는 게 좋을지 메시지 문장을 생각하기 시작했다.

그러자 놀랍게도 화면에 기도에게서 전화가 걸려왔다는 표시가 나타났다.

당황하면서도 나는 통화 버튼을 눌렀다.

"야호, 기지마. 등록해줘서 고마워!"

여전히 목소리가 크다.

"기지마, 스마트폰 가지고 있었어? 하지만 학교에서는 그런 이야기 안 했잖아? 기지마의 아이콘은 뭐야, 외계인 일러스트? 이런 건 다른 사람의 일러스트를 함부로 쓰면 안 된다고 하던데, 괜찮은 거야?"

기관총처럼 말을 쏟아내는 기도를 내버려두면 끝이 없다.

미안하다고 생각하면서도 나는 말을 끊었다.

"잠깐 물어보고 싶은 게 있는데, 오늘 사쓰키를 만나거나 사쓰키에게서 연락 안 왔어?"

"만났어."

너무 담담한 대답에 당황하는데, 기도는 재미있다는 듯 같은 말을 반복했다.

"만났어. 오후 1시 좀 지나서였나. 볼일이 있다고 우리 집에 들렀어."

"볼일이라니, 무슨 볼일이었는데?"

"며칠 전부터 카메라에 관해 상담했거든. 우리 집은 사진관이잖아. 카메라 대여도 하니까 어떤 카메라를 빌리면 좋을지 상담했었어."

카메라?

사쓰키의 행동과 관련이 있을 법한 정보에 나는 미나도 들을 수 있도록 서둘러 스피커 모드로 전환했다.

"사쓰키가 사진을 찍는다고 했어?"

"아니. 동영상 촬영에 적합한 카메라를 찾더라고. 어두운 곳에서도 선명하게 찍을 수 있는 제품을 원하던데. 배터리가 얼마나 오래 가는지도 신경 썼고. 아, 그리고 카메라를 고정하는 기구도."

나는 유리창 너머로 석양에서 밤의 어둠으로 변해가는 하늘을 보았다. 사쓰키는 지금부터 무언가를 녹화하려고 한다.

"맞다. 이건 우리 아빠가 설명해줬는데, 스마트폰 회선을 이용해 인터넷에 동영상을 올릴 수 있는 설정을 알고 싶다고 하더라. 소위 말하는 라이브 방송이 가능한 그런 거?"

머리를 한 대 얻어맞은 듯한 충격이었다.

라이브 방송!

그 단어와 마리코 누나가 실행한 것을 조합하면 사쓰키가 하려는 행동이 무엇인지 알 수 있었다.

나즈테의 모임이 제아무리 오쿠사토 정에서 영향력이 커서 사건이나 소문을 잠재울 수 있다고 해도, 범행 장면이 인터넷으로 생중계되면 어쩔 도리가 없다.

인터넷으로 연결된 전 세계가 그 모습을 목격할 것이고, 어떤 의미에선 경찰보다 더 껄끄러운 시청자들이 소란을 피울 것이다.

그렇게 생각하다 문득 의문이 들었다.

기도는 내 질문에 답했다기보다는 마치 사쓰키와의 대화를 빠짐없이 전달하려는 것처럼 느껴졌다.

"기도. 혹시 사쓰키가 누구에게 말하지 말라는 말 안 했어?"

"했어. 적어도 내일까지는 아무에게도 말하지 말라던데."

그럼 말하면 안 되잖아, 하고 생각했지만 기도는 장난기 어린 목소리로 말을 이었다.

"하지만 나는 하타노나 기지마처럼 착하지 않으니 비밀로 할 수 없었어."

그 말을 듣고 납득했다.

기도는 우리가 신발 도난사건의 진실을 알고 있음에도 입을 다물었다는 사실을 알고 있는 것이다.

사쓰키와 나, 둘 다에게 은혜를 입은 모양새지만, 이번에는 우리 셋을 생각해서 사쓰키와의 약속을 어겨준 것이다.

기도, 너 참 좋은 녀석이구나.

"그런데 기지마. 언제부터 하타노를 사쓰키라고 부르는 거야?"

"미안, 지금 급해서!"

서둘러 전화를 끊고 부끄러움을 감추듯 미나에게 말했다.

"사쓰키는 나즈테의 모임 멤버들을 불러서 그 모습을 생중계하려고 해. 장소는 어디일까?"

"어두운 곳에서 촬영할 준비를 했다는 건 낮에는 촬영할 수 없는 곳, 즉 사람이 있다는 걸 의미하겠지. 그리고 나즈테의 모임 멤버가 경계하지 않고 확실히 나타날 만한 장소. 그리고 우리가 오늘 아직 가보지 않은 곳. ……사쓰키라면 분명 그곳을 선택할 거야."

사건의 결말에 걸맞은 장소.

마리코 누나가 목숨을 걸었던 곳.
체육공원 운동장이다.

주변이 완전히 어두워졌다.
이용객이 사라진 운동장은 불빛도 없고, 주변 산책로에서 운동장 중심부까지 거리가 있어 발밑이 잘 보이지 않을 정도로 어둠에 휩싸여 있다.
운동장 구석에 있는 벤치 밑에 설치한 비디오카메라는 검은색 천으로 둘러싸여 있어 분명 눈치채지 못할 것이다. 기도네 아버지의 설명에 따르면 연속 사용 시간은 여덟 시간이다. 분명 배터리를 다 쓰기 전에 결판이 날 것이다. 라이브 방송은 시작되었다. 비디오카메라와 회선 상태는 이미 여러 번 확인했으니 만반의 준비를 마쳤다고 할 수 있다.
설마 정말 이때가 올 줄은 몰랐다는 감회와 함께 이 끝이 어딘지 모르게 쓸쓸하게 느껴진다. 물론 게시판 담당으로서의 활동에 관해서다.
단순히 유스케와 미나와 함께 셋이 조사하러 다니거나 추리하는 것이 즐거웠다는 게 하나의 이유다. 또 하나는 할 수만 있다면 마지막 순간은 세 사람이 함께 맞이하고 하이파이브를 하는 형태였으면 좋았을 것이라는 점이다.
하지만 그렇게 하지 않기로 결심한 건 나다. 지금까지 함께 해준 두 사람의 손을 내가 뿌리쳤다.

괜찮다. 원래 내년에 이 마을을 떠날 예정이었다. 내게 무슨 일이 생기더라도 떠나는 시기가 조금 앞당겨질 뿐이다.

여섯 가지 괴담을 통해 추리한 결과, 마리코 언니의 죽음의 진실과 그 동기를 밝혀낼 수 있었다. 나즈테의 모임의 존재와 마을의 역사에 숨겨진 범죄도 어느 정도 알아냈다. 게시판 담당의 원래 목적은 달성한 셈이지만, 마리코 언니의 원수를 갚는다는 의미에서는 부족한 것이 있다.

그것은 범인을 고발하기 위한 증거다.

'그 사람에게는 동기가 있다', '그 사람이 범인이라고 생각하면 말이 된다', '생전에 피해자가 그 사람을 위험하게 여겼다'라는 말만으로는 죄를 물을 수 없다.

하지만 미나를 본받아 미스터리를 파고들다 보니 효과적인 수단을 찾을 수 있었다.

범인을 함정에 빠뜨리는 것이다.

범인이 증거를 숨기려는 행동을 예측하거나 범인만이 아는 정보에 대해 실언을 끌어내서 범인의 마음을 꺾는다.

이것은 그 목적을 위한 마지막 작전이다.

나즈테의 모임은 반드시 온다.

30분 전, 내가 가지고 있는 도키토 교수가 소유했던 아이폰으로 이전에 메시지를 보냈던 계정—아마 반도일 것이다—에 협박성 메시지를 보내 놓았다.

내용은 마리코 언니가 몰래 남긴 나즈테의 모임 명단을

찾았다는 것. 오후 6시에 마리코 언니가 죽은 운동장에 모두 오지 않으면 명단에 있는 이름을 한 명씩 인터넷에 퍼뜨리겠다고 전했다.

나즈테의 모임을 잡는 방법을 고민하던 중, 사쿠마 오빠가 낸 아이디어였다. 나즈테의 모임의 범행에 대한 증거가 없어도 그 멤버에 관한 정보가 유출되는 걸 무엇보다 싫어할 것이라는 의견이었다.

물론 상대방도 의심할 것이다.

하지만 우리는 실제로 나즈테의 모임 멤버로 추정되는 인물을 네 명이나 찾아냈다.

죽음을 가장하고 살아 있는 반도. 도서관 직원인 우라베라는 여성, SNS 계정을 알아낸 정사무소 직원 여성, 그리고 학교까지 찾아온 오노우에 정장.

일정 시간마다 한 명씩 공개하면 역시나 상대방도 가만히 있을 수 없을 것이다.

마리코 언니, 기다리게 해서 미안해. 이제야 마무리할 수 있을 것 같아.

지정한 오후 6시가 다 되어갈 무렵, 내 예상보다 빨리 움직임이 있었다.

산책로 너머에서 몇 명의 어른이 토요일 밤이라고는 믿기지 않을 정도로 빠른 걸음으로 다가왔다. 게다가 성별과 나이에 통일감이 없어 얼핏 보기에도 이상한 집단이라는 사실에 나는 맥이 빠졌다.

조금 더 신중하게 일을 처리할 줄 알았는데.

"찾았다!"

집단 속에서 한 노인이 나를 가리키며 소리쳤다.

그 얼굴이 낯익었다. 오쿠사토 정의 정장인 오노우에다.

홍보지나 포스터에서 보던 환한 미소와는 전혀 다른, 섬뜩한 표정으로 운동장으로 뛰어 들어왔다. 옆에 있는 사람은 도서관에 있던 우라베라는 직원이었다.

나는 심장이 크게 뛰는 걸 느끼며 소리쳤다.

"멈춰! 지금 당장 명단을 뿌릴 거야!"

부끄럽게도 목소리가 갈라졌다.

그래도 오노우에 정장은 눈을 부릅뜨고 발걸음을 멈췄다.

"멍청한 짓은 그만둬. 이봐, 반도 군, 빨리 붙잡아! 이러다 들키겠어!"

그렇게 뒤에 있는 남자에게 지시를 내렸다.

반도! 이 남자가!

분노를 담아 노려보았지만, 반도는 발걸음을 멈추지 않고 달려오더니 스마트폰을 쥔 내 손을 붙잡았다.

"그만해!"

망설임 없이 힘으로 밀어붙이는 행동에 놀라움을 금치 못했다.

위험해!

방송 시간이 너무 짧다. 그들의 얼굴이 제대로 찍혔는지 미묘하다.

네 명의 이름이 적힌 댓글을 방송 화면에 올리려고 했지만, 엄지손가락이 화면에서 미끄러져 스마트폰을 떨어뜨렸다. 최소한 소란이라도 피우려고 숨을 들이쉬었지만, 반도는 내가 비명을 지르기 직전에 입을 막고 난폭하게 목에 끈 같은 걸 마구잡이로 감았다.

무서워!

마리코 언니는 혼자서 이런 적과 맞서 싸우고 있었구나.

아까의 위세는 어디론가 사라지고 눈에서 눈물이 흘러나왔다.

"빨리 차로 데려가!"

"서둘러!"

어른들은 그 자리에서 나를 죽이지 않고 나를 안아 든 채 운동장을 떠나려고 했다.

지금까지의 모험 장면이 주마등처럼 머릿속을 스쳐 지나갔다.

그 많은 수수께끼를 풀고 어른들에게도 당당히 맞설 힘을 얻었다고 생각했는데.

현실의 나는 역시 무력한 아이에 불과하다.

그때 뒤에서 목소리가 들렸다.

"사쓰키!"

잘못 들었을 리가 없다. 유스케의 목소리다.

나를 안은 채 반도가 뒤를 돌아보았다.

두 개의 자전거 불빛이 곧장 이쪽으로 다가왔다.

방금과는 다른 의미의 따뜻한 눈물이 뺨을 타고 흘렀다.

유스케가 반도의 다리를 노리듯 급브레이크를 밟았고, 반도가 놀란 틈을 타서 나는 굴러떨어지듯 탈출해 미나의 도움을 받아 몸을 일으켰다.

"또 아이인가."

오노우에 정장이 낙담한 듯 중얼거렸다.

저쪽은 세 명, 이쪽도 세 명이다.

서로 대치하는 형태가 되어 싸워야 할지 도망쳐야 할지 망설였다.

그때 상대방 뒤에서 다가오는 인물이 있었다.

"안녕하세요."

상황에 어울리지 않는 차분한 인삿말.

사쿠마 오빠다! 아군의 등장에 나는 안도했다.

"드디어 만났네요."

"네놈……!"

어두운 표정의 세 사람과는 달리 검은색 보스턴백을 든 사쿠마 오빠는 미소를 짓고 있었다.

분명 그들을 잡을 방법이 있을 것이다. 전세는 역전되었다.

내가 그렇게 확신했을 때였다.

"싫어어어어어어어!"

갑자기 도서관 직원 우라베가 절규했다.

그리고…… 가슴을 움켜쥐는가 싶더니 땅바닥을 구르며 몸부림치기 시작했다.

"죽고 싶지 않아! 죽고 싶지 않아!"

마치 스프링이 달린 장난감처럼 격렬하게 튀어 오르는 모습에 우리는 깜짝 놀랐다.

"안 돼!"

오노우에 정장이 우리를 보호하듯 두 손을 벌렸다.

"반도 군, 도망치게!"

"하지만!"

말다툼하는 동안 땅에 뒹굴던 우라베는 움직이지 않게 되었다. 흰자위가 드러난 채 입에서 거품을 뿜어내는 표정은 죽었다고 판단하기에 충분했다.

뭐야? 무슨 일이 일어나고 있는 거야?

"사쓰키, 사쿠마는 우리 편이 아니야."

오른쪽에서 유스케가 말하자 왼쪽에서 미나가 말했다.

"저 사람은 수십 년 전부터 저 모습 그대로야. 그는…… 사람이 아니야."

제시간에 도착했다!

자전거를 타고 체육공원까지 가서 사쓰키와 겨우 합류했

지만, 나는 눈앞의 상황을 이해할 수 없었다.

눈앞에는 지금까지 우리를 방해한 나즈테의 모임 어른들이 있었다.

그들은 어떻게 봐도 사쓰키를 데려가려는 모습이었다. 하지만 사쿠마가 나타나자마자 도서관에서 만난 우라베라는 여성이 거품을 물며 쓰러져 눈앞에서 꼼짝도 하지 않았다.

누가 적이고 누가 아군인가.

사쓰키에게 후카자와무라의 사진에 관해 설명하는 우리 앞에서 사쿠마는 가지고 있던 보스턴백 지퍼를 열고 그 안에서 무언가를 꺼냈다.

위험하다고 직감했다.

그것은 새까만······.

"보지 마!"

반도가 시야를 가리듯 우리 머리를 누르며 주머니에서 꺼낸 무언가를 목에 걸었다. 차르르 하는 소리가 들렸다. 사쓰키의 목에 감겨 있는 것과 같은 커다란 염주였다.

그 뒤에서 오노우에 정장의 고함이 들려왔다. 사쿠마에게 달려든 모양이다.

"오노우에 정장님!"

"애들 데리고 도망쳐. 여기는 내가······."

오노우에 정장의 몸에서 뚝, 뚝, 하는 소리가 울려 퍼지며 작은 알갱이 같은 것이 주변에 흩뿌려졌다. 그것은 염주알이었다. 정장이 착용하고 있던 것이 보이지 않는 힘에 견디지 못하고 연달아 터져나가고 있었다.

두 무릎을 꿇고 몸을 부들부들 떨면서, 정장은 비명을 질렀다.

"이 마을을 사악한 신에게 넘겨줄 생각은 없어. 으으으, 아직 아직 살아갈 아이들의…… 으아아아!"

결국 그 몸이 무너져 내리고, 사쿠마가 이쪽을 바라보았다.

그 눈은 안구가 새까맣게 물들어 있었다. 아니, 모공 사이사이에서 검고 끈적끈적한 액체가 뿜어져 나와 온몸을 물들였다. 마치 그림자 유령처럼.

그 눈빛을 앞에 두고 우리를 감싸고 있던 반도 역시 고통스러워하기 시작했다.

"꺄악!"

사쓰키가 짧게 비명을 질렀다.

우리 목에 걸린 염주가 마치 벌레가 날갯짓하듯 일제히 소리를 내기 시작한 것이다.

"기다려!"

갑자기 울려 퍼진 목소리에 염주의 진동이 작아졌다.

뒤돌아보니 휠체어를 탄 할머니가 있었다.

마녀다.

그리고 휠체어를 밀고 있는 건 우리가 SNS 계정을 특정한 정사무소 직원.

마녀는 휠체어를 타고 조금씩 사쿠마와의 거리를 좁혀가면서 주문 같기도 하고 축문 같기도 한 말을 중얼거리며 손에 든 몇 개의 염주를 비벼댔다.

그러자 고통이 누그러들었는지 반도가 고개를 들고 미약한 힘이지만 우리를 마녀의 뒤로 밀었다.

하지만 효과는 거기까지였다.

반쯤 그림자에 휩싸인 사쿠마는 보보보, 보보보, 하고 소름 끼치는 목소리로 웃었다.

순간 눈에 보이지 않는 압력이 밀려와 마녀의 괴로운 신음과 함께 우리의 염주가 다시 찢어질 듯 날뛰기 시작했다.

그 순간 마녀는 "야압!" 하는 기합 소리와 함께 주머니에 손을 집어넣고 사쿠마를 향해 무언가를 던졌다.

하얀 모래 같은 것이 주변에 흩날렸다.

"……!"

사쿠마는 처음으로 얼굴을 찡그리며 팔에 든 검은 물체를 감싸안았다. 그리고 한 걸음, 두 걸음 뒤로 물러서는가 싶더니 땅을 미끄러지듯 빠른 속도로 달려서 자리를 떴다.

마녀가 힘이 다했는지 휠체어에서 굴러떨어질 뻔했지만, 정사무소 직원이 "도요키 선생님!"이라고 외치며 다급히 부축했다. 반도는 쓰러진 두 사람에게 다가가 안타까운 표정으로 고개를 저었다.

우리는 그 모습을 얼어붙은 채 바라볼 수밖에 없었다.

특히 사쓰키가 깜짝 놀라 입을 열었다.

"무슨 일이…… 무슨 일이 일어난 거야?"

"이게 진실이었어."

미나가 크게 숨을 내쉬며 말했다.

"〈미사사 고개의 목이 달린 지장보살〉 이야기는 리들 스토리가 아니었어. 사쿠마가 우리를 잘못된 방향으로 이끌기 위해 그렇게 불어넣은 것뿐. 그것은 K의 집에 괴이한 힘이 들어와 있다는 걸 보여주기 위한 서술 트릭이었어. 우리는 계속 착각했던 거야. 나즈테의 모임은 괴이한 힘과 적대하는 조직이었어."

"말도 안 돼. 그럼 범인은?"

"사쓰키는 나즈테의 모임을 함정에 빠뜨려 범인임을 입증하려 했어. 하지만 거기에 걸려든 건 괴이한 힘이었지. 그렇다면 진상은 명확해."

미나의 시선이 나를 향했다.

"축하해, 유스케. 범인은 괴이한 힘이라는 네 추리는 여기서 성립했어."

그 후, 정사무소 직원인 미나세 씨의 운전으로 우리는 마녀의 집으로 향했다.

사망한 오노우에 정장과 우라베 씨에 대해서도 미나세 씨가 이미 경찰과 정사무소에 연락을 취해 처리해주었다. 반도 의사의 경우, 마녀의 말에 따르면 아까의 싸움으로 큰 '더러움'을 입었으며 치료를 할 수 있는 지인에게 맡겼다고 한다. 그렇게 말하는 마녀 역시 체력 소모가 심해 집의 침대에 누운 채로 우리 일행과 이야기를 나누었다.

"이 정도로 끝난 것만 해도 다행이다. 이 다리도 예전에 '그것'에게 무모한 짓을 당한 결과란다. 미나세 씨는 일주일에 두 번씩 나를 보살펴주는 사람이야."

그토록 필사적으로 정체를 찾아 헤매던 사람이 이렇게 가까운 곳에 있었다니. 미나세 씨는 이미 우리 집과 학교에도 걱정하지 말라고 연락을 돌렸고, 마녀 또한 그녀에게 의지하고 있다는 걸 알 수 있었다.

마녀는 우리가 본 것, 그리고 사쿠마의 정체에 관해 이야기해주었다.

"너희가 사쿠마라고 부르는 남자의 진짜 이름은 도요키 데루히코. 내 오빠였던 남자다."

마녀인 도요키 쓰네의 오빠에 대해서는 〈우물이 있는 집〉에서도 언급된 바 있다.

'제 오빠도 제가 알던 오빠와는 달라요'라고.

"신관의 후계자였던 오빠는 인간이 아닌 것의 영향을 강하게 받는 체질이었겠지. 우물에서 울려 퍼지는 목소리에 지배당해 마을이 댐 호수에 수몰되기 전에 사라졌어. 지금의 녀석은 그 모습 그대로 더는 인간이 아니게 되었고, 괴이한 힘의 지시에 따라 움직이는 꼭두각시다."

괴이한 힘에 맞서 싸운 건 신관 가문 출신인 마녀가 가진 능력이었을 것이다. 우리를 지켜준 염주에도 그 가호가 담겨 있었음이 틀림없다. 나는 괴이한 힘과의 조우 후 몸이 좋지 않았을 때 이 집에 와서 회복했던 기억을 떠올렸다. 나도 모르는 사이에 마녀의 도움을 받았던 것이다.

"사쿠마 녀석, 우리한테 협조하는 척하면서 계속 나즈테의 모임에 대해 알아보고 있었구나."

우리는 나즈테의 모임 멤버를 찾으려던 그에게 휘둘린 것이다. 카나모리 씨의 집에 나타난 사람 그림자도 사쿠마가 우리에게 아이폰을 건네줄 요량으로 온 것이리라. 사쓰키에게 나즈테의 모임을 유인하는 방법을 조언한 것도 그들을 효율적으로 처리하기 위해서였다.

애초에 사쿠마가 체육공원 운동장에 헌화하러 갔던 건 나즈테의 모임 관계자와 만날 수 있지는 않을까 기대하며 반복하던 행동이었을 것이다. 그렇게 생각하면 마리코 누나 사건 전후로 체육공원에서 그림자 유령의 소문이 돌았던 것도 납득이 간다.

사쓰키는 불만을 토로했다.

"마녀님은 우리가 조사하는 걸 알고 있었으면서 왜 진실을 말해주지 않았어요?"

"내가 알려주는 것보단 너희 힘으로 제대로 된 답을 맞혀

보라고."

마녀는 빙긋 웃으며 나를 바라보았다.

"아까 미나가 유스케의 추리가 성립했다고 했는데, 정말 너희가 정한 규칙을 지킨 게야?"

"물론이에요."

먼저 나는 〈미사사 고개의 목이 달린 지장보살〉을 잘못 읽어서 놓쳤던 나즈테의 모임의 본질부터 설명하기 시작했다.

"전 나즈테의 모임이 괴이한 힘을 숭배하는 집단인 줄 알았는데, 사실은 그 반대였어요. 나즈테의 모임은 괴이한 힘의 행위를 막는 건 물론, 괴이한 힘이 일으키는 사건이나 그 피해자가 큰 뉴스가 되지 않도록 처리하기 위한 모임이었죠. 그렇다면 쓰러뜨려야 할 적의 이름을 조직에 사용하는 건 이상하죠. 괴이한 힘의 정체는 나즈테 신이 아닌 거죠?"

"그 말이 맞아." 마녀가 고개를 끄덕였다. "이 괴이한 힘의 정체는 태곳적 나즈테 신이 이 땅에 봉인한 오래된 재앙신이다. 그 이름도 현대에는 전해지지 않았지. 이름을 가지면 힘이 생기니까. 그 재앙신의 '신체'가 봉인되어 있던 곳이 광업에 의해 개발된 산이었어."

그 설명에 드디어 납득이 갔다. 나즈테의 모임은 과거 이 땅을 지켰던 나즈테 신의 행적을 본떠서 단체의 이름을 지은 것이다.

"재앙신은 온갖 방법으로 인간을 지배하고, 사람의 생명과 신앙심을 이용해 힘을 키웠다. 지하수맥을 통해 후카자와무라 주민들을 끌어들이고, 광부를 조종해 산에 봉인된 '신체'를 파내게 하기도 했지. 그것이 바로 마리코가 남긴 여섯 개의 괴담으로 그려진 사건이다. 마리코는 재앙신의 무서움을 알리고, 각오가 있는 자는 나즈테의 모임이라는 존재에까지 도달할 수 있도록 그 괴담을 만들었지."

"잠깐만요."

사스키가 기다릴 수 없다는 듯 목소리를 높였다.

"유스케의 괴담에 대한 해석이 성립한다는 건 방금 이야기로 알았어요. 하지만 나즈테의 모임이 적이 아니라면 마리코 언니는 왜 살해당한 거죠? 그리고 도키토 교수도요."

"나즈테의 모임은 재앙신의 '신체'의 행방을 찾고 있었다. 죽기 직전에 교수는 어느 목공소에 몰래 들어간 것으로 보여. 묘코지 절 스님이 목공소에는 불운이 끊이지 않는다고 말한 것으로 보아 이미 목공소가 재앙신의 지배를 받고 있었을 가능성이 커. '신체'는 아마 그곳에 숨겨져 있었을 거다. 교수는 '신체'를 꺼내는 데는 성공했지만, 차로 옮기는 도중에 그 영향을 받아 죽고 말았지. 보스턴백에 넣어두었던 '신체'를 되찾은 건 물론 사쿠마의 소행이고."

우리 눈앞에서 죽어간 오노우에 정장과 우라베 씨의 모습이 떠올랐다. '신체'는 가까이서 보거나 만지는 것만으로도 생명에 관여하는 힘이 있고, 그것을 '더러움'이라고 부르는 것이리라. 시바타 할아버지도 '신체'의 '더러움' 때문에 목숨을 잃었다.

"도키토 교수에 이어 마리코 언니가 표적이 되었다는 건가요? 그럼 다시 예전 질문으로 돌아가게 되는데요. 마리코 언니는 왜 도망치지 않았죠? 반도에게 전화를 걸고 나서 살해당할 때까지 그 운동장에서 뭘 하고 있었던 거죠?"

사쓰키의 말에 마녀와 미나세 씨가 고통스러워하며 눈을 감았다.

"마리코 누나는 살해당한 게 아니야."

나는 사쓰키를 똑바로 바라보았다.

이건 내 추리니까 내가 말해야 한다.

"마리코 누나는 스스로 목숨을 끊었어. 절망과 고통에서 벗어나기 위해서가 아니라 재앙신의 음모로부터 마을 사람들을 지키기 위해서."

사쓰키는 눈을 동그랗게 뜨고 아무 말도 하지 않고 내 말을 기다렸다.

"노로에게 들은 연이은 장례식 이야기를 기억해봐. 광산 사고 이후에도 장례식이 이어졌다는 이야기가 있었어. 그리고 목이 달린 지장보살도 그걸 보게 되면 무언가가 뒤를 따라온다는 이야기였지. 그래서 나는 깨달았어. 둘 다 참배라는 행동을 취한다는 걸."

지장보살에게 인사할 때나 죽은 자에게 예를 올릴 때, 일본인은 합장하거나 고개를 숙인다. 이것은 생활에 스며든 몸짓이지만, 신앙하는 대상에 대해서도 똑같은 행동을 한다.

즉, 이 행동은 신앙의 표현으로 받아들일 수도 있는 것이 아닐까.

"아마도 재앙신은 힘을 얻기 위해 '신체'를 사람들이 참배하는 곳에 숨겨둔 것 같아. 목공소는 목이 달린 지장보살의 사당을 수리하거나 장례식에 쓰이는 목관을 제작하기도 했어. 재앙신은 그곳에 숨어들어서 마을 주민들의 겉으로 드러나는 신앙을 모아 그 생명을 양식으로 삼아 힘을 키웠어. 나아가 오쿠가미 축제를 이용해 이전과는 비교할 수 없을 정도로 많은 사람을 희생시키려 했지."

목공소에서는 축제에서 쓰는 거대한 일본 북도 만들었다. 만약 그 안에 '신체'가 숨겨져 있다면? 축제장 중심에 위치한 망루 위에 재앙신이 군림하게 된다. 그리고 축제 참가자들은 재앙신을 둘러싸고 노래하고 춤출 것이다. 그것은 재앙신을 숭배하는 행위 그 자체가 아닐까?

시바타 할아버지는 목공소에서 일본 북을 두드렸을 때, 그 소리를 듣고 안에 무언가가 들어 있다는 사실을 알아차렸을 것이다.

"도키토 교수가 '신체'를 확보하는 데 실패하면서 재앙신의 음모를 막을 수단이 사라져버렸어. 그래서 마리코 누나는 전혀 다른 방법을 생각해낸 거지. 그것은 바로 축제장에서 자신이 죽는 것이었어."

이 사실을 알게 된 건 기도의 전화가 있었기 때문이다.

기도는 발표 준비를 깜박한 걸 감추기 위해 신발 도난사건을 꾸며내 종례 시간의 발표 자체를 망쳐버렸다. 그렇다면 마리코 누나의 죽음도 다음 날의 축제를 취소시키려는 목적이 아니었을까.

여기까지 조용히 듣고 있던 미나가 마녀에게 물었다.

"오쿠사토 정의 7대 불가사의 대부분은 이미 오래전부터 준비되어 있었나요?"

"그 점에 관해서는 너희가 생각한 대로다. 나즈테의 모임에 어떻게 협력자를 모집할지가 예전부터 과제였지. 자, 다들 참여하세요, 라고 쉽게 끌어들여서는 안 되니까. 괴담을 통해 자신의 힘으로 마을의 비밀을 풀게 하자는 건 마리코의 아이디어였고, 오래전부터 준비했다. 〈S터널의 동승자〉만은 죽기 직전에 급하게 만든 것이지만."

"그럼 마리코 언니는 괴담의 효과를 높이기 위해 자기 죽음을 자살이 아닌 살인사건으로 꾸민 거군요."

그 협력자로 선택한 것이 반도였다.

눈을 통한 밀실이 생긴 건 우연일 수 있지만, 그날 첫눈이 내린다는 건 일기예보로 이미 알려져 있었다. 영리한 마리코 누나니까 어쩌면 그마저도 계산된 것일지도 모르겠다.

나는 설명을 재개했다.

"마리코 누나는 반도에게만 전화를 걸어 그날 밤의 계획을 알려주었어. 반도가 술집에서 안절부절못한 것도 당연하지. 그러는 동안 마리코 누나가 죽으리라는 사실을 알고 있었으니까. 반도에게 주어진 임무는 다음 날 아침 누구보다 빨리 마리코 누나의 시신을 발견하고 자살에 사용한 흉기를 처리하는 것이었어."

그래서 반도는 자신의 알리바이를 만들기 위해 선술집에 머물렀던 것이다. 아침까지 기다린 건 괴이한 힘과의 만남을 경계했기 때문일 것이다.

"반도 씨 외의 멤버에게는 마리코 언니의 계획이 전해지지 않았나요?"

사쓰키의 물음에 미나세 씨는 슬픈 표정으로 말했다.

"도키토 씨가 죽었을 때, 마리코 씨는 동료 중에 재앙신의 하수인이 된 사람이 있는 게 아닌가 의심했던 것 같아. 그래서 친하게 지내던 반도 씨에게만 연락해 도움을 청한 거지."

"우리에게 말하면 제지당할 거라고 생각했는지도 모르고."

마녀가 한숨을 내쉬었다.

나즈테의 모임은 재앙신을 쫓는 동시에 재앙신의 표적이 될 위험도 안고 있었다. 그래서 마리코 누나에게 도움을 준 반도는 다른 지역에서 죽은 척하며 재앙신과 사쿠마의 추적을 피했다.

유일한 협력자로 선정된 반도는 마리코 누나와 어떤 관계였을까.

　아니, 내가 상상하는 것과는 달랐다고 생각하고 싶다. 왜냐면 자살하리라는 걸 알면서도 막지 못한다니. 나 같으면 사쓰키나 미나가 같은 짓을 하려는데 가만히 있을 순 없다. 몇 년이 더 지나더라도 분명 불가능하다.

　그런 결정을 내릴 수 있는 게 어른일지도 모르지만.

　"이게 내 추리의 전부야. 마리코 누나의 행동에 관한 설명도 했고, 괴담에서 얻은 단서도 다 들어 있어."

　마지막으로 추리 대결의 심사를 맡은 미나가 정리했다.

　"지금까지 오컬트의 존재를 어떻게 인정할 수 있느냐가 여러 번 쟁점이 되었지만, 유스케의 추리의 결정적인 포인트는 사쓰키가 괴이한 힘의 존재를 목격한 것 자체가 아니야. 설령 앞으로 유령의 존재가 증명된다 해도 유령이 범죄에 관여했다는 증거는 되지 못하기 때문이지. 중요한 건 사쓰키가 범인을 함정에 빠뜨리기 위해 설치한 덫에 괴이한 존재가 걸렸다는 점이야."

　"그래. 자신의 논리는 다른 사람에게도 인정받아야만 한다. 그것이 우리가 지켜온 규칙이지."

　사쓰키의 빙의가 풀린 듯한 표정에 마녀는 눈을 가늘게 뜨고 말했다.

　"너희에게 사실을 숨긴 건 솔직히 고통스러웠다. 마리코의 사촌 동생이라 더더욱 그랬지. 하지만 이것도 우리가 결정한 시련이라고 생각했어. 남에게 의지하지 않고 진실에 도달한 사람이라면 위험을 감수하고 힘을 빌릴 수 있다. 그렇지 않다면 마을의 어두운 면을 모르고 평온한 나날을 보내는 게 나아. 더군다나 초등학생이니까."

무슨 생각이 났는지 얼굴에 미소가 번졌다.

"하지만 너희는 셋이 힘을 합쳐서 여기까지 왔다. 아이들의 생명을 위험에 빠뜨릴 수는 없으니 마지막에는 우리가 방해했지만 말이야. 이리저리 손을 써가며 그렇게 애쓰는 정장은 처음 봤다."

마지막까지 우리를 지켜준 오노우에 정장의 모습이 떠올랐다. 너무나도 현실과 동떨어진 사건의 연속이라, 나는 아직 정장이 죽었다는 사실을 받아들이지 못했다.

쉽지 않은 처지였으면서도 그분은 진지하게 우리를 상대해준 것이다.

"이렇게 되면 어른이 고집을 부려도 소용없지. 마리코도 용서해줄 거다."

마녀는 우리를 동료로 인정한 뒤 말을 이어갔다.

"여기까지 온 너희는 참 훌륭해. 하지만 어른으로서 마지막 충고를 하고 싶다. 너희를 죽게 하고 싶지 않아. 지금 당장 집으로 돌아가거라."

우리는 서로를 바라보았다.

그것만으로도 서로의 생각을 알 수 있었다. 사쓰키가 내표로 입을 열었다.

"싫어요. 마리코 언니의 원수를 갚고, 그리고 마지막까지 지켜보게 해주세요. 게시판 담당으로서요."

이렇게 나올 줄 알았는지 마녀는 포기하는 듯한 미소를 짓더니, "죽지 말거라"라고만 말했다. 미나세 씨도 반대하지 않고 구체적인 이야기로 넘어갔다.

"문제는 사쿠마가 어디로 도망쳤느냐는 것이에요. 이대로 놓치면 어딘가에서 또 다른 피해자가 발생할 겁니다."

"그래. 게다가 그 녀석, 생각보다 쉽게 포기하고 도망쳤지. 조만간 무슨 꿍꿍이가 있는지도 모르겠다."

나와 미나는 서로 고개를 끄덕였다. 그거라면 이미 생각한 것이 있다.

"저희에게도 나즈테의 모임의 지혜를 빌려주세요. 우리 마을을 지키고 싶어요."

우리는 어느 건물을 둘러싼 관엽수 그늘에 숨죽인 채 숨어 있었다.

벌써 날짜가 바뀌어 새벽 1시를 넘긴 시각, 눈앞의 지방도로를 달리는 차들도 거의 보이지 않았다.

이렇게 짧은 시간에 준비를 마칠 수 있었던 건 미나세 씨의 수완이 좋았던 것도 있지만, 나즈테의 모임이 수십 년 동안 쌓은 오쿠사토 정 내에서의 인맥이 있었기에 가능했다.

"정면의 지방도로, 서쪽에서 자동차 한 대."

도로를 감시하던 히로 형에게서 미나세 씨가 들고 있는 무전기로 연락이 왔다. 긴장을 늦추지 않은 채 나는 그 자동차를 향해 카메라 앱의 셔터 버튼을 눌렀다. 아무 일도 없이 자동차가 지나가자 옆에 있던 사쓰키가 휴우, 하고 한숨을 내쉬었다.

이번 작전은 절대 재앙신에게 들켜서는 안 되기에 정말 믿을 수 있는 사람에게만 협조를 요청했다. 히로 형을 추천한 건 나다.

재앙신과 관련된 사정을 알려주지 않았는데도, "잘 모르겠지만, 어린 시절로 돌아간 것 같네"라며 히로 형은 자세히 묻지도 않고 이야기를 들어주었다.

마녀는 참가하고 싶어했지만 몸이 회복되지 않아 이곳에 올 수 없었다. 위급할 때를 대비해 마녀가 준 염주가 우리를 지켜주기를 기도할 수밖에 없다.

가로등 불빛에 건물 벽에 걸린 현수막의 글자가 떠올랐다.

문화재 속 예술제 Amakusa

오늘 이 문화홀에서 열리는 예술제다. 아이돌과 인기 유튜버가 출연하는 연극이 관심을 끌고 있는 행사다. 우리는 재앙신이 다음으로 노리는 건 이 연극일 거라고 예상했다.

거기에는 몇 가지 이유가 있다.

지금까지 재앙신은 신격을 높이기 위해 지장보살이 모셔진 곳과 장례식에 섞여 마치 사람들이 '신체'를 숭배하는 것처럼 하는 데 집착했다.

마녀는 이를 '유사 신앙'이라고 불렀다. 마음은 담겨 있지 않지만, 형식만으로도 신앙의 효과가 나타난다고 한다. 애초에 형식을 통해 신앙에 입문하는 스타일은 무종교인이 많고, 다양한 문화를 받아들이는 일본인의 기질과 잘 맞는다고 한다.

그래서 재앙신이 또다시 '유사 신앙'을 이용할 것이라 생각했다.

그렇다고 마리코 누나가 막은 오쿠가미 축제보다 더 큰 규모의 행사는 이 마을에 존재하지 않는다.

다만 이 예술제에는 오쿠가미 축제에는 없는 특징이 있었다.

"정말 그런 게 가능할까? 재앙신이 라이브 방송을 이용하다니……."

겨울이 다가오고 있음을 알리는 하얀 숨을 내쉬며 사쓰키가 속삭였다.

그렇다. 이 예술제는 젊은 층에 인기 있는 인플루언서가 출연하기에 온라인 유료 생중계도 예정되어 있다. 직접 방문하지 않더라도 참가자 수는 오쿠가미 축제보다 훨씬 많을 것이다.

"고브라 두 사람이 죽었을 때 신경 쓰였어. 자살 댐에 나타나서 함께 사진을 찍고 싶어하는 남자 — 아마 사쿠마일 텐데, 그 녀석이 왜 자주 목격된 걸까 하고. 동영상의 댓글을 읽어보니 조금씩 다른 부분이 있었어. 고브라의 영상에서는 남자를 찍으려는 순간 영상이 깜깜해졌고, 사진도 남자를 찍은 것만 데이터가 손상됐다고 했지."

한편, 댓글에 올라온 두 가지 정보는 시간순으로 다음과 같았다.

'나중에 확인해보니 그 사진만 왜곡이 심해서 사람의 형체를 겨우 알아볼 수 있을 정도였어요.'

'나는 제대로 찍혔는데, 빨간색과 노란색 불덩어리 같은 게 엄청나게 날아다니고 있었다. 게다가 그 남자만 얼굴이 까맣게 찌그러져 있었다.'

"점점 화면에 제대로 찍히기 시작했어. 돌이켜보면, 내가 영원한 생명 연구소에서 검은 그림자를 찍으려고 했을 때는 셔터조차 반응하지 않았거든. 그래서 사쿠마는 카메라가 괴이한 힘을 향해 있어도 제대로 작동하도록 조정을 거듭하는 중이라고 생각한 거야."

'나, 잘 보여?'

왜 그렇게까지 화면에 찍히기를 원했을까. 존재의 확산에 이용하려는 의도라고밖에 생각할 수 없다. 댐에 나타난 사쿠마는 큰 배낭을 메고 있었다고 한다. 당연히 그 안에는 '신체'가 들어 있었을 것이다.

오컬트에서 사진이나 영상을 통해 퍼지는 저주는 오히려 메이저한 편이다. 직시하는 것만으로도 사람을 죽게 할 만큼 강력한 힘을 가진 '신체'라면, 라이브 방송을 통해 수만 명의 시청자의 의식에 영향을 미칠 수 있다고 해도 이상하지 않다.

"지금까지 오쿠사토 정 안에서만 그 정도의 힘을 얻은 재앙신이 인터넷 회선을 타고 전 세계에 영향력을 퍼뜨린다면······. 그런 일이 일어나게 해서는 안 돼."

"'신체'가 이미 무대 위로 옮겨졌을 가능성은 없을까?"

미나는 미나세 씨의 걱정을 가볍게 일축했다.

"그럴 일은 없을 것 같아요. 아마 사쿠마는 '신체'를 무대 위 소품이나 장식으로 위장해 무대에 배치할 생각일 텐데, 오늘 있을 공연을 위해 배우들은 밤늦게까지 무대에서 리허설을 했다고 하거든요. 사람들의 시선은 피하고 싶을 테고, '신체'는 너무 강력하죠. 리허설 도중에 배우가 쓰러지면 예술제 자체가 취소될지도 몰라요."

"그래서 공연 전, 즉 아침이 되기 전에 몰래 들어가서 '신체'를 설치한다는 거구나."

미나세 씨는 이해한 듯 고개를 끄덕였다.

또다시 히로 형의 연락이 오고 차가 지나갔다.

새벽 2시가 넘어섰다.

"다들 괜찮니?"

미나세 씨가 보온병에 담아온 차를 한 명씩 나눠주었다. 평소 같으면 깊이 잠들어 있을 시간이지만 정신이 번쩍 들어 졸리지 않았다.

그때.

"서쪽에서 또 한 대. ……잠깐, 저 번호는 렌터카네."

그 한마디에 현장의 긴장감이 고조됐다.

달려온 승용차는 서서히 속도를 줄여 문화홀 앞 갓길에 정차했다.

차에서 검은 그림자가 내려 문화홀에 가까워진 순간, 우리는 숨어 있던 덤불에서 뛰쳐나왔다.

"너희…… 왜 여기 있는 거지?"

검은 그림자—사쿠마는 놀란 표정을 지었다.

그 어깨에는 '신체'가 담겨 있는 것으로 보이는 보스턴백을 메고 있었다.

체육공원의 끔찍한 기억에 짓눌리지 않고자 나는 목소리를 높였다.

"지금까지와 똑같아. 추리했을 뿐이야."

"감탄스럽네. 하지만 신을 상대로 뭘 할 수 있겠어? 그것도 너희 같은 아이들이."

사쿠마는 느릿한 동작으로 어깨에서 보스턴백을 내려놓고 지퍼에 손을 얹었다.

그러자마자 우리가 온몸에 두른 크고 작은 염주들이 차르르 떨리며 비명 같은 소리를 내기 시작했다.

이대로 가다가는 오노우에 정장의 전철을 밟게 될 것이다.

하지만 이 순간을 기다리고 있었다.

"지금이에요!"

내가 밤하늘을 향해 소리를 지르자마자 문화홀 옥상에서 커다란 천 같은 것이 흩날렸다. 곧이어 우리 머리 위로 무언가가 쏟아져 내렸다.

사쿠마는 소중한 '신체'를 다루던 터라 피하지 못했다.

이 세상 것이 아닌 듯한 사쿠마의 절규가 터져 나왔다.

이어 타닥타닥 불꽃이 튀는 듯한, 혹은 나뭇가지가 조각나는 듯한 소리가 주변에 울려 퍼졌다.

머리 위로 쏟아진 건 모래였다.

체육공원에서 마녀가 던진 하얀 가루의 정체다.

하지만 단순한 모래가 아니다. 나즈테 신이 재앙신을 봉인했던 광산, 바로 '신체'가 있던 곳의 바위를 잘게 부순 것이다.

제단도, 그럴듯한 봉인의 흔적도 없는 산속에 오랜 세월 재앙신이 봉인되어 있었던 건 그 바위 자체에 영적인 힘이 있기 때문 아닐까. 그렇게 생각한 나즈테의 모임은 이 모래를 비장의 카드로 준비했던 모양이다.

"잘됐나?"

옥상에서 목소리가 들려왔다.

큰 천을 이용해 모래를 뿌린 나즈테의 모임 멤버들이다.

평소에는 신분을 들키지 않고자 극비리에 활동하지만, 오늘 밤만큼은 우리 같은 아이들에게만 의지할 수 없다는 마음에 의욕을 불태우며 모였다.

모래의 위력은 대단했다. 사쿠마는 사람의 형태조차 잃은 채 검은 덩어리가 되어 고무가 타는 듯한 역겨운 냄새를 풍기며 '신체'만이라도 지키려고 몸부림쳤다.

"통하는 것 같아요!"

사쓰키와 미나도 들고 있던 모래주머니를 던지며 뒤를 따랐다.

하지만 검은 연기를 뿜어내면서 사쿠마였던 것이 마지막 힘을 다해 땅을 달려 렌터카로 뛰어들었다. 길을 막고자 히로 형이 가로막았지만, 곧장 돌진하는 렌터카를 간발의 차이로 피했다.

아차, 도망쳤다!

급히 도로로 뛰쳐나온 우리의 시선 끝에서 속도를 높여 질주하던 렌터카는 그대로 교자보로 돌신했나.

그리고 옆에서 온 대형 트럭과 충돌해 마치 장난감처럼 공중을 돌다가 땅에 떨어졌다.

곧이어 폭발음과 함께 차체가 불길에 휩싸였다.

우리는 검은 불길이 마을을 밝히는 것을 한동안 소방서에 신고하는 것도 잊은 채 그저 바라만 보고 있었다.

마음이 무거워지는 통지표와 함께 2학기가 끝났다.

겨울방학을 앞두고 평소보다 더 꼼꼼히 청소한 데다가 뒤쪽 사물함에서 모든 짐을 꺼낸 탓에 교실은 평소보다 더 휑했다.

그리고 또 하나. 교실의 게시물도 깨끗하게 떼어내어 마치 한 학기 동안의 저장 데이터가 사라진 것 같은 기분이 들었다.

그렇다. 게시판 담당도 오늘로 끝이다.

교실을 둘러보니 많은 여학생이 사쓰키를 둘러싼 채 통지표를 보여달라고 떼를 쓰고 있었고, 그래서인지 사쓰키는 내 시선을 깨닫지 못했다. 한편 미나는 최근 친해진 기도, 노로와 함께 교실을 나가려던 중이었다.

한 달 전 사건 이후, 우리 셋은 거의 함께 행동하지 않는다.

"유스케, 집에 가자."

"그래."

다카쓰지, 히노우에와 함께하는 평소와 다름없는 하굣길. 이야기는 모레의 크리스마스, 연말에서 새해의 일정으로 옮겨갔고, 어느덧 3개월밖에 남지 않은 초등학교에 관한 이야기가 나왔다.

"2학기는 참 빨리 지나갔네. 시작할 때만 해도 아직 1년의 절반이 남았다고 생각했는데."

"그래도 즐거웠어. 수학여행 같은 다양한 이벤트가 있었으니까."

"나, 사실 유스케의 벽신문 너무 재밌게 읽었어."

히노우에의 말에 솔직하게 기뻤다. 결국 복도에 붙이는 벽신문은 부활하지 못했지만, 우리 세 사람은 활동의 계기가 된 오쿠사토 정의 7대 불가사의에 관한 기사를 실은 복사지를 준비해 호외라고 칭하며 반 친구들에게 나눠주었다. 역시나 재앙신에 관한 모든 사실을 쓸 수는 없었지만, 독자들의 평가는 아주 좋았다.

오노우에 정장의 사인은 병사로 발표되었고, 오랫동안 마을을 이끌어온 명사의 죽음에 많은 주민이 놀라움과 슬픔을 감추지 못했다.

그날 밤, 불길에 휩싸인 차 안에서 원형을 유지하지 못한 시신 한 구가 발견되었다. 보스턴백은 깨끗하게 재가 되었고, 현장에 접근한 사람 중 누구도 불편함을 호소하는 사람은 없었다고 한다. 물론 예술제는 무사히 개최되었고, 연극 생중계도 성공적으로 이루어졌다.

우리 작전은 성공했다고 할 수 있다.

한편, 마녀의 입에서는 또 다른 우려의 목소리도 나왔다.

전설에 따르면, 나즈테 신은 '재앙신을 두 동강으로 찢어 산에 봉인했다'고 한다.

그렇다면 '신체' 또한 찢어진 반쪽이 어딘가에 남아 있는 것이 아닐까. 마녀는 그렇게 말했다. 우리는 나즈테의 모임 정식 멤버는 아니지만 마녀를 통해 앞으로도 계속 협력하기로 했다.

많은 사람의 눈에 마을은 아무것도 변하지 않은 것처럼 보일 것이다.

곧 새로운 정장 선거가 있다며 어른들은 바쁘게 움직이기 시작했다. 하지만 예술제 전날 밤에 무슨 일이 있었는지 아는 사람은 거의 없다.

비단 이번만 그런 것은 아니다. 지난 수십 년 동안 우리는 마을에서 일어난 일을 모른 채 평범하고 지루한, 그러나 특별한 일상을 보냈다.

나는 여전히 주류판매점 아들이고, 특별한 힘을 각성한 것도 아니다. 가방에 들어 있는 통지표도 엄마에게 어떻게 보여드릴까 고민하는 형국이다.

하지만.

"그렇긴 해도 놀랐지? 하타노가 명문 중학교 입시를 포기하다니 말이야."

앞을 걷는 다카쓰지가 흥분된 표정으로 말했다.

그 소문이 교실을 휩쓴 건 불과 며칠 전이다. 흥분한 반 친구들에 의해 사쓰키 주변에는 마치 뉴스 특종처럼 여러 겹의 인파가 형성되어 있었다.

"하타노라면 어디든 합격할 수 있을 텐데."

"벽신문의 영향을 받아 기자가 되려는지도 모르겠어."

두 사람은 그렇게 말하며 들떠 있지만, 사쓰키의 속마음은 아무도 모른다.

다만 모두가 그 사실을 알기 며칠 전, 사쓰키는 전화로 내게 보고했다.

"엄마, 아빠는 제대로 설득했어. 나한테는 입시보다 훨씬 더 어려운 일이었어. 죽을 각오로 덤볐거든."

사쓰키의 결정에 부모님은 당황스러워하셨고, 양손의 손가락으로 세도 모자랄 정도의 많은 대화 끝에 선생님까지 설득에 동참한 모양이다.

결국 중학교 입시는 포기하는 대신 중학교 때는 상위권 성적을 계속 유지하고, 고등학교는 예정보다 더 어려운 입시를 치르는 것으로 결론을 내렸다고 한다.

그 사건이 사쓰키의 심경에 어떤 변화를 가져왔는지는 알 수 없다. 어쨌든 사쓰키는 자신의 힘으로 길을 개척했다. 그것은 마리코 누나로부터 물려받은 힘일지도 모른다.

미나에게도 변화가 있었다.

무려 소설을 쓰기 시작했다고 한다. 장르는 말할 것도 없이 미스터리다.

자신을 표현하는 데 그렇게 무심했는데 말이야, 라고 사쓰키도 놀랐지만, 이번 겨울방학 동안 글쓰기에 집중해 첫 작품을 완성할 생각이라고 한다.

그 글을 읽고 싶은 건 비단 우리만이 아닐 것이다.

열혈 독자 후보 중 한 명인 다카쓰지가 물었다.

"유스케는 겨울방학 동안 뭐 할 거야?"

"글쎄…… 연말까지 도서관에 다닐까 해."

"요즘 자주 가네. 책 읽으러 가는 거야?"

"그것도 있지만, 조사할 것도 있어서."

요즘 나는 도서관의 오쿠사토 정 관련 코너에 있는 책들을 열심히 읽고 있다.

게시판 담당 활동을 통해 내가 질릴 정도로 알고 있다고 생각했던 이 마을에 아직도 모르는 것이 많다는 사실을 깨달았기 때문이다.

그것은 비단 재앙신에 관한 비극만은 아니다. 한 번도 가보지 못한 곳, 그곳에 사는 사람들. 평범하고 어디에나 있는 마을에도 각기 쌓인 역사와 이야기가 있다. 발전을 바라는 사람도, 쇠퇴를 한탄하는 사람도, 고향을 버리는 사람도, 다시 돌아오는 사람도 있다. 시바타 할아버지가 보아온 마을을 조금이라도 알고 싶은 마음도 있다.

좋은 것도 나쁜 것도 누군가가 주입하는 정보가 아니라

내 힘으로 찾아보고 싶다.

　방에 책가방을 던져 넣고 나는 다시 한번 집을 나섰다.
　자전거에 올라타 페달을 밟았다.
　약속 장소인 공원에 가장 먼저 도착한 건 나였다.
　미끄럼틀 위에 앉아 다른 두 사람이 올 때까지 기다리는 시간이 좋았다.
　잠시 후, 도중에 마주쳤는지 두 사람이 함께 모습을 드러냈다.
　"봐봐, 역시 먼저 와 있잖아."
　"기다렸어?"
　나는 "아니"라고 답하며 미끄럼틀을 타고 내려왔다.
　모레 크리스마스는 바쁠 테니 오늘 마녀의 집에서 모이기로 했다.
　어떤 것은 끝이 나는 반면, 새롭게 시작되고 계속되는 것도 있다. 그것 또한 언젠가는 끝이 난다.
　이 감정의 정체를 언젠가 추리해보도록 하자.

　우리는 곧 중학생이 된다.

디스펠

1판 1쇄 발행 2025년 9월 1일
1판 3쇄 발행 2025년 11월 10일

지은이 이마무라 마사히로
펴낸이 문준식
디자인 공중정원
제작 제이오

펴낸곳 내 친구의 서재
등록 2016년 6월 7일 제2020-000039호
주소 서울시 성북구 정릉로 305, 104-1109 우편번호 02719
전화 070-8800-0215 **팩스** 0505-099-0215
이메일 mytomobook@gmail.com **인스타그램** mytomobook

ISBN 979-11-91803-48-8 03830